卡麦康长成了一位英俊少年。他容貌俊秀，举世无双，两眼中透出一股英雄气概，令人羡慕倾心。

《第一百三十八夜》（利昂·卡雷 绘）

卡麦康来到一个绿草如茵、植物繁茂的地方，情不自禁地想起了父亲的家园，难抑去国怀乡之忧思。

《第一百四十夜》（利昂·卡雷　绘）

卡麦康和萨巴赫登上山丘,见丘下芳草遍地,骆驼、牛羊和马匹成群,牛犊、驼崽、马驹在牲畜圈周围欢蹦乱跳。

《第一百四十二夜》(利昂·卡雷 绘)

突然出现了一座岛屿,那里树木繁茂,河水流淌,孔雀夫妇便落在了岛上,决计在那里住下来,饿了吃树上的果子,渴了喝河中的清水。

《第一百四十六夜》(利昂·卡雷 绘)

山里住着一位牧羊人,是一位虔诚的信士。安拉有意要考验一下他的忠诚与耐力,于是派一名天使变成窈窕美女,来到牧羊人面前。

《第一百四十八夜》(利昂·卡雷 绘)

莎姆丝·奈哈尔长发披肩掩背,身着天蓝色衣裙,外披绣花斗篷,腰系嵌着宝石的腰带。

《第一百五十三夜》(利昂·卡雷 绘)

我站起身来，走去取来四弦琴，调好琴弦，递到莎姆丝·奈哈尔手里。只见她抱起四弦琴，玉指轻弹，厅内顿时琴声飞扬。

《第一百六十三夜》（利昂·卡雷　绘）

夜半时分,忽见一条小船向王宫后门划来,划船的是个男子,上面还坐着一个男的,二人之间坐着一个女子。

《第一百六十五夜》(利昂·卡雷 绘)

盖麦尔王子见睡在自己身边的女子貌美如花,身着金丝衣衫,头蒙缀着宝石的金丝头巾,脖子上挂着名贵宝石项链。

《第一百七十七夜》(利昂·卡雷 绘)

布拉克本全译本

THE
ARABIAN
一千零一夜
NIGHTS

ألف ليلة وليلة

［阿拉伯］佚名 著
李唯中 译
［法］利昂·卡雷 ［英］达尔齐尔兄弟 等绘

北京燕山出版社

1673	第三百一十三夜	1726	第三百三十一夜
1676	第三百一十四夜	1728	第三百三十二夜
1678	第三百一十五夜	1732	第三百三十三夜
1681	第三百一十六夜	1735	第三百三十四夜
1684	第三百一十七夜	1739	第三百三十五夜
1686	第三百一十八夜	1745	第三百三十六夜
1689	第三百一十九夜	1748	第三百三十七夜
1691	第三百二十夜	1751	第三百三十八夜
1694	第三百二十一夜	1754	第三百三十九夜
1697	第三百二十二夜	1757	第三百四十夜
1699	第三百二十三夜	1761	第三百四十一夜
1701	第三百二十四夜	1765	第三百四十二夜
1704	第三百二十五夜	1767	第三百四十三夜
1707	第三百二十六夜	1769	第三百四十四夜
1709	第三百二十七夜	1772	第三百四十五夜
1713	第三百二十八夜	1775	第三百四十六夜
1717	第三百二十九夜	1778	第三百四十七夜
1722	第三百三十夜	1781	第三百四十八夜

1785	第三百四十九夜	1871	第三百七十八夜
1787	第三百五十夜	1874	第三百七十九夜
1790	第三百五十一夜	1878	第三百八十夜
1794	第三百五十二夜	1882	第三百八十一夜
1797	第三百五十三夜	1886	第三百八十二夜
1799	第三百五十四夜	1889	第三百八十三夜
1801	第三百五十五夜	1893	第三百八十四夜
1804	第三百五十六夜	1896	第三百八十五夜
1806	第三百五十七夜	1900	第三百八十六夜
1810	第三百五十八夜	1910	第三百八十七夜
1812	第三百五十九夜	1913	第三百八十八夜
1816	第三百六十夜	1918	第三百八十九夜
1818	第三百六十一夜	1921	第三百九十夜
1821	第三百六十二夜	1924	第三百九十一夜
1823	第三百六十三夜	1927	第三百九十二夜
1825	第三百六十四夜	1930	第三百九十三夜
1830	第三百六十五夜	1932	第三百九十四夜
1832	第三百六十六夜	1935	第三百九十五夜
1833	第三百六十七夜	1937	第三百九十六夜
1836	第三百六十八夜	1939	第三百九十七夜
1839	第三百六十九夜	1942	第三百九十八夜
1843	第三百七十夜	1945	第三百九十九夜
1845	第三百七十一夜	1947	第四百夜
1851	第三百七十二夜	1949	第四百零一夜
1854	第三百七十三夜	1954	第四百零二夜
1858	第三百七十四夜	1959	第四百零三夜
1861	第三百七十五夜	1962	第四百零四夜
1864	第三百七十六夜	1965	第四百零五夜
1868	第三百七十七夜	1968	第四百零六夜

1970	第四百零七夜	2049	第四百三十六夜
1974	第四百零八夜	2052	第四百三十七夜
1977	第四百零九夜	2054	第四百三十八夜
1980	第四百一十夜	2058	第四百三十九夜
1983	第四百一十一夜	2060	第四百四十夜
1986	第四百一十二夜	2063	第四百四十一夜
1989	第四百一十三夜	2065	第四百四十二夜
1991	第四百一十四夜	2069	第四百四十三夜
1994	第四百一十五夜	2071	第四百四十四夜
1997	第四百一十六夜	2073	第四百四十五夜
2000	第四百一十七夜	2075	第四百四十六夜
2001	第四百一十八夜	2079	第四百四十七夜
2004	第四百一十九夜		
2006	第四百二十夜		
2008	第四百二十一夜		
2011	第四百二十二夜		
2013	第四百二十三夜		
2015	第四百二十四夜		
2020	第四百二十五夜		
2022	第四百二十六夜		
2025	第四百二十七夜		
2029	第四百二十八夜		
2032	第四百二十九夜		
2034	第四百三十夜		
2037	第四百三十一夜		
2039	第四百三十二夜		
2042	第四百三十三夜		
2046	第四百三十四夜		
2048	第四百三十五夜		

第三百一十三夜

夜幕垂降,莎赫札德接着讲故事:

幸福的国王陛下,阿里·沙尔回到家门前,发现那个基督徒仍紧随着他。他大怒道:"喂,你这个可恶的东西,为什么我走到哪里,你就追到哪里?"

"先生,给我点儿水喝行吗?我口渴极了。上帝会报答你的恩惠的。"

阿里·沙尔心想:"这个在穆斯林保护下的基督徒,总是跟着我,一直跟到我家,原来是为了要口水喝。凭安拉起誓,我是不会让他失望的。"

阿里·沙尔走进家去拿水壶时,妻子祖姆鲁黛看见丈夫,便说:"亲爱的,帐幔卖掉了吗?"

"卖掉啦!"阿里·沙尔随口答道。

"你卖给了商人,还是卖给了过路人?我的心预感到我俩要分别了。"

"我只卖给商人呀!"

"你跟我说实话吧,也好让我做个准备,你拿水壶干什么?"

"我给经纪人拿水喝。"

"无能为力,只能依靠伟大的安拉了。"

祖姆鲁黛说完,吟诵道:

欲分别者切请你慢,拥抱不能将你欺骗;
时间本质乃是背叛,分离便是相伴终点。

阿里·沙尔提着水壶出了家门,见那个基督徒已步入他家的走廊,阿里·沙尔怒斥道:"喂,你这个家伙,怎么走到这里来了?你为什么不经我允许就进到我的家里来呢?"

基督徒说:"先生,门和走廊是没有什么差别的。我来这里,不过是为了好出门罢了。你慷慨大方,从善如流,应该得到重谢。"

说着,基督徒从阿里·沙尔手中接过水壶,喝了些水,随后把水壶递给阿里·沙尔。

阿里·沙尔等着基督徒起身离去,却见他坐在那里,纹丝不动,于是说:"喂,你为什么不站起来离开呢?"

基督徒说:"先生,你不要为人做了好事,然后又责斥人家。你也不要成为诗人所说的那种人!"

基督徒吟诵道:

你站他门前,他却走开身。他们为了你,曾是慷慨人。
也有这样人,你站他门前。就连一口水,也不让你饮。

基督徒吟完诗又说:"先生,我喝过水了,但我仍想找你要点儿吃的,不论是发面饼,还是干饼,即使给一棵葱也是好的。"

阿里·沙尔呵斥道:"起来走吧,别费口舌啦!我家里什么吃的也没有。"

"先生,如果你家里没有什么可吃的东西,那么,这是一百第纳尔,你拿去,到市场上给我买一点儿什么来,哪怕是一张发面饼,也算是你我之间有盐、饼之交哇!"

阿里·沙尔听完，暗自想："这个基督徒，简直是个疯子。我拿他一百第纳尔，给他买两文钱的东西来，不妨耍笑他一顿。"

基督徒说："先生，我只想求你帮我弄点儿吃的东西来，以充辘辘饥肠，哪怕是一块干饼，一棵葱也好。好干粮是能赶走饥饿的东西，而不是丰盛的饭菜。有诗为证啊！"

基督徒吟诵道：

驱除饿神靠干饼，孤独困惑因何生？
君王平民皆不论，死神面前均平等。

阿里·沙尔对他说："你在这里稍候，我先去把厅门锁上，然后去市场买些东西来。"

基督徒说："遵命！我的主人。"

阿里·沙尔走去关好厅门，上好锁，带着钥匙向市场走去。他到市场上买了些油煎奶酪、白蜂蜜、香蕉和发面饼，带回家中，放在那个基督徒的面前。

基督徒看见有那么多吃的东西，便说："喂，我的主人，这么多东西，足够十个人吃的，我一个人怎么吃得了呢？但愿你和我一起吃。"

"你自己吃吧！我已经吃过了。"

"先生，哲人有言：'不陪伴客人吃饭就是野小子。'"

阿里·沙尔听基督徒这样一说，马上坐下来和他一道吃了点儿东西。

讲到这里，眼看东方透出黎明的曙光，莎赫札德戛然止声。

第三百一十四夜

夜幕垂降,莎赫札德接着讲故事:

幸福的国王陛下,基督徒看见有那么多吃的东西,便说:"喂,我的主人,这么多东西,足够十个人吃的,我一个人怎么吃得了呢?但愿你和我一起吃。"

"你自己吃吧!我已经吃过了。"

阿里·沙尔听基督徒说"不陪客人吃饭者就是野小子",马上坐下来和他一道吃了点儿东西。

片刻后,趁阿里·沙尔不注意时,基督徒拿起一个香蕉,剥去皮,掰成两截,悄悄将足以麻醉大象的麻醉剂塞入香蕉里,然后蘸上蜂蜜,递给阿里·沙尔,说:"慷慨的主人,凭你的宗教起誓,请吃吧!"

阿里·沙尔羞于违背誓言,接过香蕉,吃了下去。香蕉下肚不久,药性发作,他顷刻倒在地上,昏迷过去,不省人事,死挺挺的,好像睡了一年似的。

基督徒见阿里·沙尔已经躺倒,便站了起来,像一只掉毛的恶狼,或像死神一般扑向阿里·沙尔,从他身上抄起厅门钥匙,然后飞身跑去向他的哥哥报信去了。

基督徒的哥哥不是别人,就是那个形容丑陋、想出一千第纳尔买祖姆鲁黛的老头子。而祖姆鲁黛拒绝把自己卖给他,并且吟诗攻击、戏弄、嘲笑他。那个老头子表面上是穆斯林,实际上是个异教徒,名叫拉希德丁。

拉希德丁见姑娘不乐意跟他,且吟诗挖苦他,回到家里就把情况告诉了他的基督徒弟弟。他的弟弟名叫白尔苏姆。

白尔苏姆得知这个情况后,便开始策划阴谋,打算从阿里·沙尔手中把祖姆鲁黛夺走。他对哥哥拉希德丁说:"你不要为此事而难过,我想办法把她弄来,不需花费分文。"

白尔苏姆是个占卜师,诡计多端,奸诈狡猾,放肆无羁,无恶不作。他要尽阴谋,终于策划出麻醉阿里·沙尔的勾当。他拿到钥匙后,跑去向他的哥哥拉希德丁报告消息。

拉希德丁得知阿里·沙尔已被麻醉,便骑上骡子,带着众家奴,与弟弟白尔苏姆一道,直奔阿里·沙尔家而去。他还带着一个钱袋,内装一千第纳尔,假若遇上总督,就把那一千第纳尔送上。

拉希德丁打开阿里·沙尔的厅门,带着家奴们朝祖姆鲁黛冲去,绳捆索绑,并且威胁她,假若她吭一声,就把她杀死。他们没有从阿里·沙尔家拿走任何东西,让阿里·沙尔仍然躺在走廊里,关上厅门,把厅门的钥匙扔在阿里·沙尔身边,然后带着祖姆鲁黛走了。

拉希德丁把祖姆鲁黛带回家中,把她置于女仆当中,并且对她说:"臭女人,我就是你不乐意跟从的那个老头子,小东西,你好大胆,竟敢在大庭广众之下戏耍、挖苦我!你瞧呀,现在我不花一分一文,便把你弄到了我的家中。"

祖姆鲁黛眼泪汪汪地说:"糟老头子,你把我和我的夫君分开,安拉会找你算账的。"

拉希德丁说:"坏女人,你会看到我将如何处置你!凭耶稣基督起誓,假若你不服从我,不肯加入我们的宗教,你必定要遭受种种磨难。"

祖姆鲁黛说:"凭安拉起誓,你就是把我碎尸万段,我也不肯放弃伊斯兰教。安拉会很快救我出火坑的,因为安拉至尊至大,无所不能。哲人有言道,灾难在于肉体,而不在于宗教。"

这时,拉希德丁一声呼喊:"来人哪!"

家仆、奴婢们应声而至。拉希德丁对他们说:"你们挥鞭舞棍,给我狠狠地打这个小婊子!"

家奴们挥鞭舞棍抽打祖姆鲁黛,直打得她死去活来,她叫天天不应,叫地地无声,呼喊求救,却无一人来救她。她终于终止了求救的喊声,说道:"有安拉保佑我,也就足够了。"

祖姆鲁黛气息奄奄,呻吟声也消失了。

见此情景,拉希德丁的报仇之心方才得到了满足。他对家奴们说:"拉住她的两条腿,把她拖到厨房里去!不要给她任何东西吃!"

拉希德丁安睡一夜。第二天清晨,拉希德丁令家奴们接着毒打祖姆鲁黛。一番毒打之后,命令家奴们把她丢在原地,家奴们照主子的吩咐行事。

祖姆鲁黛遍体鳞伤,疼痛难忍,喃喃自语道:"万物非主,唯有安拉;穆罕默德是安拉的使者。全托安拉保佑我平安无事。"

祖姆鲁黛随后高声向安拉的使者穆罕默德求救。

讲到这里,眼看东方透出黎明的曙光,莎赫札德戛然止声。

第三百一十五夜

夜幕垂降,莎赫札德接着讲故事:

幸福的国王陛下，祖姆鲁黛被拉希德丁的家奴们打得遍体鳞伤，疼痛难忍，喃喃自语道："万物非主，唯有安拉；穆罕默德是安拉的使者。全托安拉保佑我平安无事。"

祖姆鲁黛随后高声向安拉的使者穆罕默德求救。

我们回头看看阿里·沙尔的情况。

阿里·沙尔一直昏迷到第二天，麻醉药性消失，方才睁开双眼，高声呼喊道："喂，祖姆鲁黛！祖姆鲁黛……"

几声呼喊，没有任何人应答。阿里·沙尔站起来，走进厅堂，发现那里空无一人，立即意识到这全是那个基督徒干的坏事。阿里·沙尔难过得哭了起来。泪水簌簌落下，边哭边诉，吟诵道：

> 唤声爱神啊，莫要欺骗人。如今我的心，艰险水中浸。
> 切请怜奴隶，尊贵先生们：怜悯爱中奴，富贵穷苦人。
> 遇敌思射箭，弦断法何寻？青年惆怅多，何处躲命运？
> 多次警告过，警惕两分离。天命降临时，日光都消隐。

阿里·沙尔吟完诗，一阵长吁短叹，然后又吟诵道：

> 撑帐荒漠上，以期做新居。
> 回首归宅院，别离化废墟。
> 立足高声问，回声荡穹宇。
> 答话声清晰：重聚机难遇。
> 如同闪电光，瞬息消失去。

阿里·沙尔后悔不已，边哭边撕衣服。他拿起两块石头，在城中游荡,边走边用石头击打自己的胸膛,边不时高声呼叫祖姆鲁黛的名字。小孩子们围着阿里·沙尔,高声叫喊:"疯子来啦,疯子来啦!"

所有认识阿里·沙尔的人,都为他伤心落泪。有的说:"天哪,他怎么啦?"

有的问:"他怎么一下子成了这个样子?真可怜!"

阿里·沙尔一直在城中游荡到夕阳西斜。当夜色降临时,他在一条巷子里睡下了。

第二天天亮,阿里·沙尔仍然手握石头游荡到天黑,方才回到家中过夜。好心的邻居老太太见此情景,对阿里·沙尔说:"孩子,愿你平安无事!你是什么时候疯的呢?"

阿里·沙尔吟诗作答:

人们对我说,因爱你发疯?生活情与趣,只有疯人懂。
送我爱之人,且让我痴情。莫要责怨我,欲愈我疾病。

老太太得知阿里·沙尔的妻子下落不明,便安慰他说:"毫无办法,只能依靠伟大的安拉了。孩子,你就把你的灾难讲给我听听吧!但愿安拉助我一臂之力,让我帮你一个忙。"

阿里·沙尔把与基督徒白尔苏姆之间发生的事情,从头到尾,详详细细地给老太太讲了一遍。

老太太得知这一切,便说:"孩子,你疯是情有可原呀!"

老太太眼含热泪,吟诵道:

情侣生世间,备受折磨处。
但求主开恩,免之地狱苦。

殉情保贞操，当惊此例殊。

老太太吟罢诗，对阿里·沙尔说："孩子，你去买只能装首饰的篮子，再买几副镯子、几枚戒指、项链耳环和其他适于妇女用的首饰。千万不要吝啬钱财！把首饰都装在篮子里，给我送来。之后我就像媒婆那样，头顶首饰篮，挨家挨户去寻找你的妻子，愿安拉默助我打听到她的消息。"

阿里·沙尔听后，感到高兴，上前亲吻老太太的手，随后转身走去。

没过多少时辰，阿里·沙尔就带着老太太要的那些东西来到老太太的面前。

老太太穿上一件带补丁的衣服，披上一件蜜色斗篷，拄着拐杖，顶着篮子，开始走街串巷。她走过一条胡同又一条胡同，走过一个街区又一个街区，终于在安拉的指引下来到了拉希德丁的公馆。

老太太听到拉希德丁的公馆里传出呻吟声，便敲击大门……

讲到这里，眼看东方透出黎明的曙光，莎赫札德戛然止声。

❖ 第三百一十六夜 ❖

夜幕垂降，莎赫札德接着讲故事：

幸福的国王陛下，老太太穿上一件带补丁的衣服，披上一件蜜色斗篷，拄着拐杖，顶着篮子，开始走街串巷。她走过一条胡同又一条胡同,走过一个街区又一个街区,终于在安拉的指引下来到了拉希德丁的公馆。

老太太听到拉希德丁的公馆里传出呻吟声,便敲击大门。过了不大一会儿,只见出来开门的是个女仆。老太太向女仆问安之后,说道:"我带着一些东西要卖,你们这里有买的吗?"

"有人想买的。"女仆说。

女仆把老太太带入客厅,让她坐下。女仆们围着老太太,看她带来的首饰,每个人买了好几样东西。老太太对她们特别和气,价钱上给她们照顾了一些。女仆们见老太太对她们这样好,都非常高兴。

老太太朝呻吟传出的方向望了一眼,然后和女仆们说了几句好话,便向那个地方走去。她仔细一看,原来呻吟的人就是阿里·沙尔的妻子祖姆鲁黛,只见她躺在那里,情景叫人心酸。祖姆鲁黛认出了老太太,禁不住热泪盈眶。

老太太对女仆们说:"孩子们,这姑娘怎么啦?怎么成了这个样子?"

女仆们把所有的情况告诉了老太太。女仆们对老太太说:"这些事情均非出自我们的愿望,是我们的老爷命令我们这样干的。我们的老爷现在外出了。"

老太太说:"孩子们,我有一事求你们,请你们给她松绑吧!等你们的老爷回来了,你们再把她照原样捆起来。这样,你们会得到世界之主的报偿的!"

"就按你的话办!"女仆们一口答应。

她们给祖姆鲁黛松了绑,让她吃饭喝水。

老太太说:"要不是我的腿绊了一下,我还到不了你们这里来呢!"

说完，老太太走到祖姆鲁黛跟前，小声对她说："姑娘，安拉就要搭救你来了。"

之后，老太太说她从阿里·沙尔那里来，他答应明天夜里来见她，要她好好听着动静。老太太叮嘱祖姆鲁黛："你丈夫来后，藏在公馆前的长凳下，给你打个口哨。听见口哨声，你就打声口哨响应，然后从窗子里放下一根绳子，你攀绳而下，他就把你带走。"

祖姆鲁黛连连感谢，老太太告别离去。

老太太离开拉希德丁的公馆，直奔阿里·沙尔家，把情况一一告诉了他。老太太说："明日夜半时分，你就去某某胡同，那个该死东西的住宅就在那里……你到了公馆后，打一声口哨，她就知道你来了，她会从窗户里逃出来，你带上她就可以远走高飞了。"

阿里·沙尔感谢老太太的辛苦和努力。阿里·沙尔流着眼泪，吟诵道：

> 世上责难者，休再多言辞。我心已憔悴，体瘦若枯枝。
> 泪珠连成线，心伤难医治。心无忧虑者，莫问我情势。
> 自打你离去，心惊若神失。耐心已枯竭，目标难达至。
> 你去思念在，扣我做人质。嫉妒者幸灾，责备者得志。
> 至于淡忘事，我从不知之。世上除了你，他人我不思。

阿里·沙尔吟完诗，一阵长叹，泪水潸然，他又吟诵道：

> 欢迎信使至，报喜进家门。带来甜蜜语，闻者乐开心。
> 倘他恋礼袍，赠之我不吝。辞别时间到，每每人伤心。

阿里·沙尔耐心等到第二天夜幕垂降，在约定的时刻，他向邻居老太太告诉他的那条胡同走去。看到那座公馆门前的长凳,就走过去藏在了长凳下面。

阿里·沙尔在凳子下藏了没多长时间,便觉困意向他袭来。几日来,他因思念妻子,日夜不得安睡,疲倦至极,如同醉汉,昏昏沉沉,不知不觉进入了梦乡。

讲到这里,眼看东方透出黎明的曙光,莎赫札德戛然止声。

第三百一十七夜

夜幕垂降,莎赫札德接着讲故事:

幸福的国王陛下,阿里·沙尔耐心等到第二天夜幕垂降,在约定的时刻,他向邻居老太太告诉他的那条胡同走去。看到那座公馆门前的长凳,就走过去藏在了长凳下面。

阿里·沙尔在凳子下藏了没多长时间,便觉困意向他袭来。几日来,他因思念妻子,日夜不得安睡,疲倦至极,如同醉汉,昏昏沉沉,不知不觉进入了梦乡。

就在这天夜里,一个盗贼来到城里,想偷些东西,碰巧到了那个基督徒的公馆处。那盗贼围着宅院转了一圈,没有找到登墙上房的地方,便来到门前的长凳旁边,见凳子底下睡着一个人,那就是熟睡中的阿里·沙尔。

盗贼见阿里·沙尔正在熟睡,便摘下他的缠头巾,蒙在自己的头上。与此同时,祖姆鲁黛向窗外一探头,见下面站着一个黑影,自认为那不是别人,一定是自己的丈夫阿里·沙尔,于是照约定的暗号,吹了一声口哨。那盗贼听到口哨声,便下意识地回应了一声口哨。

祖姆鲁黛听见口哨声,便把绳子垂了下去,然后抓住绳子,下到地上,随身还带着一袋子钱。

盗贼见窗子里垂下一条绳子,心想:"怪哉!这其中定有奇妙缘故。"就在此时,一个女子顺绳而下。盗贼立即扑上前去,把祖姆鲁黛扛在肩上,闪电似的奔跑而去。

祖姆鲁黛说:"我听邻居老太太说你因我被劫而神伤体弱,可是你比骑士还强壮啊!"

盗贼没有答话。

祖姆鲁黛一摸盗贼的面颊,只觉得他的胡须就像澡堂里的扫帚,简直就是一头熊,摸上去全是毛。祖姆鲁黛大吃一惊,慌忙问道:"你是什么人?"

那盗贼说:"小娟妇,我就是那个奸猾鬼贾旺·库尔迪,和艾哈迈德·戴尼夫是一伙。我们这伙人共有四十个奸猾鬼,他们今夜都等着和你共进晚餐、合枕同眠度良宵呢!"

祖姆鲁黛一听,不禁大哭起来,连连批打自己的面颊。她知自己时运不济,万般无奈,只好把自己全托付给伟大的安拉了。她耐心等待安拉的裁决,默默自语道:"万物非主,唯有安拉;穆罕默德是安拉的使者。真想不到,刚逃出虎口,又落入了狼窝。"

贾旺·库尔迪为什么今夜进城行盗呢?

贾旺·库尔迪对贼首艾哈迈德·戴尼夫说:"首领阁下,在此之前,我曾进过这座城。我知道城外有一个山洞,足以容纳四十个人。我想先走一步,把我母亲接到那个山洞里去,然后进城弄点儿东西,等你们赶到那里时,也好招待你们一番。"

艾哈迈德·戴尼夫说:"就按你想的去办吧!"

贾旺·库尔迪赶先一步,把他的母亲接进山洞,准备进城。他刚出山洞,就看见一个士兵睡在山洞附近,旁边拴着一匹马。贾旺·库尔迪把那个熟睡的士兵杀掉,收拾起衣物,骑上那匹马,拿着那个士兵的武器,折回山洞,把东西放在他的母亲身边,拴好马,只身进城。

贾旺·库尔迪行至基督徒的公馆门前,见阿里·沙尔熟睡,就摘掉他的缠头巾,蒙在头上……顺利地抢劫到祖姆鲁黛,一直将她扛回山洞。贾旺·库尔迪对他的母亲说:"母亲,你看好她,我明天一早就回来!"

讲到这里,眼看东方透出黎明的曙光,莎赫札德戛然止声。

第三百一十八夜

夜幕垂降,莎赫札德接着讲故事:

幸福的国王陛下,贾旺·库尔迪行至基督徒的公馆门前,见阿里·沙尔熟睡,就摘掉他的缠头巾,蒙在头上……顺利地抢劫到祖姆鲁黛,一直将她扛回他母亲所在的山洞。

贾旺·库尔迪对他的母亲说:"母亲,你看好她,我明天一早就回来!"

贾旺·库尔迪告别了母亲,转身向山洞外走去。

祖姆鲁黛心想:"我何不趁此机会想个办法逃生呢?假若等到那四十个盗贼都来,他们都来折磨我,我不就变成了漂泊在大海上的一叶小舟了吗?"

想到这里,祖姆鲁黛望着贾旺·库尔迪的母亲,对老太婆说:"阿姨,我们一起到洞外,我在太阳下给你梳梳头,捉捉虱子,好吗?"

老太婆说:"姑娘,凭安拉起誓,我有好长时间没进澡堂子了。因为这些浑蛋总是带着我从一个地方转移到另一个地方。"

说着,祖姆鲁黛和老太婆一起走出山洞,开始为老太婆捉虱子。

祖姆鲁黛挤死一个个虱子,老太婆觉得煞是舒服,不知不觉进入了梦乡。祖姆鲁黛眼见老太婆睡熟,便穿起贾旺·库尔迪杀掉的那个士兵的军服,头裹缠头巾,俨然变成了一个威风凛凛的武士。她带上钱袋,纵身上马,飞驰而去。她祈祷说:"大慈大悲的安拉,看在使者穆罕默德的面儿上,掩护我脱险吧!"

祖姆鲁黛心想:"假若我进城去,说不定会被那个被害士兵的家属看见;如果那样,必然凶多吉少。"她毅然决定不进城,而是掉转马头,向荒野驰去。

祖姆鲁黛骑着马,带着钱袋,在荒野上驰骋。她和她的坐骑饿了就吃野菜,渴了就喝河水,一连飞驰了整整十天。

第十一天,祖姆鲁黛骑马来到一座平静、安详的城市。冬翁已经带着寒意离去,春姑娘带着鲜花来到人间,大地复现一片葱绿,万紫千红,百卉争艳,河水淙淙流淌,鸟儿鸣啭歌唱。

祖姆鲁黛来到那座城市的城门附近,见那里站着许多士兵、王公大臣、城市显贵,心中感到好生奇怪。她心想:"城里的人们聚集在城门外，其中必有原因。"

祖姆鲁黛骑着马朝城门走去。当她走近人们时，只见士兵们迎了上来，纷纷离鞍下马，向她行吻地礼。他们说："主公大人，安拉默助你大获成功。"

文武官员们在祖姆鲁黛面前排成队，士兵们与人们列队欢迎她。他们齐声说："安拉默助你成功！大王陛下，你的到来将为我们这方的穆斯林带来吉祥如意，当代的大王，时代的骄子，安拉默助你成就大业。"

祖姆鲁黛问他们："居民们，你们这是干什么呢？"

一位侍卫官说："安拉必定要向慷慨的人进行赠礼。安拉要你做这个城的君王，统治本城所有的人。大王有所不知，本城居民有这样一种习惯：国王驾崩之后，若国王无子嗣，军队就在城外安营扎寨，驻上三天，不管什么人，只要从你来的那条路上来，本城居民们就拥戴他为他们的国王。赞美安拉，把一位容貌俊秀的土耳其后生派来当我们的国王。纵然比你差的人来，他也将成为我们的国王。"

祖姆鲁黛是一位有主见的女子。她说："你们不要以为我是土耳其平民的后代，我是土耳其名门贵子。我不满我的家人，于是才离开了他们。你们看哪，我随身携带的这袋银钱，就是为了一路救助受苦的穷人。"

人们听后，万分喜欢祖姆鲁黛。祖姆鲁黛也很喜欢他们。

祖姆鲁黛心想："我来到这里以后，但期安拉能让我与夫君在这里团圆。安拉是全能的。"

讲到这里，眼看东方透出黎明的曙光，莎赫札德戛然止声。

第三百一十九夜

夜幕垂降,莎赫札德接着讲故事:

幸福的国王陛下,祖姆鲁黛是一位有主见的女子。她说:"你们不要以为我是土耳其平民的后代,我是土耳其名门贵子。我不满我的家人,于是才离开了他们。你们看哪,我随身携带的这袋银钱,就是为了一路救助受苦的穷人。"

人们听后,万分喜欢祖姆鲁黛。祖姆鲁黛也很喜欢他们。

祖姆鲁黛心想:"我来到这里以后,但期安拉能让我与夫君在这里团圆。安拉是全能的。"

祖姆鲁黛走去,众士兵紧紧相随,一直进到城中。士兵们下马步行领路,引领祖姆鲁黛进入王宫。

祖姆鲁黛离鞍下马,在众百官簇拥下坐上国王的宝座。众百官向她行吻地礼。

祖姆鲁黛坐上宝座,即下令打开国库,犒赏三军,救济百姓。士兵们齐声高呼国王万岁。举国上下,万民同声赞扬这位国王,政令畅行无阻,有禁上下必止。一段时间过后,祖姆鲁黛因慷慨、廉洁,名扬全国,在百姓中享有崇高的威信。

祖姆鲁黛下令废除苛捐杂税,大赦天下,铲除不平;她关心民众,光明正大,赏罚分明,博得公众广泛爱戴。

祖姆鲁黛每当想起她的丈夫阿里·沙尔,就泪水不断,祈求安拉让她与夫君团聚重逢。

一天夜里，祖姆鲁黛想起了与阿里·沙尔一起度过的美好日子，止不住泪水潸然落下。她吟诵道：

　　随着日月移，思念你心增。
　　泪水伤眼睑，致使眼疾生。
　　我哭心忧伤，别亲最苦痛。

祖姆鲁黛吟完诗，擦了擦眼泪，来到王宫，为宫娥、才女、嫔妃们规定了职责范围，并且限定了她们的生活津贴，责令她们各司其职，并且告诉她们，说她自己将单独住在一个地方，专心修功悟道。

祖姆鲁黛开始斋戒、礼拜，致使文武官员们说："这位国王有着一种伟大信仰，只让两个小太监在她的身边，听她使唤。"

祖姆鲁黛在宝座上坐了一个年头，一直没有听到丈夫阿里·沙尔的任何消息，更没有找到他的任何踪影。为此，她感到心神不安。

当祖姆鲁黛不安的心情渐甚时，便召来众位大臣和侍卫，命令他们广招工程师和泥瓦匠，要他们在王宫前建造一个广场，长与宽各一法尔萨赫。

众大臣和侍卫按照国王的命令行事，在很短的时间内，广场建成了。

祖姆鲁黛来到广场，下令在广场中撑起一圆顶大帐，摆上大臣们的坐席，又命令摆上盛大宴席，各种菜肴，一应俱全。接着请文武百官、国家要员前来赴宴。

百官、要员们吃喝完毕，祖姆鲁黛对他们说："从今以后，每当一个月的开始时，我都请你们来此赴宴。你们还要告诉全城居民,让他们关上店门,都来这里赴宴。违令者,将被绞死在他的家门前。"

果然,从那天开始,每月月初,文武百官及全城居民都照国王命令行事。这种习惯一直持续到第二年的一月初,这时,祖姆鲁黛国王来到广场,传令员沿街高声叫喊:"全城居民听着,所有人都要关上店铺、货栈和家门,来广场赴宴!违令者立即被绞死在他家的门前!"

传令员呼喊完毕,人们三五成群,一批批来到广场,就座参加祖姆鲁黛举行的盛大宴会。

人们坐下,吃喝起来。祖姆鲁黛坐在宝座上望着他们。每一个坐着吃喝的人都在想:"国王的眼睛一直总是盯着我。"大家吃着喝着,王公大臣对人们说:"各位,你们不要害羞,国王喜欢这样。你们都要吃饱喝足。"

人们吃饱喝足,一个个为国王祝福、祈祷。

他们相互说:"我们平生还没有见过这样喜爱穷人的国王。"

他们衷心祝福国王万寿无疆。

国王祖姆鲁黛对自己的安排甚是满意,高高兴兴地回到王宫。

讲到这里,眼看东方透出黎明的曙光,莎赫札德戛然止声。

第三百二十夜

夜幕垂降,莎赫札德接着讲故事:

幸福的国王陛下，人们吃饱喝足，一个个为国王祝福、祈祷。

他们相互交谈，都说："我们平生还没有见过这样喜爱穷人的国王。"

他们衷心祝福国王万寿无疆。

国王祖姆鲁黛对自己的安排甚是满意，高高兴兴地回到王宫。她想："但愿通过什么办法，打听到我的夫君阿里·沙尔的下落。"

二月初，宴会照例举行。祖姆鲁黛坐在宝座上，吩咐人们就座吃喝。当人们一伙伙、一个个坐下时，祖姆鲁黛的目光落在了那个基督徒白尔苏姆的身上，她一眼认出了他，心想："这是解除痛苦、达到目的的第一个缺口！"

白尔苏姆走来后，和人们一道坐下吃起来。他盯上了一盘撒着糖的甜米饭，但盘子离他较远，他挤过身去，伸手把盘子拉到自己的面前，吃了起来，旁边的一个人对他说："你为何不吃你面前的东西！把远处的东西拉到自己的跟前吃，多丢人呀！难道你不觉得害臊？"

白尔苏姆说："我只喜欢吃这种食品。"

那个人说："那么，你就吃吧！不过，吃下去是不好受的。"

一个大烟鬼开口了："就让他吃吧！我也跟着他吃点儿。"

那个人说："你这个卑劣的大烟鬼！这不是你吃的东西，而是供王公大人们享用的！你放下它，让该用的人去享用吧！"

白尔苏姆不听劝告，抓了一把饭放在嘴里。当他抓第二把饭时，祖姆鲁黛国王看见了他，喊了一声："来人哪！"

四个士兵闻声而至。国王祖姆鲁黛吩咐道："把那个拉甜米饭盘子的人给我带过来！不要让他吃手里抓的东西，要他立即放下！"

四个士兵过去打掉白尔苏姆手中的甜米饭，随即把他带到国王祖姆鲁黛面前。

人们停止了吃喝，纷纷议论说："凭安拉起誓，是他不对，因为他没吃摆在他面前的那些东西。"

一个人说："我吃我面前的这些酸奶燕麦片就满足了。"

那个大烟鬼说："赞美安拉让我吃到了甜米饭。我本盼望着那个人吃完后，我再和他一起吃一些。想不到会闹出这样的事情来。"

人们纷纷相互议论："等着看那个人会落个什么下场吧！"

士兵们把白尔苏姆带到国王祖姆鲁黛面前，国王说道："蓝眼鬼，你这个该死的！你叫什么名字，为何来到我们这个国家？"

蒙着白色缠头巾的白尔苏姆不敢吐露自己的真实姓名，回答道："国王陛下，我名叫阿里，是个编织匠。我是来这座城市经商的。"

国王说："取沙盘、铜笔来！"

侍从们立即遵嘱端来沙盘，递上铜笔。祖姆鲁黛手执铜笔在沙盘上画了一只猴子，然后抬起头来，仔细审视白尔苏姆片刻，说道："狗东西，你竟敢欺骗本王！你不就是基督徒、名叫白尔苏姆吗？你干了一件需要追查的事情；你要从实招来！否则，凭安拉起誓，我要削下你的脑袋！"

基督徒白尔苏姆一听，瞠目结舌，哑口无言。

文武官员及在座的人齐声称赞："我们的国王陛下精通占卜术，赞美安拉赋予国王如此非凡的学识。"

国王祖姆鲁黛厉声喝道："白尔苏姆，赶快从实招来；如若不然，我一定杀掉你！"

白尔苏姆结结巴巴地说："国王陛下，求你宽恕。你的占卜术真灵验，我真是一个基督徒，名叫白尔苏姆。"

讲到这里，眼看东方透出黎明的曙光，莎赫札德戛然止声。

第三百二十一夜

夜幕垂降,莎赫札德接着讲故事:

幸福的国王陛下,国王祖姆鲁黛厉声喝道:"白尔苏姆,赶快从实招来;如若不然,我一定杀掉你!"

白尔苏姆听国王说要杀他,结结巴巴地说:"国王陛下,求你宽恕。你的占卜术真灵验,我真是一个基督徒,名叫白尔苏姆。"

接着,白尔苏姆交代了自己入室抢人的罪恶勾当。

在座的文武官员无不敬佩国王的占卜术高明,他们异口同声地说道:"我们这位国王是举世无双的占卜家。"

过了一会儿,国王祖姆鲁黛下令剥下白尔苏姆的皮,填上禾草,悬挂在广场大门上,另外在城外挖了一个坑,把他的骨头、肉、五脏及污物埋掉。

士兵们一一从命,认真照办。

人们看到基督徒白尔苏姆的下场,都说:"恶有恶报,罪有应得。贪吃一口饭,多么倒霉的一口饭!"

有一个人说:"我今生今世再也不吃甜米饭了。"

那个大烟鬼说:"赞美安拉,没有让我吃甜米饭,免除了我的灭顶之灾。"

人们争相躲着吃甜米饭的那个基督徒所坐的位置,陆续离开广场而去。

三月来临,广场上照例举行盛大宴会,盘中摆放着各种饭食,十分丰盛。

国王祖姆鲁黛坐在宝座上，卫兵们敬畏国王的尊严，分站两厢。城中百姓三五成群而来，围桌而转，望着盘子摆放的位置，其中一个人对另一个人说："喂，哈之①海勒夫！"

"哈之哈立德，你好啊！"另一个人答道。

"你要离那盘甜米饭远一点儿，千万不要吃呀！如若不然，你会被绞死的。"

众宾客围桌而坐，吃喝起来。人们正在吃喝之时，坐在宝座上的国王祖姆鲁黛一眼望去，只见一个人快步由广场大门走进来。国王凝神细看，认出那个人就是劫她入山洞的贾旺·库尔迪；正是这个盗贼杀死了那个士兵。

贾旺·库尔迪为什么出现在这里呢？

那天，贾旺·库尔迪把祖姆鲁黛扛到山洞里，交给他的母亲看管，他自己去找同伴去了。

他对同伴们说："昨天，我的收获不小，杀了一个士兵，得到一匹马。我进城又捞了一把，得到一袋金钱，还弄到了一个姑娘；那姑娘比那袋金钱还值钱。我把东西和姑娘送到了城外的山洞里，现在由我母亲看着呢！"

众盗贼听后，大为欢喜。傍晚时分，他们一齐向山洞走去。

贾旺·库尔迪先进山洞，众盗贼在后面紧跟。

贾旺·库尔迪本想把他自己说的一切献给众匪徒，可是进山洞一看，见那里除了他的母亲，空空如也，什么都不见了。他问母亲

---

① 哈之，阿拉伯语音译，伊斯兰教的称谓，亦译作"哈吉""哈只""哈志"，意为"朝觐者"。凡到圣城麦加朝觐过，并按照教法规定完成了朝觐功课的男女穆斯林，均被视为信仰虔诚者，而受到人们的尊敬，故在其名字前冠以"哈之"的尊称。

发生了什么事,母亲如实告诉了他。

贾旺·库尔迪听了母亲的述说,直咬手指头,后悔不已。他说:"凭安拉起誓,我一定要找到那个小娼妇,把她抓回来,哪怕她藏在花生壳里!我也一定要把她弄到手,以解心头之恨。"

贾旺·库尔迪为了寻找祖姆鲁黛,走遍各地,终于来到了祖姆鲁黛当国王的那座城市。进到城里,见大街上空无一人,于是问向窗外探头观望的妇女们。妇女们告诉他,每个月月初,国王都要在广场上举行盛大宴会,城中百姓们都要到那里去吃喝。随后,有人把他带往宴会广场。

当贾旺·库尔迪快步进入广场时,见那里座无虚席,只有甜米饭盘子前有空位,于是他夺路走到那里,坐了下来。

贾旺·库尔迪伸手抓甜米饭,众人大喊道:"喂,兄弟,你想干什么?"

"我想吃这盘中餐哪!"贾旺·库尔迪回答。

一个人对他说:"你若吃了,会被绞死的。"

贾旺·库尔迪厉声吆喝:"你给我住口!不要说这种话!"

随后他伸手把盘子拉到自己的面前。前面提到的那个大烟鬼坐在他的旁边。大烟鬼见他伸手拉盘子,立即站起身躲避,在远远的一个地方坐了下来,并且说道:"我不需要这盘子里的东西。"

贾旺·库尔迪伸出乌鸦爪子似的手,抓起盘子里的甜米饭,又像骆驼一样,把饭攥成大酸橙大小的饭团,塞入口中,匆匆吞咽下去,同时发出雷鸣般的响声……

讲到这里,眼看东方透出黎明的曙光,莎赫札德戛然止声。

第三百二十二夜

夜幕垂降,莎赫札德接着讲故事:

幸福的国王陛下,随后他伸手把盘子拉到自己的面前。前面提到的那个大烟鬼坐在他的旁边。大烟鬼见他伸手拉盘子,立即站起身躲避,在远远的一个地方坐了下来,并且说道:"我不需要这盘子里的东西。"

贾旺·库尔迪伸出乌鸦爪子似的手,抓起盘子里的甜米饭,又像骆驼一样,把饭攥成大酸橙大小的饭团,塞入口中,匆匆吞咽下去,同时发出雷鸣般的响声。经他一抓,盘子底露了出来。坐在旁边的一个人说:"赞美安拉,没有把所有菜肴放在你的面前,因为你一口能把一盘子吃下去。"

那个大烟鬼说:"就让他吃吧!我依稀看到了他被绞死的情形。"

大烟鬼望着贾旺·库尔迪又说:"吃吧!安拉是不会宽恕你的!"

贾旺·库尔迪伸手去抓第二口饭,试图再抓一个像第一次那样的大饭团。就在这时,只见国王祖姆鲁黛唤来几个士兵,命令他们:"把那个人带上来,不要让他吞下手中的那团饭!"

士兵们冲了过去,把正伏在饭盘子上的贾旺·库尔迪抓住,带到国王祖姆鲁黛的面前。

人们幸灾乐祸地说:"这个人嘛,真是活该!我们已经劝说过他,而他根本不听我们的劝告。那个座位,谁坐在那里,谁掉脑袋,那盘子甜米饭,谁吃谁倒霉。"

国王祖姆鲁黛问他:"你叫什么名字?是干什么的?你为什么来到我们这座城市?"

贾旺·库尔迪说:"国王陛下,我叫欧斯曼,是个花匠,我丢了一件东西,是来这里寻找的。"

祖姆鲁黛说:"取来沙盘和铜笔!"

侍从们应声把沙盘和铜笔送到国王面前。祖姆鲁黛拿起铜笔,在沙盘上画了什么图样,仔细看了一会儿,抬起头来,对贾旺·库尔迪说:"你这个该死的坏蛋!怎敢欺骗本王!这沙盘告诉我,你叫贾旺·库尔迪,是个盗贼,专事谋财害命、妄杀无辜的勾当。"

国王一声喝喊,然后说:"喂,狗东西,你干了什么坏事,要从实招来,如若不然,我要砍下你的脑袋!"

贾旺·库尔迪听国王这样一说,面色顿改,周身颤抖,自以为说了实话,能够得以活命。他说:"国王陛下,你说得对。不过,我现在在你的面前忏悔,改过自新,回到安拉的正道上去。"

国王说:"我不能让你和穆斯林同走一路,以免你危害信士们。"

国王命令士兵们:"把这个坏蛋带走,剥下他的皮。"

士兵们执行国王的命令,就像上个月处理白尔苏姆那样,将贾旺·库尔迪的皮填上禾草,悬挂在广场大门之上,其余的污物埋入城外的坑中。

大烟鬼看见士兵们抓贾旺·库尔迪时,急忙背向甜米饭盘子,并且说:"我把脸朝向你是不祥之兆。"

众宾客吃喝完毕,各回自家。国王祖姆鲁黛也回到宫中。

四月份的一天,国王在广场上照例举行盛大宴会。饭菜端上桌,人们坐下,等待就餐令下达。

国王祖姆鲁黛出现了，走到宝座前坐下。她朝人们望去，只见甜米饭盘子前足以容下四个人的座位空着，不禁觉得奇怪。当她用目光扫视全场时，但见一个人从广场大门快步走了进来，见那里有四个空位子，便走过去坐了下来。国王祖姆鲁黛仔细一看，发现他就是那个叫拉希德丁的可恶基督徒。祖姆鲁黛国王心想："好吉利的甜米饭，今天又要把这个可恶的异教徒送上断头台了！"

拉希德丁怎么到这里来了呢？

讲到这里，眼看东方透出黎明的曙光，莎赫札德戛然止声。

第三百二十三夜

夜幕垂降，莎赫札德接着讲故事：

幸福的国王陛下，国王祖姆鲁黛来到广场，用目光扫视全场时，但见一个人从广场大门快步走了进来，见那里有四个空位子，便走过去坐了下来。国王发现空位子上坐下的那个人就是可恶的基督徒拉希德丁。心想："好吉利的甜米饭，今天又要把这个可恶的异教徒送上断头台了！"

拉希德丁怎么到这里来了呢？
拉希德丁外出回来，他母亲告诉他，祖姆鲁黛带着一袋子钱跑了，下落不明。

拉希德丁听到这个消息，顿足捶胸，撕衣扒颊扯胡子，随后派弟弟白尔苏姆四处寻找祖姆鲁黛。他见弟弟久去不归，就亲自出门去找弟弟和祖姆鲁黛。说来也巧，命运把他送到了祖姆鲁黛当国王的城市。

四月的一天，拉希德丁进入城中，见街道上空无一人，而且店铺全都关着，只有妇女们在窗内向外探头。经过询问，知道人们都去广场了，参加国王每月举行的盛大宴会去了，按照规定店铺关门，男人既不能坐在店铺里，也不能守在家中。

拉希德丁走进广场，见饭桌周围坐满了人，只有甜米饭盘子前的位置空着，便径直走去坐了下来，而且伸手抓起甜米饭就吃。

祖姆鲁黛一眼认出了那个拉希德丁，一声令下，士兵们上前把他抓住，揪到国王跟前。国王说："你这个该死的东西，你叫什么名字？是干什么的？为什么来到这座城市？"

拉希德丁说："国王陛下，我叫鲁斯图穆，没有职业，是个苦行僧。"

国王对侍从们说："拿沙盘和铜笔来！"

沙盘、铜笔被送到国王面前。祖姆鲁黛手执铜笔在沙盘中画了个什么图像，用心观察片刻，然后抬起头来，对拉希德丁说："狗东西，你怎敢欺骗本王？你名叫拉希德丁，你信的是基督教，你的职业是耍阴谋，坑害穆斯林妇女。你表面上是穆斯林，骨子里是基督徒。你干了些什么罪恶勾当，要从实招来，如若不然，我要削下你的脑袋！"

拉希德丁结结巴巴地说："国王陛下，你说得全对！"

国王祖姆鲁黛立即下令朝拉希德丁腿上抽打一百鞭子，朝他身上抽一千鞭子。之后，国王下令剥掉拉希德丁的皮，填上禾草，悬挂在广场大门上，另外在城外挖一个坑，先把他的骨头、肉、内脏焚烧,然后埋入坑中。

士兵们一一照办。之后,国王请大家就餐,人们吃喝完毕,各自归去,而国王则回返宫中。她说:"赞美安拉,那些伤害我的人全都受到了惩处;赞美安拉,使我的心得到了安宁。"

祖姆鲁黛连声感谢开天辟地的造物主,她吟诵道:

> 横行霸道者,为非又作歹。顷刻过去后,威风已衰败。
> 倘若处事公,本可得宽待。却要逞霸强,必遭灭顶灾。
> 歹徒下地狱,天下人称快。只因罪责多,岂可怨时代!

祖姆鲁黛吟完诗,想起了丈夫阿里·沙尔,禁不住热泪滚滚,痛哭不止,直到昏迷了过去。

过了一会儿,祖姆鲁黛清醒过来,心想:"安拉既然能默助我战胜仇敌,也一定能帮助我找到夫君。但期安拉能使我与我的夫君阿里·沙尔近期相聚。安拉是大慈大悲、全能全知的。"

讲到这里,眼看东方透出黎明的曙光,莎赫札德戛然止声。

第三百二十四夜

夜幕垂降,莎赫札德接着讲故事:

幸福的国王陛下,祖姆鲁黛吟完诗,想起了丈夫阿里·沙尔,禁不住热泪滚滚,痛哭不止,直到昏迷了过去。

过了一会儿,祖姆鲁黛清醒过来,心想:"安拉既然能默助我战胜仇敌,也一定能帮助我找到夫君。但期安拉能使我与我的夫君阿里·沙尔近期相聚。安拉是大慈大悲、全能全知的。"

祖姆鲁黛连声赞美安拉,求安拉宽恕,把自己完全托付给命运。她坚信,任何事情有头必有尾。她吟诵诗人的诗句道:

一

　　人生处事应从容,命运握在主手中。
　　并非事事禁人做,亦非件件必成功。

二

　　物换星移日西流,无怨无须强说愁。
　　欲求之事难实现,只待机遇喜临头。

三

　　大怒之时宜宽容,灾难临头切坚定。
　　漫漫长夜孕百事,及至分娩奇迹生。

四

　　劝君多忍耐,忍耐益广生。
　　知此心安静,遇事无苦痛。
　　君当知此理,忍耐乘高风。
　　及到强迫时,再忍已被动。

祖姆鲁黛在此以后的整整一个月里,白天上朝处理政务,发号施令,夜里哭泣落泪,因与丈夫分离而感到无比痛苦。

新的一个月的月初到来了。国王祖姆鲁黛在广场上大摆宴席。人们坐好之后,等待国王发布就餐命令,而甜米饭盘子前的那个座位总是空着。祖姆鲁黛坐在宝座上,目光盯着广场大门,边仔细观看进场的每一个人,边暗自说道:"把优素福还给叶尔孤白①,替阿尤布解除灾难的大慈大悲的安拉啊,助我一臂之力,让我的夫君阿里·沙尔回到我的身边呀!因为你是世界之主,指引正路之主,力大无边,无所不能,你能听到一切声音,你能答应一切祈求。世界之主啊,请你答应我的要求吧!"

国王祖姆鲁黛刚刚祈祷完,只见有个人从广场大门走了进来,身材似杨柳,只是体形稍瘦,面色泛黄,不过面浮英俊之气,文质彬彬,颇富智慧和教养,真是位英姿勃勃的青年。

那青年见只有甜米饭盘子前的位置空着,就走去坐了下来。

祖姆鲁黛一看见他,不由得心跳陡然加速。她定神仔细观看,终于看清了那人不是别人,而是她的丈夫阿里·沙尔。她心情兴奋难抑,简直想大喊一声,但怕在众人面前出丑,最终镇静下来。尽管如此,她的心情仍然不能平静,她竭力掩饰着这一切。

阿里·沙尔怎么会突然出现在广场的宴会上呢?故事还得从他开始寻妻讲起。

那天夜里,阿里·沙尔藏到拉希德丁的公馆门前的长凳下,藏了不长时间,便困意来袭,不由自主地睡熟了。

祖姆鲁黛顺绳子下来,被盗贼贾旺·库尔迪劫去。阿里·沙尔一觉醒来,发觉自己的缠头巾不翼而飞,知道有人来过,趁他熟睡之机,偷去了他的缠头巾。阿里·沙尔无可奈何,说了句人们遇到不测时常说的话:"我们属于安拉,我们都要回到安拉那里去。"

片刻过后,阿里·沙尔站起身来,离开那里,去找邻居老太

---

① 据载优素福被诸兄长陷害,投入井中,后被过路商队搭救,被卖至埃及。叶尔孤白因思念优素福而双目失明,后获儿子音讯,至埃及与儿子相会,双眼复明。

太。叩过门,老太太走来开门。阿里·沙尔一见老太太,便哭了起来,直哭得昏迷过去,不省人事。

讲到这里,眼看东方透出黎明的曙光,莎赫札德戛然止声。

第三百二十五夜

夜幕垂降,莎赫札德接着讲故事:

幸福的国王陛下,阿里·沙尔一觉醒来,发觉自己的缠头巾不翼而飞,知道有人来过,趁他熟睡之机,偷去了他的缠头巾。阿里·沙尔无可奈何,说了句人们遇到不测时常说的话:"我们属于安拉,我们都要回到安拉那里去。"

片刻过后,阿里·沙尔站起身来,离开那里,去找邻居老太太。叩过门,老太太走来开门。阿里·沙尔一见老太太,便哭了起来,直哭得昏迷过去,不省人事。

阿里·沙尔苏醒之后,把情况如实相告。老太太责备他说:"你的灾难都是你自己造成的。"

老太太再三责斥阿里·沙尔,他鼻孔出血,再次昏迷了过去。

阿里·沙尔第二次从昏迷中苏醒过来,见老太太正为他伤心落泪,心中忧烦难耐,吟诵道:

> 情侣分离苦特殊,情人相见多幸福!
> 安拉能让情人聚,我已尝够思念苦。

老太太为阿里·沙尔感到难过。她说："阿里·沙尔，你在这里等着，我去探听一下消息，马上就回来。"

"我听阿姨的安排！"

老太太离去，半天后回到家中。她对阿里·沙尔说："阿里·沙尔呀，情况真是不妙，要把你愁煞了。看来，只有等到来世与你的心上人相见了。天亮后，那家的人发现临花园的窗子开着，祖姆鲁黛的踪影不见了，带着一袋子钱逃跑了。我到那家门前时，见总督正带着人查看现场呢！没有办法，只有依靠伟大的安拉了！"

阿里·沙尔听老太太这样一说，面色顿时黯淡无光，对生活感到绝望，自认必死无疑，不禁痛哭失声，直至昏迷过去。

阿里·沙尔从昏迷中醒来，因遭思恋、分别两重打击，大病一场，从此卧床不起，闭门不出。邻居老太太热心照顾阿里·沙尔，为他请医治病、喂水喂药，历时整整一年，他的健康情况方见渐渐好转。

回忆往事，阿里·沙尔感慨万千，随口吟诵道：

忧愁聚集日，团圆分别时。珠泪滚滚落，心中火燃炽。
不知详与细，思念增一丝。情思与不安，心备受责斥。
呼请世之主，倘若有闲时；趁我一息存，助我一臂力。

第二年来到了。邻居老太太对阿里·沙尔说："孩子，你整天沉浸在忧伤和痛苦之中，这种忧伤与痛苦是不会把你的心上人送到你面前的。你还是振奋精神，到外面去走一走，也许能够打听到你妻子的下落。"

老太太一直为阿里·沙尔鼓气，阿里·沙尔终于振作起来。老太太让他沐浴，换上干净衣服，给他炖鸡汤，天天如此，照顾得十分周到。

一个月过后,阿里·沙尔身体强壮起来,开始踏上寻找妻子祖姆鲁黛的漫长征途。

阿里·沙尔走了一个地方又一个地方,从一个城市走到另一个城市,所到每处,无不仔细打听妻子的下落。

一天,阿里·沙尔终于来到了祖姆鲁黛当国王的那座城市。

阿里·沙尔走进广场,在摆着甜米饭的桌前的空位子上坐了下来。当他伸手抓饭吃的时候,人们无不为他捏着一把汗。有人对他说:"喂,小伙子,那盘子里的东西是吃不得的!你有所不知,谁吃了那盘子中的甜米饭,谁准要倒霉。"

阿里·沙尔说:"让我吃一点儿吧!等我吃下去之后,任凭他们怎样处置我。因为我已经感到活得太累,需要休息一下了。"

说完,阿里·沙尔抓起甜米饭,吃了一口。

坐在宝座上的祖姆鲁黛已经认出了自己的丈夫,很想马上把他叫到自己的身边,但考虑到他的肚子很饿,心想:"最好让他吃饱再说。"

阿里·沙尔一口接一口地吃着甜米饭。人们都用惊惧的目光注视着这个小伙子,等着看他的下场。

阿里·沙尔吃饱肚子之后,国王祖姆鲁黛对侍卫们说:"把那个吃甜米饭的青年给我带来!手脚要轻些!告诉他,国王有话问他。"

"遵命!"众侍卫异口同声。

侍卫们走到阿里·沙尔跟前,对他说:"先生,请吧!国王有话跟你说,你只管放宽心就是。"

"好吧!"阿里·沙尔随着侍卫们走去。

讲到这里,眼看东方透出黎明的曙光,莎赫札德戛然止声。

第三百二十六夜

夜幕垂降,莎赫札德接着讲故事:

幸福的国王陛下,阿里·沙尔吃饱肚子之后,国王祖姆鲁黛对侍卫们说:"把那个吃甜米饭的青年给我带来!手脚要轻些!告诉他,国王有话问他。"

"遵命!"众侍卫异口同声。

侍卫们走到阿里·沙尔跟前,对他说:"先生,请吧!国王有话跟你说,你只管放宽心就是。"

"好吧!"阿里·沙尔随着侍卫们走去。

众人见此情景,禁不住相互唏嘘道:"毫无办法,只能依靠伟大的安拉了。天哪,国王叫他去,会有什么事呢?"

有人说:"准是好事!你想想啊,假若国王要杀他,还会让他吃饱肚子再叫他去吗?"

阿里·沙尔来到国王面前,先问安好,继之恭恭敬敬地行吻地礼。国王回过礼,敬重之意显而易见。

祖姆鲁黛问:"你叫什么名字?你是干什么的?何故来到这个城市呢?"

阿里·沙尔回答道:"我叫阿里·沙尔,我是商人的儿子,家住呼罗珊。只因一个女奴走失,特外出寻找,故来到了这个城市。那个女奴是我最亲近的人,自打她走失之后,我的心一直惦念着她……"

话音未落,阿里·沙尔哭了起来,竟哭得死去活来,最终昏迷过去了。

国王祖姆鲁黛吩咐给他的脸上喷洒玫瑰水,侍卫们从命喷洒,片刻后,阿里·沙尔慢慢苏醒过来。

祖姆鲁黛说:"给我拿沙盘、铜笔来!"

侍卫取来沙盘、铜笔,祖姆鲁黛手执铜笔,在沙盘上画了画,仔细看了看阿里·沙尔,然后说道:"你说的全是实话。安拉不久就会让你见到你的那个女奴。你不必担心。"

说完,祖姆鲁黛令侍卫带阿里·沙尔去澡堂沐浴,给他穿上比国王的朝服还漂亮的衣服,让他骑着一匹御马,下午带他到王宫去。

侍卫从命,带着阿里·沙尔走去。

人们见此情景,相互议论道:"国王是怎么啦?为什么对这个青年如此温柔、客气?"

有个人答话道:"我不是对你们说过吗,国王是不会亏待他的,你们瞧呀,那小伙子多么漂亮,国王是让他吃完饭,才叫他去的。"

人们各抒己见,众说不一。

之后,人们散去,各回自家去了。

祖姆鲁黛相信当夜就能见到自己的心上人了。

夜幕垂降,祖姆鲁黛回到寝宫,示意她已有困意。平日里,她只让两个小宫仆伺候她。

祖姆鲁黛端坐在椅子上,寝宫里烛光明亮,灯火辉煌。一切安排妥当,祖姆鲁黛派人去请阿里·沙尔。宫中人得知国王请那个小伙子,无不觉得奇怪,各有各的猜测,各有各的说法。有的说:"不管怎么说,国王喜欢这个小伙子,明天就会任命他为大将军。"

宫仆们把阿里·沙尔带到祖姆鲁黛面前,阿里·沙尔先行吻地礼,然后为国王祈祷、祝福。祖姆鲁黛心想:"我一定要跟他开开玩笑,先不说我是谁。"

祖姆鲁黛说:"喂,阿里·沙尔,你去澡堂洗过澡了吗?"

"国王陛下,我洗过了。"阿里·沙尔回答。

"那里有鸡有肉,请你吃一点儿吧!那里有酒,请你喝一些吧!你已经很累了,吃饱喝足之后,请到这里来。"

"遵命!"

阿里·沙尔走去,按照祖姆鲁黛的吩咐,吃饱喝足,来到祖姆鲁黛面前。

祖姆鲁黛对阿里·沙尔说:"你上床来,为我按摩一下脚吧!"

阿里·沙尔开始给她按摩脚和小腿,发现国王的皮肤柔滑如丝。

"再往上按摩呀!"祖姆鲁黛说。

"求国王宽恕,我不能再按摩膝盖以上的部位。"

"你敢违抗本王的命令?岂不是自找倒霉吗!"

讲到这里,眼看东方透出黎明的曙光,莎赫札德戛然止声。

第三百二十七夜

夜幕垂降,莎赫札德接着讲故事:

幸福的国王陛下,阿里·沙尔照吩咐吃饱喝足。祖姆鲁黛对阿里·沙尔说:"你上床来,为我按摩一下脚吧!"

阿里·沙尔开始给她按摩脚和小腿,发现国王的皮肤柔滑如丝。

"再往上按摩呀!"祖姆鲁黛说。

阿里·沙尔不肯,说:"求国王宽恕,我不能再按摩膝盖以上的部位。"

祖姆鲁黛说:"你敢违抗本王的命令?岂不是自找倒霉吗!你若能很好地服从我的命令和指挥,好处在等着你。我把你当作知己,你就该完全服从我的命令。我将任命你为我的大将军。"

阿里·沙尔说:"大王陛下,你要我服从你的什么命令呢?"

"宽衣解带,和我面面相对,同枕共眠。"

"国王陛下,这万万使不得,我从来没有做过这样的事。假若你强迫我这样行事,世界末日之时,我要和你在安拉面前一争是非曲直。请国王把赏赐给我的东西全部收回,让我离开你们的城市,走自己的路吧!"

话音未落,阿里·沙尔已是泣不成声。

祖姆鲁黛说:"脱下你的衣服,上床跟我共寝。如若不然,我就把你杀掉!"

阿里·沙尔只有从命。

祖姆鲁黛一把搂住阿里·沙尔的后背,阿里·沙尔只觉得两个十分光滑柔软的东西挨住他的后背,光滑如丝,柔若奶酪。阿里·沙尔心想:"这位国王胜过所有女子。"

祖姆鲁黛的双乳在阿里·沙尔的背上停留片刻,自己便躺倒在床上。阿里·沙尔说:"好像国王还没有兴奋嘛!"

祖姆鲁黛说:"阿里·沙尔,照习惯,我那灵根要有人帮着揉搓一番,才会兴奋举起。来吧,给我揉搓一下,若不从命,我就要你的命!"

祖姆鲁黛仰卧在床上,抓住阿里·沙尔的手,放在自己的两腿之间。阿里·沙尔觉得那个地方光滑柔软胜过丝绸,热似澡堂子,像是一颗热恋中的心脏。阿里·沙尔心想:"这位国王像女人一样,真是世上的奇迹!"随后,性欲勃发,阳物举起,直挺挺的,坚硬无比。

祖姆鲁黛见此情景,哈哈大笑起来。她朗声说:"先生,都到这步田地了,你还不知道我是谁?"

"你到底是谁呀?国王陛下。"阿里·沙尔急不可耐。

"我就是你的女奴祖姆鲁黛呀!"

阿里·沙尔终于认出了自己的妻子,一把将她搂在怀里。如同雄狮扑向绵羊,贪婪地亲吻起来,顿时剑入鞘中。她与他时跪时叩,时坐时站。祖姆鲁黛在阿里·沙尔的怀中不时摇动,口中盛赞安拉。与此同时,侍卫在门外守护,伊玛目站在神龛前诵经。

太监们听到声音,走来隔着幕帘观看,发现国王躺着,阿里·沙尔骑在国王的身上,一波三折,一呼三叫,娇声娇气。太监们说:"这是女人的声音呀!也许我们的国王是个女人。"

尽管太监们这样说,但他们没有告诉任何人。

次日清晨,国王祖姆鲁黛传令文武官员、国家要人上朝。国王说:"诸位朝臣、将相,我想到这位男子的家乡去一趟。你们选一位大臣代行王权,等我回来再问政。"

"遵命!"众大臣异口同声地回答。

祖姆鲁黛去意已定,开始收拾行装,准备好干粮、钱财、骆驼、驴子,然后带上珍宝、细软,携阿里·沙尔走出京城,踏上归程。

夫妻俩一直来到阿里·沙尔的家乡,进了家门,赠送礼品,广济博施。从此以后,夫妻和睦相处,相敬如宾,生儿育女,过着美满愉快的幸福生活,直至白头偕老。

讲到这里,妹妹杜娅札德说:"姐姐,你讲的故事太精妙、太有趣、太吸引人了,再给我讲个故事吧!"

莎赫札德说:"如果国王陛下能再留我一夜,我将讲一个更美妙、更动听的故事。"

舍赫亚尔国王心想:"我不能杀她,好让她再讲几个好故事。"想到这里,国王说:"天未亮,你讲下去吧!"

莎赫札德开始讲《布杜尔与朱贝尔》的故事:

相传,有一天夜里,信士们的长官哈伦·拉希德躺在床上,辗转反侧,睡不着觉。因为失眠,甚感疲倦之时,便差人把迈斯鲁尔叫到面前。他对迈斯鲁尔说:"喂,迈斯鲁尔,我实在睡不着觉,你看,谁能为我开开心,解解闷儿呢?"

迈斯鲁尔说:"主公陛下,你何不到御花园去,赏赏花木,看看众星捧月、水中月影的美妙景色呢?"

哈里发哈伦·拉希德说:"迈斯鲁尔,我无心欣赏任何一种美景啊!"

"主公陛下,你的宫中有三百嫔妃,每位嫔妃都有自己的寝宫,你何不让她们都守在自己的寝宫里,趁她们不知不觉之机,一一欣赏她们的玉姿呢?"

"迈斯鲁尔,宫殿是我的宫殿,嫔妃是我的嫔妃,我却无心去欣赏她们的玉姿呀!"

"主公陛下,那就把学者、哲人和诗人请到你的面前,让他们谈论学问,吟唱诗歌,讲些奇闻逸事和有趣的故事吧!"

"我也无心听这些东西。"

"主公陛下,不妨让侍童、酒友和精灵鬼们到你这里来,给你说些稀奇古怪的笑话,好吗?"

"迈斯鲁尔,这也没有什么意思啊!"

"主公陛下,这也不好,那也不好,那你就杀掉我吧!这样也许能消除您的失眠、烦躁之苦。"

讲到这里,眼看东方透出黎明的曙光,莎赫札德戛然止声。

第三百二十八夜

夜幕垂降,莎赫札德接着讲故事:

幸福的国王陛下,迈斯鲁尔对哈里发哈伦·拉希德说:"主公陛下,不妨让侍童、酒友和精灵鬼们到你这里来,给你说些稀奇古怪的笑话,好吗?"

"迈斯鲁尔,这也没有什么意思啊!"

"主公陛下,这也不好,那也不好,那你就杀掉我吧!这样也许能消除您的失眠、烦躁之苦。"

哈里发听迈斯鲁尔这样一说,禁不住笑了起来,他说:"喂,迈斯鲁尔,你去看看,站在门外的酒友有谁?"

迈斯鲁尔走去,不多时回来报告说:"主公陛下,站在门外的是阿里·伊本·曼苏尔·海里阿·大马士基。"

"把他叫来!"

迈斯鲁尔走去,将阿里带了进来。

阿里来到哈里发面前，说道："信士们的长官，你好哇！"

哈里发还礼后，说："喂，伊本·曼苏尔，给我讲个故事听听吧！"

阿里说："信士们的长官，是讲我亲眼看到的，还是讲我听到的呢？"

"如果你目睹过什么怪事，那就讲给我听听吧！俗语云：百闻不如一见嘛！"

"信士们的长官，那就请您听我讲吧！"

"喂，伊本·曼苏尔，我目不转睛，侧耳聆听。"

阿里开始讲《布杜尔与朱贝尔》的故事：

信士们的长官，你有所不知，巴士拉总督穆罕默德·伊本·苏莱曼·哈什米每年给我一笔津贴，每年我都要到他那里去领取。

有一年，我照例到了巴士拉城领取津贴，见总督问好，总督回过礼，对我说："喂，伊本·曼苏尔，上马和我们一块儿去打猎吧！"

我说："主公啊，我可无力骑马外出狩猎呀！总督阁下，你就留下几位侍从，陪我在宾馆里休息吧！"

总督照办，然后外出打猎去了。

他们热情款待我，对我照顾得十分周到。我心想："凭安拉起誓，多么怪呀！好长时间以来，我从巴格达来到巴士拉，总是出了宫殿，就到花园，出了花园又回到宫殿，除此之外，一无所知。我什么时候能有机会到巴士拉各个地方去游览一下呢？现在正是好机会，我立即外出，独自转上一转，也好消消食啊！"想到这里，我立刻换上最漂亮的衣服，向巴士拉大街走去。

信士们的长官，正如你所知，巴士拉城里有七十条街道，每条街道长七十伊拉克法尔萨赫。

我走着走着,竟然在胡同里迷失了方向,而且口渴得厉害。我正走着,忽见一座大门出现在面前,门上有两只铜环,还悬挂着红色丝绸门帘。大门的两侧有两个长凳,长凳的上面有一架葡萄树,几乎将大门的门头全部覆盖。我不由自主地停住了脚步,观赏这个地方。

我正站在那里,出神地观赏时,忽听一种呻吟声传入耳际,那声音发自于一颗痛苦的心。只听有人吟唱道:

只因一只羚,远远离家乡。
我的身与心,屡屡遭灾殃。
唤声惠风来,带走我惆怅。
看在安拉面,莫绕我住房。
但期责备之,责备润心肠。

好言出善口,善语他聆听。
委婉从头叙,你俩之爱情。
且请施予我,恩德一二重。
切请示意我,有话当讲明。
你家奴何罪,却落弃离命?

他本没有罪,亦未违抗令;
心未向别人,也没出轨行;
未曾背约言,且无劣迹行。
假若他微笑,开言宜温情。
何不复旧交,救他于急中?

> 他没忘旧情,一心恋着你;
> 终夜眼不合,饮泣复叹息。
> 他表喜欢时,那便是目的;
> 即使面挂怒,也莫要在意。
> 只管搪塞他,就说不知底。

听过这凄凉的歌声,我心想:"如果说这位歌手是十分出色的,那么,可以说他集人美、口才出众和音色超群于一身了。"我走近大门,一点儿一点儿地掀开门帘,忽见一位皮肤白皙的小姐,宛如十四日晚上的那轮圆月:弯弯的双眉下,有一双惺忪的睡眼;两个乳峰丰隆高耸,就像两个大石榴;两片薄薄的嘴唇,就像菊花瓣似的;她的嘴就像苏莱曼的戒指;她的牙齿洁白而整齐,正所谓朱口含玉。小姐的容貌和仪表足以令诗人诗兴大发,令文人挥毫落墨。正如诗人所云:

> 朱口含珠玉,何人为你镶?谁寄菊酒香,附你小嘴上?
> 谁借唇之光,嵌在你面庞?谁持红玉锁,禁你把口张?
> 见你一面者,神销魂飞扬;吻你一下者,又当怎么样?

诗人又云:

> 朱口含珠者,且请怜玉齿。视你为孤儿,切莫倾轧之。

总而言之,那小姐具备普天下所有的美,足令女子嫉妒,又令男子羡慕,只觉得看也看不够。正如诗人所描述的那样:

她若走过来,有人目失明;她若离去了,众人寄恋情。
她有艳阳骄,她有皎月明。疏远与反抗,不在其品中。
天上伊甸园,因之门开通。圆月有轨道,围绕她运行。

我正透过幔帘缝隙看那小姐时,但见她突然把目光转向我,发现我在门外,便对她的一个女仆说:"你去看看,站在门外的是何人?"

女仆走来,看见我,对我说:"喂,老头儿,难道你不知道羞耻?莫非白发与羞耻紧紧相随?"

我辩解说:"小姑奶奶,白发是事实,因为我已年迈;而羞耻,则谈不上,因为我并没有不知羞耻的表现。"

女主人开口说:"你贸然闯入别人宅中,偷看人家的小姐,世上还有比这更不知羞耻的行为吗?"

我立刻申辩道:"小姐,我这样行动,是情有可原的。"

"有何情可原?"

"我是个异乡客,口干渴得厉害,想要口水喝呀!"

那小姐说:"这倒是情有可原的。"

讲到这里,眼看东方透出黎明的曙光,莎赫札德戛然止声。

第三百二十九夜

夜幕垂降,莎赫札德接着讲故事:

幸福的国王陛下,阿里继续讲自己的亲身经历:

女主人开口说:"你贸然闯入别人宅中,偷看人家的小姐,世上还有比这更不知羞耻的行为吗?"

我立刻申辩道:"小姐,我这样行动,是情有可原的。"

"有何情可原?"

"我是个异乡客,口干渴得厉害,想要口水喝呀!"

那小姐说:"这倒是情有可原的。"

她回过头去,对奴仆说:"喂,鲁图夫,拿金壶去,给他点儿水解渴。"

那奴仆送来一只镶嵌着珍珠、宝石的金壶,满满的一壶水,散发着麝香的芬芳,上面盖着一块绿绸帕。

我开始喝水,边喝边偷眼看着那小姐,喝的时间很长。我喝足水,把水壶还给一个女仆,仍站在原地未动。那小姐说:"老人家,喝了水,不渴了,请走吧!"

我说:"小姐,我心事重重啊!"

"你在想什么呢?"

"我在想时过境迁呀!"

小姐说:"说得对呀!随着时间的消逝,会产生许多新奇怪事嘛!你看到了什么新鲜事,致使你去思考呢?"

我回答说:"我在想这座房舍的主人,因为我是他的生前友好。"

"他叫什么名字?"

"他叫穆罕默德·本·阿里·高海里。他可是个有钱人呀!他留有后代吗?"

"他留下一个女儿,名叫布杜尔。父亲的大笔财产,都由女儿继承下来了。"

"好像你就是他的女儿吧?"

"正是。"

布杜尔笑了。她又说:"老人家,你说的话不少了,走吧,忙自己的事情去吧!"

"走嘛,我是一定要走的。不过,我发现你的神色有些不正常,就请你把自己的事情告诉我吧!也许安拉会通过我的手给你带来宽慰与解脱。"

"老人家,倘若你能够保住我的秘密,我就把我们的秘密吐露给你。请你告诉我,你究竟是何许人,以便我知道你能否保住秘密。诗人有诗为证……"

小姐吟诵道:

只有诚信人,方能保秘密。秘存精英处,得以不泄露。
秘密在我口,如同锁房里;钥匙已丢失,房门紧关闭。

我听完布杜尔吟诵的诗歌,对她说:"布杜尔小姐,你既然想知道我是谁,我就实话告诉你。我是阿里·伊本·曼苏尔·海里阿·大马士基,乃当今哈里发哈伦·拉希德的好友。"

布杜尔一听到我的名字,马上离开座椅,走过来向我问安。她说:"伊本·曼苏尔,欢迎你,欢迎你呀!我现在把我的情况告诉你,因为我相信你能为我保密。我是个失恋的女子。"

"小姐,你长相如此漂亮,你所爱恋的人自然也是美男子。你爱恋的究竟是何人?"

"我爱恋的是舍巴尼族的一位王子,名叫朱贝尔·本·欧麦义尔·舍巴尼。"

接着,布杜尔小姐把那位青年向我描述了一下,说巴士拉再没有比他更好的青年。我对小姐说:"喂,小姐,你们之间有联系或通信吗?"

"有联系,有通信,但只是口头上的相爱,并不是发自于内心。因为他没有实践自己的诺言,也没有信守他自己的誓言。"

"小姐,你俩分手的原因何在呢?"

"原因嘛,是这样的:一天,我坐在家中,一个女仆为我梳头,女仆为我梳好头,编好辫子,见我姿色大增,于是低下头来,朝我的面颊上亲了一下;就在这个时候,我那位恋人突然走了过来,看见女仆亲吻我,顿时愤然离去,决计与我分手,并且凄然吟诵道:

　　一旦有谁人,与我共爱情;
　　我将弃所爱,宁愿独自生。
　　倘其有所爱,爱其有何用?

"自打那次他离我而去后,至今无书信来,也不曾回过我的信。喂,伊本·曼苏尔……"

我立即答道:"小姐何事吩咐?"

"我想让你送一封信给他,假若你能带着他的回信来见我,我将赏给你五百第纳尔;如果拿不到任何回信,我也不让你白跑腿,赏你一百第纳尔。"

"那么,你就看着办吧!"

"好的!"

布杜尔说完,唤来女仆,要她们拿来笔和纸墨,她挥笔写下这样一首诗:

　　唤声亲爱者,隔阂何从现?

何当相宽容？何时息相关？
何故弃我去？你面大改观。
世间造谣者，一片虚伪言。
只因你爱听，他们言无边。
倘若信他们，事情必大乱。
你意我知道，切莫信谗言。
且凭主起誓，何传你耳间？
既知是谣言，你知如何办。
倘使话正确，也听我一言：
凡话有释义，歪曲亦难免。
纵使主启示，亦被人改篡。
世上也有人，《圣经》不入眼。
在我之前者，伪造不鲜见；
有人说优氏，也把叶氏怨。
世界末日至，我们面对面；
同与造谣者，来把账清算。

布杜尔小姐写完信，封好之后，递给我。

我怀揣着小姐的手书，行至朱贝尔·本·欧麦义尔·舍巴尼家，发现他不在家，外出打猎去了。于是，我便坐在他的家门前等他回来。我坐下不久，朱贝尔打猎回来了。

信士们的长官，我见他骑在马上，不禁为朱贝尔的美貌一惊。他看见我坐在门外，便离鞍下马，走到我的面前，和我拥抱，向我问安。当我抱住他时，自感仿佛抱住了整个天下及其中的一切。

朱贝尔把我领进家门，让我坐在他的床上，然后吩咐仆人抬来一张呼罗珊木做的金腿桌子，上面摆放着各种食品和菜肴，还有各种烤肉和烧肉。

讲到这里,眼看东方透出黎明的曙光,莎赫札德戛然止声。

❖ 第三百三十夜 ❖

夜幕垂降,莎赫札德接着讲故事:

幸福的国王陛下,阿里·伊本·曼苏尔继续讲自己的亲身经历:

朱贝尔把我领进家门,让我坐在他的床上,然后吩咐仆人抬来一张呼罗珊木做的金腿桌子,上面摆放着各种食品和菜肴,还有各种烤肉和烧肉。

我坐在桌旁,仔细观看,只见桌子上写着这样一首诗:

有请美男子,赴宴洗尘埃。沙鸡雏最香,红烧更添色。
我心俱不恋,两种鱼除外。我有新烙饼,登霄节①供差。
晚涎香可口,醋里浸青菜。手掌近手镯,米饭拌冰奶。
灵魂且忍耐,安拉最慷慨;束手无策时,主助你开怀。

---

① 登霄节,伊斯兰教传统节日。登霄,亦称"升宵",阿拉伯语意译,原意为"阶梯"。据《古兰经》记载,穆罕默德五十二岁时的一个夜晚,由天使吉卜利勒陪同,乘天马由麦加至耶路撒冷,又从那里遨游七重天,见过古代先知和"天堂""火狱"等,黎明时重返麦加。此后穆斯林于伊斯兰教历太阴年每年的七月二十七日夜举行礼拜、祈祷,以示纪念,即为登霄节。

朱贝尔说:"请动手,尝尝我们的饭菜吧!吃了我们的饭菜,方才能抚慰我们的心神!"

我对他说:"你不满足我的要求,我是不吃你的一口饭菜的。"

"你有何要求呢?"

我掏出布杜尔小姐写的那封信,递到朱贝尔的手里。

朱贝尔看过信,明白了其中的意思,便把信撕掉,随手丢在了地上。他对我说:"喂,伊本·曼苏尔,不管你有什么样的要求,我都能满足你,只是与写此信的人有关的要求,无法满足你;此外,我也不会回复这封信。"

听他这样一说,我愤然离他而去,而他却立刻追上来,拉住我的衣角,说道:"喂,伊本·曼苏尔,虽然我没有在你们俩面前,但我可以把她嘱咐你的话说给你听听。"

"她对我说了些什么?"

"写这封信的那位小姐对你说:你一定要把他的回信带给我;若有回信带来,我赏给你五百第纳尔;若没带来回信,也不让你白跑腿,将赏给你一百第纳尔。"

"是的,她的确是这样说的。"

"那么,你今天就在我这里坐上一天,吃点儿喝点儿,欢欢乐乐,高高兴兴,再从我这里拿上五百第纳尔赏金。"

于是,我坐了下来,又吃又喝,欢乐尽兴,夜下和他促膝谈心。

之后,我对他说:"先生,贵府没有乐声可赏吗?"

朱贝尔说:"有一段时间了,我们饮酒不赏乐曲。"

说完,他呼唤自己的女仆道:"喂,莎吉莱·杜尔!"

只听女仆答了一声,然后抱着一把印度产的四弦琴走来。坐下之后,取下包在四弦琴上的绸布,怀抱着琴,一连弹奏了二十一支

曲子。当她重弹第一支曲子时,边弹边唱道:

不尝爱情苦,哪知爱情甘?
不晓离悲苦,哪知合聚欢?
道理一个样,只要路走偏;
不晓路平坦,不知路崎岖。
至今抗恋情,尽尝苦与甜。
苦酒下肚去,屈尊主奴前。
曾有几多夜,情侣对欢颜;
唇齿相接时,津液赛蜜甜。
交欢时嫌短,夜闪晨突现。
分离你与我,时光曾誓言;
忠实践誓约,如今果其然。
时光老人家,从不背约言;
试想天下奴,谁违主子愿?

女仆的歌声刚停,只听主人一声大喊,随后倒在地上,昏迷不省人事了。那女仆说:"老人家,安拉是不会责备你的,好长时间以来,我们只饮酒,不赏歌乐,就是因为担心我们的主人会发生这样的情况。不过,没有什么要紧的,你去小房间休息一下吧!"

我朝女仆指的那个小房间走去,在那里一直睡到大天亮。我刚醒来,便见一男仆走进房间,带着一个钱袋,里面装着五百第纳尔。他对我说:"这就是我们的主人向你许下的那笔赏钱。不过,你不要再回让你送信的那位女子那里去了,权当你和我们都没听到这个消息罢了。"

"遵命!"

我伸手接过钱袋，离开了那里。我心想："那个小姐，打昨天起就一直等着我。凭安拉起誓，我一定要去见她，把我与朱贝尔之间发生的事情全都告诉她。因为我没有带回她所期望的回信，她不但会骂我，还会骂我的同乡人。"

　　想到这里，我向她的家走去，发现她站在大门后。她一看见我，便说："喂，伊本·曼苏尔，你没有为我办成事。"

　　"谁告诉你的？"我问她。

　　"伊本·曼苏尔，我有另一种觉察，那就是觉察到你把信递给了他，他便将信撕掉，然后扔了。他还对你说：'喂，伊本·曼苏尔，不管你有什么要求，我都能满足你，只是与写此信的人有关的要求，无法满足；此外，我也不会回复这封信。'于是，你就愤然离他而去，而他却立刻追了上来，拉住你的衣角，对你说：'喂，伊本·曼苏尔，你今天就在我这里坐上一坐。你是我的客人，吃点儿喝点儿，欢欢乐乐，高高兴兴，再拿上五百第纳尔。'于是，你就坐在他那里，又吃又喝，又玩儿又乐，夜下畅谈，一位女仆还唱了某人的诗歌，弹奏了某人的乐曲，他听后倒在了地上，昏迷了过去。"

　　信士们的长官，我听她说得这样详细真实，不禁大惊，问她："你和我们在一起吗？"

　　她对我说："伊本·曼苏尔，难道你没听过这样几句诗……"

　　她吟诵道：

　　　　情侣心头上，生有一双眼；常人不见事，它却看得见。

　　布杜尔又对我说："不过，伊本·曼苏尔，不管什么东西，一日一夜之后，都会发生变化。"

讲到这里,眼看东方透出黎明的曙光,莎赫札德戛然止声。

第三百三十一夜

夜幕垂降,莎赫札德接着讲故事:

幸福的国王陛下,阿里·伊本·曼苏尔继续讲自己的亲身经历:

布杜尔吟完诗,又对我说:"不过,伊本·曼苏尔,不管什么东西,一日一夜之后,都会发生变化。"

说着,她抬眼望着天空,祈祷道:"主啊,我因爱朱贝尔而遭磨难,求你也让朱贝尔因为我而遭受磨难吧!求你把爱情从我的心中转移到他的心中去吧!"

说完,她给了我一百第纳尔,作为我的辛苦费。

我接过钱,向巴士拉总督府走去。到了总督府见总督已打猎回来。我领取了自己的津贴,便返回了巴格达。

第二年,我照例去巴士拉领取津贴。我领了津贴,决计返回巴格达时,想起了布杜尔小姐的事情。我自言自语道:"凭安拉起誓,我一定要去她那里一趟,看看她与她的恋人之间的事情究竟怎么样了。"

我信步来到小姐的家门前,但见那里有人在扫地,有人在洒水,婢女们出出入入,一片繁忙景象。我见此情景,心想:"莫非小姐忧闷难耐,不幸夭折,房主易人,家被某王公占了?"

我离开那里,行至朱贝尔·本·欧麦义尔家,见那里的长凳已经破烂,门外也不像往常那样站着守门奴仆。我想:"也许主人已经过世了。"我呆呆地站在那里,泪水潸然落下,凄然吟诵道:

> 先生远去了,心随他们魂。还请返回来,回返节日新。
> 站在故居中,凭吊贵宅门。眼帘相厮打,伤心泪淋淋。
> 发语问宅院,废墟泪满襟。当年慷慨主,今朝何处寻?
> 且请走已路,故友相离分;长眠黄土下,隔世难亲近。
> 主偿他们愿,不没高见真。丰功伟德在,留世垂人心。

信士们的长官,当我正吟诗凭吊这座房舍时,忽见一个黑奴从院里走了出来,上前对我说:"老家伙,你住声吧!你死了娘老子啦?你为什么用这样的诗句哭吊这座房舍?"

我回答他说:"我知道这座房舍本是我的一位好友的。"

"他叫什么名字?"

"他叫朱贝尔·本·欧麦义尔·舍巴尼。"

"他仍像原来那样,家财万贯,幸福安然,只不过因为爱上一个名叫布杜尔的小姐,痴情不浅,这才遭了一场感情上的磨难,如今变得就像一块石头,饿时不会索食,渴了不会要水,令人同情可怜。"

我急忙问:"让我进去看看他吧!"

黑奴说:"你要去看一个神志清醒的人,还是要去看一个什么也不知道的人呢?"

我说:"无论如何,我也要进去看看他。"

黑奴进去禀报,片刻后转回,准许我进去探望。我进到屋里一看,果见朱贝尔像一块石头,既不明白手势,更不明白话语。我跟他说话,他不跟我说话。一侍从对我说:"先生,你若能背诵些诗句,就请吟给我们的主人听吧!声音要大些,或许他会醒过来与你说话。"

我即刻吟诵道:

布杜尔的爱,已忘或牢记?长夜不得眠,或沉睡梦里?
倘若泪不干,足见情未移;来日极乐园,你位齐天地。

朱贝尔听罢我吟诵的诗歌,睁开了眼睛,对我说:"伊本·曼苏尔,欢迎你!"

一句玩笑,变成了现实。我对朱贝尔说:"先生,有什么事情用得着我吗?"

"有的,有的!我想写封信,请你带给她。若能带来一封回信,我将赏给你一千第纳尔;即使带不来回信,我也赏给你二百第纳尔作为辛苦费。"

我信口答道:"那就请写吧!"

讲到这里,眼看东方透出黎明的曙光,莎赫札德戛然止声。

第三百三十二夜

夜幕垂降,莎赫札德接着讲故事:

幸福的国王陛下,阿里·伊本·曼苏尔继续讲自己的经历:

朱贝尔听罢我吟诵的诗歌,睁开了眼睛,对我说:"伊本·曼苏尔,欢迎你!"

一句玩笑,变成了现实。

我对朱贝尔说:"先生,有什么事情用得着我吗?"

"有的,有的!我想写封信,请你带给她。若能带来一封回信,我将赏给你一千第纳尔;即使带不来回信,我也赏给你二百第纳尔作为辛苦费。"

我信口答道:"那就请写吧!"

朱贝尔要女仆取来笔、墨和纸,他挥笔写下这样一首诗:

呼请先生们,凭主放我宽;爱情已使我,神志飞外天。
你情征服我,令我染病患;本系高傲人,如今显奴颜。
我曾蔑视爱,时在今日前;在我眼睛里,爱微不足谈。
我终亲眼见,爱海波涛翻;诚意求安拉,恕我出狂言。
可以怜悯我,听由你们愿;亦可判我死,送我驾鹤返。

朱贝尔写完,封好,递到我的手中。我怀揣着信,向布杜尔家门走去。

走到布杜尔家大门口,我像往日一样,慢慢撩开门帘,忽见十个如花似玉的漂亮少女围在布杜尔小姐的四周,宛如众星捧月,又像是乌云围绕着一轮艳阳,看不出小姐的脸上有任何痛苦的表情。

我正出神地望着小姐时,小姐一转脸,看见我站在门口,便说:"喂,伊本·曼苏尔,欢迎你!请进来呀!"

我走了进去,向小姐问安后,将信递到她的手中。

小姐看过信上的诗句，笑了。她对我说："伊本·曼苏尔，诗人没说谎啊！"

她随口朗诵了这样几句诗：

痴情君莫急,忍耐字当先;定有差使至,会将情来传。

布杜尔小姐又说："伊本·曼苏尔，我这就动笔复信，也好让你领到他许诺过的赏钱。"

我急忙说："安拉嘉奖你，小姐！"

她要女仆拿来笔、墨和纸，挥笔写下这样一首诗：

你已背誓约,我怎践诺言?
见我正且直,你肆无忌惮。
冷漠相加后,关系遂中断。
当然约言吹,背弃意显见。
须知我至今,信从你约言;
暗暗几起誓,保你名声全。
却见坏事出,伤我脸与面;
又听你丑闻,不翼天下传。
莫非抬高你,必把我低贬?
凭主我起誓,慷慨加倍还。
且消心中疑,莫让关系断!

我对布杜尔小姐说："小姐，凭安拉起誓，他看了这样的诗句，会死去活来的。"

小姐听后，随手将刚写好的诗文撕掉了。我对她说："请你写几句别的诗吧!"

"好吧!"

小姐挥笔写下这样一首诗:

> 责备者有语,一切听心间;虽听神愉快,睡眠亦香甜。
> 我心忘你们,眼不再失眠。人云别离苦,显然是谎言。
> 我尝离别味,只觉味道甘。有人提起你,我已觉厌烦。
> 在我心目中,此事不值谈。我已忘掉你,尽人知其然。

我对小姐说:"小姐,凭安拉起誓,他看到这首诗后,他的灵魂会立即离开他的肉体的。"

小姐说:"伊本·曼苏尔,我伤心到这种地步,只会说出这样的话来。"

我对布杜尔小姐说:"你说出更加过头的话,也是理所当然的。不过,宽容乃贵人的一种天性啊!"

她听我这样一说,不禁热泪盈眶,然后立即提笔写了一首诗;信士们的长官,凭安拉起誓,恐怕陛下的宫廷中无人能写出这样的好诗句。她写道:

> 放肆与诬告,借问何时终?
> 实话对你讲:皆出嫉妒情。
> 兴许我有错,全在无意中。
> 切请告诉我:谗言何处生?
> 亲爱人儿呀,我有一个梦:
> 欢迎你来访,高枕卧眼睛。
> 畅饮爱情酒,莫愁醉酩酊。

布杜尔小姐写罢信……

讲到这里，眼看东方透出黎明的曙光，莎赫札德戛然止声。

第三百三十三夜

夜幕垂降，莎赫札德接着讲故事：

幸福的国王陛下，阿里·伊本·曼苏尔继续讲自己的经历：

布杜尔小姐写罢信，封好之后，递到我的手中。我接过信，对小姐说："小姐呀，这封信是医病的良药啊！"

我揣起信，转身走去，不期小姐又把我喊回来，对我说："喂，伊本·曼苏尔，你告诉他，就说我今夜去他那里做客。"

我听她这样一说，高兴极了。我带着信向朱贝尔家走去。

我走进朱贝尔家一看，发现他正眼睁睁地望着大门，等待着我的回信。

我把信递给他，他打开一看，随后一声大喊，晕了过去。当他慢慢苏醒过来时，对我说："伊本·曼苏尔，这封信是小姐用手所写、用手指摸过的吗？"

我说："先生，难道世上有谁用脚写信吗？"

信士们的长官，凭安拉起誓,我的话音刚落，便听到走廊里传来金首饰的叮当响声,原来是布杜尔小姐进了大门,已来到走廊里。

朱贝尔看见布杜尔小姐，当即站了起来，仿佛从来没有什么病痛似的。朱贝尔上前紧紧与布杜尔拥抱在一起，他那顽疾不治而消了。

朱贝尔坐了下来，而布杜尔没坐，我便对小姐说："小姐，你为什么不坐呢？"

布杜尔小姐说："伊本·曼苏尔，我坐下必须遵从我们之间的那个条件。"

"你俩之间有什么条件呢？"我问。

"恋人是不向任何人吐露他们的秘密的。"

随后，小姐把嘴贴近朱贝尔的耳边，对他说了几句悄悄话，朱贝尔说："遵命！遵命！"

片刻后，朱贝尔站起身来，走去对家仆小声说了几句话，只见那家仆离去，片刻后领着一位法官和两个证人走来。朱贝尔递上一个装有十万第纳尔的钱袋给法官，同时说道："法官阁下，这是十万第纳尔，作为聘礼为我和这位小姐缔结婚约吧！"

法官对布杜尔小姐说："你要说，我完全愿意。"

布杜尔说："我完全愿意。"

婚约缔结完毕，布杜尔打开钱袋，抓了一把钱，递到法官和证人手里，然后将其余的钱交给朱贝尔。

法官和证人离去后，我与他俩坐在一起，兴高采烈，欢快异常，直到夜半之后。我心想："这是一对恋人，经过相当一段时间的离愁之后，终于成了眷属。我马上找个地方睡一觉去，让他俩好好亲热亲热吧！"

我站起来要走，布杜尔拉住我的衣角，对我说："你刚才想了些什么呢？"

我把自己的想法对她一一说明，她说："你先坐在这儿！等我们想让你走时,会打发你走的。"

我和这对新人一直坐到近东方大亮时,布杜尔说:"喂,伊本·曼苏尔,你到那个小房间去吧!因为我们已为你收拾好,那就是你睡觉的地方!"

我站起来走去,在那个小房间里一直睡到大天亮。

天亮之后,童仆送来一个脸盆和一只水壶。我小净之后,做过晨礼,然后坐下来。我正坐着的时候,只见朱贝尔及其妻子走出浴室,各自梳理着自己的额发。我走了过去,热情祝贺他俩结成眷属。我对朱贝尔说:"有条件开始的事情,其终局才能美满。"

朱贝尔对我说:"你说得对!你应该得到款待和敬重。"

说完,朱贝尔喊来账房,对他说:"给我拿三千第纳尔来!"

账房送来一个装有三千第纳尔的钱袋,递给朱贝尔。朱贝尔对我说:"请接受我的谢礼吧!"

我说:"你不把你原来对布杜尔小姐的追求那样冷漠,后来又失魂落魄地爱恋她的真正原因告诉我,我是不能接受这份谢礼的。"

朱贝尔说:"我这就对你讲。我们有个节日,名叫元旦。元旦那天,人们都要外出,到河里划船、观景。我和我的朋友们也都外出观景去了。我发现河上有条船,上面坐着十个姑娘,个个如花,人人似月,布杜尔小姐坐在她们当中,怀抱一把四弦琴。布杜尔小姐一连弹奏了十一支曲子。当她重弹第一支曲子时,边弹边唱道:

　　我腑中火烈,相比火显冷;比我情人心,顽石不算硬。
　　他的品与性,令我感吃惊。一颗顽石心,却生水体中。

"我听完她的弹唱,情不自禁地对她说:'请你再弹唱一遍,让我欣赏一下吧……'"

讲到这里，眼看东方透出黎明的曙光，莎赫札德戛然止声。

第三百三十四夜

夜幕垂降，莎赫札德接着讲故事：

幸福的国王陛下，阿里·伊本·曼苏尔继续讲自己的经历：

朱贝尔说："我听罢她的弹唱，情不自禁地对她说：'请你再弹唱一遍，让我欣赏一下吧！'但她不乐意再弹唱。于是，我命令我的水手们用酸橙子投她，直投得她乘坐的那条船险些倾翻在水里。布杜尔走了。这就是爱情从她的心中转入我的心中的原因。"

我听后，热烈祝贺他与布杜尔小姐喜结良缘，随后接过钱袋，回到了巴格达城。

哈里发哈伦·拉希德听完阿里·伊本·曼苏尔讲的故事，失眠、烦闷之感顿消，只觉心神轻松，心花怒放。

讲到这里，妹妹杜娅札德说："你讲的故事真动人，真精彩，真奇妙！"

莎赫札德说："如果国王陛下能再留我一夜，我将讲更精彩、更动人、更奇妙的故事。"

舍赫亚尔国王说："天色还早，你就讲吧！"

莎赫札德开始讲《异肤色六婢女争辩》的故事：

相传,有一天,信士们的长官哈里发马蒙端坐在宫中,把文官武将、国家要员和诗人酒友全都召到他的面前。他有一位好友,名叫穆罕默德·白斯里,当时也在座。

哈里发马蒙望着穆罕默德·白斯里,说道:"喂,穆罕默德·白斯里,给我讲个故事吧!当然,要讲我从未听过的故事!"

穆罕默德·白斯里说:"信士们的长官,你希望我讲亲耳听到的呢,还是讲我亲眼看到的呢?"

哈里发马蒙说:"穆罕默德·白斯里,哪个新奇,你就讲哪个!"

穆罕默德·白斯里开始给哈里发马蒙讲《异肤色六婢女争辩》的故事:

信士们的长官,许久许久以前,有一位富翁,祖籍也门,之后他由也门来到了我们这座巴格达城,购置了房产,随后将家眷和财产全部搬到了这里。他家里有六个婢女,个个如花,人人似玉。第一个是位白肤色的姑娘,第二个是位褐肤色的姑娘,第三个是位胖姑娘,第四个是位瘦姑娘,第五个是位黄肤色的姑娘,第六个是位黑肤色的姑娘,人人容颜俊秀,识文断字,个个能弹善唱,各有绝活。

有一天,富翁把六个婢女叫到面前,命仆人端上酒菜,和姑娘们边吃边喝,边弹边唱,津津有味,乐不可支。富翁手把酒杯,望着白肤色的姑娘,说:"白姑娘,给我们唱一支美妙的歌曲吧!"

白姑娘抱起四弦琴,调好琴弦,玉指轻弹,乐声飞扬,仿佛整个厅堂都伴之起舞。她边弹边唱道:

我有一情郎,影不离我眼;他的姓与名,深藏我心田。

每当想起他,心布周身间。每当望见他,周身化作眼。
责备者有话:他情你忘完?无事怎说有。恕我率直言。
唤声责备者,远离我身边!易事变难易,难事化易难。

主人听罢,喜不自胜,举杯饮下杯中酒,并让姑娘们一一举杯。他又满上一杯酒,把在手中,望着褐肤色的姑娘,说道:"喂,火炬光,香妃女,你的歌喉美妙,人听人爱,给我们唱一曲吧!"

褐姑娘抱起四弦琴,轻弹琴弦,整个厅堂里沉浸在欢快的气氛之中,诸多颗心脏因之加速跳动。她边弹边唱道:

对你我起誓,平生只爱你;
纵使死期至,不把你背弃。
皎洁圆月啊,蒙纱添俊逸。
天上所有美,均绕你大旗。
你美盖世物,安拉尤爱你。

主人听后大悦,随之干掉杯中之酒,亦请姑娘们一一干杯。之后,他又满上一杯酒,拿在手中,望着胖姑娘,令之唱上一曲。胖姑娘抱起四弦琴,玉指轻弹,人间苦闷顿时云消雾散。她边弹边唱道:

只要你欢欣,便合我之求。
他人怒气盛,我一概不瞅。
你显俊美貌,帝王面莫留。
你具天下美,听我一言酬:
只要你满意,今世无所谋。

主人听罢,兴高采烈,举杯一饮而尽,又令姑娘们一一干杯。然后自己满上一杯,把在手中,望着瘦姑娘,说:"杨柳枝呀,你给我们献上一曲好吗?"

瘦姑娘抱起四弦琴,调好弦,边弹边唱道:

除非为安拉,方忍此折磨。无法忍耐时,才想躲避过。
但求司情官,评判你与我;还我那份权,公道扬高波。

主人听后,兴奋不已,随后干掉杯中酒,又让姑娘们一一干杯。之后,她又满上一杯酒,端在手里,望着黄肤色的姑娘,说道:"喂,白日的太阳,请你给我唱一曲吧!"

黄姑娘抱起四弦琴,奏起轻快的乐曲,同时唱道:

我有亲爱者,每在他面前;他的双眸中,似藏两柄剑。
安拉从他手,取我部分权;我心握他手,他将我疏远。
莫要理睬他!我对我心言;然而我的心,只向他倾偏。
世间万物多,只求他做伴;可惜时光佬,投我嫉妒眼。

主人听罢,喜形于色,举杯一饮而尽,又令姑娘们一一干杯。之后,主人满上一杯酒,望着黑肤色的姑娘,说道:"黑珍珠,唱一曲给我们听吧!哪怕只唱上两句呢!"

黑姑娘抱起四弦琴,紧了紧弦,接着弹了数支曲子。当她重弹第一支曲子时,和着琴声唱道:

呼声眼睛啊,泪流声淙淙。我的钟情魂,已使我丧生。
情丝意绵绵,谁知我苦衷?幸灾乐祸者,可怜嫉妒虫。

> 世有责难者,禁我玫瑰梦;然而我的心,只思玫瑰红。
> 邂逅遇情人,晓知其衷情;只觉苍穹间,闪烁尽吉星。
> 无辜遭拒绝,无物比此冷。他面浮玫瑰,当是安拉赠。
> 世上除安拉,顶礼若适用。我就选定他,膜拜始无终。

歌声刚落,众姑娘站了起来,走到主人面前,向主人行吻地礼。她们对主人说:"主公阁下,请你为我们公平评判一下吧!"

主人望着她们的容颜、姿色和不同肤色,审视了片刻,然后一番赞颂安拉,继而对她们说:"姑娘们,自打我与你们在一起开始,我读了《古兰经》,学习了乐曲,了解了先人的遗训和诸民族的历史。现在,我想让你们一个一个地站起来,指着自己的姐妹,夸自己而贬低姐妹,即白姑娘指着黑姑娘,胖姑娘指着瘦姑娘,黄姑娘指着褐姑娘,抬高自己,贬低对方,然后容许对方仿而效之;但是,有一条必须遵守,那就是要从《古兰经》里引证据,从诗歌、史书中找典故,以便检验你们当中谁的文才出众,谁的言辞美妙。"

"遵命!"众姑娘异口同声。

讲到这里,眼看东方透出黎明的曙光,莎赫札德戛然止声。

第三百三十五夜

夜幕垂降,莎赫札德接着讲故事:

幸福的国王陛下,主人望着她们的容颜、姿色和不同肤色,审视了片刻,然后一番赞颂安拉,继而对她们说:"姑娘们,自打我与你们在一起开始,我读了《古兰经》,学习了乐曲,了解了先人的遗训和诸民族的历史。现在,我想让你们一个一个地站起来,指着自己的姐妹,夸自己而贬低姐妹,即白姑娘指着黑姑娘,胖姑娘指着瘦姑娘,黄姑娘指着褐姑娘,抬高自己,贬低对方,然后容许对方仿而效之;但是,有一条必须遵守,那就是要从《古兰经》里引证据,从诗歌、史书中找典故,以便检验你们当中谁的文才出众,谁的言辞美妙。"

众姑娘异口同声:"遵命!"

第一个站起来的是白姑娘。她指着黑姑娘,说道:"黑丫头,你这个该死的丫头!相传白色曾经这样说:'我是闪烁的光,我是天上的圆月。我的色彩鲜明,我的面容光辉。'诗人曾这样描述我的美貌:

> 世有白女郎,面颊细又光;
> 俊俏难言表,似珠其中藏。
> 身似艾立夫①,口如米目②样;
> 眉毛弯弯形,恰如努尼③状。
> 二眸藏双箭,双眉似弓张;
> 一日箭出弦,射人命必亡。
> 面若红玫瑰,体近桃金娘;
> 颊似水仙花,相对竞芬芳。
> 奕奕柳枝条,只晓园中扬;

---

① 艾立夫,阿拉伯文的第一个字母。
② 米目,阿拉伯文的第二十四个字母。
③ 努尼,阿拉伯文的第二十五个字母。

焉知你身中，柳园数不详。

"'我的颜色像明亮的白天，像盛放的鲜花，像灿烂的星辰。'安拉在《古兰经》中对其使者穆萨说：'你把手放在怀里，然后抽出来，手变成雪白的，但是没有什么疾病，那是另一种迹象。'① 安拉又说：'至于脸色变白的人，将入于真主的慈恩内，而永居其中。'② 我的颜色是一种标志。我的美与妙登峰造极。像我这样的颜色适于做衣穿，为人心所向往、羡慕。白色有许多长处和优点，雪从天空飘落而下而呈白色，就是其中一例。有道是人间最美的颜色就是白色。穆斯林们以戴白色缠头巾为荣耀。假若你还有兴趣听，我再谈人们对白色的赞美，那么，说来话就长了。不过，好言不在多，佳话无须长，说到这里也便足够了。

"喂，黑丫头，黑色姑娘，让我说你几句吧！你的面色如铁青，你的颜色像乌鸦脸，足以使情侣东分西散。诗人曾赋诗歌颂白色，同时贬低黑色：

珍珠色白莹，一颗价连城。炭黑不起眼，价廉无人应。
面白人仰之，进居天堂中。黑脸人不睬，地狱填深坑。

"《古贤传》里讲到这样一个故事：相传有一天，努哈③睡觉时，他的两个儿子萨姆和哈姆坐在他的身旁。突然刮起大风，努哈

---

① 见《古兰经》"塔哈章"第二十二节。
② 见《古兰经》"仪姆兰的家属章"第一百零七节。
③ 努哈，《古兰经》记载的阿拉伯古代先知之一，与阿丹、易卜拉欣、穆萨、尔撒和穆罕默德并称为安拉的六大使者。安拉将以洪水惩罚其族人，遂命其造舟，并将世上每种动物各取一对，及信仰一神的眷属载于舟中，以躲避洪水。《古兰经》第七十一章以其名为篇章名。

的衣服被刮起,致使他的羞体外露,哈姆见此情景,笑了,没有去为父亲遮羞,而萨姆却站起来,立即为父亲盖好衣服。父亲从梦中醒来,知道两个儿子的表现,遂为萨姆祈祷祝福,同时诅咒哈姆一顿,此时此刻,萨姆脸色变白,因此,他的子孙中有的成了先知,有的荣任正统哈里发,有的当上了国王;而哈姆的脸则变黑了,遂出逃到埃塞俄比亚和苏丹,子孙都变成了黑人。难怪人们都说黑人智商低,也有的人说:'世上哪有聪明的黑人呢?'"

白姑娘讲到这里,主人发话了:"你讲了这么多,足够了!你坐下吧!"

主人把目光转向黑姑娘,说道:"黑姑娘,轮到你说了!"

黑姑娘站起身来,指着白姑娘,说道:"在安拉降示给使者的《古兰经》里,有这样一节:'以笼罩时的黑夜发誓……'① 假若黑夜微不足道,那么,安拉便不会指黑夜发誓,也不会把黑夜安置在白昼的前面,这是不言而喻的,明眼人无不知晓。黑色乃是青春的装饰,难道你这也不明白。发白之时,人生乐趣尽矣,已近死亡之时。假若黑色不重要,安拉就不会把它置于心脏的中心和眼睛中间。诗人说得妙:

> 我恋黑兄弟,只因他富有;青春色常驻,在眼与心头。
> 倘若我淡忘,白色何益酬;殓衣裹身躯,生命自此休。

"诗人又云:

> 黑比白色妙,最配我恋情。黑色连夜幕,白似白癜风。

---

① 见《古兰经》"黑夜章"第一节。

"诗人还云:

  世有黑姑娘,行为却亮堂。
  如同黑眼珠,专感明亮光。
  请君莫惊异,爱之我欲狂;
  狂病根何在?当问黑姑娘。
  我色如黑夜,天黑月失光。

"情人幽会,夜里时辰最佳,夜幕能为情侣遮住中伤者和嫉妒者的目光;有黑幕为他们当屏障,可以让他们避免像在白天里那样出丑、暴露。关于黑夜的功绩,历代诗人曾反复吟诵,容我背诵几首:

  我去访他们,夜为我说情;晨光则相反,却把我戏弄。

"诗人又云:

  曾有多少夜,情侣慰我心。夜色似着意,遮掩我们身。
  晨光熹微时,令我惧意深。我言拜火徒,皆系骗子们。

"诗人又云:

  他披夜幕衫,悄悄访问我;
  因怕甚小心,急步有波折。
  我以我面颊,将路来铺设。
  我为他引路,肯将裙角扯。

> 新月挂天边,指甲刚剪过;
> 光芒迎面容,脸上显羞色。
> 无心记起之,细问姑且莫。

"诗人又吟道:

> 你会心上人,非要趁夜色。太阳弄是非,夜是指导者。

"诗人还吟道:

> 白胖我不恋,只喜瘦黑者。竞赛日子里,看我怎选择:
> 他人骑白象,乌驹属于我。

"诗人又吟道:

> 情人夜访我,我们相拥抱。共享夜色美,转瞬晨来到。
> 求主成全我,再共度良宵。但期夜绵长,同眠忘日晓。

"如果你有兴趣,我可以向你背诵些关于黑色的赞美词,说来话就长了。不过,好语言简意赅,佳话不必多提。你呢,白姑娘,你要知道:你的肤色是癞痢的色彩,与你交往是一种烦恼。据说地狱中的严寒是专门折磨奈吉尔①的臣民的。黑色的特点和长处多不胜举:安拉写字用的墨就是黑色的;麝香和龙涎香都是黑色的,常作为贡品献给帝王。黑色的豪迈之处数不尽,道不清,有诗为证……"

接着,黑姑娘吟诵道:

---

① 奈吉尔,在坟墓里预审死人的两个天神当中的一个。

麝香价连城,君可知此谜?一担生白灰,不过值文厘。
眼中一点白,青年丑无比。明眸一点黑,利箭藏眼底。

黑姑娘吟诵到这里,主人发话了:"喂,黑姑娘,够啦!你坐下吧!"

主人向胖姑娘使了个眼色,胖姑娘站了起来……

讲到这里,眼看东方透出黎明的曙光,莎赫札德戛然止声。

第三百三十六夜

夜幕垂降,莎赫札德接着讲故事:

幸福的国王陛下,主人向胖姑娘使了个眼色,胖姑娘站了起来,只见她的小腿、前臂、肚皮全裸露着,就连圆圆的肚脐都清清楚楚可见,她仅穿着一件薄薄的衬衫,整个身体暴露无遗。

胖姑娘得意扬扬地说:"赞美创造我、让我的形象如此之美、如此肥胖的安拉!安拉使我胖得好,胖得美。安拉把我比作树枝,增加了我的美和欢乐。赞美安拉赋予我的一切。安拉在《古兰经》中说:'拿来一头肥嫩的牛犊。'① 安拉使我像一座果树繁茂的园林,那里盛产桃李和石榴。城市居民都喜欢吃肥美的家禽,而不喜食瘦鸟。人们都喜食肥肉。有关肥胖的赞颂诗歌不计其数,听我吟

---

① 见《古兰经》"播种者章"第二十六节。

诵一首:

> 驼队已起程,告别心上人。借问男子汉,能耐泪沾巾?
> 她似胖姑娘,蹒跚走芳邻;信步无缺憾,出入邻舍门。

"我所见到的人,无不叩击屠夫的门而索购肥肉。贤哲们有言:'人生有三个乐事:吃肥肉,骑肥马,肉入肉。'喂,瘦丫头,你呢,瞧你那两条腿细得像鸟腿,像烧火棍儿,你简直像一根干木头,像一条干肉,没有半点儿令人留恋的地方。正如诗人所云……"

胖姑娘得意忘形地吟诵道:

> 我求主保佑,一事容我陈:莫让棕绳女,与我共一枕。
> 因之肢体上,硬角生如云;我眠盼解乏,刺我难入寝。

胖姑娘吟诵到这里,主人说:"喂,胖丫头,够啦,够啦!你坐下吧!"

主人向瘦姑娘使了个眼色,瘦姑娘站了起来,只见她像细杨柳枝,或像一根竹竿,或像一根草棍儿。她说道:"赞美创造我的安拉!安拉赐予我美貌,让我成为人们追求的目标。安拉把我比作人心向往的杨柳枝条。我站起来,体态轻盈;我坐下,稳稳当当。人们和我开玩笑时,我心情舒畅,精神愉快。人们都喜欢我开朗、豁达的心胸。我从未听人这样说:'我的心上人像大象一样。'也没听人把自己的情人比作一座大山,只听人们这样描述自己的情侣:'我的心上人身材苗条,体态轻盈。'我吃得少,喝水也少。我的动作轻,性情温和。我比麻雀灵活,我比欧椋鸟轻快。我是追求者心中的目标。我是人们心目里的美人。我像杨柳细枝,或像秀丽竹竿，或似香花枝干。我的美姿世间无双，正如诗人所云：

> 我把你身材，比作一根棍。
> 你的形与貌，寄托我福分。
> 我随你身后，唯恐他人跟。

"钟情的人迷恋我，多情的人想念我。我的情人若要我跟他走，我一定跟他走，我不会使他失望。我说胖丫头，你呢？你像大象那样贪吃，吃起来没有个饱，没有个够。你瞧你那个肥胖臃肿的样子，你的相好与你相会时，能得到愉快和休息吗？你的肚子那么大，你的相好如何跟你行房交欢？你瞧瞧你那粗大的象腿，相好怎能靠近你呢？你处处粗大，没有半点儿美观、温柔、舒适、甜润可言。肥肉一堆只配被送到屠宰场。你的身上没有任何可开心的地方。有人和你开玩笑，你会发怒；有人跟你耍闹一会儿，你会感到痛苦。你睡下去，鼾声如雷；你走起路来，气喘吁吁；你吃起来，没足没饱。你比大山还笨重，你比妖魔还丑陋。你的行动没有什么吉祥可言。你整天就知道吃了睡，醒了吃。你撒尿时，发出唰唰啦啦的声音好像下雨；你拉屎时，发出嘎嘎响声，如同鸭子叫。你像个充气的口袋，或似变形的大象。你入茅厕解便，要有人为你擦屁股，甚至为你洗水门和拔阴毛。你懒惰、笨拙至极，一点儿值得自豪的特点都没有。关于你的笨拙，诗人曾有这样的描绘，听我给你吟诵！"

瘦姑娘抬高嗓门，得意地吟诵道：

> 胖女臃肿似尿包，两条大腿如山脚。
> 行走西方国土上，东方大地直晃摇。

瘦姑娘话音未落，主人说："瘦丫头，说这么多，足够了！"主人示意轮到黄姑娘说了……

讲到这里，眼看东方透出黎明的曙光，莎赫札德戛然止声。

❖─ 第三百三十七夜 ❖─

夜幕垂降，莎赫札德接着讲故事：

幸福的国王陛下，瘦姑娘话音未落，主人说："瘦丫头，说这么多，足够了！"

主人示意轮到黄姑娘说了，只见黄姑娘站起来，一番赞美安拉及其创造的精英之后，指着褐姑娘，说道："我在《古兰经》里备受赏识。安拉在描绘我的肤色时，说它优于其他任何颜色。安拉说：'我的主说，那头牛毛色纯黄，见者喜悦。'① 我的肤色是吉祥的标志，是美的象征，是漂亮的极致。因为我的肤色是天下第一色，是全国的颜色，是星斗的颜色，是皓月的颜色，是苹果的颜色。我的形态是令人快慰的形态。我的颜色是番红花的颜色。它在众颜色之上。我的形态奇，我的颜色异。我形态光滑，价格昂贵。我包容了世间的一切美。我的颜色乃众色之冠，如同赤金。我的长处不胜枚举。诗人赞曰：

---

① 见《古兰经》"黄牛章"第六十九节。

> 她有金黄色,似日光灿灿。
> 形容美超众,如同圆金元。
> 艳胜番红花,相貌盖婵娟。

"褐丫头,听我说说你吧!你的肤色是水牛的颜色,人见人讨厌。倘若别的东西染上你的颜色,定遭人厌恶;倘若食品染上你的颜色,必然化为毒物。你的颜色是苍蝇的色彩,内含狗的丑陋,令人不快。你的肤色令人彷徨、悲哀。我从未听人说过世上有褐色金子、褐色珍珠或褐色宝石。你进了茅厕,你的颜色就会发生变化;你出了茅厕,更是丑上加丑。你既不是人们称道的黑色,也不是人们描述的白色。你没有任何可以赞美的地方,有诗为证……"

黄姑娘吟诵道:

> 漫天烟尘仿其色,似泥沾挂行者脚。
> 只要看上她一眼,倍增苦闷与烦恼。

黄姑娘刚吟罢,主人说:"够啦,够啦!你坐下吧!"

主人示意褐姑娘开口,但见褐姑娘从容不迫地站了起来,褐姑娘颇具姿色:体态苗条,不高不矮,体肤光滑,形容可爱,头发乌黑,面颊红润,双目有神,脸蛋儿饱满,腰肢纤细,臀部丰隆,口齿伶俐,满腹经纶。她说道:"赞美创造我的安拉,使我既不胖得令人厌恶,也不瘦得形似干柴;不像白癜风那样白,不像黄疸病那样黄,不像木炭那样黑。安拉使我的肤色柔和适中,为人们交口称颂,为诗贤们赋诗赞美。诗人们这样吟诗赞美:

一

褐色含义深,你若知其情:眼不看白色,亦不留心红。
褐姑齿伶俐,其目分外明;教得哈伦①姐,占卜妖术通。

二

褐色小伙子,道其美谁能?苗条身体健,敏捷又轻盈。
安静眼神稳,面颊发似绒。他享地位高,怀春女心中。

三

褐色确乎美,一点胜群魁。它让白颜色,与月争春晖。
若借白饰己,美姿顿失味。他的尚美酒,不能令吾醉。
万物陷酩酊,因之鬓发美。相互生妒意,各个美部位。
都想当面颊,让人先识美。

四

褐色小伙子,一旦面颊现;形同褐直矛,教我怎不恋?
虽则剪碎美,依为诗人言。恋人露黑痣,黑眼珠下显。
周身黑痣者,本当受责怨;容我宽舒些,摆脱笨货沾。

"我容貌漂亮,身材苗条。我的肤色为帝王所喜欢,为富翁和赤贫所怜惜。我体态轻盈,肌肤柔嫩,活泼敏捷。我集秀丽、文雅、口齿伶俐于一身。我外表落落大方,能说善辩,善开玩笑,举止潇洒。至于你呢,黄丫头,你简直是门前的黄锦葵,浑身都是纤维。你多么不幸啊!你是生锈的铜,你是细颈瓶。你生着猫头鹰的面孔,你是香枞②做的食物。和你同眠共枕令人没半点儿好处可言,正如诗人所云:

---

① 哈伦,《古兰经》故事人物,贞洁处女麦尔彦之姐妹。见《古兰经》"麦尔彦章"。
② 香枞,埃及产的一种菜。

周身披黄色,无病亦添病;令我心胸闷,让我头备痛。

我心不早悔,吻之贱人同。时到悔不及,驼尾恐失踪。

"还有……"

褐姑娘话音未落,主人说:"褐丫头,够啦,够啦!你坐下吧!说这么多,足够了!"

讲到这里,眼看东方透出黎明的曙光,莎赫札德戛然止声。

第三百三十八夜

夜幕垂降,莎赫札德接着讲故事:

幸福的国王陛下,褐姑娘话音未落,主人说:"褐丫头,够啦,够啦!你坐下吧!说这么多,足够了!"

片刻后,主人让她们之间和好如初,给她们一一穿上华丽服装,为她们一一戴上陆地和海中出产的名贵珠宝。

信士们的长官,说句实在话,我在任何时间和任何地方,都不曾看见比这六个婢女更好的姑娘了。

哈里发马蒙听了穆罕默德·白斯里讲的故事,立即走了过去,对他说:"喂,穆罕默德,你知道这些姑娘和她们的主人住在什么地方吗?你能为我把她们从她们的主人那里买来吗?"

穆罕默德·白斯里说:"信士们的长官,听说她们的主人十分喜欢那几个姑娘,离不开她们。"

马蒙说:"每个婢女,你给她带去一万第纳尔的身价,总共带着六万第纳尔,去见那位主人,把她们都给我买来。"

穆罕默德·白斯里带上六万第纳尔,前去拜访那位富翁,告之信士们的长官想从他手里把那六个婢女买去。

富翁听说哈里发要买,决计满足信士们的长官的愿望,把六个婢女送到了哈里发宫中。

婢女们来到哈里发宫中,信士们的长官马蒙为她们准备了一个漂亮座厅,哈里发和她们坐在一起,与她们饮酒欢歌。哈里发惊叹她们个个如花似玉,喜欢她们的肤色各不相同,欣赏她们的伶俐口舌。

哈里发与六个婢女一起度过了一段时间,婢女们原来的主人再也忍耐不住与婢女分离的生活,便给信士们的长官写了一封信,尽表对婢女们的思念之情。信后有这样一首诗:

　　六个美女子,占我心与神;
　　谨向六女子,传我问候信。
　　她们是我耳,又是眼与心;
　　她们是我食,亦景亦冷饮。
　　难忘颜如玉,人去眠消隐。
　　痛苦泪如雨,无意为世人。
　　明眸增人美,如箭射我魂。

这封信送到哈里发宫中,马蒙看后,立即让六个婢女穿上最漂亮的衣服,并且给了她们六万第纳尔,将她们送到了她们原来的主人面前。

富翁见六个婢女回到自己的面前,喜不自胜,比收到那些钱要高兴得多。

从此以后,富翁与婢女们一起过着幸福快乐的生活,直到人生尽头,各奔东西。

讲到这里,妹妹杜娅札德说:"姐姐,你讲的故事多么奇怪、多么精彩、多么动人啊!"

莎赫札德说:"如果国王陛下能再留我一夜,这与我将要讲的故事相比,就算不上什么奇妙、精彩动人了。"

舍赫亚尔国王听后,心想:"我不能杀她,我要听她讲下去!"想到这里,他对莎赫札德说:"你讲下去就是了!"

莎赫札德开始讲《哈里发、诗人与少年男女》的故事:

相传,一天夜里,哈里发哈伦·拉希德心烦意乱,坐立不安,于是走出室外,开始在宫院中散步。他走着走着,行至一个小房间,见那房门上挂着门帘。他上前撩开门帘一看,见房中放着一张床,床上有黑乎乎的东西,看上去像是一个人睡在那里。床的左侧点着一根蜡烛,右侧也点着一根蜡烛。当他正在好奇地观看时,忽见那里放着一瓶酒,酒杯就扣在瓶口上。见此情景,哈里发心中惊异不已,心想:"莫非黑夜里有人在此聚会?"

哈里发缓步向床走去。走近一看,只见床上躺着一个少女,睡得正熟。哈里发伸手撩开少女那长长的黑发,仔细地一看,只见少女容颜俊秀,宛如一轮皓月。他边望着少女的美丽面颊,边倒了一杯酒,随后举杯一饮而尽。之后,俯下身去,亲吻了一下少女的脸蛋儿。

少女从睡梦中惊醒,慌忙问道:"忠于安拉的人啊,有什么事吗?"

哈里发说:"有客人叩门,期盼你们招待。"

"我将全力招待客人。"

随后,少女端上酒来,宾主一道畅饮。片刻后,少女抱起四弦琴,调好琴弦,边弹边唱道:

爱情口与舌,居于我心中;有话表我心,对你怀恋情。
不期病缠身,有人做此证;只因别离你,我心伤情重。
有话不瞒你,情把我心熔;钟情与日增,泪流声淙淙。
爱你之前日,爱情我不懂;世间千万事,皆由安拉定。

少女吟罢诗,说道:"信士们的长官,我冤枉啊!"

讲到这里,眼看东方透出黎明的曙光,莎赫札德戛然止声。

第三百三十九夜

夜幕垂降,莎赫札德接着讲故事:

幸福的国王陛下,少女吟罢诗,说道:"信士们的长官,我冤枉啊!"

哈里发哈伦·拉希德问:"姑娘,究竟是怎么回事?谁欺负你了呢?"

"信士们的长官,不久前,你的儿子花一万第纳尔将我买来,本打算把我送给你。后来,你的堂妹祖贝黛王后给了他一万第纳尔,命令他将我关在这个小房间里,不让我见你。"

"姑娘,你有什么想法,就直对我说吧!"

"我希望你明天到我这里欢度良宵。"

"但愿如此!"

说罢,哈里发离少女而去。

次日天亮,哈里发临朝处理政务,然后派人去请诗人艾卜·努瓦斯。片刻后,差使回来禀报说诗人不在家中。接着,哈里发又派贴身侍卫去找他,结果发现他因为一个美少年而赌输了一千第纳尔,一时又交付不出来,被扣留在一家酒馆里。

哈里发的侍卫上前去问情况,艾卜·努瓦斯如实相告。侍卫听后,对他说:"把那个美少年叫出来,让我看一看!假若为他值得花一千第纳尔,那么,你还是情有可原的。"

艾卜·努瓦斯说:"你稍等一下,马上就可以看见那个美少年。"

二人正谈话时,忽见一少年走来,但见他身穿白色外套,里面穿着一件红衣衫,红衣衫里面还穿着一件黑内衣。

艾卜·努瓦斯一看见那个少年,即刻一番长吁短叹,然后吟道:

> 翩翩美少年,身着白衣衫;
> 明眸透神秀,悦色藏眼帘。
> 我已问候你,何故不答言?
> 万赞归于主,玫瑰红染面;
> 创造信己意,不受外力牵。
> 少年开口道:莫要再争辩!

> 全凭主玉成,人力何相干?
> 我衣依我命,我脸像我衫:
> 色泽白中白,一尘不相染。

少年听罢诗人的吟诵,脱下白色外套,露出红色衣衫。
艾卜·努瓦斯见之,欣喜、惊异不已,当即吟道:

> 英姿一娇童,身着色彩红。明明怀敌意,却以好友称。
> 我惊开口道:你衣不同众;翩跹来眼前,似皓月悬空。
> 你的红面颊,给你衣着红?还是用心血,将衣浸染成?
> 少年开言道:日将衣衫赠;故而色鲜艳,近乎夕阳红。
> 美酒和衣着,色与面颊同。红中夹红色,一片红彤彤。

艾卜·努瓦斯吟罢诗,少年脱去红衣衫,露出黑内衣。
艾卜·努瓦斯看见黑色内衣,眷恋凝视许久,然后吟道:

> 少年着黑衣,出现人面前。黑色带给人,沉重压抑感。
> 我开口说道:问候礼未还,嫉妒为敌者,幸灾笑开颜。
> 你衣似你发,与我命相连;黑中伴乌黛,黯淡连成片。

侍卫眼见此情此景,知道了艾卜·努瓦斯的真实情况及其所好,立即返回王宫,如实向哈里发禀报真情,哈里发随即吩咐司库送来一千第纳尔,让侍卫带着钱去为艾卜·努瓦斯赎身。

侍卫急步走到酒馆,替艾卜·努瓦斯交了钱,然后把他带到哈里发面前。

哈里发见艾卜·努瓦斯来到自己的面前,便对他说:"给我吟首诗吧！但有一条，诗里必须有'忠于安拉者'这样的字句。"

"遵命！信士们的长官。"

讲到这里，眼看东方透出黎明的曙光，莎赫札德戛然止声。

第三百四十夜

夜幕垂降，莎赫札德接着讲故事：

幸福的国王陛下，侍卫眼见此情此景，知道了艾卜·努瓦斯的真实情况及其所好，立即返回王宫，如实向哈里发禀报真情，哈里发随即吩咐司库送来一千第纳尔，让侍卫带着钱去为艾卜·努瓦斯赎身。

侍卫急步走到酒馆，替艾卜·努瓦斯交了钱，然后把他带到哈里发面前。

哈里发见艾卜·努瓦斯来到自己的面前，便对他说："给我吟首诗吧！但有一条，诗里必须有'忠于安拉者'这样的字句。"

"遵命！信士们的长官。"

艾卜·努瓦斯当即吟道：

漫漫长夜里，辗转不得眠；
筋疲体觉倦，思想反联翩。
起身出房门，散步官中院；
时而步小径，时访小房间。

眼见一黑影,黑发盖白脸。
绝美一轮月,似柳腰细软。
我饮酒一杯,俯身吻颊面。
姑娘醒转来,朦胧舞翩跹。
如同杨柳枝,摇曳沐雨点。
姑娘遂站起,上前对我言:
忠于安拉者,你有何贵干?
我开口答话:有客临房间,
期望得款待,同迎晨光现。
姑娘欣然答:呼声主公贤,
欢迎贵宾至,待客全力献。

哈里发听后,说道:"艾卜·努瓦斯,你这个该死的!好像发生这一切事情时,你就在当场。"

说完,哈里发领着艾卜·努瓦斯向少女的住处走去。

艾卜·努瓦斯见少女穿着蓝衣衫,戴着蓝面纱,顿觉惊异不已,随口吟道:

有位漂亮姐,蓝色纱遮面。
请你对她说:凭主求你怜!
情侣相疏远,每思坐长叹。
容颜俊俏女,听我一言谈:
他心火中烧,何不谅其烦?
但期关怀之,会其情缠绵。
千万莫听信,愚辈荒唐言。

艾卜·努瓦斯吟罢诗,少女向哈里发献上一杯酒,然后抱起四弦琴,轻弹玉指,乐曲悠扬,边奏边唱道:

　　你让你的情,我与人分享?
　　你将我欺辱,他人位高尚?
　　若有情场官,我要去告状;
　　但期官执法,判你坑人狂。
　　你若不让我,经过你门旁;
　　我会远远站,向你道吉祥!

之后,哈里发吩咐少女多给艾卜·努瓦斯敬酒,直至这位诗人喝得酩酊大醉。接着,哈里发又递给他一杯酒,艾卜·努瓦斯举杯一饮而尽,登时倒在地上,不省人事,但酒杯仍握在他手中。少女遵哈里发之命,将酒杯拿了过来,藏在自己的两条大腿之间。

就在这时,哈里发抽出闪闪放光的宝剑,站在艾卜·努瓦斯的头前,用剑轻拨他的脖颈,艾卜·努瓦斯立即苏醒过来。

艾卜·努瓦斯见哈里发手握利剑站在自己的头前,醉意顿时烟消云散,头脑清醒过来。

哈里发说:"你立即赋诗一首,告诉我你的酒杯何处去了;如若不能,我立即取下你的首级。"

艾卜·努瓦斯即刻吟道:

　　我的故事最奇伟,小小雌羚变窃贼。
　　趁我吮吸间断时,盗我葡萄美酒杯。
　　她将杯藏隐蔽处,正是我心向往位。
　　因惧陛下威严甚,其属长官名忌讳。

哈里发对艾卜·努瓦斯说:"你这个该死的东西,你是从哪里知道这些的?不过,你的诗作得不错。"

随后,哈里发赐赠给艾卜·努瓦斯锦袍一身,外加一千第纳尔。

艾卜·努瓦斯锦袍加身,怀揣一千第纳尔,欢欢喜喜离去。

讲到这里,妹妹杜娅札德说:"姐姐,天色还早,再给我讲个故事吧!"

莎赫札德说:"如蒙国王陛下许可,我一定讲一个更奇妙的故事。"

舍赫亚尔国王问:"什么奇妙的故事?"

莎赫札德说:"我将讲个关于金盘的故事。"

"讲下去!"舍赫亚尔国王说。

莎赫札德开始讲《金盘与猎犬》的故事:

相传,许久许久以前,有一个人,债台高筑,经济拮据,走投无路,于是离开家人和妻儿,出了家门。他漫无目的地走了一段时间,来到一座城市,但见那里城墙高大,建筑巍峨。

他垂头丧气地走进城里,其时已是饥肠辘辘,疲惫不堪。他走过一条大街时,见一群人正朝一个方向走,他便跟着他们走去,一直走到一个王府似的公馆,随着人群进了大门。

他跟着人们走进一座大厅,只见大厅中央坐着一个威风十足的男子,身边奴婢成群,看上去很像是某大臣的公子。

主人见众宾客到来,急忙站起身,示意他们一一入座。

眼见厅堂金碧辉煌,奴婢阵容浩大,那个忧心忡忡的不速之客惊异不已，一时不知如何是好……

讲到这里，眼看东方透出黎明的曙光，莎赫札德戛然止声。

❖ 第三百四十一夜 ❖

夜幕垂降，莎赫札德接着讲故事：

幸福的国王陛下，那个人跟着人们走进一座大厅，只见大厅中央坐着一个威风十足的男子，身边奴婢成群，看上去很像是某大臣的公子。

主人见众宾客到来，急忙站起身，示意他们一一入座。

眼见厅堂金碧辉煌，奴婢阵容浩大，那个忧心忡忡的不速之客惊异不已，一时不知如何是好；因怕自己被人看出不是应该请的客人，所以急忙退后，在远离宾客的一个地方，独自坐了下来，以免被人发现。

他正在不为人们注目的地方坐着时，忽见一个人带着四条猎犬走来，每条猎犬都穿着绣花丝衣，且脖子上戴着银链金环。那个人将猎犬各拴在一处，然后离去。

片刻之后，猎犬的主人端着四个满盛美食的金盘子，分别摆放在每条猎犬前，然后离去。

因为肚子饿得厉害，他看见满盘的美食，很想走到一条猎犬那里，和猎犬一道吃；但因害怕猎犬，未敢离开座位。其中一条猎犬，望着他，似乎蒙主启示，早已知道他饥饿难忍，便离开金盘子,示意他去吃。于是,他走了过去,吃了个足饱。

他吃饱肚子,正想离去时,那条猎犬示意他将盘子连同食物带走,于是他带着金盘子及盘中剩下的食物,离开了那家公馆大门,没有任何人去追赶他。

不久,他走到另一座城市,将那只金盘子卖掉,用卖盘子所得的钱,购买了一批货物,然后带着货物返回了家乡。

回到家乡,他卖掉了货物,还清了所有债务,还剩下一大笔钱,开始过着宽裕、幸福的生活。

他在家乡住了一段时间,心想:"我一定要到金盘子主人住的那座城市去一趟,带上厚礼,看望一下那位慷慨的主人,把那条猎犬赠给我的那个金盘子卖得的钱还给主人。"

他带着厚礼和金盘子的价钱,离开家乡,行走了几天几夜,方才到达那座城市。他走进城中,一心想见到那家公馆的主人。

他穿过街巷,终于来到那个地方,然而映入眼帘的却是断壁残垣,废墟一片,乌鸦横飞,啼声凄惨。眼见这一片凄凉、败落景象,他心惊肉跳,随口背诵起前人的诗句:

角落秘密空,事实与此同;心里知识无,敬畏消无影。
谷地面目非,水与草失灵;昔日羚羊群,远走不见踪。

诗人又云:

吉利幻影消,有人叩门环;催我早追赶,朋伴卧荒原。
幻象消逝时,我们方抬眼。望见天已荒,圣地尚遥远。

那个人眼见那一片废墟,看到时光老人的所作所为,公馆已面目皆非，不禁心中感慨万千，不知道该说什么了。他留心望去，看见一个可怜人，情况令人见之周身战栗，甚至令顽石对之生同情之感。他说："喂，朋友，究竟这段时间里发生了什么事？这家公馆的主人昔日的明月和繁星都到哪里去啦？那昔日的高大建筑和雄伟围墙，怎么只剩下断壁残垣？"

那个可怜人一阵叹息之后，说道："站在你面前的这个可怜人，便是昔日巍峨宫殿的主人啊！难道你不晓得安拉的使者穆罕默德曾这样告诫后人吗？穆圣说：'世间的一切东西，安拉有权创造，就有权收回。'你要问原因何在，其实只是因为时代变化而已，没有什么可值得大惊小怪的。我就是昔日这家公馆的主人。我曾建造了高墙华屋，安享明月、繁星的光辉，过着舒适的生活，家中奴婢成群，宝石珍珠满库。不过，时代已经过去，带走了奴婢和金银，使我变成了今天这个样子。我所遭遇的事件，都是命中注定的。既然你一定要问我有关事情，我想其中必有原因，那就请告诉我，不要感到惊奇。"

他把全部故事给可怜的主人讲了一遍，心中不胜难过。他说："我给你带来了礼物，但愿你喜欢！还给你送来了金盘子的钱；你有所不知，正是你的那个金盘子，使我由穷变富，让我还清了全部债务，昔日的忧虑烟消云散，去无踪影了。"

那位可怜的主人听后，摇了摇头，继之哭了起来，边叹息，边诉说道："你这个人哪，我猜想你是个疯子；你办的这件事，不像是智力健全的人所干的事。你想一想啊，我们的一条狗慷慨赠予你一个金盘子，我怎好把它收回呢？即使我已处于穷困潦倒的地步，也不能去收回猎犬送出去的东西呀！凭安拉起誓，我不能收你的任何东西。愿你原路而回，平安顺利。"

他俯下身去，吻了吻那位可怜的主人的双脚，然后站起来，热情赞颂可怜的主人。当他离去时，信口吟诵道：

  人去宅零落，狗已不见影；但期人与狗，平安踏征程。

  安拉是全知、全能的。

  讲到这里，妹妹杜娅札德说："姐姐，天还早，再给我讲个故事吧！"
  莎赫札德说："如蒙国王陛下许可，我将再讲一个故事。"
  舍赫亚尔国王说："你讲下去就是了！"
  莎赫札德开始讲《省督审案》的故事：

  相传，亚历山大省省督名叫侯萨姆丁。一天夜里，省督正坐在省督府里，忽然有一个士兵走到他的面前，报告说："省督阁下，我今夜来到本城，住在一家客栈。我睡到二更天，忽然从梦中醒来，发现我的鞍袋被割，钱袋被偷，内装一千第纳尔。"
  士兵话音刚落，省督便派人将住在那家客栈里的旅客全部抓来，将他们全部扣押起来。
  第二天清晨，省督下令搬来刑具，并把全部旅客带到丢钱的那个士兵面前，准备动刑惩罚他们。就在这时，一个人拨开众旅客，走到省督侯萨姆丁面前……

  讲到这里，眼看东方透出黎明的曙光，莎赫札德戛然止声。

第三百四十二夜

夜幕垂降，莎赫札德接着讲故事：

幸福的国王陛下，第二天清晨，省督下令搬来刑具，并把全部旅客带到丢钱的那个士兵面前，准备动刑惩罚他们。就在省督下令搬来刑具，准备动刑时，一个人拨开众旅客，走到省督面前，说道："省督阁下，请把这些人都放掉吧！因为他们都是受冤枉的，而我才是偷了这个士兵钱袋的窃贼。请看，这就是我从鞍袋里割出的那个钱袋。"

说着，窃贼从自己的衣袖里掏出钱袋，放在省督和士兵面前。

省督对士兵说："拿起你的钱袋吧！不要再怀疑这些人了！"

在场的所有人都称赞那个窃贼，纷纷为他祝福。

那个窃贼说："省督阁下，我拿到这个钱袋，又来自首，这算不上什么聪明和技巧。假若能再次把钱袋从这个士兵手中拿走，那才算真有本事呢！"

省督说："狡猾鬼，你是怎样从他手中拿到这个钱袋的呢？"

"我正在米斯尔钱庄市场上站着时，看见这个士兵换了钱，然后将换得的第纳尔放在这个袋子里。于是，我就跟在他的身后，穿过一条胡同又一条胡同，没有找到窃取这些钱的办法。之后，他离开米斯尔，于是我跟在他的身后，走了一地又一地，一路上设法窃取钱袋，但始终未能达到目的。他进入这座城市，我跟他住到同一家客栈，在他的隔壁住了下来。他睡着了，我听他发出如雷鼾声，便悄悄走过去,用这把刀子割开他的鞍袋,像这样取出钱袋……"

说着,窃贼伸手拿起省督和士兵面前的那只钱袋,向省督和士兵的身后走去。人们望着他,都认为他在向人们表演他是怎样从鞍袋里取出钱袋的。突然间,那窃贼拔腿便跑,然后纵身跳入水塘中。

省督大声疾呼道:"追上他,把他抓住!"

众府役急忙追赶,脱下衣服,拾级而下,相继跳入水中。但是,那个窃贼已经跑掉了。他们搜寻了多时,也未见窃贼的踪影。因为亚历山大城的大街小巷彼此相通,搜寻的府役们白忙一场,空手而回。

省督对士兵说:"你这就不能埋怨大家了。因为你已知道谁是你的敌手,而且我已把钱袋交到你手里,你没有保管好啊!"

士兵的钱袋得而复失,只好站起来离去,众旅客摆脱了士兵的纠缠,相继散开,省督的案子也算断完了。功劳全归于安拉。

讲到这里,妹妹杜娅札德说:"姐姐,这个故事太美妙了!"
莎赫札德说:"若国王陛下能再留我一夜,我会讲一个更加美妙的故事。"
舍赫亚尔国王说:"天还未亮,你讲下去就是了!"
莎赫札德开始讲《三省督的奇遇》的故事:

相传,有一天,纳绥尔国王把开罗省省督、布拉克省省督和米斯尔省省督召进王宫,对他们说:"我把你们三位召来,想让你们谈谈各自在任期间所经历的事情,让我听听。"

讲到这里,眼看东方透出黎明的曙光,莎赫札德戛然止声。

第三百四十三夜

夜幕垂降,莎赫札德接着讲故事:

幸福的国王陛下,有一天,纳绥尔国王把开罗省省督、布拉克省省督和米斯尔省省督召进王宫,对他们说:"我把你们三位召来,想让你们谈谈各自在任期间所经历的事情,让我听听。"

"遵命!国王陛下。"

三位省督异口同声地答道。

开罗省省督首先谈自己私访受贿的经历:

国王陛下,我在任期间曾经历过这样一件事,可算作奇中之奇了。

在这座城市中,有两个以当证人为业的人,每有杀伤、流血事件发生,他俩总会出来做证,人称"公正的证人"。不过,这两个人贪酒好色,腐化堕落,我很想找机会惩罚他俩一下,但总不得下手。当我感到对二人的不轨行为无计可施时,便委托酒商、干果商、水果商、蜡烛商及青楼、春宫的主人对二人严加监视,一旦发现他俩在某地点饮酒或玩女人,不管是单独行动,还是合伙,即使向他们买下酒的东西,也不要瞒着我,务必及时向我报告。

商家们听后,异口同声地说道:"遵命!总督阁下。"

一天夜里,一个人走来,向我报告说:"省督大人,那两个证人正在某街某巷某人家饮酒作乐……"

我当即站起来,一番化装之后,只带着我的一个童仆,向报告人说的那个人家走去。

行至那家大门前,敲过门后,出来开门的是一个女仆。女仆问:"你是谁呀?"

我没有回答,便进了门,只见那两个证人和那家主人坐在一起把盏对饮,旁边有几个娼妇陪伴,桌上摆着许多酒和菜。

他们见我进了房门,立即站起来迎接,一番恭维之后,让我坐在首席上。他们说:"欢迎你,我们的贵客,文雅的酒友!"

他们热情迎接我,毫无惧怕、惊惶之意。

片刻之后,房主离席而去。过了一会儿,房主手里拿着三百第纳尔,从从容容走来,没有任何惧意。他们对我说:"省督阁下,你权大无边,岂止可以责备我们,简直手握着生杀大权,随时可以置我们于死地。不过,所有这些,对你来说,都似乎是徒劳无益的。依我们之见,你就收下这些钱,掩护我们一下就是了。因为安拉有九十九个美名,其中之一就是'掩护者';安拉都能掩护自己的信徒,何况省督阁下呢!省督阁下必将得到报酬和赞赏。"

听他们这样一说,我暗自心想:"拿着这些钱,掩护他们一下吧!就这一次。若再有机会。我一定抓住他们,进行惩治。"

我见钱眼开,心中贪财,便收下了三百第纳尔,然后离开他们,回省督府去了。

第二天,法官派人来见我,对我说:"省督阁下,请吧!法官阁下请你去他那里一趟。"

我站起身,随着差使走去,不知道法官叫我为了何事。

我随差使步入法官府,但见那两个证人和给我三百第纳尔的那家房主坐在那里。房主立即出示字据,控告我向他索取了三百第纳尔，我矢口否认，房主立即出示字据，两个证人当场做证，法官随即做出判决，令我交出那笔贿赂金。我刚离开他们，他们便追索走了那三百第纳尔。我非常生气，心想这些人真坏，后悔自己当初没有严惩他们。我非常害怕地离开了他们。

国王陛下，这就是我在任期间亲身经历的最奇怪的事件。

布拉克省省督接着谈自己贪财受骗的经历：

国王陛下，我在任期间经历过这样一件怪事：我因各种原因，欠下了三十万第纳尔的巨债，迫使我不得不卖掉自己的家产和手中的一切，方才筹到十万第纳尔。

讲到这里，眼看东方透出黎明的曙光，莎赫札德戛然止声。

第三百四十四夜

夜幕垂降，莎赫札德接着讲故事：

幸福的国王陛下，布拉克省省督继续谈自己的贪财受骗经历：

我在任期间经历过这样一件怪事：我因各种原因，欠下了三十万第纳尔的巨债，迫使我不得不卖掉自己的家产和手中的一切，方才筹到十万第纳尔。我一时陷入了极端忧虑之中，一时不知如何是好。

一天夜里，我正坐在家中，心里忐忑不安，忽听有人敲门，便对家仆说："去看一看，谁在敲门？"

家仆离去不多时，回来了，只见他面色蜡黄，周身颤抖。我问："你怎么啦？"

家仆说："门外站着一个赤身裸臂的大汉，手提宝剑，腰里挂着一口刀，还带着一伙人，全是一个模样。那大汉要见老爷。"

我提起宝剑，走去看他们都是些什么人。我到门口一看，果然像家仆说的那样，数名大汉站在门外。我问他们："你们有什么事吗？"

他们说："我们都是盗贼。今天夜里，我们劫到一笔横财，想送给你，让你借它解决你日夜烦恼的难题，用之偿还你欠下的巨债。"

我急忙问他们："东西在哪儿？"

他们立即抬来一口大箱子，打开一看，只见箱子里满装金银器皿。我一看，不胜高兴，心想："这下可好了，偿还债务有指望了，用一半还债，还可以剩下一半。"

我把满箱金银器皿收下来，搬到屋里。之后，我想："出于礼貌和义气，我不能让这帮绿林好汉空手离去呀！有道是：来而不往非礼也。"于是，我拿出变卖家产所得的十万第纳尔，送给了他们，并且感谢他们的善举。他们接过钱，乘夜色离去了，谁也没有发现他们的行迹。

第二天天亮，我打开那口箱子一看，发现里面的东西不是铜外镀金，便是铁外镀锡，总共不过值五百第纳尔。

就这样，我的十万第纳尔被盗贼骗去了，致使我愁上加愁，忧中添忧。

这就是我在任期间经历的最奇怪的一件事。

布拉克省省督讲完,米斯尔省省督开始向国王讲述自己经历的一件怪事:

国王陛下,我在任期间经历的最怪的一件事是这样的:一次,我下令绞死了十名窃贼,将每具尸首放在一块木板上,叮嘱看守们严加看守,以防有人偷尸。

第二天,我走去查验尸首时,发现两具尸首放在一块木板上,便问看守者:"这是谁干的?另一具尸首的木板到哪里去了?"

看守者们异口同声,都说不知道。我想拷打他们,他们便说:"省督阁下,昨天夜里,我们都睡着了。当我们醒来时,发现一具尸首及其身下的木板被盗,我们都感到害怕,恐怕受到你的惩罚。正在我们恐慌万状之时,忽见一个农夫打扮的人,牵着一头毛驴朝我们走来,于是我们立即上前将他抓住,然后将之绞死,将其尸首和另一具尸首放在一块木板上。"

我听后,不禁大吃一惊,急忙问他们:"农夫带着什么东西没有?"

他们说:"他的那头毛驴背着一只鞍袋。"

我问:"鞍袋里装着什么东西?"

"我们没有看。"

"把鞍袋拿来,让我看一看!"

他们立即将鞍袋送到我的面前,我随后命令他们把鞍袋打开。

打开鞍袋一看,原来里面装的是一具碎尸,已被碎解成八块。我看后大惊,心想:"赞美安拉!原来这个农夫是个杀人犯;杀人者被绞死,罪有应得啊!安拉是不会亏待自己的信徒的。"

国王陛下,这就是我亲身经历的一件怪事。

讲到这里,妹妹杜娅札德说:"姐姐,这故事真奇妙、真动人!"

莎赫札德说:"如蒙国王陛下许可,我还要讲一个更精彩的故事。"

舍赫亚尔国王说:"天色还早,你接着讲吧!"

莎赫札德开始讲《兑换商与盗贼》的故事:

相传,有一个兑换商,带着一袋金子从一群盗贼面前走过。这时,一个盗贼说:"我有个办法把这袋金子弄到手。"

群盗惊问:"你有何办法?"

"你们瞧着!"

说罢,那盗贼尾随着兑换商走去,一直跟到他的家门外。

兑换商回到家中,顺手将那袋金子放在架板上。这时,他觉得肚子闷胀,立即向厕所走去,同时对女仆说:"把水壶送来!"

女仆拿着一壶水,给主人送去,却没有把屋门关上。就在这时,躲在附近的盗贼见房门开着,立刻溜进屋里,拿起架板上的那袋金子,旋即回到同伙们面前,把刚才他与兑换商、女仆之间发生的事情讲了一遍。

讲到这里,眼看东方透出黎明的曙光,莎赫札德戛然止声。

第三百四十五夜

夜幕垂降,莎赫札德接着讲故事:

幸福的国王陛下，兑换商回到家中，对女仆说："把水壶送来！"

女仆拿着一壶水，给主人送去，却没有把屋门关上。就在这时，躲在附近的盗贼见房门开着，立刻溜进屋里，拿起架板上的那袋金子，旋即回到同伙们面前，把刚才他与兑换商、女仆之间发生的事情讲了一遍。

群盗听后，说："凭安拉起誓，你干得漂亮、利落，别人谁也干不成。不过，现在那个兑换商已从厕所出来，他发现钱袋不翼而飞，定会毒打那个女仆的。照这样一看，你并没有干出一件什么值得称赞的事。如果你真是个聪明、机灵人，那么，你就应该使那个女仆免受毒打与折磨。"

盗贼说："但愿我能够拯救那个女仆，使她免遭毒打，证明她与钱袋丢失毫无相关。"

说罢，盗贼向那个兑换商的家走去。来到门前，听兑换商正因金子丢失而训斥女仆，于是，他急速上前叩击门环。兑换商问："谁在敲门？"

盗贼说："我呀！邻居的家仆。"

兑换商走去开了门，问道："你有什么事吗？"

"我家老爷向你问安。我家老爷要我对你说：'你怎么把这样一个钱袋丢在店铺门口就走了呢？假若被一个陌生人看见，定会被捡走的。'若不是我家老爷看见，然后拾起来保存好，恐怕你就永远也看不见你这袋东西了。"

说着，盗贼拿出钱袋，让兑换商看。

兑换商看见钱袋，高兴地说："这正是我的钱袋……"

而盗贼却说："凭安拉起誓，你写个收条，我才能把钱袋交给你。因为我怕我家老爷不相信我已把钱袋交给你,你一定要写张收条,盖上印章,我才能把钱袋交到你手里。"

兑换商进屋去写收条时,盗贼带着钱袋逃走了,从而使女仆摆脱了折磨和毒打。

讲完这个故事,妹妹杜娅札德说:"姐姐,天还早着呢,再给我讲个故事吧!"

莎赫札德说:"如蒙国王陛下许可,我将把姑苏省省督的奇遇讲完。"

舍赫亚尔国王说:"我想听听姑苏省省督的奇遇,你讲吧!"

莎赫札德开始讲《姑苏省省督与骗子》的故事:

相传,一天夜里,姑苏省省督阿拉丁坐在家中。忽有一不速之客,衣冠楚楚,身后带着一个仆人,头顶着一口箱子,站在门口,对省督的家仆说:"请进去禀报,就说我想见省督阁下一面,有一件秘密事情相告。"

家仆进去禀报,省督即令家仆带客人进来。

省督阿拉丁见来客衣着整齐,气宇非凡,立即让客人坐在自己的身边,一番问候之后,省督问道:"有什么事吗?"

客人说:"我是一个拦路劫匪,想通过你,向安拉忏悔,改过自新,重新做人。我希望你能助我一臂之力。因为我已在你的关怀和注视之中。我带来一箱子贵重物品,价值约四万第纳尔,只有你才配享用这些东西,你仅给我一千第纳尔就行了,让我做本钱,经营生意,过清白生活,借此进行忏悔,从而远离不法行为。安拉一定会嘉奖你的善行。"

说罢,客人打开箱子,让省督观看,省督见箱子里装的都是金银首饰、珍珠宝石,惊喜不已,立即召唤保管,说道:"给我取装有一千第纳尔的钱袋来!"

讲到这里,眼看东方透出黎明的曙光,莎赫札德戛然止声。

第三百四十六夜

夜幕垂降,莎赫札德接着讲故事:

幸福的国王陛下,客人打开箱子,让省督观看,姑苏省省督见箱子里装的都是金银首饰、珍珠宝石,惊喜不已,立即召唤保管,说道:"给我取装有一千第纳尔的钱袋来!"

保管拿来钱袋,递到省督手中,省督旋即把钱袋递给客人。

客人接过钱袋,谢过主人的盛情,起身趁夜色离去。

第二天清晨,省督阿拉丁请来首饰鉴定、估价专家,打开箱子,仔细一看,发现那些首饰不是铜的,就是锡的;再看那些宝石、珍珠,全是些玻璃球。省督阿拉丁大怒,遂派人去捉拿骗子,但谁也没有看见骗子的踪影。

莎赫札德讲完《姑苏省省督与骗子》的故事,紧接着讲《皇叔结亲》的故事:

相传,有一天,信士们的长官马蒙对其叔父易卜拉欣·本·马赫迪说:"喂,叔父,把你平生看到的最出奇的事情讲给我听一听吧!"

"好吧!"易卜拉欣·本·马赫迪欣然答应,随后开始讲自己结亲的故事:

信士们的长官,有一天,我出门游玩,走到一个地方,忽然,有一股饭菜香味扑鼻而来,致使我垂涎欲滴,很想吃到那些喷香的饭菜。一时之间,我走不动路,也不能贸然闯入那座房子。这时,我抬眼望去,看见一扇窗子,窗子里伸出一只手掌和手腕。信士们的长官,说实话,我从未看见过那么漂亮的手掌和手腕,我神魂飞扬,把饭菜的香味忘了个一干二净。

我开始想办法进那座房子里看看。我见附近有一位裁缝,便走过去,向裁缝问好。那位裁缝还礼后,我问他:"请问,这座房子是谁的?"

裁缝说:"这是一位商人的房子。"

"主人叫什么名字?"

裁缝说出了商人的名字,然后说:"这个人只与商人结交、往来。"

我与裁缝正谈话时,忽见两位男子走来,看上去高贵而聪明。裁缝看见那两个人,告诉我说,他俩是这家房主的座上客,并且把二人的姓名也对我讲了。我立即转过身,迎了上去,对他俩说:"我甘愿为二位大人赎身。主人早已在迎候二位光临了。"

我和他俩并排而行,一直走到大门前。我先进门,那俩人随后进了门。

房子的主人看见我和他俩一道进来,认定我是他俩的朋友,对我表示热烈欢迎,让我坐在首席位置上。随后,主人令家仆端来饭菜,我心想:"安拉默助我如愿以偿,饭菜如意到口,就只剩下那手掌和手腕了。"

吃罢饭,我们移到另一间屋里,开始对坐饮酒,但见那里高朋满座。主人对我备献殷勤,和我有说有笑,把我当作他的贵客。客人们也都对我十分客气,因为他们认定我是主人的好朋友。所有的人都对我十分热情,我们举杯欢饮,喝了许多酒。

片刻过后,一位少女走了出来,只见她就像杨柳枝条,体态轻盈,容貌俊秀,如花似玉。她抱起四弦琴,玉指轻弹,边奏边唱道:

相聚一堂下,难道不奇怪?你却不接近,亦未把口开。
凭眼道心声,心被爱火煎。眉眼传遐思,手势抒情怀。

信士们的长官,少女的弹唱激起我的满腔情思。少女的绝美姿色和她唱出的委婉的诗歌,令我神采飞扬,兴奋不已,以致我的内心对她产生了嫉妒之情。我情不自禁地开口道:"姑娘,尚有美中不足呀!"

少女愤怒地丢下四弦琴,说道:"你们当中什么时候混进了坏人?"

我对自己如此冒昧多言,深感后悔。我看到人们向我投来蔑视的目光。我心想:"我所希望的一切都失去了。"

我发现自己无法摆脱人们的埋怨之情,只好要来四弦琴,并且说:"我来操琴唱歌,说明姑娘弹奏中失当的地方吧!"

众人异口同声:"好哇!"

他们把四弦琴递给我,我怀抱四弦琴,调好弦,边弹边唱道:

这是你情人,心中怀忧伤。
泪水湿胸襟,继之身上淌。

一手求安拉,表述己希望;
另外一只手,抚摩在肝脏。
见人刀横颈,望寄眼与掌。

少女听完我的弹唱,急速走了过来,俯下身去,亲吻我的双脚,并且说:"对不起,先生,请原谅!我不知道先生有如此高超的技艺。"

人们开始用敬重、钦佩的目光望着我,人人笑容满面,个个兴奋不已,纷纷要求我再弹唱几首。我答应了人们的要求,操琴唱了几首,只见人们如痴如醉,神魂颠倒。最后大家相继散去,各回自家去了。

厅里只剩下我和主人及那位少女时,主人便走到我的面前,和我对饮了几杯。主人说:"先生,我活了这么大年纪,真是白活了,竟然在此之前不认识你,真是相见恨晚啊!凭安拉起誓,先生,告诉我,你是谁,以便让我认识安拉今夜降给我的这位尊贵酒友。"

起初,我不想向他透露我的名字,经他再三立誓请求,我才吐露了自己的真实姓名。

主人一听到我的名字,立即站了起来……

讲到这里,眼看东方透出黎明的曙光,莎赫札德戛然止声。

❖ 第三百四十七夜 ❖

夜幕垂降,莎赫札德接着讲故事:

幸福的国王陛下,哈里发马蒙的叔父易卜拉欣·本·马赫迪继续讲自己结亲的经历:

厅里只剩下我和主人及那位少女时,主人便走到我的面前,和我对饮了几杯。主人说:"先生,我活了这么大年纪,真是白活了,竟然在此之前不认识你,真是相见恨晚啊!凭安拉起誓,先生,告诉我,你是谁,以便让我认识安拉今夜降给我的这位尊贵酒友。"

起初,我不想向他透露我的名字,经他再三立誓请求,我才吐露了自己的真实姓名。

主人一听到我的名字,立即站了起来,激动不已地说:"恩公大驾光临,真令我喜出望外。时光赐予我如此大恩,真是大恩无处报啊!也许这是在做梦吧?如若不然,我何时敢于期盼皇家要人来我家做客,与我今夜对坐畅饮呢?"

我再三让他坐下,主人方才坐了下来。主人用最谦逊、最委婉的话语问我为何到他家中来,我便把事情的经过从头到尾讲了一遍,什么都没有隐瞒。我说:"喷香的饭菜嘛,我已经吃饱了;而那只手掌和手腕,我还没有欣赏到呢!"

主人说:"手掌、手腕,这好办!愿安拉默助,你将如愿以偿。"

片刻后,主人呼喊道:"大丫头,把二丫头叫来!"

我一见主人唤来二丫头,立即知道她不是我所向往的那手掌和手腕。

主人把他的女仆一个一个地叫来,我一一看过,都不是我心中所想的姑娘。

主人见我总是摇头,说道:"所有的女仆都来了,家中只剩下我的母亲和我的妹妹了。不过,你不要着急,我一定会把她俩叫出来，让你见见。"

主人的慷慨和豁达使我大为敬佩和感动,我说:"我甘愿为你赎身!就请先把你妹妹叫来吧!"

"就照你的要求办!"

主人的妹妹走来,让我看她的手。当时,我几乎惊喜地叫起来,她正是我看到的手掌和手腕的主人。我终于情不自禁地说:"主人,我愿为你赎身。就是她!我先前看到的就是她的手掌和手腕。"

主人立即吩咐家仆去请证人。片刻后,家仆领来了证人。主人拿出两袋子黄金,对证人说:"这位先生是信士们的长官的叔父易卜拉欣·本·马赫迪。他来向我的妹妹福拉娜求婚,我请你们做证,我已把妹妹许配给了他。他已送来一袋子黄金当聘礼。"

主人转过脸来,对我说:"我把妹妹福拉娜以规定的聘礼许配给了你。"

我回答说:"我欣然接受这门亲事。"

随后,主人把一袋子黄金递给他的妹妹,将另一袋子黄金给了证人。之后,主人对我说:"主公阁下,我打算立即在家中为你准备新房,以便你和你的妻子共度洞房花烛之夜。"

主人的慷慨、豁达使我感到不好意思在他家中与新娘圆房,于是对他说:"请立即送新娘到我家去吧!"

信士们的长官,那位主人把妹妹送到我家,还送来大批嫁妆;因为嫁妆多,我家的房子一时显得有些窄小。时隔一年,妻子为我生下一个男孩儿,站在陛下面前的这个孩子就是。

听罢叔父讲自己相亲、结婚的故事,马蒙惊叹那位男子的慷慨、豪爽,说道:"妙啊!我从未听说过这样豪爽的大丈夫。"

随后，马蒙请叔父把那个人请来，要一睹其大丈夫风采。

易卜拉欣·本·马赫迪把大舅哥叫到哈里发马蒙的面前，马蒙与之促膝谈心，盛赞其性情豁达、礼貌周到、慷慨大方，随后让他做了自己的贴身随从。

好人必定会得到安拉的嘉奖和赏赐。

讲到这里，妹妹杜娅札德说："姐姐，天还未亮，再讲一个故事吧！"

莎赫札德说："如果国王陛下准许，我还会讲故事。"

舍赫亚尔国王说："你讲吧！"

莎赫札德开始讲《施舍面饼的女人》的故事：

相传，有一位国王，对臣民说："任何人不得向任何人施舍任何东西！违令者砍手！"

臣民们听后，噤若寒蝉，谁也不敢开口谈施舍之事，更没任何人敢于进行施舍。

有一天，一个叫花子来到一位女子的面前，已是饥肠辘辘，饿得头晕眼花。叫花子对女子说："给我点儿东西吃吧！"

讲到这里，眼看东方透出黎明的曙光，莎赫札德戛然止声。

第三百四十八夜

夜幕垂降，莎赫札德接着讲故事：

幸福的国王陛下,那位国王对臣民说:"任何人不得向任何人施舍任何东西!违令者砍手!"

臣民们听后,噤若寒蝉,谁也不敢开口谈施舍之事,更没任何人敢于进行施舍。

有一天,一个叫花子来到一位女子的面前,已是饥肠辘辘,饿得头晕眼花。叫花子对女子说:"给我点儿东西吃吧!"

女子说:"国王有令,任何人不得向任何人施舍任何东西,违令者砍手!既有此令,我怎好向你施舍呢?"

叫花子说:"看在安拉的面儿上,你就施舍给我点儿东西填填肚子吧!"

女子听叫花子以安拉的名义乞求,怜悯之心顿生,随即拿了两个发面饼,给了叫花子。

女子向叫花子施舍发面饼的消息传到了国王耳里,国王下令将女子抓来,砍掉了她的双手。

一位花容玉貌的女子转眼间变成了残疾人,她垂头丧气地回到家中。

过了一些时候,国王对太后说:"母亲,我想结婚,给我找一位漂亮的姑娘吧!"

太后说:"王宫附近就住着一位姑娘,长相真是漂亮无比,只是身体有严重残疾。"

"什么残疾?"

"两只手被砍掉了。"

"我想见见这位姑娘。"

太后派人把那位断手姑娘带来,国王一见倾心,不久就结为伉俪。那位姑娘,就是向叫花子施舍发面饼而被砍掉双手的那位女子。

国王与断手女子结婚之后,群妃出于嫉妒,联名向国王写信,控告那女子是个烟花女。这时,断手女子已生下一个王子。

国王看到群妃的信,信以为真,即修书给太后,吩咐太后立即派人将断手女子赶出王宫,送往荒漠,将她丢在那里,然后返回。

太后照儿子的吩咐,将断手女子及其所生王子送往荒漠,抛弃在那里。

断手女子面对茫茫大漠,走投无路,号啕大哭,不知该如何活下去。她让孩子骑在自己的脖子上,走到一条河边,因为走得太累太渴,跪下去想喝水时,头一低,孩子便一下跌到河里去了。

断手女子登时瘫坐在河边,哭成了个泪人。

断手女子正哭时,有两个男子走了过来,问她道:"妇道人家,你哭什么呢?"

"我的孩子刚才还骑在我的脖子上,我低头喝水时,孩子掉进了河里。"

"你想让孩子再回到你身边吗?"

"当然想啦!"

二人对安拉一阵祈祷,那孩子顷刻间回到了母亲怀里,安然无恙,没受任何伤害。

二人又问:"妇道人家,你想让安拉恢复你的两只手吗?"

"当然想啦!"

二人又是一阵祈祷,女子的两只双手顿时完好如初。

二人说:"妇道人家,你想知道我们是何许人吗?"

"你们是什么人,只有安拉知道。"

"我们就是你施舍给叫花子的那两个发面饼。正是因为你把我们施舍给饿得要死的叫花子,你的两只手才被国王砍掉了。感谢安拉恢复了你的双手,并把孩子还给了你。"

女子连连高声赞颂安拉。

莎赫札德讲完《施舍面饼的女人》的故事,开始讲《一条臭鱼》的故事:

相传,从前以色列人当中有位虔诚的信徒,一家老小以纺棉花维持生计。他每天外出,卖掉纺好的纱,以卖纱赚得的钱买回全家人吃用的东西和棉花。

一天,他外出卖掉了带去的纱,之后遇见一位亲族中的兄弟。兄弟向他诉说自己面临挨饿的状况,于是他把卖纱得到的钱全部送给了兄弟,空手回到家里,既没有带回棉花,也没有带回食物。

家里人问他:"棉花和吃的东西在哪儿?"

他对家人说:"我刚卖完纱,遇见一位亲戚,说他家中老小面临饥饿,我便把卖纱钱全给了他。"

"那么,我们怎么过呢?要知道,我们家中没有什么可卖的东西了!"

他家里有一个破木盘和一个旧水罐,于是信徒拿着这两件东西到集市上去卖。

他在集市上守候许久,没有等来一位买主。正当他等得心烦意乱时,有个卖鱼的人走到他的面前,只见卖鱼人带着一条肚子鼓胀、散发着臭味的鱼……

讲到这里,眼看东方透出黎明的曙光,莎赫札德戛然止声。

第三百四十九夜

夜幕垂降,莎赫札德接着讲故事:

幸福的国王陛下,那个虔诚的以色列信徒在市场上守候许久,没有等来一位买主。正当他等得心烦意乱时,有个卖鱼的人走到他的面前,只见卖鱼人带着一条肚子鼓胀、散发着臭味的鱼。

卖鱼人对他说:"你我的货都是卖不出去的,我俩就互相交换一下,你看如何?"

信徒说:"好吧!"

信徒把木盘和水罐交给卖鱼人,然后接过那条臭鱼,带着臭鱼回到家中。

家人说:"我们要这么一条臭鱼有什么用呢?"

信徒说:"我们把它洗干净,烤一烤,先填填肚子,然后再等待上帝赐降生计给我们。"

家人接过臭鱼,拿去开膛清洗。打开臭鱼肚子一看,发现里面有一颗珍珠,于是赶忙把喜讯告诉信徒。

信徒说:"你们仔细看看!假若那颗珍珠是打过孔的,那就说明它有主;若是没有打过孔的珍珠,那便是上帝赐降给我们的福分,说明我们的生计有了着落。"

他们仔细观察后,发现那是一颗未打过孔的珍珠。

第二天,信徒拿着那颗珍珠去见几位懂行的朋友。朋友问他:"这颗珍珠,你是打哪儿弄来的?"

信徒回答："这是上帝赐降给我的生计。"

"这颗珍珠值一千迪尔汗,我愿出此价把它买下来。不过,你还是找我的一个朋友去看一看吧!因为他比我有钱,也比我更懂行。"

信徒带着珍珠去见那位懂行的有钱人。那个人接过珍珠一看,说道:"这颗珍珠值七万迪尔汗,最多不会超过这个价钱。"

那个人付给信徒七万迪尔汗,信徒雇几个脚夫往家里搬运银钱。

信徒刚走到自己家门口,见一个讨饭人迎面走来,对他说:"把伟大上帝赐予你的钱赏给我一点儿吧!"

信徒对讨饭人说:"昨天,我也像你一样一贫如洗。这些钱,你拿去一半吧!"

说着,信徒把钱分成两等份,与讨饭人各得一份。

讨饭人说:"这钱全属于你,拿着吧!上帝赐福予你。我是上帝的差使,上帝派我来是为了考验考验你。"

信徒说:"万赞归于上帝!一切恩惠来自上帝。"

自此之后,信徒一家人过着幸福、快乐的生活,直至白发千古。

讲完《一条臭鱼》的故事,莎赫札德紧接着讲《穆圣托梦》的故事:

相传,艾卜·哈桑·齐亚迪讲述自己这样的一段经历:

有一段时间,我的经济十分拮据。杂货店小老板、面包商和别的债主都来逼我还债,使我愁闷不堪,一时找不到任何解除危机的办法,真有上天无路、入地无门之感。

我正处于如此窘迫状态之时,童仆进来禀报说:"门外有位朝觐人求见。"

"就让他进来吧!"我随口说道。

来客是位呼罗珊人。客人向我问安后,我回了礼。客人说:"你就是艾卜·本·齐亚迪先生?"

"正是本人。你有什么事呀?"

"我是个异乡人,想到圣城麦加去朝觐。我身边带了些钱,因为太重,携带不方便,打算把一万迪尔汗寄存在贵府,等我朝觐回来再取。朝觐团返回时,倘若你见不到我,那么,这些钱就算我奉送给你了;若我能如期平安返回,这些钱还是我的。"

我对客人说:"就照你说的办!愿真主相助。"

客人取出钱袋,我吩咐家仆说:"去把秤取来!"

家仆取来秤,称过重量,客人将钱交给我,便踏上朝觐的旅程。

我接到客人寄存的钱,立即召来债主,还清了欠他们的债……

讲到这里,眼看东方透出黎明的曙光,莎赫札德戛然止声。

第三百五十夜

夜幕垂降,莎赫札德接着讲故事:

幸福的国王陛下,艾卜·哈桑·齐亚迪继续讲自己的经历:

家仆取来秤,称过重量,客人将钱交给我,便踏上朝觐的旅程。

我接到客人寄存的钱,立即召来债主,还清了欠他们的债,余下的钱用于生活,一时感到宽舒多了。我心想:"待客人朝觐回来取钱时,但期安拉已为我解除了经济危机。"

不料仅仅过了一天时间,童仆进屋禀报说:"那位呼罗珊朋友在门外求见。"

"请他进来。"

客人进来之后,对我说:"我本打算去麦加朝觐,不期突然传来家父仙逝的噩耗,我得立即返回奔丧,请把我昨天寄存的钱给我吧!"

听客人这样一说,我顿时陷入巨大的忧愁之中,这种忧愁是任何人不曾尝到过的。我一时不知如何是好,说不出话来。假若我矢口否认他在这里寄存过钱,他必将让我起誓,到头来我非丢丑不可;如果我实话实说,告诉他说我把钱花掉了,他必然会大声喧嚷,毁坏我的名声。我对他说:"愿安拉保佑!你有所不知,我家户浅门松,不便保存这么多钱。我接到你的钱袋,便把它送到一位朋友那里去求他代为保管了。你明天再来取吧!"

客人信以为真,告辞离去。因这位呼罗珊人这样快就回来取钱,我忐忑不安,如坐针毡,躺在床上,辗转反侧,无论如何也合不上眼。

夜半时分,我呼唤家仆:"给我鞴一头骡子!"

家仆惊问:"老爷,正是深更半夜,外面伸手不见五指,看不见路啊!"

我只好又躺在床上,但仍然睡不着觉,又几次叫醒家仆,直到东方薄明时,家仆才给我鞴好骡子。

我骑上骡子外出,一时不知该到什么地方去。我把缰绳搭在骡子的脖子上，任其自由走路。此时此刻，我陷入极度忧虑之中。

骡子驮着我行至巴格达城的东边，我看见一伙人走来，便躲开他们，改道而行。他们见我躲避，反倒追了过来。他们见我身穿绿袍①，便快速赶上来，问我："喂，先生，你认识艾卜·哈桑·齐亚迪的住宅吗？"

我回答他们："本人就是艾卜·哈桑·齐亚迪。"

他们说："信士们的长官请阁下去他那里。"

于是，我跟着他们进了哈里发宫，见到了信士们的长官马蒙。

哈里发马蒙问我："你是何人？"

我回答道："我是法官艾卜·优素福的朋友，伊斯兰教法学家，对'圣训'颇为精通。"

"你叫什么名字？"

"我叫艾卜·哈桑·齐亚迪。"

"把你的情况对我讲讲吧！"

我把自己的艰难处境向哈里发马蒙一讲，他禁不住泪如雨下。哈里发马蒙说："好可怜哪！就是因为你，已经归真的安拉的使者穆罕默德一夜没有让我好好睡一觉。初夜时，我刚刚入睡，梦见穆圣对我说：'快救救艾卜·哈桑·齐亚迪吧！'我突然惊醒过来，想了好长时间，不知道你是何人，然后又睡了。我刚睡下不久，又梦见穆圣对我说：'你该吃苦头了！赶快救救艾卜·哈桑·齐亚迪吧！'我又突然惊醒过来，再也不敢合眼，一夜没睡。之后，我叫醒宫役，派他们四处去找你，庆幸他们把你找到了。"

说罢，哈里发马蒙给了我一万迪尔汗，说："这一万迪尔汗供你还那位呼罗珊兄弟的钱。"

---

① 绿袍为波斯宗教学者的礼服。

接着，哈里发又给了我一万迪尔汗，说："这一万迪尔汗，你拿去安排一下你的生活。"

最后，哈里发给了我三万迪尔汗，还说："这些钱，你拿去装备一下自己。朝觐团出发之日，你到我这里来，我给你安排一个差事。"

我带着钱回到家中。做罢晨礼之后，那位呼罗珊兄弟就来了。我给他拿出钱袋，对他说："这就是你那一万迪尔汗。"

呼罗珊人说："这不是我那袋钱呀！"

我说："是的。"

他说："我那袋钱到哪儿去了呢？"

我把情况给他讲明，他哭了起来。他说："凭安拉起誓，假若当初你把你的实际情况告诉我，我就不要这点儿钱了。凭安拉起誓……"

讲到这里，眼看东方透出黎明的曙光，莎赫札德戛然止声。

❖ 第三百五十一夜 ❖

夜幕垂降，莎赫札德接着讲故事：

幸福的国王陛下，艾卜·哈桑·齐亚迪继续讲自己的经历：

呼罗珊人说："这不是我那袋钱呀！"
我说："是的。"

他说:"我那袋钱到哪儿去了呢?"

我把情况给他讲明,他哭了起来。他说:"凭安拉起誓,假若当初你把你的实际情况告诉我,我就不要这点儿钱了。凭安拉起誓,这点儿钱,我不要了,你留着用吧!"

呼罗珊人说罢,便离去了。

之后,我置办了服装,又装备了一下。朝觐团出发那天,我去见哈里发马蒙。我来到马蒙面前,他让我走近他,只见他从礼拜毯下抽出一张委任状来,对我说:"这是委任状,委任你为圣地麦地那城的地方法官,和平门以西都是你管辖的地带。我已为你规定了月薪,你可以按月领取。你务必敬畏安拉,不要辜负使者穆罕默德的关怀。"

人们听哈里发这样一说,惊异不已,纷纷问其话中含义,我把故事从头到尾给他们讲了一遍。穆圣托梦之事自此广泛传播开来,人人皆知,浮于民口。

马蒙担任哈里发的数年中,艾卜·哈桑·齐亚迪一直担任圣地麦地那城的地方法官,直至终于任上。

莎赫札德讲完《穆圣托梦》,开始讲《贫富变化一瞬间》的故事:

幸福的国王陛下,相传,很久很久以前,有一个人,原来家财万贯,不久财产耗尽,变成了一个一贫如洗的穷汉。后来,他的妻子给他出主意,让他去找朋友告借。

他找到一位朋友,述说了自己的处境,朋友立即借给他五百第纳尔,要他开个店铺,以此维持生活。

当初,他是个珠宝商。于是他带着借到的钱,到了珠宝市场,开了个小铺子,开始做买卖。

有一天,他正在店铺里坐着,见三个人来到店中,打听他父亲在哪里。他告诉他们老人已经去世了。那三个人问:"老人家有后代吗?"

"站在你们面前的就是他的儿子。"

那三个人说:"谁能知道你是老人家的儿子呢?"

"市场上的人都能证明。"

"那样的话,你就把他们叫来,让他们证明一下吧!"

他立即走去叫来几位商人,大家异口同声地说:"我们证明,他的确是老先生的亲生儿子。"

这时,那三个人才拿出一只鞍袋,里面装着三万第纳尔,还有许多贵重宝石和金银首饰。他们说:"这些钱和珠宝都是你父亲生前寄存在我们那里的。现在就把它归还给你吧,请收下!"

说罢,三个人告辞而去。

片刻后,一位妇女来到店中,看中了那些珠宝中的一件价值五百第纳尔的首饰,愿出三千第纳尔购买,他便卖给了那位妇女。

之后,他带着五百第纳尔离开店铺,到借给他钱的那位朋友家里还钱。他对朋友说:"安拉开恩,让我富了起来。我借你的五百第纳尔,现在该归还你了。请收下这五百第纳尔吧!"

朋友说:"这些钱是我送给你的,不要了,你拿去吧!这里还有一张纸条,你也一并拿去,但只能回到家中后再打开看,并照纸条上说的去做。"

他带上钱和纸条回到家中,打开纸条一看,发现上面写着这样一首诗:

先人至贵府,均系我亲人:舅舅萨里哈,叔父与父亲。

家母选珠宝,未曾花分文。盼君莫羞我,为此区区金。

讲到这里,妹妹杜娅札德说:"姐姐,你讲的故事个个精妙、动听!"

莎赫札德说:"这与我将要讲的故事相比就算不上什么精妙动人了。"

舍赫亚尔国王说:"天色尚早,你再讲个故事吧!"

莎赫札德开始讲《一梦成富翁》的故事:

幸福的国王陛下,相传,古时候,巴格达城有位富翁,家财万贯。但时隔不久,家财耗尽,他变成了一个一贫如洗的人。他无可奈何,只好通过艰辛劳动,才能维持生计。

一天夜里,他疲惫不堪,不知不觉进入了梦乡。他做了个梦,在梦中遇见一个人,那个人对他说:"你的生路在米斯尔,到那里去谋生吧!"

他醒来之后,立即起程前往米斯尔。当他到达米斯尔时,天色已晚,便睡在一座清真寺里。

那座清真寺旁有一座住宅。就在那天夜里,一群盗贼进了那座清真寺,由清真寺溜进那座住宅。宅主听到盗贼们进宅的动静,立即大喊大叫起来。省督闻讯,立即带人前来抓贼。众盗贼见势不妙,慌忙逃走了。

省督离开那家宅院,走进清真寺,发现了睡在那里的那个巴格达人,便将他抓走,严刑拷打,直打得那个巴格达人死去活来,然后将他关押起来。

那个巴格达人在监牢里被关押了三天后,省督才提审他,问道:"你打哪儿来?"

"我从巴格达来。"

"你来米斯尔有何事啊?"

"我做了个梦,梦见一个人对我说:'你的生计在米斯尔,到那里去谋生吧!'我来到米斯尔,发现梦中人告诉我的生路竟然是这样一顿皮鞭毒打。"

省督一听,禁不住哈哈大笑不止,连大牙都露了出来。他说:"你这个没有头脑的家伙,我曾做过三次梦,都梦见一个人对我说,巴格达有座房子,并且向我描绘了一番。那个人说:'院内有座小花园,园中的喷水池下面埋着大量钱财。你赶快去巴格达取钱财吧!'尽管这样,我都没到巴格达去。你真是没有脑子,却为了梦中听到的事,辗转奔波。要知道,那都是幻梦。你这不是自讨苦吃吗?"

说罢,省督给了那个巴格达人几第纳尔,说道:"拿上这几个钱当盘缠,回家去吧!"

讲到这里,眼看东方透出黎明的曙光,莎赫札德戛然止声。

第三百五十二夜

夜幕垂降,莎赫札德接着讲故事:

幸福的国王陛下,省督给了那个巴格达人几第纳尔,说道:"拿上这几个钱当盘缠,回家去吧!"

那个巴格达人接过钱,一路辛苦跋涉,返回了巴格达。

那位省督梦境中的那座房子，正是巴格达人的家宅。

巴格达人回到家中，到喷水池那里一挖，果真发现那里埋着许多钱财。安拉开恩，他一下变成了腰缠万贯的富翁。世上竟有这样的巧事！

讲到这里，妹妹杜娅札德说："姐姐，你讲的故事多精彩、多有趣、多动人啊！"

莎赫札德说："如蒙国王陛下许可，我将讲更精彩、更绝妙的故事。"

舍赫亚尔国王说："讲下去，讲下去！"

莎赫札德开始讲《哈里发与爱妃》的故事：

相传，哈里发穆泰沃克勒的宫中有四千嫔妃。其中有二百名希腊女子、二百名混血儿女子、二百名埃塞俄比亚女子；奥贝德·本·塔希尔送给穆泰沃克勒四百名女子，其中有二百名白肤色女子、二百名埃塞俄比亚和阿拉伯的混血女子，其中有一位巴士拉女子，名叫麦哈卜白。

麦哈卜白貌美绝伦，体态苗条，性情温和，能弹会唱，善于作诗，而且写得一笔好字，故而很得哈里发穆泰沃克勒的宠爱，须臾不肯离开她。

麦哈卜白见哈里发对自己格外宠爱，不禁得意忘形，忘乎所以，变得蛮横、骄纵起来。

哈里发见麦哈卜白如此放肆不羁，勃然大怒，立即疏远了她，并禁止宫中人和她接近、交谈。

这样过了数天，麦哈卜白处于孤独之中，而哈里发穆泰沃克勒仍在想着她。

有一天,哈里发对亲信们说:"我做了个梦,梦中仿佛我已与麦哈卜白和好。"

亲信们说:"我们希望伟大的安拉将之变成现实。"

他们正说话时,突然看见一个宫女走来,对哈里发耳语了几句,哈里发立即离开座位,向后宫走去。原来那宫女对哈里发说:"我们听见麦哈卜白的房间里传出歌声和琴声,不知其中原因何在……"

哈里发来到麦哈卜白房前,听她边弹边唱道:

我在宫中转,一人都不见;
我向宫院诉,它不对我谈。
仿佛我犯下,大罪弥漫天;
忏悔已不能,为我解罪愆。
世上可有人,替我将情传?
国王入我梦,与我已合欢;
莫非天亮时,又将我疏远?

哈里发穆泰沃克勒听麦哈卜白吟唱这样的诗句,心中一惊,惊叹他的梦境与麦哈卜白的梦境那样吻合。

哈里发抬脚进了房门。麦哈卜白觉察到哈里发进了房门时,立即站起来,迎上前去,然后跪下,亲吻哈里发的双脚。她说:"哈里发陛下,我昨夜做了个梦,梦见了此情此景,醒后便写了这样一首诗。"

哈里发说:"我做的梦和你的梦一模一样。"

说着,二人紧紧拥抱在一起,和好如初。

哈里发在麦哈卜白那里住了七天七夜。麦哈卜白把哈里发的名字用麝香写在自己的面颊上。哈里发的大名叫迦发尔①。

哈里发见爱妃麦哈卜白把自己的名字写在她的脸蛋儿上，欣喜不已，立即吟诵道：

> 她写迦发尔，在己面颊上；平生未曾见，写字用麝香。
> 她书面颊字，虽仅有一行；却有数行字，铭刻我心房。
> 荒野面目改，眼见小河淌；安拉赐予你，溪水溢酒香。

后来，哈里发穆泰沃克勒驾崩，嫔妃们顷刻之间把他忘到了脑后……

讲到这里，眼看东方透出黎明的曙光，莎赫札德戛然止声。

第三百五十三夜

夜幕垂降，莎赫札德接着讲故事：

幸福的国王陛下，哈里发穆泰沃克勒驾崩，嫔妃们顷刻之间把他忘到了脑后，唯有麦哈卜白痛不欲生，哭得死去活来，终于因悲伤过度，不久一命呜呼，被葬于哈里发墓旁。

愿安拉怜悯这一对恩爱的灵魂。

---

① 迦发尔，意为小溪、小河。

讲完《哈里发与爱妃》的故事，莎赫札德接着讲《屠夫沃尔丹》的故事：

相传，哈基姆国王统治埃及时期，在都城米斯尔，有一个开羊肉铺的屠夫，名叫沃尔丹。每天上午，总有一个女人到肉铺里来，带着一枚相当于埃及普通第纳尔两倍半重量的金币，对屠夫沃尔丹说："给我一整只羊。"

随后，女人让自己带来的一个脚夫递上篮筐，沃尔丹接过那枚金币，把一整只收拾干净的羊放在篮筐里，脚夫背起篮筐，跟着女人离去。第二天中午，女人照例来买羊肉，从不间断。因此，屠夫沃尔丹每天能从那个女人手里得到一枚大金币。

如此过了很长时间。

有一天，屠夫沃尔丹开始思考那个女人的事。他心想："这个女人每天都从我这里买一整只羊，花一枚大金币，不曾间断一天……真是怪呀！"

于是，沃尔丹暗中向脚夫打听那个女人的情况。他问脚夫："你每天跟着这个女子都到哪些地方去呢？"

脚夫说："这个女子的事，我也觉得非常奇怪。她每天都让我来你铺子里拿羊肉，然后再去买一第纳尔的食品、水果、蜡烛和坚果等日常吃用的东西，接着到一位基督徒那里买两瓶葡萄酒，也给那个商人一第纳尔。这些东西都让我背着，跟着她去相府花园。到了相府花园，她就用布把我的眼睛蒙上，之后她领着我往前走，像是下坡。究竟再往哪里走，我就不知道了。走了一阵儿，她对我说：'把篮筐放下。'那里放着一个空篮筐，女人把空篮筐递给我，随后将我领回蒙眼睛的地方，摘下蒙眼布，给我十第纳尔的脚钱。"

屠夫沃尔丹听了脚夫的述说，叹道："安拉默助这位妇道人家。"

然而脚夫的话并未消除屠夫沃尔丹心中的怪异感,反而使他想了解更多,思来想去一夜未能安睡。

沃尔丹这样讲述自己的经历:

第二天清晨,那个女人照例来到我的肉铺,付了钱,让脚夫背着羊肉,然后离去。

女人走后,我叮嘱孩子看好铺子,便暗暗尾随她。

讲到这里,眼看东方透出黎明的曙光,莎赫札德戛然止声。

第三百五十四夜

夜幕垂降,莎赫札德接着讲故事:

幸福的国王陛下,沃尔丹接着讲述自己的经历:

第二天清晨,那个女人照例来到我的肉铺,付了钱,让脚夫背着羊肉,然后离去。

那女人走后,我叮嘱孩子看好铺子,便暗暗尾随她。我一直跟着她,直至她出了米斯尔。行至相府花园,只见她用布把脚夫的眼睛蒙上,拉着脚夫的手,走过一个地方又一个地方,来到一座山前。那女人行至一个地方,那里有一块大石头,她就让脚夫放下篮筐,过了一会儿,她将脚夫领回被蒙住眼睛的地方。

那女人打发走脚夫,回到篮筐旁,把里面的东西都拿了出来。

女人隐去片刻,我走到那块大石头旁,移开石头,发现大石头后面有一个移开的铜盖子,旁边有一个地洞,有台阶通下去。我顺着台阶慢慢走下去,进了一条长廊,那里很明亮。我顺着长廊走去,看见一座厅门,我立即躲到门后,无意中发现厅门外有一个凉棚,有架梯子。我攀梯而上,看到上面有一个小凉棚,墙壁上有一个孔洞,通过洞口可以俯视大厅。我站在那里,由孔洞往大厅里望去,但见那个女子正把好的羊肉切成块,放在锅里,将剩余的次肉丢给一只大黑熊,黑熊顿时把丢给它的那些肉吃个精光。之后,那个女人把肉炖好,自己吃个足饱。她又拿来水果和干果以及葡萄酒,用杯子自斟自饮,让黑熊用金碗喝酒。当她和黑熊喝到微醉时,她便脱掉衣服躺下,而黑熊站起来,开始与她交媾。那女人像跟男人交媾一样,极力奉迎,直至黑熊泄欲完毕,方才休息一阵儿。时隔不久,黑熊又和女人交媾,尽兴之后再休息一会儿。就这样,一连交媾十次,女人和黑熊才双双昏睡过去,不再动了。

　　看到这种景象,我心想:"时候到了,我一定要抓住这个机会。"想到这里,我手握剔肉刀,顺梯而下,冲入厅里。我见那女人和黑熊一动不动,便一刀捅进黑熊的脖颈,用力一割,黑熊的脑袋与身躯顿时分了家,它发出雷鸣般的凄惨叫声。

　　女人闻声惊醒,见黑熊被杀死,又见我手握剔肉刀站在旁边,一声尖叫。我以为她已吓得魂不附体。

　　女人对我说:"喂,沃尔丹,难道这就是你对善行的报答?"

　　我回答道:"你这个不自重的东西,难道天下的男人都死光了,致使你干出如此下流无耻的勾当?"

　　女人低下头,无言以对。她凝视着那只掉了脑袋的黑熊,对我说:"沃尔丹呀,有两条路由你选择,假若你听我的话,你将平安无事……"

讲到这里,眼看东方透出黎明的曙光,莎赫札德戛然止声。

❖❖❖ 第三百五十五夜 ❖❖❖

夜幕垂降,莎赫札德接着讲故事:

幸福的国王陛下,沃尔丹接着讲自己的经历:

女人闻声惊醒,见黑熊被杀死,又见我手握剔刀站在旁边,一声尖叫。我以为她已吓得魂不附体。

那女人凝视着那只掉了脑袋的黑熊,对我说:"沃尔丹呀,有两条路由你选择,假若你听我的话,你将平安无事;如果你不听我的话,则只有死路一条。你究竟选择哪条路?"

我说:"我听你的,你就说吧!"

"你可以像刚才宰掉黑熊那样,也将我杀死,然后从这座宝库中取走你所需要的东西,远走高飞。"

我对她说:"我总比那黑熊好啊!你赶快改邪归正,向安拉忏悔吧!到那时,我将同你结为夫妻,在这座宝库中度过余生。"

她说:"沃尔丹,这是不可能的。黑熊都死了,我怎能活着呢?凭安拉起誓,你不杀死我,我就要你的命。你赶快动手吧!这是我最后的意见,没别的话可说了。"

我说:"我就把你杀掉,让你永远受安拉的诅咒吧!"

说罢,我揪住那个女人的头发,一刀结果了她的性命,让她进入了永远被安拉、天使和人类诅咒的行列之中。

之后,我朝四下一看,发现那里堆满金银和珍珠、宝石,任何君王都不曾拥有过那么多的财宝。我拿来脚夫背的那个篮筐,满满地装了一篮筐金银珠宝,用缠头巾盖好,背起来走出了宝库。

当我行至米斯尔城门外时,只见国王的十个宫役走来,哈基姆国王跟在他们的后面。

哈基姆国王看见我,喊道:"喂,沃尔丹!"

"国王陛下,奴仆在!"我回答说。

"你杀了黑熊和那个女人?"

"是的。"

"你放下篮筐吧!请你放心,你带来的钱财都属于你,没有任何人与你争抢。"

我把篮筐放在国王的面前,国王撩开盖在上面的缠头巾,看了看,对我说:"刚才发生的事情,我全知道,仿佛我就在现场。虽然如此,你还是把黑熊和那个女人的情况对我讲一讲吧!"

我把事情的经过从头到尾给国王讲了一遍。国王听后,说:"你说的全是实话。沃尔丹,你就带我们到那座宝库去看看吧!"

我和国王一起向宝库走去。走到那里一看,铜盖子已经盖好。国王说:"沃尔丹,你把铜盖子掀开吧!这座宝库,只有你才能打开,因为它是以你的名字和品性为禁咒的。"

我对国王说:"凭安拉起誓,我可掀不动这个铜盖子。"

国王说:"掀吧,安拉默助你。"

我走上前去,呼唤了一声伟大安拉的大名,伸手一掀,仿佛那铜盖子变得很轻,被我轻易掀开了。

哈基姆国王说:"你下去吧,把里面的东西全都拿出来!因为这座宝库只有叫你这样的名字、长着你这样的相貌、具有你这样品性的人才能下去。刚才正是你下去杀死了那只黑熊和那个女人。我身边有位历史学家，我曾等待他预见谁能够开启这座宝库，他说是'沃尔丹'。"

我下到宝库，把里面所有的金银珠宝都搬了出来。之后，国王雇人用牲口将财宝运回王宫，而将我带出的一篮筐珍宝给了我。我背起篮筐转回家中。后来，我在市场上开了一个店铺，那个市场至今仍在，以"沃尔丹市场"之名闻名遐迩。

讲完《屠夫沃尔丹》的故事，莎赫札德紧接着讲《公主与猴子》的故事：

相传，古时候有位国王，他有一个女儿，人称"郎公主"。

郎公主恋上了一个黑奴，终于被黑奴破瓜，从此喜欢性交，乐此不疲，须臾不能离开那个黑奴。

郎公主将自己贪恋雄性的心态如实告诉了一位管家婆，并问她哪种动物最擅性交，管家婆告诉她说猴子性欲最强烈。

有一天，一个耍猴人牵着一只大猴子路经郎公主闺房的窗下。郎公主撩开面纱，留心地望着那只猴子，并向猴子挤眉弄眼。那只猴子好像完全理解郎公主的心意，挣脱脖子上的锁链，跳上窗子，找郎公主去了。

郎公主把猴子藏在一个地方，日夜和猴子一道吃喝、交媾。

郎公主与猴子之间发生的事情传到国王耳里。国王大怒，想把女儿处死。

讲到这里，眼看东方透出黎明的曙光，莎赫札德戛然止声。

1803

第三百五十六夜

夜幕垂降,莎赫札德接着讲故事:

幸福的国王陛下,有一天,一个耍猴人牵着一只大猴子路经郎公主闺房的窗下。郎公主撩开面纱,留心地望着那只大猴子,并向它挤眉弄眼。那只大猴子好像完全理解郎公主的心意,挣脱脖子上的锁链,跳上窗子,找郎公主去了。

郎公主把大猴子藏在一个地方,日夜和大猴子一道吃喝、交媾。

父王得知女儿与大猴子交媾之事,不禁勃然大怒,想把郎公主处死。

郎公主得知父王要处死她,立即穿上一身男仆服装,骑上一匹马,又带上一头骡子,驮着大批金银财宝和布匹,抱着大猴子,悄悄离开京城。长途跋涉,到了埃及,在沙漠中找了一座房子,安下身来。

郎公主女扮男装,每天下午都到一个青年屠夫那里去买肉。见她面黄肌瘦,无精打采,青年屠夫心想:"这个奴仆可不是个平常人。"

有一天,郎公主照样女扮男装来店铺买肉。她拿了肉离去,青年屠夫悄悄跟去。青年屠夫这样讲述自己的经历:

我悄悄地跟在那个奴仆的后面,走了一个地方又一个地方,终于跟到旷野上的一座住宅前。我看那奴仆进了门,便藏到一个地方留心观看。我看见那奴仆点着火,开始炖肉。炖好肉之后,自己吃了个足饱,将剩下的肉给身边的一只大猴子吃。大猴子吃罢,那奴仆脱下衣服,换上最漂亮的女人服装,我这才知道她是个女人。我看见那女人拿来酒,自斟自饮,还让大猴子喝酒。吃饱喝足之后,那女人便与大猴子交媾起来,一连交媾约十次,女人方才停下来,一动不动,睡觉了。大猴子站起来,将一件丝袍盖在女人身上,然后退到自己待的地方。

这时,我走了进去。那只大猴子看见我,正想向我扑来,我抽出随身带的剔肉刀,狠狠向它刺去。那大猴子顿时死在我的刀下。

那女人惊醒过来,眼见大猴子死在血泊之中,下意识地一声大喊,然后昏厥过去,不省人事。

过了一会儿,女人慢慢苏醒过来,对我说:"你为何这样干呢?看在安拉的面儿上,你也送我去追赶我的大猴子吧!"

我再三好言劝慰她,向她保证我能够取代大猴子,一定能够满足她的性欲要求,女人终于平静下来。随后,我与她结为夫妻。没过多久,我发现郎公主确乎性欲亢奋,致使我感到力不从心,束手无策,自叹无能。于是,我将此事告诉了一位老太太。老太太说她有办法为郎公主进行调治。老太太对我说:"你找个锅来,在锅里倒满新醋,再弄一磅墙荆来。"

我按老太太的嘱咐一一照办,将墙荆放入倒满新醋的锅里,置于火上煮熬,任一锅醋大沸。之后,老太太让我跟我妻子行房,我照吩咐办事,直至妻子昏睡过去。

这时,老太太把我的妻子抱到锅旁边,让锅里冒出来的蒸气直熏她的阴户。热气徐徐进入阴户里面,过了片刻,只见有一小团东西从我妻子的阴户里掉了出来,仔细一看,那是两条虫子,一条黑的，一条黄的。

老太太指着那两条虫子说："这条黑虫子因她与黑奴交媾生成，而黄虫子则是她与大猴子交媾的结果。"

我的妻子从昏迷中渐渐苏醒过来。相当长的一段时间里，她没有性交要求，安拉确实使她摆脱了性欲亢奋的状态。对于自己的变化，我的妻子自感怪异不解。

讲到这里，眼看东方透出黎明的曙光，莎赫札德戛然止声。

❖ 第三百五十七夜 ❖

夜幕垂降，莎赫札德接着讲故事：

幸福的国王陛下，青年屠夫继续讲自己的经历：

我的妻子从昏迷中渐渐苏醒过来。相当长的一段时间里，她没有性交的要求，安拉确实使她摆脱了性欲亢奋的状态。对于自己的变化，我妻子自感怪异不解，于是我便把事情的始末向她讲述了一遍。自此之后，我与她一起过着幸福快乐的生活。之后，我妻子把那个老太太当作母亲奉养在家中。

自此之后，青年屠夫与妻子郎公主、老太太生活在欢乐、温暖、和睦的家庭氛围中，直至天年竭尽，各奔东西。

赞美永生的安拉，帝王、后妃、公主的命运都掌握在他的手中。

讲到这里,妹妹杜娅札德说:"姐姐,你讲的故事多么美妙、动人啊!"

莎赫札德说:"如蒙国王陛下再留我一夜,我讲的故事将更精彩、更美妙!"

舍赫亚尔国王说:"天色尚早,你讲下去吧!"

莎赫札德开始讲《会飞的木马》的故事:

相传,古代有位国王,膝下三个女儿,个个容貌俊秀,如花似玉;他还有一个儿子,生相俊秀,宛如天上的圆月。

有一天,国王端坐在宫中,忽见三个方士进来,一个手里拿着金孔雀,一个手里拿着铜喇叭,一个手里托着用象牙和乌木雕成的马。

国王问他们:"你们手里拿的这些东西有什么用啊?"

金孔雀的主人说:"国王陛下,这只金孔雀能报时,不管白天黑夜,每过一个时辰,它就拍翅、鸣叫一次。"

铜喇叭的主人说:"国王陛下,臣手中的这只铜喇叭,倘若安在城门上,可起到保卫都城的作用。每当有敌人来犯,它便会发出号角声,守军闻声出击,抵御敌人于城门之外。"

乌木马的主人说:"国王陛下,臣手中这个乌木马是匹宝马,人骑上它,可以到自己想去的任何地方,自由驰骋天下。"

国王听后,说:"这些东西有那么大的功用?你们要当面试验一下,我亲眼看看,才能相信并赏赐你们。"

首先试验金孔雀,功能果然像主人所描述的那样。之后,试验铜喇叭,国王发现那铜喇叭诚如主人所说,可以发出号角之声。

A. B. 霍顿 绘

国王问二位方士："你们俩想要什么，就直说吧！"

二位方士说："我们希望国王陛下将公主许配给我俩，每人一位。"

国王欣然允诺，遂将大公主、二公主许配给金孔雀的主人和铜喇叭的主人。

事毕，乌木马的主人走上前去，向国王恭恭敬敬地行过吻地礼，然后说："尊敬的国王陛下，就请陛下像赏赐我的两位伙伴那样，把三公主许配给我吧！"

国王说："试验一下你的乌木马吧！假如果然像你说的那样，你自然会如愿以偿。"

这时，王子走上前来，对国王说："父王，就请让我骑一骑这匹乌木马进行实验吧！"

国王说："孩儿，满足你的愿望，你来实验它吧！"

王子纵身跃上马背，双脚拍打马腹，那乌木马却一动不动。

王子说："喂，方士先生，你不是说你的这匹乌木马行走如飞，怎么现在一动不动呢？"

乌木马的主人走到王子面前，把马背上启动腾空的鸡冠形旋钮指给王子看，说："王子殿下，请旋动这个鸡冠钮。"

王子旋动那个鸡冠钮，乌木马果然腾空而起，带着王子直飞蓝天，顷刻之间，地面便消失在视野之中。王子一时心惊肉跳，如坠五里云雾，不知如何是好，后悔自己贸然骑上这匹乌木马。

王子说："这方士有意害我呀！无可奈何，只有依靠伟大的安拉了。"

王子仔细观察乌木马的每一个部位，发现乌木马的右肩上有一个公鸡冠子样的东西，而左肩上也有同样的一个东西。王子说："看来，除了这两个旋钮，再没有什么别的机关了。"

王子伸手旋动乌木马右肩上的那个旋钮，结果乌木马飞得更高更快。王子心中更加害怕，于是马上放开了那个旋钮。随后，王子旋动左肩上的鸡冠钮，乌木马这才放慢速度，渐次下降。王子小心谨慎，徐徐向着地面降落。

讲到这里，眼看东方透出黎明的曙光，莎赫札德戛然止声。

第三百五十八夜

夜幕垂降，莎赫札德接着讲故事：

幸福的国王陛下，王子伸手旋动乌木马右肩上的那个旋钮，结果乌木马飞得更高更快。王子心中更加害怕，于是马上放开了那个旋钮。随后，王子旋动左肩上的鸡冠钮，乌木马这才放慢速度，渐次下降。王子小心谨慎，徐徐向着地面降落。

这一升一降，王子知道乌木马的功能非同一般，满心欢喜，连声称赞安拉把他从死亡线上救了回来。

因为乌木马飞得太高，离地面很远，降落了整整一天时间，仍未落到地面。

王子坐在乌木马上，随自己的意愿掉转马头，要升就升，想降便降。一番随心升降之后，终于驾驶着乌木马向地面降去。当乌木马接近地面时，王子放眼朝下面望去，但见映入眼帘的是自己未曾见过的陌生国度和城郭。

王子凝神细看，那座城市的建筑极为精美，坐落在绿色的大地当中,那里林木繁茂,河渠纵横,街巷交叉,一片美景。王子心想:"我要下去看看,但期我能知道这座城市的名字,知道这座城市坐落的地方!"

王子驾乌木马绕城飞行一圈,仔细观察周围的环境。

眼见红日西沉,王子心想:"看来,在这座城市过夜是再好不过的了。今夜,我就睡在这座城里,天亮之后,再起程返回父王那里,与家人见面,向他们报告我所看到的一切。"王子开始为自己和乌木马寻觅安全过夜的地方。

王子正在寻觅过夜之地时,忽然望见城中有一座巍峨的宫殿,高耸入云,宫殿四周有高大、宽阔的城墙,并有数座高大的城堡。王子心想:"妙哉!我就在这里安睡一夜!"王子旋动左钮,乌木马缓缓下降,终于平平安安地降落在宫殿殿顶的平台上。

王子离开马背,连声赞美安拉一番,又围着乌木马转了一圈,仔细察看,随后由衷叹道:"乌木马呀,乌木马,你竟有如此高强本领,制作你的人真是一位高明智士啊!假若安拉能假我岁月,让我平安回到祖国,顺利见到我的父王和亲人,我一定禀告父王,让他重重奖赏那个方士。"

说罢,王子坐在殿顶平台上休息,直至人们全都进入了梦乡。此时此刻,王子只觉得又渴又饿,因为从他离开父亲之时起,未曾吃过任何东西。王子心想:"如此豪华的宫殿里,不会没有吃的东西!"于是,他离开乌木马,想下去找点儿吃的东西。他看见那里有一架梯子,便顺着梯子下到地面。

王子下去,来到一个大院,发现那大院里的地面铺的全是大理石,平整光滑至极,周围建筑特别精美。王子见之,心中惊异。整个宫院里静悄悄的,一点儿声音都听不到,一个人影都看不见。

王子站在那里,左右环顾,一时不知如何是好,也不知道该往哪里走。他心想:"我最好还是回到乌木马旁边,在那里过夜,天明后再骑乌木马离开这里。"

讲到这里,眼看东方透出黎明的曙光,莎赫札德戛然止声。

第三百五十九夜

夜幕垂降,莎赫札德接着讲故事:

幸福的国王陛下,王子顺着梯子下到地面,来到一个大院,发现那大院里的地面铺的全是大理石,平整光滑至极,周围建筑特别精美。王子见之,心中惊异。整个宫院里静悄悄的,一点儿声音都听不到,一个人影都看不见。

王子站在那里,左右环顾,一时不知如何是好,也不知道该往哪里走。他心想:"我最好还是回到乌木马旁边,在那里过夜,天明后再骑乌木马离开这里。"

正当王子独自沉思、自言自语之时,忽见一点儿亮光正朝他站立的地方移动而来。

王子留心望去,但见一群宫女簇拥着一位绝美的姑娘姗姗走来,那姑娘天生丽质,身材苗条,如花似玉,正如诗人所云:

美女妖且娴,难得现夜阑;
宛如皓月明,悬挂夜中天。
头上金爵钗,腰佩翠琅玕。

明珠交玉体,珊瑚间木难。
罗衣何飘飘,轻裾随风还。
行徒用息驾,休者以忘餐。
容华耀朝日,谁不希令颜?
眼观心慕之,连声将主赞。
众人徒嗷嗷,盼女避毒眼。

那美丽的姑娘原来是该城国王的女儿。国王非常喜欢自己的女儿,捧若掌上明珠,因此特为女儿建造了这座豪华的宫殿。每当公主感到烦闷之时,便带上宫女到这里住一两天,或更长一段时间,然后返回父王宫中。那天夜里,公主到这里来,就是为了散心解闷,只带着几名宫女和一名佩剑的宫仆,来到了这里。

她们来到宫殿,一番布置,并且焚上香之后,便开始游戏、玩耍。正在这时,那位异乡王子一个箭步冲了过去,一拳将那个佩剑的宫仆打倒在地,顺手抽去宝剑,向宫女们冲去。

宫女们见势不妙,纷纷东逃西散。

公主见突然杀出来的小伙子眉清目秀,面如皎月,相貌英俊,便问:"喂,公子,莫非你就是昨天找我父王向我求婚而被我父王拒绝的那位王子?我父王说你容貌奇丑。凭安拉起誓,这话太不公平、太不可信呀!你长得多么英俊,多么有风度,多么漂亮,多么诱人,多么可爱……"

昨日求婚的那位印度王子,确乎因为相貌丑而被拒绝。公主眼见这位王子,误认为是昨天来求婚的那位印度王子。

公主走了过去,上前拥抱、亲吻王子,然后和他一起坐了下来。

宫女们对公主说:"公主,这位公子不是昨天来求婚的那位印度王子。因为那位印度王子相貌奇丑,而这位公子容颜俊俏。昨天求婚的那位印度王子只配为这位公子当奴仆。公主,这位公子相貌堂堂,气宇非凡,世上少有,人间罕见。"

宫女们说罢,向那个被打倒在地的宫仆走去。她们将宫仆唤醒,只见他急忙伸手去摸宝剑,却没摸到。宫女们对他说:"将你打倒在地、抽去你的宝剑的那个小伙子,正与公主坐在一起交谈呢!"

那个宫仆是奉国王之命专门保卫公主的,以防发生什么不测之事。

宫仆站起来,走去撩开幕帘,果然看见公主正与那位异乡来客坐在一起,亲切交谈。见此情景,宫仆问王子:"先生,你是人还是妖?"

王子说:"你这个该死的奴才,怎敢把本王子当作妖怪看待?"

一怒之下,王子举起宝剑,并且说:"本王子是国王的驸马爷,国王陛下已把公主许配给我,今宵便是洞房花烛之夜。"

宫仆听王子这样一说,立即改口道:"王子殿下息怒!你既然是人,那么,与公主相配,则是再合适也不过的了。"

说罢,宫仆转身离开,边撕扯自己的衣服,边朝自己头上撒土,大声惊叫着向王宫跑去。

国王见宫仆大喊大叫地跑来,忙问:"你怎么啦?你大喊大叫,吓了我一跳。快告诉我,发生了什么事?说话要简略点儿。"

宫仆说:"国王陛下,大事不好!快救公主去吧!一个穿着人衣的魔鬼,打扮成王子的模样,把公主缠住了,今夜还要洞房花烛呢!快去捉拿魔鬼!快!"

国王一听此话,真想一剑结束这个宫仆的性命。国王厉声喝道:"你是如何保卫公主的,如此粗心大意,竟然使公主遭此

A.B.霍顿 绘

横祸?"

国王站起来,立即向公主的宫殿走去。

国王来到女儿的宫殿中,见宫女们全都站在那里。国王问她们:"公主怎么啦?"

宫女们说:"我们正和公主坐在一起玩耍,忽见这位像轮圆月的漂亮男子,手握一柄闪着寒光的宝剑,朝我们直冲来。我们从未见过比他的长相更标致的小伙子,真是世上罕见。我们问他是什么人,他说陛下已把公主许配给他了,我们对此一无所知,而且也不知道他究竟是人还是妖。不过,小伙子温柔正派,礼貌周到,没有任何越轨举动。"

听宫女们这样一说,国王的怒气方才平息下来。他走上前去,慢慢撩开幕帘，向厅内望去，只见女儿正和那位小伙子交谈。正像宫女们说的那样，小伙子面似皓月，漂亮无双。国王抑制不住对女儿的嫉妒之情，不顾一切，抽出宝剑，冲进厅里，恶魔般地朝小伙子冲过去。

王子见之，忙问公主："这就是你的父王？"

"是的。"公主答道。

讲到这里，眼看东方透出黎明的曙光，莎赫札德戛然止声。

❖ 第三百六十夜 ❖

夜幕垂降，莎赫札德接着讲故事：

幸福的国王陛下，听宫女们这样一说，国王的怒气方才平息下来。他走上前去，慢慢撩开幕帘，向厅内望去，只见女儿正和那位小伙子交谈。正像宫女们说的那样，小伙子面似皓月，漂亮无双。国王抑制不住对女儿的嫉妒之情，不顾一切，抽出宝剑，冲进厅里，恶魔般地朝小伙子冲过去。

王子见之，忙问公主："这就是你的父王？"

"是的。"公主答道。

王子一跃而起，双手握剑，冲着国王一声大喊，令国王大惊失色。

国王本想舞剑与小伙子一搏，但想到小伙子比自己年轻体壮，自己肯定抵挡不过，只得把宝剑插入剑鞘，站在原地，一动不动了。

王子走到国王面前，国王笑脸相迎，语气温和地问道："小伙子，你究竟是人还是妖？"

王子回答道："国王陛下，若非看在国王的尊严和公主的情面上，我定会一剑结果了你的性命。本人乃波斯科斯鲁之子，你怎好把我列入妖魔行列之中呢！波斯君王威震四方，倘若想征服你，那简直就像探囊取物，易如反掌，唾手可得，不仅可令你离开国王宝座，还可将你的国家洗劫一空。"

国王一听，心中大惊，说道："你若真像你自己说的那样，是位波斯王子，那么，为何不经我的允许，便闯入我女儿的宫殿，无视我的尊严，私会我的女儿，还竟敢自称是我的驸马，诈称我已把公主许配给你？你有所不知，多少前来求婚的王子和君王，都已长眠在我的利剑之下。只要我一声召唤，我的武士便会一拥而上，将你的首级拿下，令你骨肉分家，谁能救你摆脱我的利剑和威严？"

王子听后，扑哧一笑，说："国王陛下，你的目光如此短浅，实在令后生惊讶。你还能找到比我更好的、能匹配你女儿的人吗？你可曾见过比本王子更加坚定勇敢、慷慨豁达、兵多将广、权力在握的人吗？"

国王一听，语气大为缓和了。他说："凭安拉起誓，王子殿下，说实话，我真没见过。不过，小伙子，你要向我女儿求婚，必须要有证人。只有明媒正娶，我才能把女儿嫁给你。倘若我悄悄把女儿许配给你，那会使我丢丑的。"

"国王陛下说得对！不过，国王陛下，如果你一声呼唤，召来你的宫仆、差役和军队，像你说的那样，让他们把我杀死，那你就将使自己丢丑了，从此无人再信任你。依我之见，国王陛下，你还是听从我的建议吧！"

"你有什么建议,就请说吧。"

"我建议你我单独决战一场,谁能杀死对方,谁就最配当国王。如果你不同意,你今夜就回去,召集你的宫役、武士,让他们全副武装,明日一早与我决个高低。"

"我手下有四万武士,另有宫役、差役四万多。"

"八万多也无妨!一言为定,明天一早,你就让他们全到这里来,并告诉他们……"

讲到这里,眼看东方透出黎明的曙光,莎赫札德戛然止声。

第三百六十一夜

夜幕垂降,莎赫札德接着讲故事:

幸福的国王陛下,王子对国王说:"我建议你我单独决战一场,谁能杀死对方,谁就最配当国王。如果你不同意,你今夜就回去,召集你的宫役、武士,让他们全副武装,明日一早与我决个高低。"

"我手下有四万武士,另有宫役、差役四万多。"

"八万多也无妨!一言为定,明天一早,你就让他们全到这里来,并告诉他们:'这小伙子向我的女儿求婚,条件是与你们全体武士搏斗。他说他能打败你们所有的人,而你们对他无可奈何。'然后,你就下令让他们与我对打。假若他们能杀死我,那就保住了你的秘密,维护住了你的体面;假若他们败在我的手下,那么,我就是国王陛下最理想的驸马。"

听王子说完,国王认为此建议甚好,立刻表示同意,并称赞王子无所畏惧,有胆量与国王的大军对剑比武。之后,国王与王子坐下来,交谈起来。

片刻后,国王唤来一名宫仆,让他马上去找宰相,传国王令,要宰相集结军队,备好武器和战马。

宫仆立即去见宰相,传达国王的命令。宰相听后,连夜召集各路将领和国家要员,命令他们骑上战马,带着武器,随时听候出发的命令。

国王与王子一直在交谈。王子的谈吐、智慧和文才深得国王赏识。二人谈着谈着,不知不觉天已大亮。

国王回到宫中,端坐宝座,命令大军上马前去比武。与此同时,他吩咐手下人为王子选一匹宝马良驹,备好上等鞍鞯。

王子说:"国王陛下,我先去看看陛下的大军,然后再决定马匹选择事宜。"

"好吧,就照你的意愿办。"

国王带着王子来到校场,王子果见大军阵势雄壮,人马众多。国王对将士们说:"将士们,有一位小伙子前来向公主求婚。我确信,我没有见过比他容貌更俊秀、武艺更高强、威力更强大的年轻人。他说仅他一个人,就能打败你们所有的人,哪怕你们有十万之众,在他看来也不算什么。他若与你们比武、决斗,你们就要使出你们的全部本领将他征服,因为他已把大话说尽。"

国王转过脸来,对王子说:"孩子,现在要看你的了。照你的意志出战吧!"

王子说:"国王陛下,如此看来,你处事不公啊!你瞧瞧,我步行,而他们都骑着马,我如何与他们比武、决斗呢?"

国王说:"我已吩咐手下人为你鞴好了宝马,你却拒绝骑乘呀!你面前这些战马,就按你的意愿挑一匹吧!"

"你的这些战马,我一匹也看不上。我只想骑乘我带来的那匹马。"

"你有马?"

"当然有。"

"在哪儿?"

"我的马在你的宫殿上面。"

"在我的宫殿什么位置?"

"在宫殿殿顶的平台上。"

国王听王子这样一说,大惑不解,惊问:"马能上殿顶平台?古往今来,哪有这种事?这是你神志不健全的第一次表现。不过,现在还不是揭穿你谎言的时候!"

王子又说:"我就让你们开开眼界吧!"

国王对着自己的一个贴身侍卫说:"你去宫殿一趟,看看殿顶上有什么东西。若有什么东西,立即把它带来。"

大家听王子那样一说,无不觉得奇怪,面面相觑,议论纷纷。

有的说:"马怎能上下梯子呢?"

有的说:"奇怪奇怪真奇怪,马儿却可上平台!我压根儿没听说过。"

国王的贴身侍卫跑去登上殿顶平台,果然看见一匹马站在那里,而且漂亮无比,他从未见过。侍卫走近那匹马,仔细一看,发现原来那是一匹用象牙和乌木雕成的马。随行的几个侍卫看着眼前这匹乌木马,面面相觑,不禁大笑不止。他们说:"这样的马会像小伙子说的那样能跑吗?他还想用这种马与我们厮杀?他简直是个疯子。不过,我们很快就能看到他表演了,说不定他会有什么了不起的作为!"

讲到这里,眼看东方透出黎明的曙光,莎赫札德戛然止声。

第三百六十二夜

夜幕垂降,莎赫札德接着讲故事:

幸福的国王陛下,国王的贴身侍卫跑去登上殿顶平台,果然看见一匹马站在那里,而且漂亮无比,他从未见过。侍卫走近那匹马,仔细一看,发现原来那是一匹用象牙和乌木雕成的马。随行的几个侍卫看着眼前这匹乌木马,面面相觑,不禁大笑不止。他们说:"这样的马会像小伙子说的那样能跑吗?他还想用这种马与我们厮杀?他简直是个疯子。不过,我们很快就能看到他表演了,说不定他会有什么了不起的作为!"

他们抬着乌木马,很快来到国王面前。他们刚把乌木马放下,便招来许多人围观,人们交口称赞乌木马制作工艺精湛,赞美它的鞍鞴、笼头漂亮,就连国王看后也惊羡不已。

国王问王子:"这就是你的马?"

"是的,国王陛下,这正是我的马。你将看到奇迹发生。"王子从容答道。

"那么,你就骑上你的马吧!"

"等将士们远远离开它后,我才能上马。"

国王立即命令将士们退到离乌木马一箭远的地方。王子说:

"国王陛下,我现在就要上马,向你的军队发动攻击了。我必将把他们打得东逃西散,心惊胆战。"

国王说:"上马吧!你对他们千万不要留情面,因为这关系着你的终身大事。他们也不会怜悯你的。"

王子走过来,纵身上马。国王的大军已经列好阵势。

将士们议论纷纷。有的说:"等这小子一入我们阵中,我们就挥剑削下他的首级!"

有的说:"凭安拉起誓,那会闯大祸的!这小伙子容貌俊美,英姿勃勃,我们怎好要他的命呢?"

还有的说:"凭安拉起誓,你们要接近他,必定要付出巨大的努力。这小伙子之所以敢于向数万大军挑战,定是个勇猛过人、出类拔萃的英雄豪杰,万万不可小看。"

王子在马背上坐稳,旋动上升鸡冠钮。众将士一齐把目光投向王子,看他如何动作。但见那乌木马顿时动了起来,动作异乎寻常,完全不同于人们常见的马的那种动作。片刻之后,乌木马的腹内充满空气,旋即腾空而起,飞上云天。

国王见王子驾乌木马飞上了天空,急忙呼唤大军将士,说道:"你们这些无用的废物,快把他抓住!"

这时,众大臣对国王说:"国王陛下,谁能赶得上飞马呢?这小伙子是个妖术家,安拉已经让我们摆脱了他的纠缠,就请赞颂使你平安解脱的伟大安拉吧!"

眼见王子驾乌木马腾空飞去,国王心中不胜惊诧。

国王返回宫中,将自己与王子之间的事情如实告诉了公主。他发现女儿因与王子分别而痛苦不堪,随后便病倒了,卧床不起。

国王见女儿如此悲伤,便将女儿搂在怀里,亲吻她的眉心,并且对她说:"女儿啊,你就赞美、感谢伟大的安拉吧!因为安拉让我们摆脱了那个狡猾妖术家的纠缠。"

国王一再向女儿讲述王子驾乌木马腾空飞走的奇景,而公主根本不听父王讲的那些话,只是号啕大哭,泪流不止。公主心想:"凭安拉起誓,只有安拉让我与王子见面之后,我才吃饭喝水。"

国王见女儿食水不进,忧心如焚,忐忑不安,如坐针毡。国王百般安慰女儿,却不见任何效果,他更加为公主担心。

讲到这里,眼看东方透出黎明的曙光,莎赫札德戛然止声。

第三百六十三夜

夜幕垂降,莎赫札德接着讲故事:

幸福的国王陛下,国王一再向女儿讲述王子驾乌木马腾空飞走的情景,而公主根本不听父王讲的那些话,只是号啕大哭,泪流不止。公主心想:"凭安拉起誓,只有安拉让我与王子见面之后,我才吃饭喝水。"

国王见女儿食水不进,不禁忧心如焚,忐忑不安,如坐针毡。国王百般安慰女儿,却不见任何效果,他就更加为公主担心了。

王子驾乌木马腾空之后,独自苦思冥想,公主的美貌一直萦绕在他的脑海,公主的甜润语调一直响在他的耳边。

王子已向公主问明那座城市、那位国王和公主本人的名字,知道了那座城市名叫萨那。

王子策马飞行，很快便临近父王的都城。他绕城转了一圈，然后向王宫飞去，旋即稳稳当当地降落在宫殿顶上。王子将乌木马放在那里，下去拜见父王，见父亲正为他的离去而悲伤落泪。

父亲见儿子突然出现在眼前，欣喜不已，忙起身走上前，一把将儿子搂在怀里。王子忙问造乌木马的那个方士在哪里，并且说："父王，那个方士现在情况怎么样？"

父王说："安拉诅咒他，安拉是不会赐福给那个方士的，而且我不希望再看见他。因为他使我们父子俩分离。孩子，自打你离开之后，我就把他关押起来了。"

王子听后，要求父王把那个方士放出来。

那个方士出了监牢，来到国王面前，国王赐予他锦袍一身，并热情款待他一番，只是没把公主许配给他。方士因此勃然大怒，后悔自己把乌木马的驾驶秘密告诉了王子。

国王对王子说："依父王之见，孩儿，从今以后，你千万不要再接近那乌木马了，永远不要再去骑它！因为你不熟悉它的性能，难免受骗上当。"

王子把自己与萨那国王的女儿以及萨那国王之间发生的事情，从头到尾向父王讲了一遍。

国王听后，说："如果那位国王想害你，随时都能将你杀掉，只是因为你的大限还没到来。"

王子焦虑不安，一心想着那位公主。次日天亮时分便偷偷走到乌木马前，纵身跃上马背，旋动鸡冠钮，木马顿时腾空而起，飞上蓝天。

次日清晨，国王不见儿子身影，急忙登上殿顶，仰望天空，正好看见儿子骑着乌木马飞行在空中，顿时因儿子离去而伤心不已，后悔没把乌木马藏起来。国王心想："凭安拉起誓，等儿子回来，我一定要把乌木马藏好，再也不让他看见，也好使我不再为儿子的命运担忧。"想到这里，国王痛哭流涕，泪如雨下。

讲到这里，眼看东方透出黎明的曙光，莎赫札德戛然止声。

第三百六十四夜

夜幕垂降，莎赫札德接着讲故事：

幸福的国王陛下，第二天清晨，国王不见儿子身影，急忙登上殿顶，仰望天空，正好看见儿子骑着乌木马飞行在空中，顿时因儿子离去而伤心不已，后悔自己没把乌木马藏起来。国王心想："凭安拉起誓，等儿子回来，我一定要把乌木马藏好，再也不让他看见，也好使我不再为儿子的命运担忧。"想到这里，国王痛哭流涕，泪如雨下。

王子驾着乌木马，一直飞到萨那城，在第一次降落的那座宫殿殿顶上顺利落下，然后悄悄进入公主所在的大厅，却见那里空无一人，既看不见公主，也没有发现一个宫女，更没有看到荷剑保护公主的那个宫仆。王子一时不知如何是好。

之后，王子在宫殿里到处寻找，终于发现公主不在原来见面的那个大厅里，而是在另一个厅堂中。只见公主躺在床上，宫女、保姆守在她身旁。王子立即走进厅堂，向她们问安。

公主听见王子的声音,立即站了起来,上前拥抱王子,亲吻王子的眉心,又将王子紧紧搂在怀里。

王子说:"公主,这么长时间,我好想你呀!"

公主说:"王子,是你叫我好想你哟!你若再不来,无疑我会丧命的。"

"亲爱的,你看我是怎样对待你父王的,而他又是怎样对待我的!假若我不是深深爱着你,我早就一剑结果了他的性命,令旁观者引以为戒。正因为我爱你,才对他那样客气。"

公主说:"你怎好离我而去?要知道,没有你,我简直活不下去。"

王子说:"你能服从我,听我说几句话吗?"

"你想说什么,就说什么吧!你说怎么办,我就怎么办。你召唤我,我必响应,决不违抗你的意志。"

"你能跟我回我的国家吗?"

"当然能啦!"

听公主这样一说,王子欣喜难抑,随即拉住公主的手,让她对安拉立下誓言,然后领着她登上殿顶平台,将她扶上乌木马背,自己坐在她身后,将她紧紧抱在怀里,继之旋动上升鸡冠钮,乌木马随即腾空而起,飞上蓝天。

众宫女见此情景,禁不住大声叫喊起来,急忙跑去告诉国王和王后。

国王和王后得知此事,快步登上殿顶,朝空中望去,但见乌木马驮着王子和公主在天空飞驰。

见此情景,国王惶恐不安,高声呼喊道:"王子殿下,我求求你!看在安拉的面儿上,你就可怜可怜我和我的妻子吧!你千万不要让我的女儿离开我们!"

A. B. 霍顿 绘

王子没有答话。

王子猜想公主后悔离开了父母，于是问她："美丽的公主，你想让我把你送回你父王和母后的身边去吗？"

公主说："王子，凭安拉起誓，我没有那种愿望。我希望和你在一起，你去哪里，我跟你去哪里，因为我一心爱恋着你。为此，我可以离开一切，包括我的父亲和母亲。"

王子听公主这样一说，欣喜不已，于是放慢速度，以免公主感到不适。

王子带着公主继续飞行。他们看见一片绿色草原出现在眼下，而且有泉水流淌，便驾着乌木马慢慢下落。

落到地面后，二人吃饱饭，喝足水，王子纵身上马，让公主坐在身后，并用带子把公主绑紧，又驾驭乌木马直飞蓝天。

王子带着公主一直飞临父王京城上空，不禁欣喜若狂。王子有意向公主展示父王的威严，以便让公主知道自己的父王胜过她的父王，所以将乌木马降落在他父王经常游览的郊外花园中，把公主领进父王专为他准备的一座豪华行宫里，把乌木马停在行宫大门外，让一位宫女守护乌木马。

王子叮嘱公主："你要好好坐在这里，不要动，我马上派差使来接你。我现在就去见我父王，以便为你准备宫殿，向你展示一下我们的皇家气概和风采。"

公主满心欢喜，随口说道："按你的安排去办吧！"

讲到这里，眼看东方透出黎明的曙光，莎赫札德戛然止声。

A.B.霍顿 绘

第三百六十五夜

夜幕垂降,莎赫札德接着讲故事:

幸福的国王陛下,王子叮嘱公主:"你要好好坐在这里,不要动,我马上派差使来接你。我现在就去见我父王,以便为你准备宫殿,向你展示一下我们的皇家气概和风采。"

公主满心欢喜,随口说道:"按你的安排去办吧!"

公主心想,自己一定会威风凛凛、排排场场地进入京城,让仪式与自己的公主身份相称。

王子离开公主,进入京城,去见父王。

父亲见儿子回来,十分高兴,急忙站起来相迎。王子对父亲说:"父王陛下,我不久前对你提到的那位公主,我已把她接到郊外花园之中,特来告诉父王。我请求父王准备一下,安排仪仗队,前往迎接公主进城,以便向她展示父王王权的威严和军队的雄风。"

国王说:"好极了!"

国王下令装点城郭,张灯结彩,又令文武百官、国家要员和宫女、奴仆精心打扮,各骑宝马良驹,列队欢迎公主。

王子从宫中搬出各种金银首饰、珍珠宝石和历代君王的收藏品,还用绿、红、黄等各色丝绸、锦缎为公主布置了一座宫殿,特地安排了印度、希腊和埃塞俄比亚姑娘当宫女,伺候公主,并且在宫殿内摆放了若干件稀世珍宝。

一切布置停当,王子提前赶到郊外花园。王子走进行宫,不见

A.B.霍顿 绘

公主身影,再去看门外的乌木马,也不见了,不禁心慌意乱,一时不知如何是好。

王子边批打自己的面颊,边撕扯自己的衣服,惊慌失措,急匆匆地在花园里转来转去,四下寻觅,结果一无所得。

过了一会儿,王子终于镇静下来,心想:"莫非公主驾着乌木马飞走了?可是,我并没有把乌木马的秘密告诉她呀!说不定是制造乌木马的波斯方士发现了公主,将她抢走了,以此对我父王的行为进行报复。"

王子去找花园的守卫。王子问:"你们发现有人来过花园吗?"

守卫们说:"来过一个波斯方士,他说是进园采药的。"

王子听守卫们这样一说,断定劫走公主的就是那个制造乌木马的波斯方士。

讲到这里，眼看东方透出黎明的曙光，莎赫札德戛然止声。

第三百六十六夜

夜幕垂降，莎赫札德接着讲故事：

幸福的国王陛下，王子不见公主和乌木马，便去找花园的守卫。王子问："你们发现有人来过花园吗？"

守卫们说："来过一个波斯方士，他说是进园采药的。"

王子听守卫们这样一说，断定劫走公主的就是那个制造乌木马的波斯方士。

仿佛某些事情是不可避免似的，王子刚刚把公主安排在花园行宫，然后去见父王，以便做迎接公主进城的准备，就在这时，波斯方士进园采草药了。

波斯方士进到园中，只觉一股麝香的芬芳扑鼻而来，随即向香气传来的地方走去。原来那股香气就是从公主的身上散发出来的。

方士行至那座宫殿前，见自己制造的乌木马站立在宫殿门前，心中一阵高兴，因为他对失去乌木马深感惋惜。他走到乌木马前，仔细查看乌木马的各个部位，发现乌木马完好无损。当他想骑上乌木马离开时，心想："我一定要去看一看王子带回来的东西！"

想到这里，方士离开乌木马，进入殿中，见一位姑娘坐在那里，美若天仙。他一眼看去，便知道姑娘来头不小。

那姑娘就是萨那公主,正是王子带来的。王子把公主安置在宫殿里,便进京城去见父王,让父王准备仪仗队伍,要他亲率文武官员,浩浩荡荡、排排场场地迎接公主进城。

眼见美丽姑娘,方士灵机一动,立即走上前去行礼问安。

公主一看方士的面孔,发现他容貌奇丑无比,便问:"你是什么人?"

"我是王子的差使。王子派我把你接到离城近一些的一座花园中去。"方士说。

公主听方士这样一说,马上问道:"王子现在在哪里?"

"在京城王宫他的父王那里。他马上就带大队人马到这里来。"

"难道宫中除了你,王子再也找不到别的人当差啦?"

方士一笑,说:"正因为我面相奇丑,才不会引诱你。假若你和王子都能从我这里得到相同的好处,那就应该感谢我。王子之所以派我来,正是看中了我的面貌丑陋;如若不然,那宫中俊男美女多得是,怎会派我来呢!"

听方士这样一说,公主信以为真,随即站起身来……

讲到这里,眼看东方透出黎明的曙光,莎赫札德戛然止声。

第三百六十七夜

夜幕垂降,莎赫札德接着讲故事:

幸福的国王陛下,方士一笑,说:"正因为我面貌奇丑,才不会引诱你。假若你和王子都能从我这里得到相同的好处,那就应该感谢我。王子之所以派我来,正是看中了我的面貌丑陋;如若不然,那宫中俊男美女多得很,怎会派我来呢!"

公主听方士说他是王子派来的差使,信以为真,随即站起身来,拉住方士的手,问:"阿伯,你让我怎么去那里呢?"

方士说:"小姐,就骑你的那匹乌木马去呀!"

"我独自不会骑呀。"

方士听公主说出这样的话,知道自己已骗过了她,微微一笑,说:"我与你一道骑乘。"

方士带公主走出大殿,纵身上马,让公主坐在自己身后,再用带子将公主绑紧;而公主根本不知道那方士在想什么。

方士旋动鸡冠钮,马腹顿时充满空气,霎时乌木马动了起来,随后腾空而起。

乌木马驮着方士和公主飞行,不久那座城市就消失在视野之中。

公主问:"你说王子来这里接我,王子现在何处?"

方士说:"安拉诅咒那个王子!他是个坏蛋!"

"你这个该死的奴才!你竟敢咒骂你的主人,违抗你主人的命令?"

"他,他不是我的主人。你知道我是何许人吗?"

"我不知道,你是什么人,只能由你自我介绍了。"

"我刚才说的那些话,都不是真话,只是我的一个计谋罢了。我深深惋惜你身下的这匹乌木马,因为它是我制造的,它神通广大,却被那王子抢占去了。现在,我不但得到了乌木马,也得到了你这个美丽的姑娘。我就像他火烧我的心那样,火烧了他的心。那个可恶的王子,从今以后休想再接近这匹神马。你只管放心就是了!对于你来说,我比那位王子更有用。"

公主听了方士的这番话,知道自己受骗了,随即批打起自己的面颊来,并大声喊叫道:"我的天哪,多么倒霉呀!我既失去了心上人,也远离了父王、母后!"

公主想到自己的险恶处境,不禁号啕大哭起来。

波斯方士带着公主乘乌木马飞至罗马境内,降落在一片绿色草原上,但见那里河水流淌,树木繁茂。

离那片草原不远的地方有座城市,城中有位权势显赫的国王。正巧那天国王外出游玩、打猎,来到那片草原,看见那个波斯方士站在那里,身旁有匹乌木马和一位漂亮姑娘。随即,国王的随从突然冲了过去,将方士、姑娘和乌木马一起抓了起来,带到国王面前。

国王一看那一男一女,发现那男的相貌奇丑,而那位姑娘如花似玉,漂亮绝伦,心中十分纳闷儿,便开口问姑娘:"小姐,这老头儿与你是什么关系?"

方士抢先答道:"她是我的妻子,也是我的堂妹。"

公主立即反驳道:"他撒谎!主公大人,凭安拉起誓,我根本不认识他,他更不是我的丈夫。他是用阴谋把我骗到这里来的。"

国王更相信公主的话,下令鞭打那个波斯方士,直打得他死去活来。之后,国王下令将方士带回京城,投入牢中。接着,国王带走公主和乌木马,但他不知道乌木马的秘密,更不晓得如何驾驭它。

公主失踪,乌木马亦不见踪影,王子随即换上旅行服装,带上途中所需要的银钱、食物,踏上了寻找公主和乌木马的征程。

王子心急如焚,脚下生风,走过一个地方又一个地方,穿过一座城市来到另一座城市，所到之处，无不向当地人打听乌木马的下落，而人们听后，虽觉得新鲜，但认为他言过其实，不值得理睬。

一段时间过去了，王子走了许多地方，到处打听，但没有得到任何想得到的消息。

王子终于来到了公主父王的京城萨那，也没有问到公主的下落，只听说公主的父王因女儿远走而痛苦不堪。

王子立即起程奔赴罗马帝国，继续寻觅公主和乌木马的下落。

讲到这里，眼见东方透出黎明的曙光，莎赫札德戛然止声。

❖❖❖ 第三百六十八夜 ❖❖❖

夜幕垂降，莎赫札德接着讲故事：

幸福的国王陛下，王子心急如焚，脚下生风，走过一个地方又一个地方，穿过一座城市来到另一座城市，所到之处，无不向当地人打听乌木马的下落，而人们听后，虽觉得新鲜，但认为他言过其实，不值得理睬。

一段时间过去，王子走了许多地方，到处打听，但没有得到任何想得到的消息。

王子终于来到了公主父王的京城萨那，也没有打听到公主的下落，只听说公主的父王因女儿远走而痛苦不堪。

随后，王子立即起程奔赴罗马帝国，继续寻觅公主和乌木马的下落。

王子到达罗马帝国，住在一家客栈，见一伙商人坐在那里聊天，于是凑了过去，听他们闲谈。

一个商人说："朋友们，我听到了一件怪事！"

"什么怪事？"大家问他。

"我在一座城市……"

那个人说出那座城市的名字，正是公主所在的地方。

那个人接着说："在那座城市，我听人们谈论着一件怪事。他们说，有一天，国王外出打猎，随行的有许多宫役，还有文武官员。当他们行至一片绿色草原时，见那里站着一个老头儿，身边坐着一位姑娘，还有一匹乌木马。那老头儿形容丑陋，而那位姑娘貌美如花，身材匀称，姿色非凡。那匹木马是用象牙和黑檀木雕成的，谁也没见过比它外形更漂亮、做工更精细的杰作，真是世间罕见。"

众人问："国王把他们怎么样啦？"

"国王把那个丑老头儿抓住，问起那位姑娘是他的什么人，那个丑老头儿说是他的老婆，是他的堂妹。姑娘立刻说那老头儿撒谎。国王救了那位姑娘，下令将老头儿鞭打了一顿，随后将之投入监牢。至于那匹乌木马后来怎么样，我就不得而知了。"

王子听商人们说到这里，立即凑上前去，态度和气、耐心细致地问那个商人，商人终于把那座城市和国王的名字告诉了王子。

王子得知城市和国王的名字，一夜兴奋未眠。次日天亮，王子离开客栈，踏上征程，一路辛苦跋涉，到达了那座城市。

王子刚想进城时，不期被守城卫兵抓住。他们想把他带到国王面前，问明情况和他来本城的原因，还要问他有何手艺。这是国王的习惯，每逢见到异乡人，守城卫兵总是将之带到国王那里，由国王亲自询问异乡人的情况，国王尤其重视了解异乡人的职业和精通什么手艺。

守城卫兵抓住王子时,天色已晚,无法将他带到国王那里,只得暂时关到牢里,让狱卒们监管一宿。狱卒们见小伙子生得眉清目秀,舍不得将他关在监牢,而是让王子和他们在一起,一道吃过晚饭。吃过晚饭,狱卒们开始谈天,他们来到王子面前,问他:"小伙子,你打哪儿来呀?"

王子回答说:"我从波斯来,那里是科斯鲁的帝国。"

狱卒们听他这样一说,笑了起来,一个狱卒说:"哦,波斯人?关于波斯人,我听的不少,见到的也不少,但从未听说比我们关押的那个波斯老头儿更会说谎的波斯人了。"

另一个狱卒说:"我也没见过比他相貌更丑、品德更坏的人。"

王子问:"你们怎么知道他是撒谎呢?他是什么人?"

众狱卒说:"那个人自称是波斯方士。国王是在外出打猎的路上发现他的。他带着一位漂亮姑娘,花容月貌,颇具姿色。另外,那个人还有一匹乌木马,那马做工精细,世所罕见。那姑娘现在在国王那里,国王非常喜爱她,不过,那姑娘精神失常了。假若那个人当真像他自己所说的是什么'波斯方士',那早就治愈姑娘的病了。为了治好姑娘的病,国王多方求医问药,但没有什么效果。那匹乌木马,国王把它放在皇家宝库里了。那个面貌奇丑的老头儿,就被扣押在我们这座监牢里。每当夜幕垂降时,他总是放声大哭,吵得我们无法入睡,怪讨厌的。"

讲到这里,眼见东方透出黎明的曙光,莎赫札德戛然止声。

第三百六十九夜

夜幕垂降，莎赫札德接着讲故事：

幸福的国王陛下，众狱卒说："那个人自称是波斯方士。国王是在外出打猎的路上发现他的。他带着一位漂亮姑娘，花容月貌，颇具姿色。另外，那个人还有一匹乌木马，那马做工精细，世所罕见。那姑娘现在在国王那里，国王非常喜爱她，不过，那姑娘精神失常了。假若那个人当真像他自己所说的是什么'波斯方士'，那早就治愈姑娘的病了。为了治好姑娘的病，国王多方求医问药，但没有什么效果。那匹乌木马，国王把它放在皇家宝库里了。那个面貌奇丑的老头儿，就被扣押在我们这座监牢里。每当夜幕垂降，他总是放声大哭，吵得我们无法入睡，怪讨厌的。"

讲者无意，听者有心。王子听说那个方士就在这座监牢里，心生一计，决计设法达到自己的目的。

狱卒们想睡觉了，便将王子送进牢房，锁上了牢门。

这时，王子听那个方士边哭边用波斯语诉说道："我该死呀！我害了自己，也害了王子。把姑娘带到这里来，我没有达到任何目的，如今两手空空，只身系狱。所有这一切，都怪我失策，我犯浑。我试图追求自己不该得到的东西！谁有非分之想，必然会落得这下场。"

王子听后，用波斯语对方士说："老人家，你要哭到什么时候呢？难道你认为世上只有你自己有这样不幸的遭遇吗？"

A.B.霍顿 绘

方士听到乡音，感到亲切，随后把自己的情况和遭遇的磨难向王子说了一遍。王子确信他就是制造乌木马的那个方士。

次日天亮，守城卫兵来了，把王子带到了国王面前，说昨天他进城时天色已晚，未能及时来见国王。

国王问王子："你打哪儿来？你叫什么名字？干什么的？为何来到本城？"

王子回答道："国王陛下，我刚从波斯来，我的波斯名字叫哈尔杰。我是做学问的，尤其精通医道，专治疯疾癫狂。我遍走乡镇，云游四方，以便积累知识，获取经验。若见到难医之病人，我可为之开方用药。这就是我的职业。"

国王一听，大为高兴，随即说道："良医阁下，你来得正是时候，我们恰好需要你，但期助我解决疑难。"

接着，国王把公主的情况对王子讲了一下。国王说："你若能把姑娘的病看好，使她摆脱疯症，你要什么，尽可开口直说，保你如愿以偿。"

"愿安拉使国王荣耀千秋！国王陛下，请你把你看到的姑娘的疯病表现全告诉我听！请告诉我，这位姑娘疯了几天啦？你是怎样把她、乌木马和方士抓到的？"

国王把看到公主、方士、乌木马以及公主患病的情况从头到尾讲了个清清楚楚、明明白白。

国王说："那个自称'波斯方士'的老头儿现在在牢房里关着。"

"国王陛下，他的那匹乌木马怎样啦？"王子问。

"在我手里。我把乌木马保存在皇家宝库里了。"

听国王这么一说，王子心想："最好我先去看看乌木马，仔细检查一下。若完好无损，我的愿望无疑会顺利实现；假若已经损坏，不能再飞上天空，我就得另想主意了。"想到这里，王子望着国王，说："国王陛下，我想去看看那匹乌木马，也许能从那里发现什么东西，有助于我为姑娘治病。"

国王欣然允诺："可以，可以！"

国王当即站起身来，领着王子，来到保存乌木马的宫室。

王子围着乌木马转了一圈，仔细察看一番，发现乌木马完好无损，心中十分高兴。王子说："安拉保佑国王平安。国王陛下，现在让我去看看那姑娘吧！但期安拉能让她通过我的手祛病消灾。"

王子让国王好好保护乌木马，然后跟着国王来到公主的房间。

王子进去一看，只见公主照例翻滚挣扎不止，不住叫喊。其实，公主并无疯症，她之所以这样挣扎，目的在于不让任何人接近她。

王子见此情景，细语柔声对公主说道："绝代佳人，此病无妨！"

接着，王子一番好言安慰，直到让公主认出自己。

公主眼见眼前的这位小伙子就是自己心中的白马王子，激动不已，兴奋难抑，一声大喊，登时昏倒在地，不省人事。

站在一旁的国王以为公主因看见他而惊昏过去，故慌忙退了出去。

王子趁旁边无人之机，对公主耳语道："公主，为我想想，也为你想想。你要坚强，要忍耐！我们现在需要耐心，周到策划，方能摆脱这位君王。我将马上去见他，告诉他说，你患的是疯狂症，我保证将你的病治好，但有一个条件，那就是要除去你手脚上的镣铐。国王进来时，你说话要甜，让他看出你是经过我的诊治而痊愈的。到那时，我们想怎样，就可怎样了。"

公主说："我听你的安排。"

王子离开公主，高高兴兴地来到国王面前。王子说："国王陛下,借陛下之光,我弄清了姑娘的病根及医治方法。经过我亲手施治,姑娘已经痊愈。请陛下现在去看看她,但说话要温柔,态度要和气,她有什么要求,你就答应她。只有这样,你的目的才能达到。"

讲到这里,眼见东方透出黎明的曙光,莎赫札德戛然止声。

❖❖ 第三百七十夜 ❖❖

夜幕垂降,莎赫札德接着讲故事:

幸福的国王陛下,王子装扮成医道高明的大夫,进了公主的房间,把自己的安排告诉了公主,公主说:"我听你的安排!"

王子离开公主,高高兴兴地来到国王面前。王子说:"国王陛下,借陛下之光,我弄清了姑娘的病根及医治方法。经过我亲手施治,姑娘已经痊愈。请陛下现在去看看她,但说话要温柔,态度要和气,她有什么要求,你就答应她。只有这样,你的目的才能达到。"

国王站起身来走去。

国王来到公主房间,公主立即起身迎接,向国王行吻地礼。

国王见公主恢复常态,欣喜不已,遂令宫女、仆役们好生伺候她,领她进浴室洗澡,为她准备衣服和首饰。

众奴婢走到公主面前,向她问安,公主一一回礼,语言甜美,声音悦耳。

公主沐浴后,她们为公主穿上华丽的皇家衣服,给她戴上宝石项链。公主走出浴室时,美若天仙,闭月羞花,俊秀盖过群芳。

公主来到国王面前,向国王问安,行吻地礼。国王见之,心中有说不出的欢悦。

国王对王子说:"姑娘痊愈,全靠你医术高明。安拉为你添福增寿。"

王子说:"国王陛下,要想使姑娘彻底痊愈,还应该带着你的宫役和军队到你发现她的那个地方去,而且还应该带着那匹乌木马,以便我为她驱除病根,将疯魔抓住并斩杀掉,免其再扑到姑娘身上来。"

国王一口答应:"就照你说的办。"

国王吩咐人把乌木马抬到发现公主和方士的草原上,然后骑上马,带着军队和公主出了城门。但手下人都不知道国王究竟要做什么。

他们来到那片草原,自称医生的王子命令他们把公主和乌木马放置在离他们一眼可以看见的地方。

王子对国王说:"恳求陛下允许,我将焚香念咒,以便捉拿病魔,将之囚禁在此处,使它永远不能接近姑娘。之后,我将跃身骑上乌木马,让姑娘坐在我的身后,乌木马便开始行走,一直走到国王面前。到那时,大功告成,陛下便可与姑娘合欢了。"

国王听后大喜。

王子走去骑上乌木马,随后让公主坐在自己前面。国王及众将士注视着王子的一举一动。

王子抱住公主,用带子将她系牢,随后旋动上升鸡冠钮,乌木马顿时腾空而起。

众将士望着腾空的乌木马腾空飞上天,直至消失在他们的视野中。

国王原地呆站了大半天,等待王子、公主转回,最终完全失望,再也没有看到王子、公主和乌木马的踪影。

国王后悔不已,深为失去到手的绝代佳丽而难过,只好带着大队人马垂头丧气地打道回府。

王子兴高采烈,欣喜若狂,驾驭乌木马直飞父王的京城。

王子把乌木马稳稳降落在父王的殿顶上,将公主安置在一座宫殿里,要她只管放心,随后自己去见父王和母后。

王子向父王、母后问过安好,告诉二老公主已在宫中,二老十分高兴。

罗马国王回到宫中,悲痛难耐,号啕大哭。

大臣们进来,好言安慰国王说:"国王陛下,带走姑娘的那个小伙子是个妖术家。赞美安拉,正是安拉使我们摆脱了妖术的纠缠和奸诈的危害。"

大臣们反复劝说国王,国王终于忘掉了公主。

王子带着公主回到他父王的京城,随即举行了盛大宴会,款待京城百姓,接着举行隆重的婚礼……

讲到这里,眼见东方透出黎明的曙光,莎赫札德戛然止声。

❖ 第三百七十一夜 ❖

夜幕垂降,莎赫札德接着讲故事:

幸福的国王陛下，罗马国王回到宫中，悲痛难耐，号啕大哭。

大臣们进来，好言安慰国王说："国王陛下，带走姑娘的那个小伙子是个妖术家。赞美安拉，正是安拉使我们摆脱了妖术的纠缠和奸诈的危害。"

大臣们反复劝说国王，国王终于忘掉了公主。

王子带着公主回到父王的京城，随即举行盛大的宴会，款待京城百姓，接着举行隆重的婚礼，热闹了整整一个月。

王子与公主结为伉俪，美满幸福，尽欢尽乐。

国王担心儿子远行，把乌木马砸了个粉碎。

王子修书给公主的父王，向岳父报告了公主的近况，并且说他与公主喜结良缘，公主快乐安然。书信写毕，王子派差使带信件和贵重礼物前往公主父王的都城——萨那。

差使长途跋涉，一路辛苦，平安抵达萨那，见到国王，呈上书信和礼物。

萨那国王读过信，满心欢喜，笑纳礼物，热情款待来使。随后，国王备下厚礼，请差使带给亲家和贤婿。

差使带着礼物迅速返回王子的宫殿，报告了公主父母得知女儿情况后的欢乐心情。王子夫妇欣喜若狂。

自此以后，王子每年都要给岳父写信、送礼，直至父王驾崩，自己登上王位，执掌王国大权。

新王登基，公正廉洁，熟知民情，政通人和，令行禁止，万民安居乐业，整个王国内一片歌舞升平景象。这种情况一直延续到人们各奔东西，宫殿化为废墟，荒冢布满大地。

万赞归于于操帝王后妃命运的永恒之主。

A.B.霍顿 绘

讲到这里,莎赫札德戛然止声。

妹妹杜娅札德说:"姐姐,乌木马的故事真精彩,真奇妙,真动人!"

莎赫札德说:"如果国王陛下能再留我一夜,我讲的故事将比这更精彩、更动人!"

舍赫亚尔国王说:"天色还早,你讲下去就是了!"

莎赫札德开始讲《文尼斯·沃久德与沃尔黛》的故事:

相传,古时候有位国王,权大位尊。他有一位宰相,名叫易卜拉欣,一向颇得国王信任。

宰相有个女儿,容颜俊秀,如花似玉,聪明过人,喜读诗书。但是,这位姑娘平素不喜静坐闺房,而是喜欢交朋友,对坐畅饮,常与名人智士聚首,对歌吟诗,高谈阔论,颇惹人爱。有人这样赋诗描绘她:

我将土阿美,①全都给予她。她却与我辩,论题在语法。
我是主动词,何故竖尾巴?② 我愿以心魂,为她当身价。
莫非不晓得,时光也变化? 如若不相信,且看头上发。

宰相的女儿名叫沃尔黛·菲·艾克玛米③。她之所以叫这个名字,是因为她十分窈窕美丽。

因为沃尔黛博学多才,且礼貌周到,故国王非常喜欢她,常常与她对坐谈天,间或把盏对饮。

---

① 土,土耳其;阿,阿拉伯。土耳其人和阿拉伯人均以相貌俊美著称于世。
② 阿拉伯语的一种语法现象。
③ 姑娘的名字,意为"袖中玫瑰"。

国王每年都要召集全国的名流显贵,观看马球比赛。

有一年,马球比赛的日子到了。沃尔黛临窗而坐,观看球赛盛况。球赛正在进行时,沃尔黛无意中转脸朝军人座席上望去,看到一位青年军官。那位青年军官英姿勃勃,明眸皓齿,容光焕发,春风满面,身材魁梧,臂长肩宽,精神抖擞。在姑娘看来,似乎从来没有见过这样漂亮的小伙子,禁不住看得出了神,觉得看也看不够,简直不肯收回自己的目光。

沃尔黛指着那位青年军官,问保姆:"喂,阿妈,坐在军人席上的那个漂亮青年军官叫什么名字?"

保姆说:"小姐,那里坐着那么多军官,你说的是哪一个呀?"

"阿妈稍等,我设法指给你看。"

沃尔黛拿起一个苹果,随手掷去,恰好投到那个青年军官身上。

那青年军官朝苹果飞来的方向望去,便看到了临窗而坐的姑娘,但见她容貌秀丽,宛如夜空中的一轮圆月,不禁心驰神往,大有一见钟情之感,顿时感到六神无主。他随口吟诵道:

> 你用弓射我,还是用双眼?
> 此有钟情人,心酥一眼间。
> 利箭来军中,还是发窗前?

球赛结束,沃尔黛又问保姆:"我指给你看的那个小伙子叫什么名字?"

保姆说:"他叫文尼斯·沃久德。"

沃尔黛听罢点了点头,随后一声不响、若有所思地躺在了自己的床上,抑制不住心中思潮翻滚,一番长吁短叹,吟诵道:

为你起名者,确乎未失败:
因你一身集,和蔼与慷慨。①
面似明月圆,万物披华彩。
你在天地间,唯配明主差。
目赛萨德②美,眉似努尼③开。
身若杨柳枝,潇洒见动态。
天下骑士们,见你叹声来。
你威胜群雄,慷慨复和蔼。

沃尔黛吟完诗,用笔将诗写在纸上,然后折叠起来,包在一个金丝绣花绸帕里,又将之放在枕头下面。

姑娘的一举一动,保姆都看在眼里,记在心中。保姆走到沃尔黛床边,和她说话谈天,直到她进入梦乡。

保姆见沃尔黛已经睡熟,便悄悄把姑娘枕头下的绸帕包拿去。她打开一看,知道姑娘暗暗爱上了文尼斯·沃久德。保姆看过那首诗,又原样将绸帕包放回枕头下。

沃尔黛一觉醒来,保姆对她说:"喂,小姐,我太疼爱你了,因而想劝你两句。你有所不知,相思病是非常可怕的!把爱情埋在心里不说,能把生铁熔化,还会给人带来疾病。心中有这种情感,还是说出来的好。"

沃尔黛问:"阿妈,相思病无药可治吗?"

"当然有药可治!相互传情就是医治相思病的神方良药。"

---

① 文尼斯·沃久德,在阿拉伯语中的意思为"和蔼与慷慨"。
② 萨德,阿拉伯文的第十四个字母。
③ 努尼,阿拉伯文的第二十五个字母。

"怎么联系呢？"

"可以写信呀！写上些缠绵情话，多多问候、致礼。这样，就可以把情侣双方的感情联系在一起，为解决困难问题提供说不出的方便。小姐，你有什么心事，只管告诉我，我定能为你保密，替你解决难题，为你跑腿送信。"

沃尔黛听保姆这样一说，不禁心花怒放。不过，她还是竭力克制自己的情感，没有开口说话、吐露心事。她心想："这件事谁也不知道。至于这老太太嘛，要考验她一下，然后再相机行事。"

保姆对沃尔黛说："小姐，我做了一个梦，梦见一个人来到我面前，对我说：'你家小姐和文尼斯·沃久德相爱了。你就赶快着手办他俩的事情吧！你要给他俩传信，给他俩办事，还要为他俩好好保密。这样，你定会得到许多好处。'我把梦境都告诉你了。剩下的事，就看你怎么办啦。"

讲到这里，眼见东方透出黎明的曙光，莎赫札德戛然止声。

第三百七十二夜

夜幕垂降，莎赫札德接着讲故事：

幸福的国王陛下，保姆对沃尔黛说："小姐，我做了一个梦，梦见一个人来到我面前，对我说：'你家小姐和文尼斯·沃久德相爱了。你就赶快着手办他俩的事情吧！你要给他俩传信，给他俩办事，还要为他俩好好保密。这样，你定会得到许多好处。'我把梦境都告诉你了。剩下的事,就看你怎么办啦。"

沃尔黛听了保姆说的梦,问道:"阿妈,你能保守秘密吗?"

保姆说:"我是自由人当中的精英,怎么不能保守秘密呢?秘密交给我,就等于锁在了抽屉里。"

沃尔黛从枕头下取出绸帕包里的那首诗,递给保姆,并且说:"阿妈,请你把这封信送给文尼斯·沃久德,还要带着回信来才好。"

保姆带着信来到文尼斯·沃久德家,见到文尼斯·沃久德,即上前亲吻小伙子的双手,用最温柔的话语向他问安好,然后递上小姐的那封信。

文尼斯·沃久德看过信,在信纸的背面写了这样一首诗:

> 我心落情网,守口欲如瓶;
> 表征不遂愿,道出心中情。
> 泪水潸潸淌,我言眼患病;
> 以免责斥者,晓得我心声。
> 当初全不知,什么是爱情;
> 如今已成年,爱意心中生。
> 恋情诉与你,愿心彼此通。
> 我用泪书诗,以求情相同。
> 主赐她月貌,众星争相捧。
> 谁堪比其美,杨柳愧临风。
> 彼此情常传,但求路坦平。
> 愿奉神魂礼,期在笑纳中。
> 传情耀千古,躲避入地宫。

文尼斯·沃久德写完信,折叠起来,吻了吻,随后递到保姆手里,说:"阿妈,托你多多安慰你家小姐吧!"

保姆说:"一定照办!"

保姆带着回信,高高兴兴地回到小姐身旁,将信交给了沃尔黛。

沃尔黛接过信,吻了吻,然后将信高高举过头,方才打开看。

沃尔黛读过文尼斯·沃久德的那首情诗,又取来笔墨和纸,写了这样一首诗:

> 心慕我美者,耐心等一等。但期你能够,入我情怀中。
> 既然君情真,彼此心境同。美中不足处,用人代传情。
> 每当夜幕垂,六腑情火熊。辗转不成寐,周身倦意生。
> 情海自有律,保密莫放松。微利换真言,盼绝此国中。

沃尔黛写好信,折叠好,交给了保姆。

保姆带上信刚步出小姐的闺房,便遇见一名侍卫。侍卫问:"你到哪儿去?"

保姆一惊,慌忙回答道:"去浴室洗澡。"

保姆因为心慌,不免手脚忙乱,那封信不知不觉脱手掉在了地上。

片刻后,一个仆人路过小姐闺房门前,见地上有张字纸,便捡了起来。

宰相离开夫人的房间,刚刚在客厅里坐下,那个仆人带着捡到的字纸来到宰相面前,说:"相爷阁下,我在地上拾到一张字纸,请你看看有用还是没用。"

宰相接过打开一看,原来上面写的是一首情诗,且认出那是女儿沃尔黛的笔迹,不免心中难过,老泪纵横,泪水浸湿了胡须。他立即带着字纸去见夫人。

夫人见宰相泪眼蒙蒙,忙问:"老爷,你怎么啦?"

宰相把那张字纸递给夫人,说:"夫人看看这上面写的都是些什么话吧!"

夫人打开一看,知道那是女儿沃尔黛写给青年军官文尼斯·沃久德的,不觉泪水脱眶而出。但夫人竭力控制着自己的感情,擦了擦眼泪,对宰相说:"老爷,哭是没有用的。依我之见,我们还是尽快想个办法,保住你的面子,千万不要把你女儿的事情泄露出去。"

夫人再三安慰宰相,期望减轻他的痛苦。

宰相说:"我真担心女儿落入情网啊!你有所不知,那文尼斯·沃久德是国王非常喜欢的青年军官,我之所以害怕这件事情,原因有二:其一,我为我自己担心,因为沃尔黛是我的女儿;其二,怕意来自国王,因为文尼斯·沃久德在国王那里备受宠爱……"

讲到这里,眼见东方透出黎明的曙光,莎赫札德戛然止声。

第三百七十三夜

夜幕垂降,莎赫札德接着讲故事:

幸福的国王陛下,宰相看过那封情书后,非常痛苦。宰相的夫人再三安慰宰相,期望减轻他的痛苦。

宰相对夫人说:"我真担心女儿落入情网啊!你有所不知,那文尼斯·沃久德是国王非常喜欢的青年军官,我之所以害怕这件事情,原因有二:其一,我为我自己担心,因为沃尔黛是我的女儿;其二,怕意来自国王,因为文尼斯·沃久德在国王那里备受宠爱。弄不好会闹出大事来的……夫人哪,你看我们该怎么办呢?"

夫人说:"老爷,你稍等,让我向安拉跪拜一番,也好求些灵感。"

夫人祈祷、跪拜一番之后,站起来对宰相说:"在宝库海中,有一座海岛,名叫'失子岛'。为什么取这么一个名字,说来话长,咱们以后再详说。不管是什么人,要到那座海岛上去,一定要克服千难万险。我们不妨在那里为女儿找个安身的地方吧!"

宰相与夫人商定,决计在失子岛上建造一座宫殿,把沃尔黛安置在那里,备好给养,安排奴婢专门侍候她。

决心已定,宰相即招来若干木匠、泥瓦匠和工程师,将他们送往失子岛。时隔不久,一座堂皇宫殿落成。备好食粮和牲口,宰相吩咐女儿立即登程上路。沃尔黛顿感离别之苦缠心。

沃尔黛走出闺房,见远行的行装、驼轿已经齐备,禁不住泪水簌簌落下。此时此刻,沃尔黛百感交集,周身战栗,为让文尼斯·沃久德知道自己的怀春之心,挥泪在门上写下这样一首诗:

> 看在安拉面,求宅一帮忙。
> 情人门前过,问候致君郎:
> 代我传厚意,语中带芳香。
> 因为今夜里,不知去何方。
> 究竟何处去,不便问端详。
> 夜阑更已深,夜莺缩枝上。
> 为我垂悲泪,替你诉忧伤。

情侣相爱深,无奈各一方。
远行杯盏里,苦酒满当当。
时光不待人,逼我下肚肠。
忍耐诚可贵,如今益何尝?

沃尔黛写完诗,转身坐上驼轿。大队人马带着小姐穿荒野,越沙漠,终于来到宝库海边,随即撑起帐篷,在海边歇息。

之后,宰相吩咐侍从弄来一条大船,将小姐和用人们送上船去。

临行前,宰相叮嘱水手们,把沃尔黛小姐送到失子岛新建的宫殿中之后,立即驾船返航。回到岸边后,马上把船捣毁,沉入海里。

众水手唯命是从,把小姐送到目的地后,即按宰相的叮嘱返航,回到岸边,便将大船捣毁,沉入海里。

就在同一天早上,文尼斯·沃久德醒来,起床小净之后,做过晨拜,即骑马前往王宫。路上照例从宰相府门前经过,期待遇上宰相的某位侍从,以便一道前去王宫。

行至相府门前,见门上沃尔黛写的诗,顿感六神无主,心中烈火炽燃,立即掉转马头,回到家里。

整整一个白天,文尼斯·沃久德心慌意乱,忐忑不安,如坐针毡,忧心忡忡,不知如何是好,直至夜幕垂降。但是,文尼斯·沃久德没有向任何人吐露自己的心事。

天色渐渐暗下来,文尼斯·沃久德换上便衣,出了家门,漫无目的地走了整整一夜。

第二天,太阳出来了,大地和山川沉浸在酷热之中。文尼斯·沃久德觉得口渴,看见一棵大树,便向大树走去。他走到树下,但见树旁有条小溪,于是在树荫下坐了下来。他捧了口水喝,但觉得水到嘴里无味。此时此刻，因他已经走得很累，两脚红肿，面色憔悴，疲惫不堪，禁不住哭了起来。

文尼斯·沃久德边哭边吟诵道：

情增情火旺，情人醉情场。情郎漫天游，不知奔何方。
既无藏身处，亦失饭菜香。远离意中人，生存焉有望？
凄凄伤感泪，簌簌漫面庞。但期遇乡友，慰我心肠伤。

文尼斯·沃久德吟罢诗，泪流如雨，泪水湿润了一片土地。

过了一会儿，文尼斯·沃久德站起身来，向一片荒野走去。

文尼斯·沃久德正走着，忽见一头雄狮跳了出来，但见狮子的颈上长毛直竖，头像个大圆屋顶，张着拱门似的大口，露出象牙似的巨齿，直朝他扑来。见此情景，文尼斯·沃久德自认必死无疑，急忙对礼拜正向①跪下，口念"我们属于安拉，我们都要回到安拉那里去"，完全做好了归真的准备。这时他想到在书中看到过这样的语句："谁想欺骗狮子，狮子就会受骗，因为狮子喜听好话，专盼恭维之言。"

想到这句话，文尼斯·沃久德对雄狮说："林中雄狮，宇宙英雄，百兽之王，至美之主啊，我是一个钟情的男子，因与恋人分别而痛苦不堪。我离开了意中人，只觉六神无主，神魂颠倒。兽中大王，请听我诉说心中的苦闷，可怜可怜我的相思处境吧！"

狮子听了文尼斯·沃久德这样一番表白，果然后退了几步，坐在那里，抬头望着文尼斯·沃久德，前腿不住地舞动，尾巴左右

---

① 正向，亦称"朝向"，即穆斯林礼拜的方向。穆罕默德定麦加城的天房为礼拜正向。清真寺中的壁龛即昭示礼拜正向。

摇摆。

见此情景,文尼斯·沃久德吟诵道:

> 莽原雄狮在,且听我陈说:未见心上人,就想吃掉我?
> 我本非猎物,肥肉亦不多。因为爱缠心,身遭病折磨。
> 离开意中人,我似殓衣裹。唤声兽中王,且莫乐灾祸。
> 情失心难宁,泪流似滂沱。长夜苦相思,难忍情火灼。

文尼斯·沃久德吟罢诗,狮子站起来,眼泪汪汪地朝他走去……

讲到这里,眼见东方透出黎明的曙光,莎赫札德戛然止声。

第三百七十四夜

夜幕垂降,莎赫札德接着讲故事:

幸福的国王陛下,文尼斯·沃久德吟罢诗,狮子站起来,眼泪汪汪地朝他走去。

狮子走到文尼斯·沃久德面前,伸出舌头,舔了舔他的脸,然后向前走去,并且示意文尼斯·沃久德跟着它走。

文尼斯·沃久德跟在狮子身后,走了约莫一个时辰,登上一个山冈,然后从山冈上下来,忽见前面一片足迹。文尼斯·沃久德立即意识到,那便是带走沃尔黛的那些人留下的脚印,于是跟踪而去。

狮子见文尼斯·沃久德走对了路，晓得他已知道那是带走他的意中人的那些人的足迹，便掉头回返，离开他而去。

文尼斯·沃久德跟踪追迹，走了几天几夜，终于来到了波涛汹涌的大海边，发现足迹不见了，知道他们乘船远去了，顿感大失所望，禁不住泪水直淌腮边。他望洋叹吟道：

> 身临大海边，耐心见末了。汹涌波涛来，怎把他们找？
> 因爱肠受损，不得香甜觉。人们远去日，我心遭火烧。
> 泪如阿锡幼①，水漫盖洪潮。眼因泪淌伤，心常被火烤。
> 思情大军攻，忍耐部溃逃。因爱她之深，以命将险冒。
> 在我心目中，生命不算宝。有色美胜月，视之主宽饶。
> 杏眼射来箭，无弦我自倒。温情欺骗我，柔若柳丝条。
> 我欲借他们，传情递烦恼。夜夜苦冈中，所见尽凶兆。

文尼斯·沃久德吟完诗，哭了起来，直哭得昏迷过去，不省人事。

好长时间过去了，文尼斯·沃久德方才从昏迷中醒来。他四下环顾，见旷野上一个人影都没有，不免心中有些害怕，又怕遇上猛兽，于是登上一座山冈。

文尼斯·沃久德正在山冈上行走时，忽听一个山洞中有人在说话。他侧耳倾听，原来那是一位修士，离群索居，正在那里修功悟道。文尼斯·沃久德走了过去，上前敲山洞门，既听不到修士答话，更不见人出来见客。无奈一番长吁短叹，继之吟诵道：

---

① 阿锡幼，指阿姆河、锡尔河和幼发拉底河。

> 我欲达目的,道路在何方?抛弃累与愁,远离悲和伤。
> 人生事可畏,发白在少壮。情思无人知,谁解吾断肠?
> 忧虑缠心神,时背我狂放。且怜钟情心,离别苦饱尝。
> 心肠火已熄,理智业失常。路经门前日,见字心惊慌。
> 我哭泪湿地,不对远近讲。修士避洞中,不闻乃伴装;
> 似厌情滋味,有意快躲藏!一切过去后,如愿无忧伤。

　　文尼斯·沃久德吟罢诗,忽见山洞门开启,继而听见里面有人说:"慈悲为怀!"

　　文尼斯·沃久德走进洞口,向修士问好,修士回礼,问道:"小伙子,你叫什么名字?"

　　文尼斯·沃久德说:"我叫文尼斯·沃久德。"

　　"何故到这山中来呢?"

　　文尼斯·沃久德把自己的情况从头到尾向修道士讲了一遍,把自己的经历全部告诉了修士。

　　修士听后,哭了起来,说:"文尼斯·沃久德,你有所不知,我在这里已经修行了二十年,只是昨天才第一次见到有人来这里。昨天比现在略早些的时候,我听到了哭声,便向着哭声传来的方向望去,但见那里有许多人,他们在海边搭起了帐篷。他们弄来一条大船,一些人上船渡海,不久便驾船返回,下船后将船捣毁,沉入海里,然后离去。渡海的许多人没有回来,我猜想其中就有你所寻找的意中人。文尼斯·沃久德,你因此而忧伤难耐,这是情有可原的。不过,你不必难过,世间的任何钟情人,都不可避免地要遭受一番磨难,才能够如愿以偿。"

　　修士说罢,慨然吟诵道:

唤声文尼斯,我岂无心事？思念与恋情,将我曲复直。
我识爱情日,尚在吃奶时。我曾沐浴爱,问我须寻之。
曾饮忧苦酒,身变细腰肢。我本强又壮,眼对耐心失。
疏远方求近,冤家连固执。情人情前消,健忘必禁止。

修士吟罢诗，文尼斯·沃久德站起来，上前拥抱他。二人不禁抱头大哭，整个山洞回荡着二人的哭声，二人直哭得昏迷过去，不省人事。

讲到这里，眼见东方透出黎明的曙光，莎赫札德戛然止声。

第三百七十五夜

夜幕垂降，莎赫札德接着讲故事：

幸福的国王陛下，修士吟罢诗，文尼斯·沃久德站起来，上前拥抱他。二人不禁抱头大哭，整个山洞回荡着二人的哭声，二人直哭得昏迷过去，不省人事。

过了一会儿，二人慢慢苏醒过来，同向安拉起誓，结为兄弟。

修士说："文尼斯·沃久德兄弟，今夜我向安拉顶礼膜拜，祈求安拉默助你如愿以偿，顺利平安。"

文尼斯·沃久德说："多谢，多谢了！"

沃尔黛被送到宝库海的失子岛上,然后被送进了那座新建的宫殿。

沃尔黛看见那宫殿中的精美布置和豪华摆设,禁不住哭了起来,边哭边说:"宫殿啊,宫殿,凭安拉起誓,你是很美的一座宫殿!不过,你有严重缺陷,那就是没有文尼斯·沃久德在里面。没有他在,你的美谁会来欣赏呢?"

沃尔黛见岛上有许多飞鸟,便命令侍从、侍女们张网逮鸟儿,捉住之后,放在笼子里喂养。侍从们完全照办。

沃尔黛临窗坐下,想到自己的处境,思念意中人之情油然而生,止不住泪水簌簌下淌。她边垂泪边吟诵道:

　　我离情侣远,思恋向谁诉?肋间火熊熊,心惧未吐露。
　　体瘦若干柴,离亲泪如注。情人见我问:奈何像俘虏?
　　他们虐待我,将我关一处。求日传问候,西下与东出。
　　情郎身材美,圆月叹弗如。情哥体苗条,蔗秆业折服。
　　玫瑰自夸颊,无缘莫描述。热时送凉意,口边挂涎瀑。
　　你是我神魂,淡忘此生无。他是惊世医,人到病即除。

夜幕垂降,沃尔黛心中思念之情更甚,回忆往日之事,她吟诵道:

　　夜幕已垂降,情疾起波浪。
　　悠悠思念情,激起我忧伤。
　　离别苦已平,思潮漫心肠。
　　恋情烧我心,泪把秘张扬。
　　因情苦瘦体,罕见此世上。
　　未辞而成别,后悔心底藏。

口传我音讯,笔墨乏力量。
我凭主起誓,恋情永不忘。
情中誓言诚,真挚且正当。
唤声月下老,带信给情郎。
证我夜无眠,相思待晓芒。

让我们回过头来,再看看文尼斯·沃久德的情况。

修士对文尼斯·沃久德说:"喂,文尼斯·沃久德兄弟,你去山谷里,弄些椰枣树叶子来吧!"

文尼斯·沃久德下到山谷,弄来一抱椰枣树叶子,修士接过来,编成一个个草环样的东西,然后对文尼斯·沃久德说:"文尼斯·沃久德,山谷里有许多大葫芦,而且都已经干了,你采些葫芦,把它绑在这些椰枣树叶环上,然后放入水中,坐在这葫芦筏子上,就可以渡海去找你的心上人了。但期你如愿以偿。有道是不敢冒险者,愿望难实现啊!"

文尼斯·沃久德说:"遵命!"

修士为文尼斯·沃久德祈祷、祝福,文尼斯·沃久德向修士告别之后,按修士的嘱咐,向山谷走去。

文尼斯·沃久德采了葫芦,绑扎妥当,将葫芦筏子放入海中,坐上筏子,乘风向海中划去,不多时便消失在修士的视野之中。

文尼斯·沃久德乘着葫芦筏子漂流在大海的波涛之上,一会儿浮上波峰,一会儿落入波谷,出现在眼前的全是奇景和恐惧,均系生平见所未见,闻所未闻。

经过三天三夜的漂游,文尼斯·沃久德终于安全到达失子岛,海上遇到的种种恐惧全都忘到了脑后。

文尼斯·沃久德登上海岛,就像一只发晕的雏鸟,又饿又渴,难以忍耐。他看见那里有河水流淌，果树比比皆是，鸟儿在枝头鸣唱。他急匆匆地摘野果充饥，饮溪水解渴。吃过喝过之后，继续向前方走去。

文尼斯·沃久德看见不远的地方有一个白色圆屋顶，便向那里走去。走近一看，他发现那是一座坚固、漂亮的宫殿，宫门紧锁，只得在门外坐了下来。

三天过后，宫门开启，走出一个仆人打扮的老者。仆人见文尼斯·沃久德坐在那里，问道："喂，小伙子，你打哪里来？谁把你送到这里来的？"

文尼斯·沃久德站起来，回答道："我从伊斯法罕①来。我是航海经商的，不期船被撞坏，大海波涛将我抛到了这座岛上。"

仆人一听，哭了起来，边哭边说道："愿安拉保护你，先生！伊斯法罕是我的家乡，那里有我自小时候起就喜爱的堂妹。后来，一个比我们强大的民族侵犯我的家乡，将我当俘虏抓去。我年纪很小时，他们就割下我的阳物，然后把我卖作奴隶。如今，我还在为别人当奴仆。"

讲到这里，眼见东方透出黎明的曙光，莎赫札德戛然止声。

第三百七十六夜

夜幕垂降，莎赫札德接着讲故事：

---

① 伊斯法罕，在今伊朗境内。

幸福的国王陛下,文尼斯·沃久德在那座宫殿门外坐了三天之后,宫门开启,走出一个仆人打扮的老者。仆人见文尼斯·沃久德坐在那里,问道:"喂,小伙子,你打哪里来?谁把你送到这里来的?"

文尼斯·沃久德站起来,回答道:"我从伊斯法罕来。我是航海经商的,不期船被撞坏,大海波涛将我抛到了这座岛上。"

仆人一听,哭了起来,边哭边说道:"愿安拉保护你,先生!伊斯法罕是我的家乡,那里有我自小时候起就喜爱的堂妹。后来,一个比我们强大的民族侵犯我的家乡,将我当俘虏抓去。我年纪很小时,他们就割下我的阳物,然后把我卖作奴隶。如今,我还在为别人当奴仆。"

仆人向文尼斯·沃久德问安之后,将他领进那座宫殿里。

文尼斯·沃久德抬眼望去,但见院中有个大湖,周围绿柳成行,到处挂着鸟笼子,笼门全是金的,笼中的鸟儿鸣啭歌唱,赞美造物之主。文尼斯·沃久德行至第一只鸟笼前,仔细观看,但见笼中有一只八哥。八哥看见文尼斯·沃久德,拉长声叫道:"喂,贵客!"

文尼斯·沃久德听八哥会说话,当即晕了过去。过了一会儿,文尼斯·沃久德从昏迷状态中苏醒过来,一番长吁短叹,然后吟诵道:

　　八哥听我问,你像我有恋?
　　我求主公允,高歌唱欢颜。
　　你歌乐至此,心中情怀念?
　　歌恋远去友,尽头招病患。

>   似我失情人,疏远旧情见。
>   呼声慈悲主,且怜诚侣伴。
>   我决不忘之,纵骨抛荒原。

文尼斯·沃久德吟完诗,不禁泪水潸然落下,直哭得昏迷过去,不省人事。当他苏醒过来时,便向第二只鸟笼走去,见笼中有只鹦鹉。那只鹦鹉看见文尼斯·沃久德,高兴地唱了起来,然后说:"喂,常客,谢谢你!"

文尼斯·沃久德听鹦鹉这样对他说话,一阵叹息,然后吟诵道:

>   鹦鹉会鸣唱,谢我称常客。求主施恩惠,此行盼有果。
>   会我意中人,以解情饥渴。增我眷恋情,每会甜言者。
>   夜下不得安,心中燃烈火。泪水伴血注,将我面颊没。
>   谁人能无灾,我且忍大祸。但借安拉力,何日闻欢歌?
>   舍财奉情侣,此寄希望多。期放笼中鸟,苦尽迎欢乐。

文尼斯·沃久德吟完,来到第三只鸟笼前,只见笼中有只夜莺。夜莺看见文尼斯·沃久德,高声鸣啼不止。

文尼斯·沃久德听到夜莺高声鸣叫,吟诵道:

>   夜莺歌声柔,令我不胜喜。就像钟情者,说爱述情谊。
>   情侣真可怜,相思夜枯寂。似因恋情深,无晨缺睡意。
>   只因思情侣,周身遭绊羁。泪若断线珠,簌簌往下滴。
>   离远情更增,耐力业竭矣。时光倘公道,助我会爱姬。
>   让其细观赏,甘愿脱我衣。远离何所措,坐望空叹息。

文尼斯·沃久德吟完，行至第四只鸟笼前，见笼中关着一只蒿雀。蒿雀看见文尼斯·沃久德，随即引吭高歌。

文尼斯·沃久德听见蒿雀歌唱，顿时泪洒衣襟，且泣且吟道：

> 蒿雀歌微妙,拨动郎心弦。爱海文尼斯,有话诉衷言:
> 心中爱与情,痕迹已抹掩。曾听几多曲,乐熔铁石坚。
> 晨风向我诉,美妙鲜花园。风来香扑鼻,耳赏鸟唱欢。
> 不见情人影,难抑泪涟涟。可怜肠中火,灼热似红炭。
> 主赐情人乐,传神同交欢。情人理自在,知者须有眼。

文尼斯·沃久德吟完，向前走了几步，看到一只再漂亮不过的鸟笼子。他走近一看，笼子里有一只野鸽子，就是那群鸟中以善于歌唱爱情而著称的斑鸠。那只斑鸠脖子上戴着一条宝石项链，极为精美别致。文尼斯·沃久德仔细观察，发现那只斑鸠神色慌乱，惊惧不堪。见此情景，文尼斯·沃久德泪水脱眶而出，且哭且吟诵道：

> 呼声斑鸠哥,爱我问候礼。
> 唤声情郎兄,深浸爱情里。
> 我恋羚羊美,顿时剑失力。
> 情火燃心肠,体疲患病疾。
> 美食无滋味,觉似失甜蜜。
> 耐心淡忘消,恋情愈坚毅。
> 我们是灵魂,魂去绝生计。

文尼斯·沃久德吟罢诗……

讲到这里，眼见东方透出黎明的曙光，莎赫札德戛然止声。

第三百七十七夜

夜幕垂降，莎赫札德接着讲故事：

幸福的国王陛下，文尼斯·沃久德吟完诗，心中不胜困惑、茫然。

笼中的斑鸠早已注意到面前这位客人茫然、困惑的神情。斑鸠听完文尼斯·沃久德的吟诵，高声唱叫不停，继而放声吟诵道：

唤声钟情者，听我诉衷肠：你使我忆起，已逝春时光。
我有一情侣，美貌超寻常。鸣唱高枝头，笛声难抵挡。
猎人张起网，灾难自天降。情侣落网底，被捉未得放。
我期猎人兮，好把慈悲讲。或看情人分，怜我不成双。
可恶猎人心，情侣各一方。从此情遭难，烈火烧心肠。
求主救情侣，知我神惶茫。打开金笼门，放我会情郎。

文尼斯·沃久德听完斑鸠的吟诵，回过头去，望着那位伊斯法罕仆人，问道："这是一座什么宫殿？里面有些什么人？这宫殿是谁建造的？"

仆人回答说："这是国王的宰相特为自己的女儿建造的一座宫

殿,怕女儿遇到什么麻烦,就让女儿带着侍女、侍从住这里,每年送一次给养。只有在那时候,大门才开启一次。"

文尼斯·沃久德听仆人这样说,心想:"我找的正是这个地方呀!不过,时间还很长啊!"

住在宫中的沃尔黛坐卧不宁,不思茶饭,而相思之情日甚一日。她转遍宫中的各个角落,找不到一个可以逃出去地方,不禁泪水滚滚流淌,且泣且吟道:

强把我关禁,不得会情人。思君不见君,情火烧我心。
将我关禁宫,居山海作邻。意欲我忘情,岂知情更深?
爱恋一身寄,安能忘情魂?日思望洋叹,夜想坐待晨。
期传我孤寂,一旦见他们。一切灾难过,心愿可成真?

沃尔黛吟罢诗,登上殿顶,取下身上披裹的巴勒贝克长纱①,一头固定在殿顶的台柱上,另一端捆住自己的腰,然后抓住长纱渐渐下到地面。她脱下自己的纱衣,露出了更加漂亮的衣服和脖子上挂着的宝石项链。沃尔黛逃出了宫殿,步行穿过旷野,来到海边。

沃尔黛发现海边停泊着一条小船,那是被风吹到这座小岛上来的。船上的渔夫看见沃尔黛,惊惶不已,急忙把小船划向海中逃走。

沃尔黛大声呼唤,一再用手势招呼渔夫。沃尔黛吟诵道:

呼声老渔翁,切勿心慌乱!
我本寻常人,非魔非神仙。

---

① 巴勒贝克长纱,阿拉伯妇女常披裹的一种纱,每条长九米,在今苏丹尤为流行。巴勒贝克,在今黎巴嫩境内,当时以盛产此种纱而著名。

若遇漂泊人，且请对我言。
我爱一男子，面似日月艳。
羚羊见其眸，做奴心自甘。
美神留颊语，意赅言亦简。
见光走正道，迷路必走偏。
他欲折磨我，忍受我情愿。
所得皆为宝，珍珠玉相间。
但祝心上人，一切俱如愿。
我心因思碎，整日泪不干。

　　渔夫听罢姑娘的吟诵，顿时泪流满面，想起自己青年时代被爱情征服的往事，不禁情思满怀，浮想联翩，只觉得爱情之火重新燃烧在胸间，忍不住且诉且吟道：

爱情理由明，泪流引病患。夜来眼难合，心似打火镰。
自幼识情思，美中见缺陷。全身投情中，期会远去伴。
意求情中获，敢以命冒险。情中理自在，买主淡赔赚。

　　渔夫吟罢诗，遂将小船靠岸。渔夫对沃尔黛说："姑娘，上船吧！你想去什么地方，我就把你送到什么地方去。"
　　沃尔黛登上小船，渔夫撑船驶去。小船划离岸边不久，大风骤起，风推着小船迅速前进，不多时，小岛便消失在视野之中。风越刮越大，渔夫不知道小船向什么方向前进，一连漂游了三天三夜，风方才停下来。感谢安拉默助，小船把他俩送到了一座海滨城市……

　　讲到这里，眼见东方透出黎明的曙光，莎赫札德戛然止声。

第三百七十八夜

夜幕垂降，莎赫札德接着讲故事：

幸福的国王陛下，渔夫对沃尔黛说："姑娘，上船吧！你想去什么地方，我就把你送到什么地方去。"

沃尔黛登上小船，渔夫撑船驶去。小船划离岸边不久，大风骤起，风推着小船迅速前进，不多时，小岛便消失在视野之中。风越刮越大，渔夫不知道船向什么方向前进，一连漂游了三天三夜，风方才停下来。感谢安拉默助，小船把他俩送到了一座海滨城市，渔夫把小船停泊在了那里的海岸边。

那座海滨城市有位国王，权大位尊，名叫德尔巴斯。当时，德尔巴斯国王和他的儿子正坐在濒临大海的宫殿里，凭窗向大海眺望。

德尔巴斯国王和他的儿子发现海岸边有条渔船，便仔细观望起来。他们看到船上有位姑娘，长相美丽，如花似玉，连宝石耳环和宝石项链都看得一清二楚。国王一看便知，那是一位大家闺秀，身份非同一般。

国王立即出了宫门，向海边走去。

渔夫把船拴好，国王走上船去。国王看见一个漂亮姑娘在船上熟睡，便将她叫醒，但见姑娘醒来时仍然眼泪汪汪。

国王问姑娘："姑娘，你从哪里来？你是哪家小姐？为何到这里来呀？"

沃尔黛回答道:"我是沙米赫国王的宰相易卜拉欣的女儿。我到这里来,说来话长,真是一件怪事……"

接着,沃尔黛把自己的经历从头到尾向德尔巴斯国王讲了一遍,丝毫没有隐瞒。之后,沃尔黛一阵长叹,吟诵道:

> 泪伤我眼帘,苦闷缠我心。我有意中郎,难见到如今。
> 他有俊容颜,盖过土阿人①。日月见他羞,礼貌更超群。
> 愿有此情者,谅情多怜悯。爱将我抛至,贵国大海滨。
> 筋疲力已竭,但求多开恩。世上慷慨者,每有客临门,
> 若有要求言,大方不悭吝。莫揭恋者丑,助之拜成亲。

沃尔黛吟罢诗,擦了擦眼泪,又吟诵道:

> 生活到此时,爱中听奇闻:泪入肠化火,说奇人不信?
> 我眼泪如雨,我颊泛黄金。一切似染红,优衣血不真。②

国王听罢沃尔黛的吟诵后,知道沃尔黛心怀恋情,同情之心油然而生。国王对沃尔黛说:"小姐,不要害怕,不要惊慌!你已经到达了目的地,我一定让你如愿以偿。你听我吟诵一首诗吧!"

国王德尔巴斯吟诵道:

> 大家闺秀女,已达目的地。到此莫害怕,尽是好消息。

---

① 土,指土耳其人;阿,指阿拉伯人。
② 优素福的哥哥们带他出去玩,将他投入井里。他们用假血染红了优素福的衬衣,拿来给他们的父亲看。他们说:"我们的父亲啊!我们赛跑时,使优素福留守行李,不料狼把他吃掉了。""优素福衣血不真"指的就是这个典故。见《古兰经》"优素福章"。

今日便集财,派人遣骏骑。送给沙米赫,大望财中寄。
带上麝香宝,金银和绣衣。我欲招驸马,修书结亲戚。
为成亲人计,今起我努力。曾尝爱情味,对之颇熟悉。
今请原谅我,情酒下肚里。

德尔巴斯国王吟罢诗,走向军营,唤来宰相,让他备好无数金银财宝,令其带上立即去拜见沙米赫国王。国王叮嘱宰相说:"沙米赫国王那里有一个青年军官,名叫文尼斯·沃久德。你要告诉沙米赫国王,本王愿与他联姻,有意将女儿嫁给他的侍卫官文尼斯·沃久德为妻。你一定要把文尼斯·沃久德带来,好让我们为他与姑娘在姑娘的国家先订婚,然后成亲。"

说罢,德尔巴斯国王提笔给沙米赫国王写了一封信,想法尽写在书信中,然后交给宰相,再三叮嘱他务必把文尼斯·沃久德带回来。国王说:"相爷阁下,你若不把文尼斯·沃久德带来,我就免去你的宰相之职。"

"遵命!"宰相满口答应。

宰相带着礼品和钱财登程上路,不日便到达沙米赫国王的京城。

宰相见到沙米赫国王,代德尔巴斯国王向沙米赫国王问好,然后呈上书信和礼品。

沙米赫国王读过信,看到信中写着文尼斯·沃久德的名字,不禁泪水脱眶而出。沙米赫国王对来使说:"文尼斯·沃久德……他出走多日,不知现在在什么地方。你若能把文尼斯·沃久德找回来,我愿赏给你相当于你带来的礼品的几倍的钱财。"

沙米赫国王止不住泪水,边哭边吟诵道:

还我爱臣子，我不需要钱；亦不要礼品，珍宝与古玩。
我有月一轮，高挂夜空天。其美不胜表，羚羊感羞惭。
身材似杨柳，果实沉甸甸。柳枝天姿丽，令人神魂颠。
自他小时候，养他在娇篮。失之我痛苦，整日心不安。

沙米赫国王吟罢诗，望着送来礼品和书信的宰相，说："宰相阁下，你回去之后，请转告德尔巴斯国王陛下，就说文尼斯·沃久德出走已有一年时间，本王不知其今在何方，也没有听到有关文尼斯·沃久德的任何消息。"

宰相说："国王陛下，临行时，我们的国王对我说：'你若不把文尼斯·沃久德带回来，我就免除你的宰相之职，不让你进我的京城！'既有此话，我怎好空手而归呢？"

沙米赫国王对自己的宰相易卜拉欣说："相爷阁下，你带上一些人马，陪着这位宰相去寻找文尼斯·沃久德吧！"

易卜拉欣回答："遵命！"

易卜拉欣宰相随即挑选了人马，陪同德尔巴斯国王的宰相，踏上了寻找文尼斯·沃久德的征程。

讲到这里，眼见东方透出黎明的曙光，莎赫札德戛然止声。

第三百七十九夜

夜幕垂降，莎赫札德接着讲故事：

幸福的国王陛下，宰相说："国王陛下，临行时，我们的国王对我说：'你若不把文尼斯·沃久德带回来，我就免除你的宰相之职，不让你进我的京城！'既有此话，我怎好空手而归呢？"

沙米赫国王对自己的宰相易卜拉欣说："相爷阁下，你带上一些人马，陪着这位宰相去寻找文尼斯·沃久德吧！"

易卜拉欣回答："遵命！"

易卜拉欣宰相随即挑选了人马，陪同德尔巴斯国王的宰相，踏上了寻找文尼斯·沃久德的征程。

两位宰相的一行人马不管走到哪里，不论是阿拉伯人居住的地区，还是非阿拉伯人生活的地方，都要向人们打听，是否有个青年从那里路过，并把青年的名字、长相详细告诉他们。但人们总是异口同声地说："不知道……没见过这么一个人……"

易卜拉欣宰相一行人马遍走城市、农村、平原、山区、荒原和田园，终于来到了宝库海边。他们登上一条大船，向海上进发了。数日过后，他们到达一个海岛。易卜拉欣宰相指着这座海岛，说："这就是失子岛。"

德尔巴斯国王的宰相一惊，问道："失子岛？为什么取这样的一个名字？"

易卜拉欣说："相传，很久很久以前，有位中国仙女来到这座海岛上。那位中国仙女爱上了一个小伙子，小伙子也深深爱上了那位仙女。二人之间爱情既深，仙女怕被家人发现，想找个地方把小伙子藏起来，以避开家人的耳目，于是找到了这座远离人和神的海上孤岛。仙女找到地方之后，便把意中人带到了这里，而仙女自己则悄悄往返于家与这座海岛。就这样，很长时间过去了，仙女在这座海岛上生下了许多孩子。后来，每逢有远行经商的人路经此岛，总能听见哭声，那哭声就像失去孩子的母亲的哭声，凄楚悲凉，于是商人们问：'这里有失去儿子的母亲吧？'后来，人们就把这座海岛称为'失子岛'。"

德尔巴斯国王的宰相听了这个美丽的传说，觉得非常有趣，也惊异不已。

他们登上海岛，行至宫殿前，敲过门。开门的仆人一看是易卜拉欣宰相，立即上前亲吻他的双手。

走进宫殿，易卜拉欣看见一个衣衫褴褛的穷苦人坐在那里。其实，那就是文尼斯·沃久德。易卜拉欣问："这个人是谁？"

仆人答："他是一个商人，船沉入海里，钱财丢光了，幸得保住了一条命。"

易卜拉欣宰相没有再细问什么，便向宫里走去，径直来到女儿的房间。

进了女儿的房间，不见沃尔黛的踪影，便问女仆们："沃尔黛在哪儿？"

女仆们异口同声地说："不知道小姐是怎么离开的。她和我们一起住了很短一段时间就不见了。"

易卜拉欣一听，不禁老泪纵横，随口吟诵道：

> 雕梁画栋宫，鸟鸣花木香。
> 恋情悄悄至，门扉自开张。
> 主人远离去，此留空殿堂。
> 但期我能知，心肝何处藏。
> 无处不富丽，内外皆堂皇。
> 什物俱豪华，高壁悬锦帐。
> 身着绫罗衣，阿女在何方？

易卜拉欣宰相吟罢诗,泪流不止,边哭边诉:"天命难违!命中注定的事情,人是无计逃脱的。"

易卜拉欣登上殿顶,发现台柱上绑着一条巴勒贝克长纱,直垂至地面,立即判断出女儿就是从那里逃离的。

易卜拉欣抬眼望去,但见殿顶平台边沿上落着一只乌鸦和一只猫头鹰,顿感满目晦气,不禁一阵长吁短叹,随后吟诵道:

> 我至挚友舍,期觅友踪迹。平我思念情,息我心忧意。
> 却见堂空空,乌鸦占天地。更有猫头鹰,目睹皆晦气。
> 不禁自语道:我曾过偏激?岂可将情侣,东西两分离?
> 且尝人未尝,苦酒填肚皮。今世只堪生,泪火夹缝里。

易卜拉欣宰相吟罢诗,哭着从殿顶平台下来,即令侍从们分头去岛内各处寻觅沃尔黛小姐。侍从们从命,立刻奔向四面八方。他们找遍海岛各处,结果一无所获。

文尼斯·沃久德得知沃尔黛已经离开失子岛,不禁一声大喊,难过得哭了起来,直哭得昏迷过去,久久不省人事。

文尼斯·沃久德昏迷时间很长,致使人们以为他已一命归真,魂入天国。当时人们已对文尼斯·沃久德的苏醒不寄希望。易卜拉欣因未找到女儿而伤心落泪,德尔巴斯国王的宰相也因未能完成国王交给的任务,只能回国了。他告别易卜拉欣宰相时说:"这个商人昏迷已久,不省人事,怪可怜的,让我把他带回去,但期伟大的安拉能抚慰我们国王的心。假若他不幸丧命,我会把他的遗体送回他的家乡伊斯法罕。因为我们的国家距伊斯法罕很近,来往也很方便。"

易卜拉欣宰相说:"善心终会得到善报!就请来使照自己的想

法办吧！"

两位宰相话别后，各自返回自己的国家去了。

讲到这里，眼见东方透出黎明的曙光，莎赫札德戛然止声。

❖─ 第三百八十夜 ─❖

夜幕垂降，莎赫札德接着讲故事：

幸福的国王陛下，文尼斯·沃久德昏迷时间很长，致使人们以为他已一命归真，魂入天国。当时人们已对文尼斯·沃久德的苏醒不寄希望。易卜拉欣因未找到女儿而伤心落泪，德尔巴斯国王的宰相也因未能完成国王交给的任务，只能回国了。他告别易卜拉欣宰相时，说："这个商人昏迷已久，不省人事，怪可怜的，让我把他带回去，但期伟大的安拉能抚慰我们国王的心。假若他不幸丧命，我会把他的遗体送回他的家乡伊斯法罕。因为我们的国家距伊斯法罕很近，来往也很方便。"

易卜拉欣宰相说："善心终会得到善报！就请来使照自己的想法办吧！"

易卜拉欣告别德尔巴斯国王的宰相，各自上路，踏上回国的征途。

德尔巴斯国王的宰相带着处于昏迷状态的文尼斯·沃久德，一路辛苦跋涉。文尼斯·沃久德躺在骡背上，全然不知自己在何处。三天过后，文尼斯·沃久德从昏迷中苏醒过来，问道："我现在在什么地方?"

人们见他苏醒过来,无不感到高兴,急忙答道:"你现在正在德尔巴斯国王的宰相的队伍里。"

随行人员见小伙子苏醒过来,忙去向宰相报告,宰相立即差人送来玫瑰水和糖水,让小伙子喝。

大队人马继续前进,不多时便临近德尔巴斯国王的京城。

国王得知宰相回来,立即派人来见宰相,传达谕旨。差使对宰相说:"相爷阁下,国王有旨,说:'你没带回文尼斯·沃久德,就不要进宫见我!'"

宰相听后,进退两难,一时不知如何是好。

当时,宰相不知道沃尔黛就在国王那里,也不晓国王为什么派他去找文尼斯·沃久德,更不清楚国王为何有意成全一门亲事。

文尼斯·沃久德不知道他们要把自己带到什么地方去,也不知道宰相就是来找他的。与此同时,宰相也不晓得这个年轻的小伙子就是国王要寻找的文尼斯·沃久德。

宰相见小伙子已经苏醒过来,走过去对他说:"国王派我去办一件事,事没办成,国王得知我已近京城,派人传达谕旨,说事没办成,就不让我进京。"

文尼斯·沃久德问:"国王要你办什么事?"

宰相把国王交给的任务向文尼斯·沃久德讲了个一清二楚。

文尼斯·沃久德听罢,说:"你不要害怕!请带我去见国王,我保证能让你顺利完成任务。"

宰相听后,不禁感到惊喜万分,忙问:"此话当真?"

"绝无戏言。"文尼斯·沃久德当即回答。

宰相上马,带着文尼斯·沃久德向京城进发。

进了京城,宰相带着文尼斯·沃久德来到国王面前。国王问:

"文尼斯·沃久德在哪儿?"

文尼斯·沃久德上前答话:"国王陛下,我知道文尼斯·沃久德在什么地方。"

德尔巴斯国王让文尼斯·沃久德走近自己,问道:"文尼斯·沃久德在什么地方?"

"远在天边,近在眼前。不过,请陛下告诉我,你找文尼斯·沃久德有什么事?我知道了陛下的目的,立即将文尼斯·沃久德带到陛下的面前。"

"好吧!不过,这件事情,我要单独和你谈。"

随即,国王令众人退下,和文尼斯·沃久德单独谈起来。国王把事情的缘由从头到尾讲了一遍。文尼斯·沃久德说:"请国王给我换一套最华丽的衣服,我这就去把文尼斯·沃久德带来。"

国王即令宫仆取来一套最漂亮的衣服,给小伙子换上。文尼斯·沃久德穿好衣服,说:"国王陛下,我就是文尼斯·沃久德。"

文尼斯·沃久德的话令天性嫉妒者感到忧伤。

文尼斯·沃久德吟诵道:

想起意中人,孤独得慰藉。悦我心与神,驱我寂寞意。
泪流模糊眼,减轻我叹息。思念诚强烈,世上无可比。
我事非寻常,堪称情中奇。夜下眼不合,生死间迷离。
痛苦惹肌瘦,思令面容易。无法止泪水,泪淌伤脸皮。
信心日渐减,烦闷加焦急。头下华锦枕,发白心凄迷。
人称分离事,欢会是目的。相别远离后,可享情甜蜜?
他日相见时,艰难影无迹。情侣对把盏,苦消乐代替。

文尼斯·沃久德吟罢诗,国王说:"妙哉!凭安拉起誓,你和沃尔黛真是天生一对,地造一双,就像天上的两颗明星,你俩是真诚相爱的情侣。你俩之间的挚爱,真是世所罕见,绝无仅有,出奇称绝。"

接着,德尔巴斯国王把沃尔黛的遭遇和经历从头到尾向文尼斯·沃久德讲了一遍。

文尼斯·沃久德听后,急不可待地问:"国王陛下,沃尔黛现在在哪里?"

国王说:"沃尔黛就在我这里呀!"

国王随即唤来证人和法官,为文尼斯·沃久德和沃尔黛缔结婚约。

德尔巴斯国王将文尼斯·沃久德待若上宾,然后派使臣去见沙米赫国王,把文尼斯·沃久德与沃尔黛订婚的喜讯通报给沙米赫国王。

沙米赫国王得知消息,欣喜异常,立即提笔写信给德尔巴斯国王。信中说:"他们既已在贵国订婚,就该在我国举行婚礼,庆贺洞房花烛之喜。"

沙米赫国王立即开始准备马匹、驼轿,派人去接文尼斯·沃久德和沃尔黛。

德尔巴斯国王收到来信,即向文尼斯·沃久德、沃尔黛赠送大量钱财,并派大队人马护送二人回国。

文尼斯·沃久德和沃尔黛抵达京城那天,只见城内张灯结彩,一片喜庆气氛。沙米赫国王召来众多歌手、乐师,盛大宴会在歌乐声中隆重举行,一连热闹了七天。沙米赫国王每天都向人们赠送锦袍,热情招待各方宾客。

宾客散去,新娘和新郎相携入洞房,相互紧紧拥抱在一起。因为太高兴了,两个人不能自已,喜泪纵横。

新娘沃尔黛吟诵道:

兴来袪愁苦,相聚在新房;足令嫉妒者,心中生忧伤。
　　交欢惠风起,吹来带芳香;醒神复壮体,强心润肚肠。
　　欣慰欢乐现,喜讯传四方。我哭非因悲,喜泪漫面庞。
　　目睹几多难,一忍俱消亡。当年愁白发,忘忧今欢畅。

沃尔黛吟罢诗,一对新人紧紧拥抱,激动不已,双双昏迷过去,不省人事。

讲到这里,眼见东方透出黎明的曙光,莎赫札德戛然止声。

第三百八十一夜

夜幕垂降,莎赫札德接着讲故事:

幸福的国王陛下,沃尔黛吟罢诗,一对新人紧紧拥抱,激动不已,双双昏迷过去,不省人事。

二人从昏迷中醒来,依然沉浸在相会的极大欢乐之中。文尼斯·沃久德吟诵道:

　　共度良宵夜,情侣做仆役。
　　交欢夜继日,分散永别离。
　　时运背我后,幸福树大旗。
　　纷纷朝我来,举杯饮甜蜜。

相聚诉苦愁,夜驱疏远翳。

且忘过去事,主不咎往矣。

生活多甜润,欢情增恋意。

文尼斯·沃久德吟罢,二位新人相互拥抱,同枕共眠,甜蜜交欢,乐不可支。

第二天,新郎、新娘把盏对饮,吟诗唱歌,相互讲述新奇故事。因为欢乐,未曾注意到红日东升和夕阳西下,七天过去,仿佛就像刚刚过了一天。

一天,乐师们带着乐器来了,顿时歌声飞扬。沃尔黛感到欣喜不已,随后吟唱道:

耐过非难眼,饱尝嫉妒情。

情愿今已偿,心花迎惠风。

拥抱情似蜜,新缎饰寝宫。

地面貌奇异,遍铺鸟羽绒。

葡萄美酒香,情涎杯中涌。

交往最佳事,远近无不同。

七夜飞逝去,奇妙情无声。

人们祝贺我,一周卿我情。

安拉假岁月,永享交欢中。

沃尔黛唱罢,文尼斯·沃久德连续亲吻新娘逾百次。之后,文尼斯·沃久德吟唱道:

伴随祝贺语,高兴日来临。爱自抗中来,保我免伤神。

> 相聚乐无边,对饮分外亲。劝我亲热酒,神迷忘时辰。
> 开怀欢乐至,对坐伴歌饮。不知日与月,兴极是原因。
> 衷心祝情侣,相会时及春。欢喜降予她,如同临吾门。
> 相抗滋味苦,她不识至今。主赠她此味,同时赐我们。

文尼斯·沃久德吟罢诗,新郎、新娘站起身来,走去向宾客们赠送金钱和锦衣。

之后,沃尔黛要文尼斯·沃久德跟她去沐浴,便对文尼斯·沃久德说:"亲爱的,我想在浴室里看看你,只有你我同享鸳鸯浴,不让其他任何人进来。"

沃尔黛说罢,欣喜不已,随口吟诵道:

> 已占我心者,旧话我不求。
> 我不能离他,除他不交友。
> 亲爱人儿呀,起身浴室走。
> 地狱正中心,好把天堂瞅。
> 焚上龙涎香,芬芳溢梁头。
> 宽谅时过错,谢主恩高厚。
> 相见浴池边,吟诗乐悠悠。

沃尔黛吟罢诗,新娘、新郎相携向浴室走去。
一对新人沐浴完毕,回到寝宫,共享天伦之乐。
从此,夫妻过着幸福安乐的生活,直至天年竭尽。
赞美无来无往、万物所依、万物所归的主!

讲到这里,妹妹杜娅札德说:"姐姐,这个故事真是奇异、美妙、精彩极了!"

莎赫札德说:"如蒙国王陛下再留我一夜,我将要讲的故事要比这个故事更精彩、更绝妙。"

舍赫亚尔国王说:"天色还早,你讲下去就是了!"

莎赫札德开始讲《诗人与哈里发》的故事:

相传,有一天,大诗人艾卜·努瓦斯独自待在家中,准备了一桌丰盛的酒席,菜肴花样齐全,色香俱佳,人若见了,必有垂涎欲滴之感。一番忙碌之后,他便走出家门,想寻觅几个好友,请来叙谈畅饮。

艾卜·努瓦斯边走边喃喃地说:"安拉啊,我求你给我派遣几位适于参加这场宴会的人,和我一道同饮吧!"

艾卜·努瓦斯话音刚落,便见三个美少年走来,简直就像仙童,只是肤色各不相同,然而相貌一个比一个英俊,人人风度翩翩,人见人爱,正如诗人所云:

路遇美少年,我言爱你们。
少年开口问:你可是财神?
我只回答道:我是慷慨人。

艾卜·努瓦斯就是诗中描绘的这种人。他爱与美少年同饮共乐,每张俊俏面颊上的玫瑰花,他都要采摘。正像诗人所写的那样:

老头心怀春,喜钻少年窝。身在摩苏尔,心在阿勒颇。

艾卜·努瓦斯走上前去,向三个美少年亲切问好,三个美少年向他回礼问安。当三个美少年想离去时,艾卜·努瓦斯拦住他们,对他们吟诵道:

>莫去投他人,我府藏福根。
>咖啡热乎乎,修士亲手斟。
>我有鲜羊肉,还烹肥家禽。
>吃肉喝美酒,把盏对坐饮。
>相互交欢后,埋鸟卧锦枕。

三个美少年听罢艾卜·努瓦斯的诗,顿时被诗境所吸引,满心愿意接受他的邀请,异口同声答道……

讲到这里,眼见东方透出黎明的曙光,莎赫札德戛然止声。

第三百八十二夜

夜幕垂降,莎赫札德接着讲故事:

幸福的国王陛下,三个美少年听罢艾卜·努瓦斯的诗,顿时被诗境所吸引,满心愿意接受他的邀请,异口同声答道:"我们从命,愿随你前往!"

他们跟着艾卜·努瓦斯回去,进屋之后,果见桌子上菜肴丰盛,恰如诗中所述。他们相继坐下,大吃大喝,欢欢乐乐。吃饱喝足之后，三个美少年要求艾卜·努瓦斯给他们裁判一下，看他们三个哪位面容最俊俏，体态最匀称。艾卜·努瓦斯把一个美少年叫到面前，亲吻了两次，然后纵情吟诵道：

> 面有一颗痣，愿以命赎之。
> 此痣无价宝，金钱难买之。
> 颊无一根须，全美集一痣。

艾卜·努瓦斯吻过第二个美少年的双唇，吟诵道：

> 可爱美少年，面颊有颗痣。
> 麝香点樟脑，一见人慕之。
> 美人痣开言：且请拜先知。

艾卜·努瓦斯走到第三个美少年跟前，一连亲吻十次之后，吟诵道：

> 他将金沙子，溶入银杯盏。有位青年人，双手用酒染。
> 跟随上酒人，举杯走一遍。巡视另两人，还赖一双眼。
> 土耳其人中，有位美少年。翩翩似羚羊，腰连两架山。
> 魂注银器里，心处二少间。一去处女宅，另者寻交欢。

每个美少年都已饮下两杯酒。轮到艾卜·努瓦斯喝酒时，只见他举起杯来，吟诵道：

> 千万莫饮酒，除非小羚递。且请对之诉，绵绵情与意。

葡萄酒虽美,饮者难会理。只有美少年,奉酒方尝及。

　　艾卜·努瓦斯吟罢,一饮而尽。当第二次轮到他喝酒时,但见他欣喜若狂,随口吟诵道:

　　呼唤酒友们,把盏且畅饮。坐对美少年,消忧解愁闷。
　　劝君欲饮酒,单待小羚斟。亲吻小羚面,味佳美酒醇。

　　酒过三巡,艾卜·努瓦斯已有几分醉意,头重脚轻,分不清手和头,于是扑向三个美少年,又亲又吻,伸臂拥抱,搂腰缠腿,羞耻全然不顾,疯狂不能自禁,同时吟诵道:

　　独酌难尽兴,陪需美少年。
　　这位唱欢歌,那个递杯盏。
　　提神不可少,亲吻复贴面。
　　对坐畅快饮,生命正华年。
　　醒时酒中乐,卧下同交欢。

　　正在这时,忽听有人敲门。他们准许敲门人进来,却见来客是信士们的长官哈伦·拉希德,大家急急忙忙站起来,恭恭敬敬地向哈里发行吻地礼。因为害怕哈里发,艾卜·努瓦斯也从酒醉中醒了过来。
　　哈里发呼唤道:"喂,艾卜·努瓦斯!"
　　"奴才在!信士们的长官,安拉保佑你。"艾卜·努瓦斯回答道。
　　"这是怎么回事呀?"
　　"信士们的长官,这还用问吗?"
　　"艾卜·努瓦斯,我已向伟大安拉乞求过灵感,委任你为审判老鸨们的法官。"

"信士们的长官,你喜欢让我身居法官席位吗?"

"当然喜欢。"

"信士们的长官,若有人告你的状,你也会让我审理吗?"

哈里发哈伦·拉希德听他这样一问,不禁面色顿改,怒气填胸,转身拂袖而去。

夜幕垂空,哈里发仍在生艾卜·努瓦斯的气,一夜未得安睡。与此同时,艾卜·努瓦斯却扬扬自得,通宵沉浸在极度欢乐之中。

次日天亮,艾卜·努瓦斯方才宣布筵席结束,随后打发走三个美少年,然后换上朝服,离开家门,向王宫走去。

哈里发哈伦·拉希德有个习惯,每日退朝之后,便走进客厅,把诗人、亲信和乐师们召到那里,各就其位,吟诗谈笑。

那天,哈里发离开朝廷,来到客厅。他召来宾朋,让他们各自坐好。这时,艾卜·努瓦斯才赶来。艾卜·努瓦斯刚想落座,哈里发便把掌刑官迈斯鲁尔唤来,下令:扒掉艾卜·努瓦斯的衣服,将驴鞍绑在他的背上,把笼头套在他的头上,在他屁股上拴上后鞦,拉着他遍游嫔妃宫院和其他地方示众。

讲到这里,眼见东方透出黎明的曙光,莎赫札德戛然止声。

❖ 第三百八十三夜 ❖

夜幕垂降,莎赫札德接着讲故事:

幸福的国王陛下,那天,哈里发离开朝廷,来到客厅。他召来宾朋,让他们各自坐好。这时,艾卜·努瓦斯才赶来。艾卜·努瓦斯刚想落座时,哈里发便把掌刑官迈斯鲁尔唤来,下令:扒掉艾卜·努瓦斯的衣服,将驴鞍绑在他的背上,把笼头套在他的头上,在他屁股上拴上后鞦,拉着他遍游嫔妃宫院和其他地方示众。一番耍笑、戏弄之后再行斩首,然后带着他的首级来见哈里发。

迈斯鲁尔回答道:"遵命!"

迈斯鲁尔随即开始执行哈里发的命令。一番捆绑之后,迈斯鲁尔像牵着驴子那样,拉着艾卜·努瓦斯遍游嫔妃宫院,达三百六十五处之多。艾卜·努瓦斯边走边笑,所有看见他的人,无不向他口袋里塞钱,还未游完宫院,他的口袋里已装满了赏钱。

就在这时,宰相贾法尔·巴尔马克来见哈里发,因为公务缠身,他已多时不露面了。贾法尔·巴尔马克看见游宫的滑稽场面,一眼认出那是大诗人艾卜·努瓦斯,于是高声喊道:"喂,艾卜·努瓦斯!"

"奴才在,相爷阁下!"艾卜·努瓦斯随声答道。

"你究竟犯下了什么罪,竟受到这份惩罚?"

"相爷阁下,我没犯什么罪呀,只是把我的诗歌精品献给了哈里发陛下,陛下才把他的华服锦衣赐赠给了我。"

哈里发哈伦·拉希德听艾卜·努瓦斯这样一说,禁不住笑了起来,心中怒气一消,随即宽恕了这位酒诗人,并赐赠给他一袋金钱。

讲到这里,眼见天色尚早,莎赫札德说:"幸福的国王陛下,请允许臣妾再给陛下讲个故事。"

舍赫亚尔国王说:"你讲下去就是了!"

莎赫札德开始讲《主仆与执政官》的故事：

相传，从前一个巴士拉富人买了一个女奴，教她识字习文。女奴心有灵犀，一点即通，颇为伶俐，因此，主人非常喜欢她。主人和女奴在一起吃喝玩乐，挥金如土。时隔不久，这位巴士拉人就把手中的钱花了个精光，经济拮据，囊中羞涩，面临着贫困和饥饿。

女奴说："主人，你把我卖了吧！因为你需要我的身价。你的贫困处境，我看得一清二楚，你的情况使我同情、伤心。你若把我卖掉，用卖我所得的钱度日，这对你来说，比我留在这里要好。但期安拉能为你广开生活之路。"

主人因处境维艰，便答应了女奴的要求。随后，主人把女奴带到市场上，交给经纪人出卖。

巴士拉执政官名叫阿卜杜拉·本·穆阿迈尔·泰米姆。那天，执政官阿卜杜拉来到市场，见经纪人正在拍卖那个女奴，一眼看去，便非常喜欢，立即出五百第纳尔竞拍，结果以此价成交。执政官掏出现金，付给女奴的主人。

主人拿到钱，正欲离去之时，女奴哭了起来，边哭边吟道：

你握钱在手，心情多舒畅。我胸只留下，忧思与悲伤。
心中诚悲哀，我对自己讲：无论愁多寡，情侣各一方。

主人听罢女奴的吟诵，一阵长吁短叹，然后吟诵道：

你若无计施，面对唯死亡。我仅一句话：请你多原谅。

我出与我入，有话咽肚肠。你我再想见，只待阿氏①想。

巴士拉执政官阿卜杜拉·本·穆阿迈尔听罢主人与女奴吟诵的诗，看见二人的悲伤表情，说道："我已看明白，你们俩是一对相亲相爱的情侣，我不能让你们俩分离。男子汉，你拿着钱，带着姑娘走吧！安拉为你们俩祝福。情侣相互分离，是令双方最难过的事情。"

主人、女奴一齐走上前去，亲吻过执政官的手，然后相携而去。自此之后，主奴结为夫妻，相亲相爱，互敬如宾，直至天年竭尽。

讲到这里，妹妹杜娅札德说："姐姐，这个故事多精彩、绝妙啊！"

莎赫札德说："这与我将要讲的故事相比就算不上什么精彩、绝妙了。"

莎赫札德开始讲《生前死后》的故事：

相传，从前在欧兹莱部族中，有一位聪明伶俐、文雅风趣的青年，天天都在求爱生活中度过。后来，他终于看上了本地的一位漂亮姑娘。他一连向姑娘写了数封情书，而那位姑娘却无动于衷，根本不理睬他，千方百计疏远他、躲避他。青年处于单相思中，终于病倒，而且病得很厉害，卧床不起，食米难咽。他的事情很快在人们当中传开，大家都知道他得了相思病。

讲到这里，眼见东方透出黎明的曙光，莎赫札德戛然止声。

---

① 阿氏，指巴士拉执政官阿卜杜拉·本·穆阿迈尔。

第三百八十四夜

夜幕垂降,莎赫札德接着讲故事:

幸福的国王陛下,青年终于看上了本地的一位漂亮姑娘。他一连向姑娘写了数封情书,而那位姑娘却无动于衷,根本不理睬他,千方百计疏远他、躲避他。青年整日处于单相思中,终病倒,而且病得很厉害,卧床不起,食米难咽。他的事情很快在人们当中传开,大家都知道他得了相思病。

青年的病情日渐加重,几乎濒临死亡边缘。眼见此情此景,青年的家人和那位姑娘的家人苦苦哀求姑娘去看看青年,姑娘却执意不肯。眼看青年生命危在旦夕,家人便把消息告诉了姑娘,姑娘同情、怜悯之心顿生,前去看望生命垂危的青年。

青年见朝思暮想的姑娘站在自己的病榻旁,泪水潸然流淌,心悲欲碎地吟诵道:

眼看我尸床,四人肩上扛。
莫非你无意,跟队去送葬?
问候归真者,告别墓坑旁?

姑娘听后,失声痛哭,她说:"凭安拉起誓,我万万没有想到相思病会把你送到死神手中去。假若我早知道这一点,我一定会尽快和你联系的。"

垂危的青年听姑娘这样一说,泪如雨下,随后吟诵诗人的名句:

死神召唤日,我与她隔世;相亲再尽力,徒劳无益时。

吟罢,青年一声喉鸣,霎时气绝身亡。

姑娘俯下身去,边亲吻边哭,直哭得昏迷过去,不省人事。

过了片刻,姑娘从昏迷中苏醒过来,随后叮嘱亲人:"我死之后,将我与他合葬于一个坟墓之中……"

话音未落,泣不成声,泪水簌簌下滴,边哭边吟诵道:

相伴大地上,生活多安康。故乡与家园,同乐共荣光。
灾难降临头,亲友各一方。相聚在地府,身裹殓衣裳。

姑娘吟罢,痛哭不止,号丧失声,终于昏迷过去。她一连昏迷三天,最后一命呜呼。

姑娘死后,家人按照她的遗愿,将她与青年合葬在一个墓穴之中。这便是爱情中的一件奇闻:生前不能成婚配,死后也要伴成双。

讲到这里,妹妹杜娅札德说:"姐姐,天还早,你再给我们讲个故事吧!"

莎赫札德说:"如蒙国王陛下的允许,我愿意再讲一个更为精彩的故事。"

舍赫亚尔国王说:"天色还早,你讲吧!"

莎赫札德开始讲《也门宰相白德尔丁》的故事:

相传,也门宰相白德尔丁有个弟弟,不仅相貌俊秀,而且聪明伶俐，因此宰相十分喜欢他。宰相到处为弟弟物色教师，终于找到一位老翁，德高望重，可敬可亲，信仰坚定。为了施教方便，宰相让老先生住在相府隔壁，每天来相府向宰相的胞弟传授知识，上完课后返回住处。一段时间过去，老先生打心底里喜欢上了宰相的这位胞弟。

有一天，老先生把自己喜爱青年的心情向青年述说了一遍，青年听后说："我白天黑夜都离不开哥哥，正像你看到的那样，哥哥总是陪伴着我，我怎么办呢？"

老先生说："有办法！我住的地方与相府仅有一墙之隔。你哥哥去睡时，你也跟着你的哥哥去睡，让人们都知道你没有外出，确实睡觉去了。你哥哥睡熟之后，你悄悄起来，爬上墙，我在墙外接你。你到我那里坐一会儿就回来，让你哥哥完全觉察不到你的行动。"

青年说："好的！就这么办。"

老先生为青年上完课，旋即离开相府，返回住所。

夜幕垂降，青年和他的宰相哥哥同室就寝。一更天过去，哥哥熟睡之后，青年悄悄离开床铺，走出房门，爬上墙头，见老先生已等在那里。老先生接青年下墙，然后二人坐在院中。那正是个美妙无比的夜，瓦蓝色的天空中挂着一轮金黄色的圆月，清风拂面令人觉得十分凉爽。一老一少席地而坐，交杯对饮，且吟且歌，深深沉浸在欢快、舒畅、坦然、娴静的气氛之中，赏心悦目，乐以忘忧。

就在这个时候，宰相白德尔丁从梦中醒来。他睁眼一看，见弟弟的床上无人，心中不禁一惊，立即起床去找。他发现房门开着，马上向院中走去。这时，他听到隔壁传来低语声，便沿着墙登上房顶平台，只见朗月当空，顿觉清风送爽。他朝隔壁院中望去，但见他的弟弟正和老先生一起对坐把盏畅饮，且见老先生正手举着酒杯，吟诵道：

奉我酒一盏,夹带涎水香。
面颊相拥抱,美妙世无双。
明月伴我饮,兄弟两相忘。

宰相眼见此情此景,耳闻此歌,欣喜不已,说道:"凭安拉起誓,我就不打搅你们师徒俩了。"

说罢,心满意足地离去。

讲到这里,莎赫札德说:"我再讲一个关于少男少女的故事。"
舍赫亚尔国王说:"讲下去就是了!"
莎赫札德开始讲《少男与少女》的故事:

相传,从前有一个少男和一个少女同在一个学堂读书。那个少男深深爱上了那个少女。

讲到这里,眼见东方透出黎明的曙光,莎赫札德戛然止声。

第三百八十五夜

夜幕垂降,莎赫札德接着讲故事:

幸福的国王陛下,那个少男深深爱上了那个少女。
有一天,少男趁大家不注意时,拿过少女的石板,抄起石笔,

在上面写了这么几行诗:

> 世有一少男,对你备钟情。情入心成疾,不知神何从。
> 心中苦与思,不得不外倾。对此少年郎,你有何论评?

少女回到座位上,拿起自己的石板,见上面有一首诗,于是仔细默读,对诗中含义一清二楚,因为怜悯诗中的少年,禁不住眼泪汪汪。随后,她在那首诗的下面写了这样一首诗:

> 见有钟情男,因恋成疾病;我们定给他,投桃报李情。
> 报李非为报,永结友情中。为此哪怕那,灾祸无端生。

诗刚写完,法学教师走进课堂,无意中发现石板上的两首诗,怜悯之情顿生心底,于是即兴在那两首诗下添诗一首:

> 勇敢追求者,莫惧惩罚残。那位钟情男,已成情痴癫。
> 至于法学师,莫怕其威严。须知他常尝,情中苦与甘。

时隔片刻,少女的监护人来到学堂,看见少女石板上的那些诗句,读过之后,在那些诗句下写诗一首:

> 你俩此一生,相互不分离。那些中伤者,无奈向隅泣。
> 凭主我起誓,有话表心意:眼前法学师,开明世无比。

少女的监护人立即派人去请法官和证人,当场为这对钟情的少男和少女缔结婚约,书写结婚证书。之后,监护人准备筵席,为二人举行盛大的结婚庆典。婚后,监护人待这对少夫少妻十分好。一对新人生活在幸福、快乐、安适之中,直至白头偕老。

讲到这里,莎赫札德戛然止声。

妹妹杜娅札德说:"姐姐,天色还早,你再给我讲个故事吧!"

莎赫札德说:"如蒙国王陛下许可,我愿意再讲个小故事。"

舍赫亚尔国王说:"你讲下去就是了!"

莎赫札德开始讲《改嫁花烛夜》的故事:

相传,古希腊国的著名诗人穆特莱姆斯,因害怕国王努阿曼·本·门齐尔的责罚,逃离了京城。许久许久不见他回返,致使人们猜想他已经离开人世。

穆特莱姆斯有位年轻漂亮的妻子,名叫伍麦玛。因为久久听不到丈夫的音讯,家人纷纷建议她另嫁人家,但遭到她的拒绝。因为求婚的人络绎不绝,家人们苦口婆心再三劝她改嫁,甚至硬逼她另投人家。伍麦玛不得不答应了家人的要求,同意嫁给本部族的一个男子。

伍麦玛是非常爱自己的丈夫穆特莱姆斯的。

伍麦玛与本部族那个男子结婚的那天,穆特莱姆斯回来了。他听到阵阵笛声和铃鼓声传入耳际,眼见种种喜庆景象,便问小孩子:"谁家在办喜事呀?"

孩子们争相回答:"穆特莱姆斯的媳妇伍麦玛嫁人啦!现在正在举行婚礼,今晚就入洞房!"

穆特莱姆斯听孩子们这样一说,立即想办法,随着女傧相们进了洞房。他走进洞房,只见那对新人已坐在一起。当新郎把脸转向新娘时,身为新娘的伍麦玛一声长叹,然后哭了起来,边哭边吟诵道：

事件接踵来，但期我能知：穆特莱姆斯，究竟身何置？

诗人穆特莱姆斯应声吟诵道：

唤声伍麦玛，我近在眼前。迎新队上路，仍将你想念。

新郎立刻悟出眼前这位男子与新娘本是一对恩爱夫妻，于是起身离去，边走边吟诵道：

本是两相好，一夜成对头。你俩聚此堂，且叙久别后。

新郎走了，把洞房留给新娘和她的丈夫——诗人穆特莱姆斯。自此以后，诗人和他的妻子伍麦玛过着幸福的生活。

讲完这个故事，莎赫札德紧接着讲《哈里发哈伦·拉希德观景》的故事：

相传，哈里发哈伦·拉希德十分宠爱王后祖贝黛，建造了一个专门供她游玩、嬉戏的乐园，挖了一个人工湖，将水从四面八方引入湖中，周围全是树篱笆。那里树叶浓密，假若有人跳入湖中沐浴、戏水，外面的人谁也看不见。

有一天，王后祖贝黛进入园中，来到湖畔……

讲到这里，眼见东方透出黎明的曙光，莎赫札德戛然止声。

第三百八十六夜

夜幕垂降,莎赫札德接着讲故事:

幸福的国王陛下,哈里发哈伦·拉希德十分宠爱王后祖贝黛,建造了一个专门供她游玩、嬉戏的乐园,挖了一个人工湖,将水从四面八方引入湖中,周围全是树篱笆。那里树叶浓密,假若有人跳入湖水中沐浴、戏水,外面的人谁也看不见。

有一天,王后祖贝黛进入园中,来到湖畔,见那里风景如画,绿树成荫,喜不自禁。那天天气炎热,祖贝黛便脱下衣服,下到湖中。那湖中的水很浅,祖贝黛站在水里,水连她的下身都没不过。于是,王后便用银壶汲水,然后往自己的身上浇水,借此驱赶炎热,求得凉爽。

哈里发哈伦·拉希德得知王后到乐园里游玩去了,立即站起身来,走出王宫。哈里发来到乐园,站在湖边树后,透过浓密的树叶,不声不响地朝湖面望去,禁不住暗自叹道:"哦,好一片美妙景色!"他看见王后祖贝黛赤身裸体,一丝不挂,站在浅水中,正用银壶往自己身上洒水冲凉。

祖贝黛觉察到有人站在树叶后面,已经看见她赤身裸体时,便扭过头去望,知道那是信士们的长官哈里发,感到非常害怕,立即用双手把自己的下身捂住。由于那片三角地茅草太多,指头缝间还是露出了一些……

哈里发哈伦·拉希德见此景象,惊奇不已,当即后退一步,随之吟道：

> 美景眼前现，情思舞翩跹。

吟罢这两句诗，哈里发不知道再该如何往下接，于是立即派人去叫宫廷诗人艾卜·努瓦斯。

艾卜·努瓦斯来到哈里发面前，哈里发对他说："喂，诗人，给我们作首诗，诗的第一句必须是：'美景眼前现，情思舞翩跹。'"

"遵命，信士们的长官！"

艾卜·努瓦斯即兴吟道：

> 美景眼前现，情思舞翩跹。
> 羚羊将我俘，双乳峰隐边。
> 裸浴塘水中，银壶洒瀑帘。
> 手欲盖芳草，却绽双手间。
> 但得一二时，云雨同交欢。

艾卜·努瓦斯吟罢，哈里发哈伦·拉希德会意地笑了，随后对他大加赏赐。

诗人艾卜·努瓦斯拿着赏钱，高高兴兴地离去。

讲到这里，莎赫札德开始讲《哈里发与诗人》的故事：

相传，一天夜里，信士们的长官哈伦·拉希德烦躁不安，于是到宫院中散步。他走着走着，看见一个人摇摇晃晃醉意朦胧地走来。走近一看,原来那是他十分宠爱的一个宫女,便和她戏耍起来,然后将之领到寝宫,脱掉她的衣裙,执意要和她云雨一番。

那宫女说:"陛下,莫急嘛!明天晚上再行欢乐吧!因为我今夜毫无准备,根本不晓得陛下要来。"

哈里发听宫女这样一说,随即离她而去。

次日天亮,太阳东升,晨光普照大地。哈里发哈伦·拉希德派宫仆通知那个宫女,告诉她,哈里发就要到她房间去了。那宫女对宫仆说:"请你告诉哈里发陛下,夜下道之语,日出即抹掉。"

宫仆回来将此话转告哈里发之后,哈里发即派他唤来若干位亲信。哈里发对他们说:"你们都要作一首诗,把'夜下道之语,日出即抹掉'这句嵌在你们的诗中。"

"遵命!哈里发陛下。"众人异口同声道。

诗人拉卡什走上前去,高声吟诵道:

　　凭主我起誓,倘知我情调;你心安稳绪,顷刻之间消。
　　世有一女子,竟与我绝交。苦苦丢开你,虽你恋心焦。
　　答应复食言,对你将话表:夜下道之语,日出即抹掉。

之后,艾卜·穆斯阿卜走上前去,吟诵道:

　　何时方才醒?你心已浮飘。平静业失去,稳定无处找。
　　二目泪涟涟,心肠似火烧;莫非此情况,未令你难熬?
　　他面带微笑,觉言怪奇妙;夜下道之语,日出即抹掉。

接着,宫廷诗人艾卜·努瓦斯走上前去,吟诵道:

爱情远离去,交欢中断了。我曾坦诚言,坦诚未奏效。
皓月当空夜,才人醉欲倒;虽醉性固执,严肃情溢表。
斗篷离肩膀,衣裙带松好。丰满双臀圆,随风欲舞蹈;
石榴挂纤枝,和拍轻轻飘。我求云雨情,伊来迟或早。
来夜践约时,伊却出言刁:夜下道之语,日出即抹掉。

哈里发听罢三位诗人的吟诵,随后吩咐管家赏给拉卡什和艾卜·穆斯阿卜各一袋金币,并且命令刀斧手立即把艾卜·努瓦斯拉出去斩首,同时对艾卜·努瓦斯说:"好一个艾卜·努瓦斯,你夜里也来宫内刺探我的秘密呀?"

艾卜·努瓦斯自我辩解说:"哈里发陛下,凭安拉起誓,夜里我一直在家里睡觉,未曾出门。我的诗句仅仅是根据你的只言片语想象出来的。伟大安拉说得好:'诗人们被迷误者所跟随,你不知道吗?他们在各山谷中彷徨。他们只尚空谈,不重实践。'[①] "

哈里发听罢艾卜·努瓦斯的自辩,立即原谅了他,并且赏给他两袋金币。

诗人们拿着赏钱,欢欢喜喜地离哈里发而去。

讲完这个故事,莎赫札德紧接着讲《王子与旅伴》的故事:

相传,很久很久以前,有四个人搭伴赶路,其中一个是国王之子,一个是商人之子,一个是生相漂亮的贵人之子,一个是农夫之子。

他们四人来到一个陌生的地方,走得又渴又饿,疲惫不堪,除了身上的衣服,已经一无所有。

[①] 见《古兰经》"众诗人章"第二百二十四至二百二十六节。

他们边走边考虑自己的处境,每个人都在挖空心思考虑自己的天质和特点及其能够给自己带来的好处。

国王之子首先开口说:"世间一切靠的全是命运和前定。命中注定一个人能得到的东西,不论怎样都会到来的。因此,在命运面前,人只有忍耐;等待命运和前定的赐予,那才是上策。"

商人之子说:"智慧胜于一切。"

贵人之子说:"相貌俊美比你们说的那些都重要。"

农夫之子说:"在世界上,没有比勤劳更重要的了。"

他们走到一座名叫"迈图鲁"的城市附近,坐了下来,开始商议应急的办法。

三个伙伴对农夫之子说:"哎,朋友,用你的勤劳,给我们弄点儿吃的,让我们饱餐一顿吧!"

农夫之子出去逢人便打听有没有活儿可干,最好干上一天活儿,能为四个人挣来一天的饭钱。人们对他说,在那座城市中,没有比砍柴更赚钱的营生了,砍柴的地方仅距城里四法尔萨赫。

农夫之子去砍了一大捆柴,背到城里,卖了一迪尔汗,随后买了食物,并在城门上留下这样一行字:

　　一日劳作,价值一迪尔汗。

农夫之子带着食物离开城里,回到伙伴们中间,伙伴们饱餐了一顿。

第二天,伙伴们对那个说相貌俊美价值最高的贵人之子说:"哎,兄弟,轮到你给我们想办法弄吃的去了!"

贵人之子向城里走去,边走边想:"我又不会干活儿,进城有什么用呢?"但他又羞于两手空空去见伙伴们,于是向前走去。他来到一棵大树下,背靠着树干坐了下来。仅过片刻,他便觉得困倦不堪,旋即进入了梦乡。

就在这时,城中的一位贵夫人走过贵人之子的身边,见他貌美出众,不禁惊喜万分,立即派出随身带的女仆,要她把美少年带到自己的面前。

女仆走到贵人之子跟前,将他推醒,让他跟着自己去见女主人。

贵人之子跟着女仆来到贵夫人家里,在那里足足享受了一天;夕阳西下时,贵夫人送别贵人之子,给了他五百迪尔汗。

贵人之子出城时,在城门上留下这样一行字:

一日美貌,价值五百迪尔汗。

贵人之子带着钱回到伙伴们当中,大家喜不自禁。

第三天,他们对商人之子说:"兄弟,该你出马了!你就用你的智慧做生意为我们换取一日的食粮吧!"

商人之子离开伙伴,行走了没有多远,看见了一条船,上面装着许多货物,已经靠岸。片刻后,他看见一群商人向大船走去,想买船上的货物。商人们坐在船的一边,商量着事情。他们相互议论说:"我们回去吧!今天我们虽然需要货物,但我们什么东西也不买,好让他们的货物滞销,迫使他们减价;我们这样行事,他们的货物就会自动降价。"

商人之子走到船主、货主面前,用一百迪尔汗,以赊销的方式,从他们手里买下了那批货物,并对船主、货主说,他想把货物运到另一座城市去卖。

商人们听说了商人之子的话,很怕自己抓不到这批货物,立即出一千迪尔汗将货物从商人之子手里买了下来。

商人之子收了钱,将应付的那一百迪尔汗给了船主和货主,带着满把的钱回去找伙伴们了。临出城时,他在城门上写下了这样一句话:

一日智慧,价值一千迪尔汗。

第四天,他们对国王之子说:"兄弟,该你用命运和前定给我们弄点儿吃的去了!"

国王之子来到城门下,在一条凳子上坐了下来。

那天,恰逢该城国王驾崩。国王既没儿子,也没有一个亲人。当人们抬着国王的棺椁路过国王之子面前时,个个泪流满面,人人痛苦不堪,而国王之子却毫无悲伤的表情。人们不知道他是何人,守城门的卫士骂他,说:"嗨,你是什么人?谁让你坐在城门下?国王晏驾,你为什么没有任何痛苦表情?"

说完,卫士将国王之子赶走了。

人们走后,国王之子又回到原来的地方坐下。

人们把国王埋葬之后,陆续返回。守城门的卫士看见国王之子又坐在了原地,不禁大怒,说道:"我不是不让你坐在这里了吗?"

说完,卫士把国王之子带走,将他关押起来。

第二天,城里的人们聚集起来,商议由谁继任他们的国王,结果每个人都想做主,大家意见分歧,议论纷纷,莫衷一是。

那个守城门的卫士说:"昨天,我看见一个少年坐在城门下,国王晏驾,他却不与我们同悲。我跟他说话,他也不回答我,我便把他赶出了城。当我们回来时,我发现那个少年又坐在了原地,于是我把他关押了起来。我真担心他是个奸细。"

城中显贵名流听卫士这样一说,遂派人去把少年带来。

国王之子来到他们中间，他们问起他的情况、身世及为何到这里来。国王之子说："我是法威朗国王的儿子。我父亲驾崩后，王位被我弟弟夺去，唯恐弟弟加害于我，无奈只得逃离，故来到了此地。"

众显贵名流听国王之子这样一说，知道他是法威朗国王的儿子，那些曾经到过那位国王土地上的人都认出了这位国王之子，他们异口同声地赞美那位国王的大恩大德。片刻过后，显贵名流们一致选定国王之子担任他们的国王，并且深深地爱戴他。

该城里的人有个习惯：每当他们选出一位新国王，就让新国王骑上一头白象，绕行全城一周，让人们一瞻新王风姿。

当他们带着新王绕城通过城门时，这位国王之子看见写在城门上的那些字句，随即令人在城门上写下这样一句话：

> 辛劳、美德、智慧及人在世上受益或招损，皆为命中注定。我所得到的尊严和好处，都是安拉的恩赐。

时隔不久，国王之子便坐上了国王宝座，他派人去叫他的那三位伙伴。

三位伙伴到来之后，这位新国王便任命商人之子担任宰相，任命农夫之子担任农业部大臣，给了那位贵人之子朋友许多钱财，让他躲藏到一个地方去，免得招女人的骚扰。

旋即，新国王召集本城智士仁人，对他们说："我的朋伴们都相信，伟大安拉赐予他们的美食锦衣都来自命运和前定。我想让你们知道这一点，让你们也相信这一点。安拉赐予我的一切，也都是命中注定的，并非因为貌美、智慧和勤劳。我被我的胞弟赶出来时，不但没想到会有糊口之食，更未想到我会得到今天的尊贵王位。我并不希望自己居于此位,因为我在这块土地上看到许多人,他们比我长得漂亮,比我勤劳,比我有见地。但是,命运把我带到了这个地方,使我倍加珍惜安拉给我安排的命运。"

众人当中有一位老者,只见他缓缓地站起身来,说道:"国王陛下,您说的是至理名言。但是,您之所以能够得到这样的地位,原因还是在于您足智善断。您已经实现了您的美好理想和愿望。我们明白了您说的这一切,也相信您说的这一切。正是安拉把您推到了王位上,使您享受尊严。因为伟大安拉赐予您以智慧和见地,您有今天的王位和尊严是当之无愧的。在今世和来世均享洪福之人,安拉必赐之智慧和见地。安拉厚待我们,因为我们的国王刚刚驾崩,安拉又把您慷慨地赐予了我们,使我们足以安享春秋。"

老者话音刚落,又一位老翁走上前来,一番赞颂安拉之后,说:"在我还是孩童,没有成为行者时,我曾在本城的一位显贵人家当仆人。当我感到天地狭窄时,就离开了那位显贵;当时,那位显贵仅给了我两迪尔汗的工钱。我本想把其中的一迪尔汗用于施舍,把另一迪尔汗留在口袋里。当我来到市场时,看到一位猎人带着两只戴胜鸟,我想把它买下来,就和猎人讨价还价。结果猎人非要两迪尔汗才肯卖那两只鸟儿。我费了好大一番口舌,想用一迪尔汗买下两只鸟儿,但猎人死活不肯松口。我心想:'不妨我就买一只,不买另一只了!'我思来想去,自言自语说:'也许那两只戴胜鸟是一对恩爱夫妻,怎可把它们分开呢!'出于同情心,我把一切托付给了安拉,掏出两迪尔汗,将两只戴胜鸟买了下来。"

讲到这里,这位旅行家若有所思,稍稍停顿,然后接着说:"我买下两只戴胜鸟之后,心想把它们送往有人烟的地方放飞,但又怕它们再被人捉住。也担心它们因为饥饿、瘦弱已经飞不动了,再遇上不测之祸,于是把它俩带到一个牧草肥美、树木繁茂的地方,那里是远离稠密人烟之地,我将两只鸟儿放飞了。"

新国王问:"后来怎样呢?"

"那两只鸟儿落在果实累累的大树上,拍翅对我表示谢意。我听到其中一只鸟儿对另一只鸟儿说:'这位旅行家把我们从灾难中拯救出来,使我们免于一死,我们一定要报答他的善行。这棵树下埋着一只罐子,里面装满金币,我们何不指给他,让他挖出来带走呢?'"

"后来呢?"

"我听鸟儿这样一说,遂问它俩:'你俩能看见常人用肉眼看不见的宝藏,为什么看不见猎人的网呢?'两只鸟儿说:'天命降临之时,眼睛就什么也看不见了,把视力完全遮住了。正是天命挡住了我们的视线,使我们看不见猎网,却看得见埋在地下的宝藏,也好让你得到它。'

"我刨开树下的土,果然挖出一只装满金币的罐子,随后向两只鸟儿祈祷平安。我对它俩说:'赞美安拉,正是安拉在你们翱翔在蓝天上时,把自己看到的东西指给了你们,而你们又把这地下的宝藏指给了我。'两只鸟儿说:'聪明智慧之人,难道你不知道天命能战胜一切,而谁也无力超越它吗?'

"国王陛下,我把自己的亲身经历告诉了您。假若国王要我把金币拿来,我将把它存在国王的宝库里……"

新国王说:"那是你的金币,就留在你那里吧!"

讲完这个故事,莎赫札德紧接着讲《穆斯阿卜结亲》的故事:

相传,穆斯阿卜·本·祖贝尔在城中遇见了阿梓。阿梓是位聪明能干的女子。

穆斯阿卜对阿梓说："太太,我想娶泰莱哈的千金阿漪莎为妻,请你为我跑一趟,看看她的人品、相貌吧!"

阿梓见过姑娘,回来对穆斯阿卜说:"那姑娘相貌超群出众,一对丹凤眼下,生有一副鹰钩鼻子和鹅蛋形面颊;她的嘴就像樱桃;脖子似银壶;前胸那对丰隆的乳房就像两枚大石榴;肚子微微凸起,上面的肚脐就像一只象牙雕成的窝穴;她的臂肘就像沙丘;两条大腿粗壮,两条小腿如同两条玉柱。不过,我发现姑娘的脚有些大,必要之时,你简直可以隐身其中。"

听罢阿梓的描述,穆斯阿卜更加爱在心中,喜不自禁,决定立即迎娶新娘,举行结婚典礼。

讲到这里,眼见东方透出黎明的曙光,莎赫札德戛然止声。

✧── 第三百八十七夜 ──✧

夜幕垂降,莎赫札德接着讲故事:

幸福的国王陛下,阿梓见过姑娘,回来对穆斯阿卜说:"那姑娘相貌超群出众,一对丹凤眼下,生有一副鹰钩鼻子和鹅蛋形面颊;她的嘴就像樱桃;脖子似银壶;前胸那对丰隆的乳房就像两枚大石榴;肚子微微凸起,上面的肚脐就像一只象牙雕成的窝穴;她的臂肘就像沙丘;两条大腿粗壮,两条小腿如同两条玉柱。不过,我发现姑娘的脚有些大,必要之时,你简直可以隐身其中。"

听罢阿梓的描述,穆斯阿卜更加爱在心中,喜不自禁,决定立即迎娶新娘，举行结婚典礼。

阿梓把阿漪莎和古莱氏妇女请到自己家中，阿梓当着穆斯阿卜的面吟诵道：

娘子口味鲜，笑吻香且甜。未尝费猜测，尝过方心欢。

洞房花烛之夜，新郎穆斯阿卜与新娘云雨七次之后，方才入眠。

次日清晨，阿梓对穆斯阿卜说："我为你卖尽力气了，就连这种事，我都帮了你的忙！"

阿梓又对别人说："我一直留在阿漪莎那里。她的丈夫进了洞房，她就扑到丈夫的怀里，然后开始合欢。她喊呀，叫呀，欢哪，乐哟，那动作真是离奇罕见……我都听得一清二楚。当新郎离开那里时，我对新娘说：'你是个名门闺秀，有地位，有身份，而且我就在你家中，你怎好那样放肆不羁呢？'新娘对我说：'女人嘛，见了丈夫就该尽力满足丈夫的激情要求，哪还管动作奇异罕见呢？这有什么奇怪的呢？'我对她说：'我总希望把这些事情放在夜里办啊！'她却对我说：'这种事情不分白天黑夜。因为他一看见我，便欲火勃发，兴奋难抑，伸手拉我，我只有服从他，于是发生了你所看见的一切。'"

接着，阿梓讲了这样一个故事：

听说艾卜·艾斯沃德买了一个天生斜眼的女奴。艾卜·艾斯沃德非常喜欢斜眼女奴，而家人却嘲弄、讽刺那个女奴。因此，艾卜·艾斯沃德感到气愤，吟诵道：

众亲责笑她,她有何缺陷？仅在眼睛里,有一小疵点。
微瑕不掩瑜,杨柳细腰纤；丰隆胸脯美,饱满双臂圆。

讲完这个故事,莎赫札德紧接着讲《哈里发与少女》的故事：

相传,一天夜里,信士们的长官哈伦·拉希德和一个麦地那姑娘、一个库法姑娘一起玩耍。库法姑娘摁住哈里发的双手,麦地那姑娘则摁住他的双脚,开始拿东西。

库法姑娘对哈里发说："你背着我们,单独积攒了许多钱财,你把我应得的那一份给我吧！"

麦地那姑娘对哈里发说："马立克对我说,他听希沙姆·本·伊尔沃说,而伊尔沃听其父亲说,其父亲亲耳听先知说过这样的说：'谁使死物复活,那么复活的东西就归他及其子孙所有。'"

库法姑娘乘麦地那姑娘不备,推开麦地那姑娘,把东西全部拿去,并且说："艾阿麦什对我说,他说他听海伊赛麦说,而海伊赛麦则听阿卜杜拉·本·迈斯欧德说,迈斯欧德亲耳听先知说过这样一句话：'猎物属于抓住猎物的人,而不属于轰猎物者。'"

相传,哈里发哈伦·拉希德和三个宫女躺在一起戏耍,一个是麦加姑娘,一个是麦地那姑娘,一个是伊拉克姑娘。麦地那姑娘伸手去摸哈里发的鸟儿,那鸟儿欢腾起来,麦加姑娘当即跳了过去,把那只鸟儿抓在自己的手中。麦地那姑娘对麦加姑娘说："你怎么多吃多占呢？马立克对我说,他听泽哈拉说,而泽哈拉则听阿卜杜拉·本·萨里姆说,萨里姆听赛义德·本·栽德说,栽德说自己亲耳听安拉的使者说过这样一句话：'谁使死地变活,那么,地便归谁所有。'"

麦加姑娘说："苏福扬对我们说,他听艾卜·泽纳德说,而泽纳德则听艾卜·胡莱尔说,胡莱尔说自己亲耳听安拉的使者说过这样一句话:'猎物属于抓住猎物的人,而不属于轰猎物者。'"

伊拉克姑娘趁机推开麦加姑娘和麦地那姑娘,牢牢抱住哈里发,说:"这个属于我,你俩打官司去吧!"

讲完《哈里发与少女》的故事,莎赫札德接着讲《泄密招来灾祸》的故事:

相传,很久很久以前,有一位男子汉,家里有一盘石磨和一头毛驴。他有妻室,但妻子不守本分。丈夫很爱她,而她不爱自己的丈夫,一心恋着邻舍的一个汉子;说来也奇怪,那个汉子却不喜欢这个女人。

一天夜里,磨坊主人做了个梦,梦见一个人对他说:"挖挖你的磨道吧!那里有一座宝库。"

磨坊主人醒来,把自己的梦境所闻讲给妻子听,并且要她保密,千万不要泄露出去。

那个不守本分的女人转眼把丈夫的梦境讲给了常与她偷情的邻舍汉子……

讲到这里,眼见东方透出黎明的曙光,莎赫札德戛然止声。

第三百八十八夜

夜幕垂降,莎赫札德接着讲故事:

幸福的国王陛下，一天夜里，磨坊主人做了个梦，梦见一个人对他说："挖挖你的磨道吧！那里有一座宝库。"

磨坊主人醒来，把自己的梦境所闻讲给妻子听，并且要她保密，千万不要泄露出去。

那个不守本分的磨坊主人的妻子，转眼把丈夫的梦境讲给了常与她偷情的邻舍汉子，并且与那个汉子约好，夜晚动手来挖宝库。

夜阑更深，女人将那个汉子领进磨道，开始挖掘。果然不错，挖出了许多金银财宝。汉子说："我们怎么处理这些东西呢？"

女人说："我们把它平分成两份，你要一半，我留一半。你回去把你的老婆休掉，我设法把我的丈夫赶跑，然后你娶我为妻，我们再把财宝合在一起，就成了我们的了。"

汉子说："我担心你会着魔，魔鬼会唆使你去找别人。黄金放在家里，就像太阳挂在天上。依我之见，这些财宝全留在我手里，以便让你尽快设法摆脱你的丈夫，和我结合。"

女人说："我怕的也是这一点呀！我不能把我的那份财宝交给你，你要知道，是我把你带到这里来挖财宝的。"

汉子听女人这样一说，谋财害命的念头顿生。于是，汉子当即结束了女人的性命，将其尸首丢在挖出财宝的地方。东方透出鱼肚白，汉子无法将女人的尸首弄走，慌忙带着财宝逃离了。

磨坊主人醒来，不见妻子的影子，便走进磨坊，套上驴子，开始磨面。

他套好驴子，吆喝一声，驴子走了几步，便停下脚步。磨坊主人用力抽打驴子，结果驴子不但不往前走，反而朝后退，原来横在磨道上的女人尸体挡住了路，驴子无法前进。所有这些，磨坊主人完全不知道，满心以为驴子在偷懒。主人一气之下，抄起尖刀，一再刺扎那驴子，但见驴子一步也不动。主人勃然大怒，朝驴子肚子上狠刺一刀，那驴子当即倒在地上死去了。

天亮了，磨坊主人这才看见妻子的尸首横在磨道上，梦中的财宝已被挖走，不禁悲愤交加，痛惜人财两空，而且误杀了驴子，不禁忧烦难耐。

所有这一切恶果，均缘于把秘密泄露给妻子，而妻子又没有为他保密。

讲完故事，莎赫札德戛然止声。

妹妹杜娅札德说："姐姐，凭安拉起誓，你讲的故事个个精彩、美妙！"

莎赫札德说："如果国王陛下能再留我一夜，我将会讲更精彩、更美妙的故事。"

舍赫亚尔国王说："天色还早，你接着讲就是了！"

莎赫札德开始讲《容易受骗的人》的故事：

相传，从前有一个很容易受骗的人，牵着一头毛驴走在路上。这时，两个狡猾的骗子看见了这个牵着毛驴的人，其中一个对另一个说："我能从这个人手中把驴子牵走。"

另一个人说："你怎么牵得走呢？那个人手攥着缰绳，不会放手的呀！"

"你跟我来，我让你亲眼见识一下！"

说罢，他从后面偷偷走向毛驴，悄悄地将驴子的笼头解开，先把驴子交给同伴，让他牵走，然后把笼头套在自己的头上，跟着驴子的主人走；对于发生的这一切情况，驴子的主人完全不知不觉，只顾牵着缰绳往前走，头都不曾回一回。

骗子见自己的伙伴牵着驴子走远了之后,方才停住脚步。

驴子的主人用力拉缰绳,却拉不动,这才回过头去,见笼头套在一个人的头上,便问:"你是谁呀?"

"我是你的驴子呀!我有一段不寻常的经历,听我给你讲来。我的母亲是一位善良的老太太。有一天,我喝得醉醺醺的,走到母亲面前。母亲对我说:'孩子啊,你犯下大罪,作了大孽,快向安拉忏悔吧!'只听母亲一番诅咒,乞求安拉惩罚我。安拉果然答应了母亲的乞求,把我变成了一头毛驴,让你牵着我;我一直在你家中待了这么长时间,我的母亲今天想起了我,安拉要她怜悯我,于是母亲为我祈祷一番,安拉便还了我人的模样。"

驴子的主人听罢骗子这番话,叹道:"无可奈何,只有依靠伟大的安拉了。兄弟,看在安拉的面儿上,你就让我免除过去的罪过吧!因为我不是骑乘你,就是让你干别的重活儿。"

驴子的主人说罢,便放骗子走了。

驴子的主人愁容满面、垂头丧气、如醉如痴地回到家中。妻子问:"你怎么啦?毛驴呢?"

他对妻子说:"关于驴子的事,你一无所知啊!听我对你讲一讲吧!"

随后,他把故事从头到尾给妻子讲了一遍。

妻子听后,说道:"天哪,我们真该死!这么长时间以来,我们一直在使唤人,让人当牛做马呀!"

之后,妻子诚意忏悔,济助穷人,以求向安拉赎罪。

丈夫在家中静静休养,一段时间无活儿可干。妻子对丈夫说:"你天天没活儿干,坐到什么时候算完呢?到市场去买头毛驴,找些活儿干吧!"

丈夫走到市场,来到牲口市,发现他的那头毛驴就在市上。他认出了自己的那头毛驴,便走上前去,对驴子耳语道:"倒霉的东西,该死的黑驴,莫非你又喝醉了酒,回家打了你的老娘!凭安拉起誓,我绝不会再买你了!"

说罢,他离开那头毛驴,回家去了。

讲完这个故事,莎赫札德紧接着讲《法官巧断皇家案》的故事:

相传,有一天中午,信士们的长官哈伦·拉希德想睡一觉。他刚一上床,便发现褥单上有鲜湿的精液,不禁一惊,顿感浑身不舒服,随之脸上被愁云笼罩。他把王后祖贝黛叫到面前,问道:"你瞧瞧褥单上的东西,那是什么呀?"

祖贝黛仔细一看后,说:"陛下,这是精液呀!"

"精液?你一定要把原因找出来;如若不然,我将对你进行严厉惩罚。"

"信士们的长官,凭安拉起誓,我不知道这精液的来历。你这样猜疑我,其实我是完全无辜的。"

哈里发立即派人去请法官艾卜·优素福。

法官艾卜·优素福来到哈里发面前,听过哈里发的陈述,抬头朝天花板上望去,但见那里有个洞孔,于是说:"信士们的长官,蝙蝠的精液和人的精液是一样的,这是蝙蝠的精液。"

说罢,法官艾卜·优素福要了一柄长矛,然后举矛朝天花板上的洞孔一捅,一只蝙蝠落在地上。

哈里发看见那只蝙蝠,心中的疑虑顿时烟消云散……

讲到这里,眼见东方透出黎明的曙光,莎赫札德戛然止声。

第三百八十九夜

夜幕垂降,莎赫札德接着讲故事:

幸福的国王陛下,法官艾卜·优素福来到哈里发面前,听过哈里发的陈述,抬头朝天花板上望去,但见那里有个洞孔,于是说:"信士们的长官,蝙蝠的精液和人的精液是一样的,这是蝙蝠的精液。"

说罢,法官艾卜·优素福要了一柄长矛,然后举矛朝天花板上的洞孔一捅,一只蝙蝠落在地上。

哈里发看见从天花板上跌落下来的那只蝙蝠,心中的疑虑顿时烟消云散,王后的清白也得到了证实,心中欣喜不已,马上嘉奖法官艾卜·优素福,赏给他许多银钱。

接着,王后祖贝黛想起自己保存的那个特大水果,虽然季节已过,但仍十分新鲜,于是拿来给法官艾卜·优素福看。王后还告诉法官,说花园的树上还有一个特大水果,虽然季节已过,但仍新鲜如初。王后问法官:"伊玛目阁下,这两个大水果,你喜欢哪一个呢?你是喜欢眼前这个水果,还是喜欢树上的那一个呢?"

艾卜·优素福说:"法官断案有个原则,不作缺席审判;只有在到场的情况下,才进行审判。"

王后听后,立即派人将树上的那个大水果摘下来,将两个大水果放在一起。

艾卜·优素福拿起两个大水果,一个咬了一口。

王后祖贝黛问艾卜·优素福:"这两个水果有何差别呢?"

艾卜·优素福回答道:"我若赞美其中一个,另一个必定会找理由和借口反驳我。"

哈里发哈伦·拉希德听法官艾卜·优素福这样一说,笑了起来,随之给他以重赏,王后也把许下的赏金给了法官。艾卜·优素福接过赏钱,高高兴兴地告辞而去。

这位伊玛目巧断皇家案,为王后挽回清白之名,功劳非同一般。

讲到这里,妹妹杜娅札德说:"姐姐,你讲的故事真精彩,真动人!"

莎赫札德说:"如果国王陛下能再留我一夜,我定会讲更精彩、更美妙的故事。"

舍赫亚尔国王说:"天色还早,你讲下去就是了!"

莎赫札德开始讲《哈里发厚报富商》的故事:

相传,有一天,信士们的长官哈基姆带领大队人马路经一座庄园的门前。他看见一个人周围奴婢成群,便向他讨水喝,那人立即送上水来,并且说:"但期信士们的长官陛下赏光,到园中小歇,奴婢将感到无限荣幸。"

哈里发哈基姆及随行人员下马进入庄园,主人立即铺上一百块地毯,摆上一百块皮垫、一百个靠枕,端出一百盘水果、一百盘甜点心、一百碗饮料。

哈里发哈基姆见此情景,不禁一惊,说道:"庄园主人阁下,妙哉,妙哉!莫非你早已知道我们到来的消息,特为我们备好了这些东西?"

主人说:"凭安拉起誓,信士们的长官,我完全不知道陛下要到这里来的消息。我是个商人,是陛下的臣民,仅此而已。不过,我有一百名妻妾。眼见陛下赏光,大驾光临寒舍,我便派人去通知她们,让她们给送些吃的东西和喝的东西来,另外还要把她们的铺垫送来一些,于是这些东西就全到了这里。她们每人每天都要给我送吃的、喝的、水果和甜点。这就是我每日的午饭,并没有因哈里发驾临而增加什么。"

哈里发哈基姆说:"感谢安拉如此关怀我的臣民,能让他们在毫无准备的情况下款待哈里发的大队人马,而且饭菜如此丰盛可口。"

随后,哈里发哈基姆派人到国库取出当年的税款,共计三百七十万第纳尔,将之赠予庄园主人,并且说:"庄园主人阁下,你拿去用吧!这与你对我及手下人的慷慨款待相比,实在微不足道,不成敬意。"

说罢,哈里发哈基姆率随行人员纵身上马,浩浩荡荡离开庄园。

讲完这个故事,莎赫札德紧接着讲《科斯鲁与村姑》的故事:

艾努·舍尔瓦尼是波斯科斯鲁,人称之"公正君王"。

相传,有一天,这位科斯鲁骑马外出打猎,因独自追赶一只羚羊而远离了大队人马。当他策马追赶那只羚羊时,看见近处有个小村庄,此时他口干难忍,便向那个小村庄走去。

艾努·舍尔瓦尼来到一家门前,向主人要水喝。走出来的那位姑娘明白客人的来意后,便转身走回房去,榨了一根甘蔗,将甘蔗汁倒在杯中,加了些水,又往杯里撒了些香料,看上去很像一层尘土浮在甘蔗汁表面,然后将杯子递到这位科斯鲁手中。

艾努·舍尔瓦尼见杯子浮着一层尘土,只得一小口一小口地喝,慢慢将甘蔗汁喝完。之后,他对姑娘说:"喂,小姑娘,如果杯子里没有这层东西,这杯水该多甜呀!"

姑娘说："尊贵的客人，那是我特意撒上去的。"

"你为什么要撒这种东西呢？"

"因为我发现你口渴得厉害呀！假如你一气把它喝下去，那对你的身体是有害的。如果没有那层香料，你定会一饮而尽；要知道，人十分口渴的时候，大口快饮那是不利于健康的呀！"

艾努·舍尔瓦尼听罢，惊叹姑娘聪明超群，深知这至理之言出于她的智慧和善思。

艾努·舍尔瓦尼问："多少根甘蔗能榨这么多汁呢？"

"一根甘蔗。"

艾努·舍尔瓦尼觉得奇怪，随即要来该村的税册，发现该村交的税很少，便暗自下定决心，回宫之后一定要增加该村的税。他反复自忖："一根甘蔗就能榨出这么多汁，为什么这村所交税又这样少呢……"他边思边走出村庄，继续打猎去了。

傍晚时分，艾努·舍尔瓦尼回返途中，再次独自路经姑娘家门前要水喝，出来见客的还是那位姑娘，主客一见相互认了出来。姑娘回房取水，好长时间方才出来。艾努·舍尔瓦尼问姑娘："你为什么这样慢呢？"

讲到这里，眼见东方透出黎明的曙光，莎赫札德戛然止声。

第三百九十夜

夜幕垂降，莎赫札德接着讲故事：

幸福的国王陛下,艾努·舍尔瓦尼觉得奇怪,随即要来该村的税册,发现该村交的税很少,便暗自下定决心,回宫之后一定要增加该村的税。他反复自忖:"一根甘蔗就能榨出这么多汁,为什么这村所交税又这样少呢……"他边思边走出村庄,继续打猎去了。

傍晚时分,艾努·舍尔瓦尼回返途中,再次独自路经姑娘家门前要水喝,出来见客的还是那位姑娘,主客一见相互认了出来。姑娘回房取水,好长时间方才出来。艾努·舍尔瓦尼问姑娘:"你为什么这样慢呢?"

姑娘回答说:"一根甘蔗榨的汁已经不够你喝的了,所以我榨了三根,结果三根甘蔗榨的汁也没有原来那一根甘蔗榨出的汁多。"

"那是为什么呢?"

"那是因为君王的意愿发生了变化。"

"你是从哪里得知的?"

"我听圣贤说过:'君王意愿一变,百姓福利锐减。'"

艾努·舍尔瓦尼一笑,原来想增加该村税收的想法顿时烟消云散。因为赏识村姑的聪颖、智慧和善于言辞,立即纳之为妃,从此一起生活,相敬如宾,直至天年竭尽。

讲完这个故事,莎赫札德紧接着讲《水夫与银匠夫妻》的故事:

相传,很久很久以前,布哈拉城中有位水夫,每天都到一个银匠家送水,一直持续了三十个春秋。

银匠的妻子长得极为漂亮,如花似玉,颇有姿色,而且信仰坚定,遵守教规,品德高尚。

有一天,水夫照例来送水,把水倒入缸里。当时,银匠的妻子就站在院子当中。水夫倒完水,走到银匠的妻子面前,攥住她的手，揉了揉，搓了搓，然后离去。

银匠从市场上回来，妻子说："我希望你能告诉我，你今天在市场上做过什么使伟大安拉生气的事情。假若你不把自己做的事情告诉我，我就不再待在家里，你见不着我，我也不再见你。"

银匠说："我会老老实实把我今天做的事情告诉你的。我正在店铺里坐着时，有一个女人来到店铺，要我给她打一只镯子。她走之后，我便给她打了一只金镯子，放在一个地方。那女子来取镯子时，伸出手来，我把金镯子给她戴在手腕上。我见她的手那么白嫩，她的手腕那样美那样吸引人的目光，我一时不知如何是好。我想起了诗人的不朽名句：

  铿锵金镯美，腕以之自豪。
  如同火盛燃，流动水上漂。
  金沙围四周，似水赞火妙。

"我攥住她的手，揉了又揉，搓了又搓……"

妻子听后，说道："安拉至大！你这样行事，不是犯罪吗？三十年来，那水夫一直出入我们家，给我们送水，我未曾见过他有什么越轨行为。可是，今天，那水夫攥住我的手，揉了又揉，搓了又搓，握了又握。"

"但求安拉宽谅我！夫人哪，我对自己今天的行为感到后悔，我真诚地乞求安拉宽恕我。"

"愿安拉宽恕你和我！求安拉给我们美好的结局。"

讲到这里，眼见东方透出黎明的曙光，莎赫札德戛然止声。

第三百九十一夜

夜幕垂降,莎赫札德接着讲故事:

幸福的国王陛下,银匠的妻子听后,对丈夫说道:"安拉至大!你这样行事,不是犯罪吗?三十年来,那水夫一直出入我们家,给我们送水,我未曾见过他有什么越轨行为。可是,今天,那水夫攥住我的手,揉了又揉,搓了又搓,握了又握。"

银匠对妻子说:"但求安拉宽谅我!夫人哪,我对自己今天的行为感到后悔,我真诚地乞求安拉宽恕我。"

"愿安拉宽恕你和我!求安拉给我们美好的结局。"

第二天,水夫照例来送水,水夫见到女主人,便跪在她的面前,继之在地上爬行,向女主人表示歉意。水夫说:"太太,请原谅,我因一时受魔鬼唆使,误入歧途,有伤太太尊严!"

银匠的妻子说:"没事的,你走吧!那个过错并非来自你,而是来自我的丈夫。因为我的丈夫在店铺里有不轨行为,故安拉惩罚了他。"

据传,银匠听罢妻子谈水夫的行为,慨然叹道:"这真是一报还一报啊!假若我再越雷池一步,那水夫也必将有同样的行为。"

银匠这句话在人们中间传为习语。一个女人在丈夫面前应该表里一致,理当模仿忠实的阿漪莎和法蒂玛这两位安拉赞许的女子,以便成为后人的楷模;即使不能全部仿效,部分仿效也是好的。

讲完这个故事,莎赫札德紧接着讲《聪明的渔夫》的故事:

相传,从前有位国王,名叫海斯鲁,非常喜欢吃鱼。有一天,国王海斯鲁正和王后史琳一起坐在宫中厅堂,一名渔夫带着一条大鱼来到宫中,将大鱼献给国王。

国王看见那条大鱼,喜不自胜,当即笑纳,并奖赏渔夫四千迪尔汗。

王后见国王赏给渔夫那么多钱,便说:"国王陛下,这种做法不妥啊!"

"有什么不妥呢?"国王问。

"假若日后赏赐你的近臣时,也给同样数量的钱,近臣会看不上眼,一定会说:'国王陛下赏赐给我的钱不过跟赏给渔夫的钱是一样的!'假若少于这个数目,那么,近臣会抱怨说:'在国王眼里,我还不如一个渔夫!'"

国王听王后这样一说,沉思片刻,说:"你的话说得很有道理。不过,事情已经过去了,我羞于收回自己赏出的钱物呀!"

王后说:"国王陛下,我有办法能让你收回赏给渔夫的钱。"

"你有什么办法呢?"

"假如真想收回钱,你就把渔夫叫回来,问他:'这鱼是雄的,还是雌的?'如果他说是雄的,你就说我们想要雌的;如果他说是雌的,你就说我们想要雄的。"

国王听后,立即派人去叫渔夫。

那渔夫来到国王面前,国王说:"你献上的那条鱼是雄鱼,还是雌鱼?"

渔夫立即向国王行吻地礼,然后回答道:"国王陛下,这条鱼既非雄鱼,也非雌鱼,是条两性鱼。"

国王一听，笑了起来，随即命令司库再给渔夫四千迪尔汗。

渔夫走到司库跟前，两次共领到八千迪尔汗。他接过钱，放入随身带的马褡子里，搭在肩上。正要离去时，忽然一迪尔汗从马褡子里掉落在地上，于是他放下马褡子，弯下腰去捡那枚银币。坐在一旁的国王及王后见此情景，王后说："国王陛下，这个人如此寒酸，你瞧见了吧？就连掉在地上的一枚银币都舍不得让国王的仆役拾去。"

国王听王后这样一说，顿时对渔夫感到厌恶。他说："王后，你说得对！"

随后下令将渔夫叫了回来。国王对渔夫说："你这个没有志气的东西，难道你不是人？仅仅为了一枚银币，怎好放下肩上的赏钱而弯下腰去捡它呢？"

渔夫再次向国王行吻地大礼，然后说："国王陛下，安拉为你添寿延年。我弯下腰去捡那枚银币，并非为了自己；我之所以要捡那枚银币，是因为银币的一面是国王陛下的肖像，而另一面又是陛下的尊姓大名；倘若我不将之拾起来，片刻后有人用脚踏上去，岂不是侮辱了国王陛下的尊容与大名，有损国王的尊严与体面吗？此外，我也会因此犯下弥天大罪而遭众人责骂，岂不是有辱国王，也不利于我自己吗？"

国王听罢，钦佩渔夫善言辞，随即令司库再给他四千迪尔汗赏钱。与此同时，吩咐传令员公告全国百姓："任何人不得听从女人的谗言！如若不然，家里有一迪尔汗，就会损失两迪尔汗。"

讲完《聪明的渔夫》的故事，莎赫札德接着讲《慷慨待客的叶海亚·巴尔马克》的故事：

相传,有一天,叶海亚·伊本·哈立德·巴尔马克从哈里发宫出来,向自己的公馆走去。

叶海亚行至自家大门前,见一个男子坐在那里。当他走近时,那男子站起来,向他问好。之后,那男子说:"喂,叶海亚,我面临饥饿,需要你手中的钱呀!我是安拉介绍到贵府来的。"

叶海亚二话没说,便在家中给那个陌生男子安排了客房,并且吩咐管家每天给客人送一千迪尔汗,让他和自己吃一样的饭菜。

那个人在叶海亚家住了整整一个月,手中积攒了三万迪尔汗。一个月刚刚过去,那男子便心生疑虑,生怕手中积攒的钱多,会被叶海亚再拿去,于是不辞而别,悄悄离开了叶海亚公馆。

讲到这里,眼见东方透出黎明的曙光,莎赫札德戛然止声。

第三百九十二夜

夜幕垂降,莎赫札德接着讲故事:

幸福的国王陛下,叶海亚二话没说,便在家中给那个陌生男子安排了客房,并且吩咐管家每天给客人送一千迪尔汗,让他和自己吃一样的饭菜。

那个人在叶海亚家住了整整一个月,手中积攒了三万迪尔汗。一个月刚刚过去,那男子便心生疑虑,生怕手中积攒的钱多,会被叶海亚再拿去,于是不辞而别,悄悄离开了叶海亚公馆。

家仆们把客人不辞而别的情况报告主人之后,叶海亚说:"凭安拉起誓,纵然他在我这里住一辈子,我也不会赶他走,永远会把他当上宾接待。"

巴尔马克家族慷慨无比,从善如流,尤其是叶海亚·伊本·哈立德·巴尔马克更是仗义疏财,有口皆碑。正如诗人所云:

> 借问慷慨者:你是自由人?他答不是的,为奴叶氏①门。
> 我问是买的?他答主不允。本来世为奴,儿子继父亲。

莎赫札德讲完叶海亚的故事,接着讲《歌姬白德尔》的故事:

相传,加法尔·伊本·穆萨·哈迪家有一名歌姬,名叫白德尔·克比尔。当时,没有比白德尔容貌更俊秀,身材更匀称,品性更贤淑,更善于歌唱、弹奏的女子了。白德尔貌美绝伦,聪明伶俐,完美无缺。

穆罕默德·艾敏·本·祖贝黛听到歌姬白德尔的情况,便去找加法尔,希望把歌姬给他。加法尔对穆罕默德·艾敏说:"你知道,像我这样的人是不宜于卖女奴和在家奴之事上讨价还价的。假若白德尔不是从小长在我家中,我本会把她当作礼物送给你的,绝不会吝啬。"

有一天,穆罕默德·艾敏为取乐来到加法尔家中,加法尔特为他邀请了一些朋友,并且叫来歌姬白德尔为他弹奏。白德尔调好弦,开始边弹奏边唱,歌喉极为美妙悦耳。

穆罕默德·艾敏边欣赏歌声,边举杯畅饮。他还不断地吩咐斟酒人劝加法尔喝酒,直至把加法尔灌得酩酊大醉,然后把白德尔带

---

① 叶氏,即叶海亚·伊本·哈立德·巴尔马克。

回自己家中，但并没有碰她。

第二天早晨，穆罕默德·艾敏派人把加法尔叫到自己的家中，给他摆上酒席，让他隔着幕帘欣赏歌唱。

加法尔一听那是他的歌姬白德尔在幕后弹唱，心中很不高兴，一因自尊心强，加之涵养高，怒气并未溢于言表，依旧面不改色，稳坐把盏畅饮。

筵席结束，穆罕默德吩咐家仆们把加法尔乘坐的那条船装满金钱、宝石、锦缎和美玉，家仆们从命，立即开始行动。他们给加法尔的船装上一千袋金币、一千枚贵重珍珠、两万迪尔汗；当他们还要装时，水手们开始呼救："不要再装东西了！这条船再容不下任何东西了！"

穆罕默德·艾敏下令把这一船宝物送到加法尔家中，作为礼物送给加法尔，以换取歌姬白德尔·克比尔。

讲完《歌姬白德尔》的故事，莎赫札德紧接着讲《赛义德还债》的故事：

相传，赛义德·本·萨里姆·巴希里这样讲述自己的经历：

哈里发哈伦·拉希德时代，我的情况极为糟糕，欠下大批债务，无力偿还，压得我喘不过气来，束手无策，不知道该怎么办；偿还那些债务，对于我来说，真比登天还难。那些债主整天堵着我的家门，讨债者络绎不绝，逼债者与我形影不离，我毫无办法，终日沉浸在愁海之中。

当我看到情况非常糟糕，实在无法应付时，便决定去找阿卜杜拉·本·马立克·赫扎阿，期望他能给我出个主意，给我指条解困之路。

阿卜杜拉·本·马立克对我说:"看来除了巴尔马克家族,谁也没有办法帮助你解除灾祸、消忧化愁啊!"

我对阿卜杜拉说:"巴尔马克家族的那种高傲、矜持气焰,谁承受得了呢!"

"为了改变你的处境,你不得不忍受啊!"

讲到这里,眼见东方透出黎明的曙光,莎赫札德戛然止声。

❖ 第三百九十三夜 ❖

夜幕垂降,莎赫札德接着讲故事:

幸福的国王陛下,赛义德继续讲自己的经历:

阿卜杜拉·本·马立克对我说:"看来除了巴尔马克家族,谁也没有办法帮助你解除灾祸、消忧化愁啊!"

我对阿卜杜拉说:"巴尔马克家族的那种高傲、矜持气焰,谁承受得了呢!"

"为了改变你的处境,你不得不忍受啊!"

听他这样一说,我起身告别,随后去拜访叶海亚·伊本·哈立德的两个儿子法得勒和加法尔。

我见到法得勒和加法尔,向二人讲述了我的艰难处境和债主们逼债的情况。二人对我说:"安拉大慈大悲,无所不能,是信士们的长官的向导。安拉会给你帮助,满足你的要求,赐福给你。"

我听那俩这样一说,便离开了那里,忧心忡忡、无精打采、心烦意乱地回到阿卜杜拉·本·马立克面前,将法得勒和加法尔的话向他重述了一遍。阿卜杜拉说:"你今天就住在我这里吧,让我们一起等待伟大安拉的安排。"

我在阿卜杜拉那里刚坐了一个时辰,我的童仆找我来了。童仆对我说:"老爷,我们家门前有一个人赶着许多骡子,驮着大批东西,那个人说:'我是法得勒和加法尔·伊本·叶海亚的代表。'"

阿卜杜拉立即高兴地说:"但愿缓解灾祸的时刻已经临门。你快去看看情况吧!"

我站起身来,告别阿卜杜拉,一路小跑,跑到自己家门前,只见门口站着一个人,手里拿着一块布帛,上面写着:

你来到我们家中,我们听了你的述说。你离开我们家之后,我们马上去见哈里发,向哈里发报告了你登门求援的情况。哈里发听后,立即命令我们从国库中提取一百万迪尔汗送给你。我们告诉哈里发,这一百万迪尔汗仅够你还债务,打发债主,还不能解决日常生活困难。于是哈里发吩咐我们再提取三十万迪尔汗。现在,我们每人再给你送去一百万迪尔汗,合计三百三十万迪尔汗,供你偿还债务、改变处境、改善生活。

读完布帛上写的这段话,我的心境豁然开朗。这些人是多么慷慨!愿安拉怜悯他们。

讲完这个故事,莎赫札德接着讲《一个暗算丈夫的女人》的故事:

相传，很久很久以前，有一个女人，设了个诡计暗算自己的丈夫。

礼拜五那天，丈夫拿回一条活鱼，吩咐妻子清洗、烹煎，准备做过聚礼之后吃。丈夫叮嘱再三，妻子听明白之后，丈夫方才离去忙自己的活计去了。

过了不大一会儿，女人的一位朋友来了，要她去他那里参加婚礼。女人欣然接受邀请，顺手把那条活鱼放入水罐之中，然后跟着朋友去了。

那女人离开家，一去就是一个礼拜。

丈夫回来，不见妻子踪影，于是四下寻找，到处打听，谁也不知道他的妻子到哪里去了。

第二周的礼拜五，那女人回来了，她从水罐里捞出那条鱼，那鱼仍然活着，于是夫妻俩争吵起来，惹来许多人围观。丈夫把事情的经过对人们说了一遍……

讲到这里，眼见东方透出黎明的曙光，莎赫札德戛然止声。

第三百九十四夜

夜幕垂降，莎赫札德接着讲故事：

幸福的国王陛下，丈夫回来，不见妻子踪影，于是四下寻找，到处打听，谁也不知道他的妻子到哪里去了。

第二周的礼拜五，那女人回来了，她从水罐里捞出那条鱼，那鱼仍然活着，于是夫妻俩争吵起来，惹来许多人围观。丈夫把事情的经过对人们说了一遍，人们都不相信，纷纷说："一条鱼怎么会活这么长时间呢？"

众人都认为他疯了，于是将他关押起来，而且百般讥笑嘲弄他。只见他流着眼泪，吟诵道：

可恨妖婆子，坏事已干尽。恶迹脸上挂，无须问他人。
经期当鸨母，经净乱礼伦。时做龟奴主，时披烟花尘。

讲完这个故事，莎赫札德紧接着讲《善女与歹徒》的故事：

相传，古时候，以色列人中有位善良女子，是位虔诚的教徒，每天都到教堂去做礼拜。

那座教堂旁边有座花园。那位善良女子每天去教堂做礼拜，必先到花园中洗手洗脸。

花园里有两个老园丁，见女子总去园中洗手洗脸，歹心顿生，多次调戏她，女子始终不依不从。俩园丁对女子说："假若你不满足我们的要求，我们俩就一起做证，说你与人私通。"

女子说："上帝会保佑我免遭你俩的诬陷。"

俩园丁听女子这样一说，当即打开园门，大喊大叫起来。人们听到喊声，从四面八方赶来，纷纷问道："喂，出什么事啦？"

俩园丁说："我们发现这个小女子正和一个小白脸儿交欢……那小子挣脱了我们的手，逃掉啦！"

按照当时以色列人的习惯，一旦抓到淫妇或奸夫，必先示众三日，然后用乱石击死。他们果然将这位善良女子示众三日。

示众期间,那两个老园丁总是走近那位女子,用手摸着女子的头,说:"感谢上帝,终于把惩罚降到了你的头上,替我们出了气。"

当人们想以乱石击打那女子时,十二岁的少年丹亚尔跟着人们前去。这是我们的先知创造的第一个奇迹。

丹亚尔追上人们,对他们说:"你们先不要急于用乱石击打这位女子,请让我为他们断断这个案子。"

人们摆了一张椅子,丹亚尔坐了下来。丹亚尔开始分别审问那两个证人。他问一个老园丁:"你看见什么啦?"

那老园丁述说了一遍。

丹亚尔又问:"事情发生在花园的什么地方?"

"花园东半边的梨树下……"

丹亚尔让他下去,叫来另一个老园丁,问道:"你看见了什么?"

另一个老园丁说了一遍。

"事情发生在什么地方?"

"花园西半边的梨树下……"

站在一旁的那位善良女子听罢两个老园丁的话,抬起头来,仰望天空,双手高举,乞求上帝搭救。

就在这时,只听晴天一声霹雳,两个老园丁顿时化为灰烬,伟大上帝证明了善良女子的清白无辜。

这就是上帝的使者丹亚尔创造的第一个奇迹。

莎赫札德接着讲《一个玩笑》的故事:

相传,有一天,信士们的长官哈伦·拉希德带着艾卜·雅各布·奈迪姆、加法尔·巴尔马克和艾卜·努瓦斯来到一片旷野大漠之上。他们看见一位老人靠在自己的毛驴身上,哈伦·拉希德对加法尔说:"喂,相爷阁下,你去问问那位老人家打哪儿来!"

加法尔走上前去,问道:"老人家,你打哪儿来?"

老人回答:"巴士拉。"

讲到这里,眼见东方透出黎明的曙光,莎赫札德戛然止声。

❖❖ 第三百九十五夜 ❖——

夜幕垂降,莎赫札德接着讲故事:

幸福的国王陛下,宰相加法尔奉命前去问那位老人家打哪儿来,老人回答道:"巴士拉。"

加法尔又问:"老人家,你要到哪里去呀?"

"巴格达。"

"到巴格达去有什么事呀?"

"我害眼病,找点儿药去。"

哈伦·拉希德对加法尔说:"加法尔,跟老人开个玩笑吧!"

加法尔说:"若跟他开玩笑,必定会招来一串不中听的话。"

"有我担着呢!你就跟他开个玩笑吧!"

加法尔对老人说:"老人家,如果我能给你开个仙方,你将给我什么报酬呢?"

"如真有仙方,安拉必定会嘉奖你,比我给的报酬丰厚得不知多少倍呢。"

"我来给你开个仙方,你老听好:这个方子,除了你老人家,我是谁都不会给的。"

"什么仙方呀?"

"你取大风、阳光、月华、灯明各三欧基亚,集在一起,在风中放三个月,然后放入无底乳钵中捣它三个月,捣完之后,放在裂缝的大盘子上,再把大盘子放在风中吹三个月。这样,眼药就做成了。每晚睡觉时,往眼里点三迪尔汗①,连续用药三个月。到那时,承蒙安拉意愿,你的眼睛便会康复如初。"

老人听加法尔说完,仰卧在毛驴背上,放了个大屁,然后说:"这个大屁,就算给你开方的报酬吧!我用了你的药,安拉若能让我眼睛康复,我还要送你一个使女,终生伺候你,直到你的大限来临。你死后,安拉会从速把你的灵魂超度到地狱中去,使女会把你的脸抹黑,边批打着自己的面颊,边大声号丧说:'胡须变了色的老家伙呀,你的胡须颜色变得多可怕啊!'"

哈里发哈伦·拉希德听后,笑得前仰后合,然后赏给老人三千第纳尔。

讲完《一个玩笑》的故事,莎赫札德紧接着讲《一个守信青年》的故事:

相传,有一天,信士们的长官欧麦尔·本·海塔布坐在朝堂,同卓有见地的朝臣们一起审理民事案件。正当此时,有两个青年揪着一个美貌青年的衣领,来到信士们的长官欧麦尔·本·海塔布的

---

① 迪尔汗,在此系重量单位,一迪尔汗等于三点一二克。

面前。欧麦尔望了望那两个青年,又望了望那个被揪着的青年,命令他俩松手,然后让那个被揪的青年走近自己一些,问那两个青年:"你们俩同他有什么纠纷?"

俩人说:"信士们的长官,我们俩是亲兄弟,一向讲理守法。我们的老父亲年高德劭,在诸部落中享有崇高威望,从善如流,不近下流勾当;他善于理家,把我们抚养成人,功德无量……"

讲到这里,眼见东方透出黎明的曙光,莎赫札德戛然止声。

第三百九十六夜

夜幕垂降,莎赫札德接着讲故事:

幸福的国王陛下,欧麦尔望了望那两个青年,又望了望那个被揪着的小伙子,命令他俩松手,然后让那个被揪的小伙子走近自己一些,问那两个青年:"你们俩同他有什么纠纷?"

那两个青年说:"信士们的长官,我们俩是亲兄弟,一向讲理守法。我们的老父亲年高德劭,在诸部落中享有崇高威望,从善如流,不近下流勾当;他善于理家,把我们抚养成人,功德无量。正如诗人所云:

人称赛格尔,来自舍巴尼①。且听我一语:事实正相抵。

---

① 舍巴尼,阿拉伯古代一部族名。

　　　　世上慈父多,恩及众子嗣;正如阿德南①,先知承光启。

"可是,家父到果园散心、摘果子时,却被这个人打死了。这个人完全丧失了理智,犯下杀人大罪,我们恳请哈里发陛下为我们做主,给他应有的惩罚。"

哈里发欧麦尔用可怕的目光瞧了那个青年一眼,然后问道:"这两个人的控告你都听到了,你有什么要说的?"

那个被告的青年沉着、镇静,毫无惧色,微笑着,用流畅的语言,先向信士们的长官问好,然后说:"信士们的长官,凭安拉起誓,他俩的控告,我都听到了。他俩说的全是实话;所发生的事情,跟他俩说的完全一样。安拉的命令是不可抗拒的;安拉规定的事情是必然要发生的。不过,我将当着陛下的面,把我的情况陈述一下;之后如何处置我,完全由陛下决定。信士们的长官,我本是纯血统的阿拉伯人,从小生长在大漠之上。只因年成不好,我便带着一群骆驼,出入园林之间。在我的驼群中,有一峰纯种种驼,形体健壮无比,配种成功率极高,驼群增殖迅速,故在群驼当中,那峰种驼就像头戴王冠的君王。当我赶着驼群走过这兄弟俩的果园时,他们的父亲大怒,手里握着一块石头,像头雄狮,大摇大摆地走来,用石头打死了我那峰宝贝种驼。

"我眼见那峰种驼倒下,心中燃起愤怒的烈火,难以克制自己,抄起那块石头,向老人投去。老人被石头击中,发出一声惨叫,随即一命呜呼。他死在了他用来打死种驼的石块下。

"我听见老人一声惨叫,拔腿便跑。这两个青年追了过来,将我抓住,带到了陛下面前。事情的全部经过就是这样。"

---

① 阿德南,阿拉伯古代一部族名。

青年说罢，哈里发欧麦尔说："你已经承认了你所犯的罪过，罪责难逃，理当受到惩罚，无法逃避。"

"完全服从伊玛目的裁决，乐意接受伊斯兰教法律的制裁。不过，我还有一个年纪很小的堂弟。他那位年迈的父亲归真前给他留下了大量钱财，并将他的事情委托给我；有关此事，安拉能给我做证。他的父亲临终时对我说：'这些钱财全是你弟弟的，你为他保存起来，为他尽心吧！'"

青年接着说："信士们的长官，我接过那些钱财，便把它埋了起来，埋在一个只有我一个人知道的地方。假若陛下现在就把我杀掉，那些钱财也就永远丢失了，而我则摆脱不掉失去这些钱财的责任，末日审判那天，我那位小弟弟必将在安拉面前找我讨回公道。因此，我请求陛下给我三天时间，让我把堂弟的日后生活安排一下，然后再回来伏法受刑。我相信有人会担保我说到做到，言行一致。"

哈里发欧麦尔听青年这样一说，低下头去，沉思片刻，然后抬起头来，望着在场的人，问道："谁愿为他担保，保证他如期受刑？"

那青年望着在座人们的面孔，目光落到了艾卜·齐尔的身上。他说："这位能为我做担保。"

讲到这里，眼见东方透出黎明的曙光，莎赫札德戛然止声。

第三百九十七夜

夜幕垂降，莎赫札德接着讲故事：

幸福的国王陛下，哈里发欧麦尔听青年那么一说，低下头去，沉思片刻，然后抬起头来，望着在场的人，问道："谁愿为他担保，保证他如期受刑？"

那青年望着在座人们的面孔，目光落到了艾卜·齐尔的身上。他说："这位能为我做担保。"

欧麦尔说："喂，艾卜·齐尔，你听见了吗？你能保证这小伙子按时回来受刑吗？"

艾卜·齐尔说："信士们的长官，我保证他三天后回返。"

哈里发同意艾卜·齐尔做担保，遂准许青年离去。

宽限期眼看就要到了，众官员就像群星捧月那样围坐在哈里发欧麦尔的身边，厅堂上一片紧张气氛，艾卜·齐尔和那两个原告青年都来了，唯独被告青年未到。那两个原告青年说："喂，艾卜·齐尔先生，被告在哪儿？逃跑掉的人，怎会回来呢？你不把那小子抓回来，为我们报仇雪恨，我们就不离开这个地方！"

艾卜·齐尔说："凭伟大的安拉起誓，三天宽限期若满，那小伙子还不到庭，我自愿将自己交给伊玛目，替之受刑，以尽保人的职责。"

哈里发欧麦尔说："凭安拉起誓，若那个青年迟迟不到，我定按照伊斯兰教法律，判艾卜·齐尔死刑。"

在场的人听后，泪水脱眶而出，叹息声接连不断，接着喧嚷起来，官员们纷纷劝说两个原告青年接受赎金，落个宽恕的美名，而两个原告青年什么也不要，坚持要报仇偿命。

正当人们吵吵嚷嚷责备艾卜·齐尔时，那个被告青年走了进来，站在哈里发面前，向哈里发致礼问安。只见那青年满头大汗，他说："我已把堂弟托付给他的舅父，把堂弟的情况向他们交代了个一清二楚，把埋钱财的地方告诉了他们，然后冒着炎热，一路小跑,来到陛下面前。我实践了自由人的诺言。"

在场的人一听,无不敬佩青年忠实、真诚和视死如归的精神。有的人对他说:"你真是个诚实守信的青年!"

青年说:"死神一旦降临,谁也无法逃脱,难道你们不相信这一点?我之所以忠于诺言,是为了避免人们说:'人间信义已不存在!'"

艾卜·齐尔说:"信士们的长官,凭安拉起誓,我根本不知道这个青年是哪个部族的人,在此之前也没见过他。当他那天环视在座的人们,指定我为他当担保人时,我觉得不好拒绝他;因为我拒绝这种义举,会使他的目的难以实现。我之所以敢于做他的保人,成全他达到自己的目的,为的是不让人们说:'人间恩德已不存在。'"

那两个原告青年说:"信士们的长官,鉴于野蛮已被温存所代替,我们不再要求为父亲讨还血债,免得人们说:'人间善行已不存在。'"

哈里发欧麦尔闻之大喜,鉴于那个被告青年忠诚、守信,欣然宣布恕之无罪,继之盛赞艾卜·齐尔豪爽,并且称赞那两个原告青年的善举,对二人深表谢意,他慷慨吟诵道:

> 行善及众生,必得恩相报。人与安拉间,善德永不消。

哈里发吟罢,令司库从国库里提取一笔钱作为两个原告青年父亲的赎金。两个原告青年说:"我们宽恕他,完全是看在伟大安拉的面儿上。他既有如此善心,只会得到我们的善待,而绝不会招致伤害。"

讲到这里,莎赫札德戛然止声。

妹妹杜娅札德说:"姐姐,这个故事太精彩了!"

莎赫札德说:"如蒙国王陛下再留我一夜,我将讲更动人的故事。"

舍赫亚尔国王说:"天色还早,你讲下去就是了!"

莎赫札德开始讲《马蒙与金字塔》的故事:

相传,马蒙·本·哈伦·拉希德进入米斯尔城后,想捣毁金字塔,取出其中的宝物。他花费了大批钱财,却仅仅在一座金字塔上开了一个小洞,没能将之捣毁……

讲到这里,眼见东方透出黎明的曙光,莎赫札德戛然止声。

❖❖ 第三百九十八夜 ❖——

夜幕垂降,莎赫札德接着讲故事:

幸福的国王陛下,马蒙·本·哈伦·拉希德进入米斯尔城后,想捣毁金字塔,取出其中的宝物。他花费了大批钱财,却仅仅在一座金字塔上开了一个小洞,没能将之捣毁……

据说,马蒙·本·哈伦·拉希德从凿开的小洞中发现的钱财与他凿洞所花费的钱财大体相等,不多不少。因此,马蒙感到奇怪,拿到那些钱财之后,便放弃了原来的念头。

金字塔共有三座,其建筑之精美、高大,举世无双,乃世界奇观之一。塔体全部用巨石砌成。建造金字塔的匠人们在石头的两端打上孔洞,把铁棍插入孔洞中,再将打出孔洞的第二块巨石放上去,使插在下面石头上的铁棍的另一端插入上面这块石头的孔洞中,随后将熔化的铜水灌进插铁棍的孔洞。就这样,按照几何图形,一块一块巨石堆砌起来,一座高耸入云的金字塔建成了。每座金字塔高一百腕尺;用腕尺计算长度和高度在当时是很流行的。

金字塔是方锥体建筑物,从底边至顶的高度为三百腕尺。古人说,靠两边的一座金字塔内,有三十个仓库,均用彩色花岗岩砌成,里面装满金银财宝、珍奇塑像、豪华工具和武器;据说,工具和武器表面上都涂着油脂,即使世界末日来临,也不会生锈。此外,里面还放着可以折叠而不碎裂的玻璃和各种药剂、稀释剂。

第二座金字塔里,保存着大祭司们的传说,均刻在花岗岩石板上,上面还刻着每个人的工作范围和手艺。墙壁绘有许多人物画,依次排列,画上人物正在从事手工劳动。

每座金字塔都有一名守卫,代代相传,从不间断,保护金字塔免遭破坏之灾。

金字塔的伟大奇迹曾令多少目睹者叹为观止,流连忘返。古往今来,曾有多少诗人诗兴大发,描绘金字塔,留下大量诗篇。有的诗人云:

　　君王欲留身后名,无奈巧借建筑口。
　　世经沧桑面目非,金字宝塔貌依旧。

另有诗人云:

　　仰望金字塔,低头洗耳听;已往岁月事,尽在述说中。

倘若两座塔,开口诉衷情;古来沧桑史,一一告乃翁。

还有诗人写道:

埃及金字塔,精美何堪比?世上建筑多,难耐风雨急。
唯有此巨人,能抗日久袭。眼见其绝妙,心思不解奇。

诗人还写道:

建塔人何在,生卒日何载?塔存人已去,日久迹消埋。

讲到这里,莎赫札德戛然止声。
妹妹杜娅札德说:"姐姐,天色还早,你再讲一个故事吧!"
莎赫札德开始讲《追回失物》的故事:

相传,从前有个商人,原来当过小偷,后来向安拉忏悔,幡然改过,从此改邪归正,随后开了个店铺,专营布匹。就这样,过了一些日子。

有一天,他关上店门,回家去了。就在那天夜里,一个小偷来到他的店门前,穿着打扮与他没有什么两样。那小偷从衣袖里掏出钥匙,然后对市场的一个守夜人说:"请把这支蜡烛给我点着!"

守夜人接过蜡烛,去找火柴。

讲到这里,眼见东方透出黎明的曙光,莎赫札德戛然止声。

第三百九十九夜

夜幕垂降,莎赫札德接着讲故事:

幸福的国王陛下,有一天,他关上店门,回家去了。就在那天夜里,一个小偷来到他的店门前,穿着打扮与他没有什么两样。那小偷从衣袖里掏出钥匙,然后对市场的一个守夜人说:"请把这支蜡烛给我点着!"

守夜人接过蜡烛,去找火柴。

小偷打开店门锁,点着随身携带的另一支蜡烛。

当守夜人送蜡烛来时,发现那个人坐在店铺中,正拿着账本,伸着指头算账,直忙到鸡鸣时分。他对守夜人说:"你去给我喊个驮夫,让他牵上一峰骆驼,给我运些货。"

守夜人去喊来一个驮夫,牵着一峰骆驼,小偷随后将四捆布匹绑扎在驼背上,继之关好店门,给了守夜人两枚银币,便跟着骆驼离去了。

守夜人满以为那个人就是店主,根本没有往别处想。

次日天亮,太阳升得老高,商人方才来到店中。那个守夜人因为得到两枚银币,连声为他祝福。

商人见此情景,觉得守夜人表现异常。打开店门一看,发觉四捆布匹不翼而飞,于是问守夜人:"这里出过什么事?"

守夜人把夜间发生的事情及驮夫运布的情况向商人讲了一遍。商人说:"你去把和你一道搬布的驮夫叫来!"

"遵命!"

片刻后,驮夫来到商人面前。商人问:"你黎明前把布运到哪里去了?"

"运到渡口一个人的船上。"

"你带着我去找那个船主。"

驮夫带着商人找到船主,商人问:"你把那个商人和那些布运到什么地方去啦?"

船主讲明地点后,还说:"到了那里,来了一个驮夫,把布绑到驼背上,便离去了;后来到了什么地方,我可就不清楚了。"

商人听后,对船主说:"请你带我去找那个驮夫!"

船主带着商人找到驮夫,商人问:"你把从船上卸下来的布及那个商人运到什么地方去啦?"

驮夫说明地点后,商人说:"你带我到那里去看看。"

驮夫带着商人走到距河岸很远的一个地方,发现那四捆布匹原封未动放在那里,上面还放着小偷的一件斗篷。商人吩咐驮夫把四捆布匹绑在驼背上,连小偷那件斗篷一并拿走。

商人见驮夫已经绑好布匹,便吩咐驮夫牵起骆驼向船主走去。

小偷一直跟到船上,这才开口对商人说:"兄弟,安拉保佑你!你已取走了自己的布匹,完好无缺,就请把斗篷还给我吧!"

商人笑了,随后把斗篷递给小偷,并未责怪他。之后,商人、小偷各自离去。

讲完故事,莎赫札德戛然止声。

妹妹杜娅札德说:"姐姐,这故事真精彩、美妙、动听!"

莎赫札德说:"如蒙国王陛下允许,我将再讲一个更精彩、更动人的故事。"

舍赫亚尔国王说:"天色尚早,你讲下去就是了!"

莎赫札德开始讲《分享赏罚》的故事:

相传,一天夜里,信士们的长官哈伦·拉希德心烦意乱,坐卧不安。于是,对宰相贾法尔·伊本·叶海亚·巴尔马克说:"相爷阁下,今夜我睡不着觉,心中甚是憋闷,不知如何是好啊!"

站在面前的近臣迈斯鲁尔听后笑了起来。哈里发问:"喂,迈斯鲁尔,你笑什么呢?你是笑话我、看不起我,还是因为你疯了呢?"

迈斯鲁尔说:"不是的,信士们的长官……"

讲到这里,眼见东方透出黎明的曙光,莎赫札德戛然止声。

第四百夜

夜幕垂降,莎赫札德接着讲故事:

幸福的国王陛下,站在面前的近臣迈斯鲁尔听后笑了起来。哈里发问:"喂,迈斯鲁尔,你笑什么呢?你是笑话我、看不起我,还是因为你疯了呢?"

迈斯鲁尔听哈里发这样一说,便立即回答道:"不是的,信士们的长官!凭安拉起誓,我是不自主地笑起来的。昨天,我在宫外散步,一直走到底格里斯河岸,见那里聚集着许多人,便停下了脚步。我看见一个人在给人们说笑话,逗得人们大笑,那个人名叫伊本·卡比尔。我刚才想起他说的那些话,情不自禁地笑了起来。信士们的长官,求你宽谅。"

哈里发说:"你马上把他叫到我这里来!"

"遵命!"

迈斯鲁尔走出宫门,快步赶至伊本·卡比尔那里,对他说:"信士们的长官要你去见他。"

"遵命!"

"不过有个条件,我要给你讲明。"

"什么条件?"

"你进到宫中,见到哈里发,如果他赏给你什么东西,四分之一归你,其余则归我。"

"不能那样!你得一半,我得一半。"

"不行!"

"你要三分之一,我要三分之二。"

迈斯鲁尔终于同意了这个分配比例,只不过费了一番口舌。

二人商妥,伊本·卡比尔随迈斯鲁尔前去王宫。

伊本·卡比尔见到哈里发,首先致意问安,然后恭恭敬敬站在哈里发面前。

哈里发哈伦·拉希德说:"讲个笑话给我听吧,假若你逗不笑我,我就用这只皮袋子打你三下。"

伊本·卡比尔心想:"用这只皮袋子打三下,又会怎样呢?即使用鞭子抽也不能伤害我。"他以为那皮袋子是空的。

之后,伊本·卡比尔开始说笑话,风趣至极,连怒气冲冲的人都会笑的。可是,信士们的长官没有笑,连一丝笑意都没有。见此情景,伊本·卡比尔感到奇怪,心中慌乱,不免有些害怕。

哈里发哈伦·拉希德说:"现在,你该挨打了。"

说罢,他拿起皮袋子,朝伊本·卡比尔的脖颈上打去,只听伊本·卡比尔大叫了一声,原来皮袋子不是空的,内装四颗鹅卵石,每颗足有两磅重。伊本·卡比尔想起了他与迈斯鲁尔讲好的条件。他说:"信士们的长官,请原谅!容我讲两句话。"

"说吧!"

"来这里之前,迈斯鲁尔和我讲好了条件。我俩商定,如果我从哈里发这里得到了什么,三分之一归我,三分之二归他。经过一番努力之后,他才答应了我。现在陛下赏给我的是用皮袋子击打,我已得到一下,余下两下就给迈斯鲁尔吧!信士们的长官,他就站在这里,让他领取他的份额吧!"

哈里发听他这样一说,哈哈大笑起来,笑得前仰后合,把迈斯鲁尔叫过来,打了他一下。迈斯鲁尔大喊道:"信士们的长官,我要三分之一就满足了,给他三分之二吧!"

哈里发大笑不止,随后对他俩各赏一千第纳尔。二人领到赏金,高高兴兴地离去了。

讲到这里,眼见东方透出黎明的曙光,莎赫札德戛然止声。

第四百零一夜

夜幕垂降,莎赫札德接着讲故事:

幸福的国王陛下,哈里发听他这样一说,哈哈大笑起来,笑得前仰后合,把迈斯鲁尔叫过来,打了他一下。迈斯鲁尔大喊道:

"信士们的长官,我要三分之一就满足了,给他三分之二吧!"

哈里发大笑不止,随后对他俩各赏一千第纳尔。二人领到赏金,高高兴兴地离去了。

讲到这里,莎赫札德说:"我再讲一个《王子出家》的故事。"

相传,信士们的长官哈伦·拉希德有个儿子,十六岁那年产生厌世情绪,走上了出家修行的道路。

一天,他来到一片墓地,对坟墓说:"你们曾经拥有世界,如今你们已在墓中。这是你们的隐身之所,并没有耻辱可言。但期我能知道你们说过什么,又听人们说过什么。"

说罢,他害怕地哭了起来,随后吟诵诗人的名句:

> 葬礼令我惧,号丧使我悲。

有一天,哈里发哈伦·拉希德带着文武官员和国家要员出巡,大队人马,浩浩荡荡。突然间,官员们看见了信士们的长官的儿子,只见他身穿粗毛大袍,头缠粗毛头巾。见此情景,官员们相互议论道:"这孩子使他的父王在帝王们面前丢脸了。假若哈里发能责斥他一顿,孩子还是会改变初衷,迷途知返的。"

哈里发哈伦·拉希德听到官员们的议论,立即对王子说:"你这样的打扮,真使我丢脸!"

王子望了望父王,没有答话。片刻过后,王子望着落在王宫殿顶上的一只鸟儿,对鸟儿说:"鸟儿,鸟儿,看在造物主的面儿上,你飞下来,落在我的手上吧!"

顷刻,那鸟儿俯冲下来,落到了王子的手上。

王子又说:"鸟儿,鸟儿,你飞回去吧!"

那鸟儿立即展翅,飞回了殿顶上。

王子说:"鸟儿,鸟儿,你飞下来,落到信士们的长官的手上吧!"

那鸟儿却纹丝不动。

王子对父王说:"信士们的长官,因为你过分留恋尘世,是你在众圣贤面前使我丢了脸。我已下定决心离开你,只有在来世才会回到你的身边。"

之后,王子流浪到巴士拉城,在那里当起泥瓦匠来。他一天只要一迪尔汗零一达尼格①的工钱,自己用一达尼格糊口,剩下的迪尔汗用于济助穷人。

后来,艾布·阿米尔·巴士里这样讲述王子的生活状况:

我家的一堵墙倒了,便去劳工市场找人给我修墙。在那里,我看上了一个容貌俊秀的小伙子。走上前去向他问好,并对他说:"小伙子,有点活儿,你想干吗?"

"想干!"

"那就随我来,给我修墙吧!"

"我有两个条件,你必须答应。"

"小伙子,哪两个条件?"

"日工资一迪尔汗零一达尼格;此外,宣礼时间到了,要允许我和大伙儿一起去做礼拜。"

"我都同意。"

之后,我带着小伙子来到家中。小伙子的活儿干得很漂亮。我

---

① 达尼格,辅币名,一达尼格相当于六分之一迪尔汗。

让他吃午饭,他对我说:"不用啦!"

我知道他在封斋。他听到宣礼声传来,对我说:"你还记得我提出的条件吗?"

"记得呀!"

小伙子解下腰带,去做小净;我从未见过像他那样认真做小净的人,小净罢,他就做礼拜去了。

他和众人一起做完礼拜,然后回来接着干活儿。晡礼时间到了,小伙子放下工具,去做小净,然后去做礼拜,礼拜毕又回来继续干活儿。见时间已晚,我对他说:"小伙子,收工的时间到了;照规定工作到晡时,就算一天时间。"

小伙子说:"赞美安拉,我要干到夜里。"

小伙子果然干到夜幕垂降,我付给他两迪尔汗工钱。小伙子看见两迪尔汗,说道:"这是什么?"

"凭安拉起誓,这是你的一点儿工钱,因为你干活儿卖力气呀!"

小伙子把钱丢给我,并且说:"我的工钱已经商妥,我不多要。"

我一再劝他收下,结果无效。我给了他一迪尔汗零一达尼格,他方才接在手里,然后离去。

第二天早上,我到了劳工市场,没找到他。我向别人打听,人家告诉我,他只有礼拜六才到市场上来。

第二个礼拜六,我一早到了劳工市场,见到小伙子后,对他说:"请给我做活儿去吧!"

小伙子说:"要按照你所知道的条件。"

"好的。"

我带着他来到我家中。我站在那里看着他干活儿,而他却不看我一眼,只顾抓泥,搬石头,砌墙。他干了一整天,工作量比第一次要大。夜幕垂降时,我付给他工钱,他拿着工钱离去。

第三个礼拜六,我按时来到劳工市场,发现小伙子不在那里,人们告诉我他生病了,躺在一位老太太的窝棚里。那位老太太以行善而闻名,她在坟地里搭了一个窝棚。我立即向老太太的窝棚走去。

我进到窝棚一看,小伙子躺在地上,身底下没有铺任何东西,头枕一块土坯,然而他的脸容光焕发,灿烂夺目。我上前问候他,他还了礼。我坐在他的身旁,禁不住泪水潸然而下,因我打心眼儿里怜悯他年纪幼小,远离家乡,而且对安拉那样虔诚。我问他:"你有什么事情要帮忙吗?"

"有的。"

"请说吧!"

"你明天上午到我这里来时,会发现我已离开人世,到那时候,请你给我洗洗身体,再挖个坟坑,不要告诉任何人。请把我身上的这件粗毛大袍撕一撕,作为殓衣。撕大袍之前,要翻一翻口袋,取出里面的东西,你把它保存好。请为我祈祷,把我埋到土里后,你带着从我口袋里取出的东西去巴格达,等哈里发哈伦·拉希德出来时,你就把东西交给他,并且代我向他问安。"

小伙子说罢,口诵做证词,盛赞安拉,然后吟诵道:

> 一件寄存物,请交拉希德。
> 物主已辞世,代转自积德。
> 就说思见您,此间异乡客。
> 相距甚遥远,想念日难过。
> 别离非因厌,相处吻手多。
> 唤声父王啊,容我此陈说:

你恋尘世习,分开你和我。

小伙子吟罢,接着一番祈祷,求安拉宽恕……

讲到这里,眼见东方透出黎明的曙光,莎赫札德戛然止声。

第四百零二夜

夜幕垂降,莎赫札德接着讲故事:

幸福的国王陛下,小伙子吟完诗,接着一番祈祷,求安拉宽恕,然后背诵《古兰经》的某些章节,继之吟诵道:

唤声父大人,莫贪今世尘。
生命转瞬逝,荣华随时隐。
当知民疾苦,宜识己重任。
今日祭友伴,肩扛送入坟。
当知明日事,自己亦归真。

小伙子嘱咐、吟诵完,我便离开他,回到自己的家中。
第二天上午,我赶去看他,只见那小伙子已经与世长辞。我给他洗过身体,撕开他那件粗毛大袍时,发现口袋里有一颗价值数千第纳尔的红宝石。我心想:"凭安拉起誓,这位青年苦苦修行,已经达到了极境。"

我祭葬了他之后,起程来到巴格达,在哈里发宫前耐心等待哈里发哈伦·拉希德出宫。我终于等到了哈里发,走上前去,把那颗红宝石递到他的手中。

哈里发哈伦·拉希德接过红宝石一看,当即昏迷过去。随之,宫仆们将我抓了起来。

哈里发苏醒过来之后,对宫仆们说:"你们把他放开,把他接到宫中去吧!"

宫仆们一一照办。我来到哈里发宫中,哈伦·拉希德把我叫到他跟前,对我说:"这颗红宝石的主人现在情况怎样?"

我对哈里发说:"他已经归真了。"

接着,我把红宝石主人的情况对哈里发说了一遍。哈里发听后哭了起来,边落泪边说:"儿子成功了,老子失败了。"

之后,哈里发喊了一声,只见一位妇人走了出来。那妇人看见我在那里,便想转身回去,哈里发对她说:"来吧!与他见面无妨!"

那妇人走来,向哈里发问安。哈里发把那颗红宝石递给她,只见她一看见红宝石,随后一声大喊,当即昏迷过去,不省人事了。

原来那妇人就是王后。王后苏醒过来,问道:"信士们的长官,我儿子他怎么样啦?"

哈里发含着眼泪对我说:"你把情况如实告诉她吧!"

我把情况讲给她听之后,她大哭起来,边哭边用微弱的声音说:"我的宝贝儿,我的心肝儿,我多想见你一面呀!你渴了,我能给你送水;你孤独时,我能给你安慰。"

王后边落泪边吟诵道:

我哭孤独人,客死在异乡。未见一知己,得以叙衷肠。

回忆往昔时,荣华曾共享。如今成孤苦,不见人来往。
岁月昭示人,何事腹中藏?不放一人过,关口乃死亡。
主定逝去者,永久居他乡。本近在咫尺,而今各一方。
唤声我的儿,隔世见无望;世界末日临,相聚在天堂。

我问信士们的长官:"莫非那小伙子是你的儿子?"

"正是。"哈里发回答道,"我登上哈里发宝座之前,他常常访问学者,与有德行的人对坐畅谈。我就哈里发位之后,他远离我而去。我对他母亲说:'这孩子要离开尘世,专心崇拜安拉去了。也许他会遭受磨难,经受巨大考验。你就把这颗红宝石给了他吧!以备他饥馑时派上用场。'他母亲把这颗红宝石交给了他,叮嘱他要好好保存这颗红宝石。他完全服从母亲的叮嘱,接过红宝石,离开我们走了,直到归真,没和我们见过面。"

哈里发沉默片刻,又说:"走吧,带我去看看他的坟墓。"

我陪同哈里发来到王子的墓前。哈里发一见儿子的坟墓,便号啕大哭起来,直至昏迷过去。过了一会儿,哈里发从昏迷中苏醒过来,即向安拉忏悔,求安拉宽恕他。他说:"我们属于安拉,我们都要回到安拉那里去。"

之后,他为王子祈祷、祝福。哈里发要我做他的朋友。我对他说:"信士们的长官,王子殿下给我的教益匪浅啊!"

接着,我吟了这样一首诗:

我是异乡客,不靠任何人;我是异乡人,纵然在家门。
我是异乡客,无儿无近亲;我是异乡人,无可依靠人。
栖身清真寺,心寺永不分。赞美主恩德,体中长留魂。

讲完这个故事,莎赫札德紧接着讲《多情的私塾先生》的故事:

相传,有一位杰出的学者,讲过这样一个故事:

一天,我走过一所私塾门前,看见一位先生,正在教孩子们念书,只见他相貌堂堂,衣着整齐,我便朝他走了过去。

先生见我走来,马上站起身,让我和他坐在一起。我考了考他的朗读、语法、诗歌和词法,发现他各方面都很优秀,颇合我的理想。我对他说:"安拉激励你!你在各个方面都很不错。"

此后,我和他交往了一段时间,眼见他天天都有进步。我心想:"智者都认为教孩子的先生头脑简单,知识贫乏,而这位先生却与众不同,好生奇怪呀!"之后,我告别他离去。此后,我每隔几天,就要去看他一次。

有一天,我照例去拜访他,却发现私塾门紧闭。我问先生的邻居,他们告诉我说:"他家人死了。"

听邻居这样一说,我心想:"我应该去慰问他一下呀!"之后,我走到他的家门前,敲过门后,开门的是一个姑娘。她问我:"有什么事吗?"

"我想见你家的主人。"

"我家主人正在独自守丧。"

"请告诉你家的主人,就说他的一位朋友前来慰问他。"

姑娘走去禀报,片刻转回让我进去。我进去一看,见那位先生独自坐在那里,头上缠着带子。我对他说:"愿安拉补偿你的损失。这是人人必走之路,谁也逃脱不掉。因此,你要忍耐。"

片刻过后,我问他:"你家谁过世了呢?"

他说:"我最亲爱的人。"

"你的父亲?"

"不是!"

"你的母亲?"

"不是!"

"你的兄弟?"

"不是!"

"你的一位亲戚?"

"不是!"

"死者和你是什么关系呢?"

"我的情人。"

我听罢,心想:"这是他无知的第一个标志。"

我对他说:"也许世上还有比她更漂亮的女子。"

他说:"就算世上有比她更漂亮的女子,但我还没有见过她呀!"

我心想:"这是他无知的第二个标志。"

我问他:"你没见过她,怎么就爱上她了呢?"

"你有所不知,我正在窗前坐着时,突然听见一个过路人唱道:

  阿慕尔之母,安拉报偿你。请还我的心,无论在何地。

"我听过路人这样一唱,心想:'若阿慕尔之母不是世上绝美的女子,诗人们怎会如此向她调情呢?'因此,我就爱上了这位女子。

"两天之后,我却听见那个人唱道:

  阿慕尔之母,驴驮她远离;人去不回来,驴走无归期。

讲到这里,眼见东方透出黎明的曙光,莎赫札德戛然止声。

第四百零三夜

夜幕垂降，莎赫札德接着讲故事：

幸福的国王陛下，那个人说："我听过路人这样一唱，心想：'若阿慕尔之母不是世上绝美的女子，诗人们怎会如此向她调情呢？'因此，我就爱上了这位女子。

"两天之后，我却听见那个人唱道：

阿慕尔之母，驴驮她远离；人去不回来，驴走无归期。

"我听那个人这样一唱，我知道那位女子已不在人世，因此为她悲伤不已。我已经为她守丧三天了。"

听罢先生这番谈话，我深信他的确无知，于是离他而去。

讲完《多情的私塾先生》的故事，莎赫札德开始讲《无知的私塾先生》的故事：

相传，许久许久以前，有一位在私塾里教书的先生，正在教孩子们念书时，来了一个举止文雅的客人。

客人坐下，与私塾先生谈话聊天，发现这位先生在伊斯兰教法律、语法和语言方面都颇有修养，而且是位诗人、文士，堪称见多识广。客人觉得非常奇怪，心想："人们不是常说私塾先生都是些智力不健全的人吗?"

客人想离去时,私塾先生说:"别走啦,先生!你今夜就到我家做客,住一宿吧!"

客人接受先生的盛情邀请,随他到了他家。

私塾先生热情接待客人,上茶端饭,一阵忙碌,宾主吃罢喝足,坐下谈天。直至更深,私塾先生方才给客人安排好床铺,自己回夫人房间去了。

客人躺下,刚要入睡时,忽听私塾先生的夫人大声叫喊起来。客人惊问:"出什么事啦?"

"大事不好,先生不行啦!"

"让我去看看呀!"

客人走过去一看,只见私塾先生已经昏迷过去,身上鲜血淋漓。客人立即往私塾先生的脸上喷水,私塾先生慢慢苏醒过来。客人问:"先生,你刚才离开我那里时,一切都还好好的,这是怎么啦?"

私塾先生说:"兄弟啊,我离开你那里之后,回到夫人房间,坐下来之后,我就开始思考伟大安拉所创造的一切。我心想:安拉给人创造的每个器官和肢体都有自己的用场:手可以挥刀舞剑,腿可以行走万里,眼可以观四面八方,耳可以听声音话语,阳物可用来交欢,等等。我却发现这两只睾丸没有什么用途……"

未等私塾先生说完,客人便离去了,心想:"难怪人们说教孩子的私塾先生都是些智力不健全的人,即便他们通晓许多知识。"

讲完《无知的私塾先生》的故事,莎赫札德开始讲《一位假学士》的故事:

相传,许久许久以前,有一位假学士,既不会写字,也不会念书，专靠蒙人过日子，靠计谋混饭吃。

有一天，假学士异想天开，打算开办一所私塾，教孩子们读书。于是，他收集了几块写字的木板和几张写着字的纸，挂在一个地方，然后蒙上大缠头巾，端坐在私塾门口。过路人眼见他那硕大的缠头巾，再看看那些写着字的纸和木板，满以为他是一位好先生，纷纷把孩子送到学堂里来。假学士对这个孩子说："你写字吧！"对那个孩子："你来念书！"就这样，孩子们互教互学起来。

有一天，假学士照例端坐在私塾门前，忽见一位妇女拿着一封信走来。假学士心想："这个女人一定是来让我读她手中的那封信的，我一字不识，该如何是好呢？"他正想逃走，不料那妇人已赶到他的跟前。妇人说："你去哪儿呢？先生。"

假学士说："我去做晌礼，一会儿就回来。"

"晌礼的时间还早着呢，请给我念念这封信吧！"

假学士接过信，倒拿着，开始看起来，只见他时而摇晃着缠头巾，时而紧皱眉头，显出有些忧愁的模样。

当时，那位妇人的丈夫不在家，那封信是她丈夫寄来的。妇人眼见那位私塾先生的表情，心想："毫无疑问，我丈夫死了。这位先生不好意思对我明说就是了。"妇人说："先生，假若我丈夫死了，你就告诉我吧！"

假学士点点头，没有说话。

妇人问："我撕扯我的衣服吧！"

"撕吧！"

"我批打自己的面颊吧！"

"批打吧！"

妇人拿过信，回到家中，她和她的孩子们抱头痛哭。

邻居听到号丧声，纷纷问究竟出了什么事，有人说："她收到了一封信,信中说她的丈夫死了。"

另一个人说:"这是撒谎!我昨天才收到她丈夫的来信,信中说他情况很好,过十天就回家来。"

这个人来到妇人家中,问妇人:"信在哪里?"

妇人把信递给他,他打开信念道:

夫人:

见信如面。我一切都好。过十天,我就回家去。顺便寄上斗篷一件、腰包一个……

妇人当即拿着信,找到那位私塾先生,问道:"你为什么那样对我说呢?"

随后,把邻居念的信中内容说给假学士,告诉他自己的丈夫平安无事,还寄回斗篷、腰包各一个。假学士听后,对妇人说:"你说对啦!不过,太太,请原谅!刚才我有心事,正在生气呢。"

讲到这里,眼见东方透出黎明的曙光,莎赫札德戛然止声。

第四百零四夜

夜幕垂降,莎赫札德接着讲故事:

幸福的国王陛下,妇人当即拿着信,找到那位私塾先生,问道:"你为什么那样对我说呢?"

随后,把邻居念的信中内容说给假学士,告诉他自己的丈夫平安无事,还寄回斗篷、腰包各一个。假学士听后,对妇人说:"你说对啦!不过,太太,请原谅!刚才我有心事,正在生气呢。因此,看成腰包被裹在斗篷里,还以为是你的丈夫死了,人们给他裹上了殓衣。"

那妇人不晓得假学士的伎俩,只是说:"这样啊,你还是情有可原的。"

说罢,她拿着信离去了。

莎赫札德讲到这里,戛然止声。

妹妹杜娅札德说:"姐姐,你讲的这些小故事真好。能再讲一个吗?"

莎赫札德说:"如蒙国王陛下的允许,我乐意讲的。"

国王说:"讲下去就是了!"

随后开始讲《一个聪明女人》的故事:

相传,从前有位国王,外出访察民情,来到一个大村庄。因为口渴,便独自进去,来到一户人家门前要水喝。出来送水的是一位漂亮的女人,她把水壶递给国王,让他喝水。

国王见那女人风韵非凡,不禁春心欲动,那女人也觉察到了这一点。女人把国王带入家中,让国王坐下,拿出一本书递给国王。女人说:"请先看看这本书吧!我有点儿事,去一会儿就回来。"

国王坐下,翻开那本书,只见书中写的是责斥奸淫罪行及安拉对此预备下的种种惩罚等方面的内容。

国王刚刚翻看了几页书,禁不住周身战栗,急忙向安拉忏悔。片刻后,他唤回那个女人,把书还给她,便离去了。

当时，女人的丈夫不在家。丈夫回来之后，女人把情况告诉了他，他一时感到困惑，不知如何是好。丈夫心想："我真怕那位国王在她那里已经如愿以偿……"自此之后，丈夫再也不敢与妻子亲热。一段时间过后，女人把与丈夫相处的实际情况告诉了亲戚，他们又把此事转告给了那位国王。

女人的丈夫来到国王面前，对国王说："安拉令国王尊严久在。国王陛下，一位男子租了我们一块土地，他耕种了一段时间，便不种了；他不种，也不把土地租给别人。因此，给土地造成了不小损失。我们担心由于长期不耕种而使土地荒废，因为地不种是会荒芜的。"

国王问女人的丈夫："什么原因阻止你耕种土地呢？"

女人的丈夫说："国王陛下，安拉使你荣华富贵。我听说有一头雄狮闯进了那块土地，我害怕极了，便再不敢接近那块土地。因为我自知身薄力单，无力抗击狮子，而且打心眼儿里惧怕雄狮。"

国王完全明白这话中之话，于是说："男子汉，雄狮没有践踏你的土地，你的地是好地，耕种去吧！安拉为你祝福！狮子是不会侵犯你的土地的。"

国王使他们夫妻重归于好，众人欢快离去。

讲完《一个聪明女人》的故事，莎赫札德开始讲《旅行家与鲲鹏》的故事：

相传，许久许久以前，马格里布有位旅行家，常外出旅行，行荒原，航大海，远走天涯四方。有一次，命运把他送到了一个岛上，他在那里住了相当长一段时间后，带着一根羽翮回到家乡；那根羽翮是从未出壳的鲲鹏雏鸟翅膀上拔下来的，有盛水的皮袋子那么粗;刚出壳的雏鸟的一个翅膀,就有一千庹①之长,一展翅就可飞上七万里。

人们看见旅行家带回来的那根羽翮,无不觉得惊异。

那位旅行家名叫阿卜杜·拉赫曼·马格里布,以"中国人"而知名,因为他在中国居住的时间很长。他谈起他在中国海上航行的奇遇。

讲到这里,眼见东方透出黎明的曙光,莎赫札德戛然止声。

第四百零五夜

夜幕垂降,莎赫札德接着讲故事:

幸福的国王陛下,那位旅行家名叫阿卜杜·拉赫曼·马格里布,以"中国人"而知名,因为他在中国居住的时间很长。他谈起他在中国海上航行的奇遇。

有一次,阿卜杜·拉赫曼和一些伙伴在中国海上航行时,看见远方有座小岛屿,于是将船向那座岛屿驶去。船驶近,他们发现那座岛屿很大。船靠岸后,他们下船上岸,带着斧头、绳索和水袋,打算到岛上打些柴,弄些淡水。

阿卜杜·拉赫曼和同伴们上岸之后,看见岛上有一座巨大的白屋顶,闪闪放光,高足有一百腕尺。他们走近一看,发现那并不是

① 庹,量词,成人两臂左右平伸时两手之间的距离,约合五尺。

什么建筑物,而是鲲鹏蛋。于是他们用斧头、石头和木头敲砸起来。他们费了九牛二虎之力,终于砸开了蛋壳,露出了鲲鹏雏鸟;他们发现那只已经完全成形的鸟就像一座大山。他们相互合作,费了好大力气,方才拔下一根羽毛,虽然那只雏鸟的翅膀发育尚不完全。之后,他们一齐动手,尽力多割些雏鸟的肉,带回船上。因为那根羽毛太大,他们将翎子割下来,只留下羽翮,将之抬到船上。

他们扬帆起航,在大海上航行了整整一夜。次日清晨,旭日东升,海风强劲。他们正航行时,忽见一只鲲鹏飞来,就像大片乌云,只见鲲鹏的两爪中抓着一块比船还要大的巨石。当鲲鹏飞至船上空时,将巨石朝船投了下来。因为船速很快,巨石落在船后面的大海之中,只听一声巨响,顿时掀起汹涌波涛,几乎将船颠翻。庆幸船上的人命大,安拉救了他们的性命,全船人得以脱险。

他们平安脱险后,拿出割下来的鲲鹏雏鸟肉烹煮。凡是吃过雏鸟肉的白须老翁,一夜之间,须发全都变成了黑色,而吃过雏鸟肉的黑发人,须发永不变白。他们分析老翁返老还童、青年永葆青春的原因,有的说是因为用制箭木棍搅拌了锅,有的则说是因为吃了鲲鹏雏鸟肉。

这真是奇迹中的奇迹。

讲完《旅行家与鲲鹏》的故事,莎赫札德开始讲《阿迪与杏德公主》的故事:

相传,阿拉伯一位国王努阿曼·本·门齐尔有个女儿,名叫杏德。杏德公主生得花容玉貌,是当时最漂亮的姑娘。复活节①那天,

---

① 复活节,基督教纪念"耶稣复活"的节日。该教称耶稣被钉死在十字架后第三日复活。

年方十一岁的杏德公主来到白色大教堂观看基督徒的庆典仪式；就在同一天，阿迪·本·栽德带着波斯科斯鲁送给努阿曼·本·门齐尔的礼物来到希拉城，也走进白色大教堂观看庆典仪式。

阿迪身材修长，性情温和，双目炯炯有神，面颊丰满红润。陪同阿迪进入教堂的还有他的随行人员。

杏德公主的贴身女仆名叫玛丽娅，早就暗暗爱上了阿迪·本·栽德，只是无法得到他。玛丽娅在教堂里看见阿迪·本·栽德，便对杏德公主说："喂，公主，你瞧这个小伙子！凭安拉起誓，再没有比他更漂亮的青年了。"

杏德公主问："他是何人？"

"他是阿迪·本·栽德。"

"如果我走近去看他，恐怕他会认出我来。"

"他从来没有见过你，怎么能认出你来呢？"

当杏德公主走近阿迪·本·栽德时，他正与随行人员开玩笑，但见他英姿勃勃，口齿伶俐，衣饰华贵，一切均胜过众位随从一筹，致使公主一见倾心，敬佩神情溢于面颊。

玛丽娅见杏德公主目不转睛地望着阿迪·本·栽德，知其爱上了他，便说："公主，你跟他说话呀！"

杏德公主上前同阿迪·本·栽德说了几句话，便离去了。

阿迪·本·栽德看到姑娘的面容，听到她的话语，顿时被她所吸引，禁不住心荡神驰，面色微微泛红，一时变了模样，致使随从们都认不出他来了。

随后，阿迪·本·栽德示意一随从跟上那位姑娘，打探她的情况。那个随从跟了过去，片刻后回来告诉阿迪·本·栽德说："那是努阿曼·本·门齐尔国王的女儿——杏德公主。"

阿迪·本·栽德当即走出教堂，因心中恋情浓重，一时不知该

往哪里走。阿迪·本·栽德随口吟诵道:

> 呼请二好友,帮忙莫见外。
> 迅速登程去,打听杏德宅。
> 问明速回转,报告喜讯来。

阿迪·本·栽德吟罢诗,回到住宅,一夜辗转反侧,未能尝到睡觉的滋味。

讲到这里,眼见东方透出黎明的曙光,莎赫札德戛然止声。

第四百零六夜

夜幕垂降,莎赫札德接着讲故事:

幸福的国王陛下,阿迪·本·栽德吟罢诗,回到住宅,一夜辗转反侧,未能尝到睡觉的滋味。

次日天亮,杏德公主的女仆玛丽娅来到阿迪·本·栽德的住处。阿迪·本·栽德一见玛丽娅,立即笑脸相迎;而在这以前,他是不看她一眼的。阿迪·本·栽德笑容可掬地问:"玛丽娅,有什么事吗?"

女仆说玛丽娅:"我有事找你。"

"有事就说吧!我是有求必应。"

玛丽娅随即向阿迪·本·栽德吐露了自己对他的爱慕之情,并且要求与他幽会一次。

阿迪·本·栽德答应了玛丽娅的要求,但有一个条件,那就是让她设法安排他与杏德公主见一面。玛丽娅表示同意。之后,阿迪·本·栽德把玛丽娅带进希拉城街的一家酒馆里,二人幽会交欢后,玛丽娅快步赶回宫中。

玛丽娅见到杏德公主,便说:"公主,你不是很想见见阿迪·本·栽德吗?"

杏德公主说:"是呀!我一直在想他,昨夜整宿没合眼。可是,怎么才能见到他呢?"

"我把他叫到一个地方,让你从宫中窗口远远地看看他吧!"

"好吧!"

主仆商量好地点,阿迪·本·栽德按照约定的时间赶到那里。杏德公主远远地一看见阿迪·本·栽德的身影,险些跌了下去。杏德公主说:"玛丽娅,倘若你今晚不能把他带到我面前,我的命就要休矣!"

话音刚落,杏德公主昏迷过去,不省人事了。

女仆们立即把杏德公主抬到床上,玛丽娅赶快去禀报努阿曼国王,并对国王说,公主爱上了阿迪·本·栽德,还说假如不让公主与阿迪·本·栽德结为夫妻,公主便会因爱慕过甚而命终,家丑必将在阿拉伯人当中传开;欲救公主性命,别无办法,只有让公主与阿迪·本·栽德鸳鸯共枕。

努阿曼国王听罢,低头沉思良久,反复思考女儿的事情,一时觉得左右为难。努阿曼国王终于开口说话了:"该死的丫头!这话我又不能先说,有什么办法能让公主和他成亲呢?"

女仆玛丽娅说:"那阿迪·本·栽德比公主的心还要急切呢!国王陛下,既然你不了解阿迪·本·栽德的情况,此事就交给我想办法吧！我来出面，对国王的尊严没有任何妨害。"

说完，玛丽娅转身出去见到阿迪·本·栽德，向他报告了情况。她对阿迪·本·栽德说："你准备一桌酒席，请国王前来赴宴。酒过三巡，你就向他求婚；到那时候，国王是不会拒绝你的。"

阿迪·本·栽德说："我真担心这样会惹怒国王，弄不好，我们之间还会闹出仇恨来。"

"我跟他谈妥之后，再来通知你。"

说罢，玛丽娅返回努阿曼国王那里，她对国王说："我要求阿迪在他家设宴招待陛下。"

国王说："那倒不错！"

三天之后，努阿曼国王要到阿迪·本·栽德那里与他和随从们共进午餐，阿迪·本·栽德欣然答应。

国王来到阿迪·本·栽德住处，筵席已经摆好。酒过三巡，阿迪·本·栽德举杯求婚，国王当即将杏德公主许配给阿迪·本·栽德。三天之后，新郎、新娘入洞房。从此之后，阿迪·本·栽德与杏德过起恩爱、舒适、快乐的生活。

讲到这里，眼见东方透出黎明的曙光，莎赫札德戛然止声。

❖ 第四百零七夜 ❖

夜幕垂降，莎赫札德接着讲故事：

幸福的国王陛下，三天之后，努阿曼国王要到阿迪·本·栽德那里与他和随从们共进午餐，阿迪·本·栽德欣然答应。

国王来到阿迪·本·栽德住处，筵席已经摆好。酒过三巡，阿迪·本·栽德举杯求婚，国王当即将杏德公主许配给了他。三天之后，新郎、新娘入洞房。从此之后，阿迪·本·栽德、杏德过起恩爱、舒适、快乐的生活。

三年之后，不知何因，努阿曼国王怒杀了阿迪·本·栽德，杏德公主因此孤寂难耐。此后不久，杏德公主在希拉城郊外建造了一座修道院，从此弃绝红尘，离群索居，过起修行生活，天天为失去阿迪·本·栽德而痛哭落泪，直到一命归真。

杏德修道院远近闻名，至今还屹立在希拉城郊外。

讲完《阿迪与杏德公主》的故事，莎赫札德紧接着讲《见色忘谊》的故事：

相传，德阿拜拉·海札伊这样讲述自己的经历：

有一天，我正坐在青楼门外，忽见一个小娘子从我面前走过。说实话，像她那样容貌俊俏、体态匀称、婀娜多姿的女子，我从前压根儿没有见过。那小娘子步履轻盈，神气高傲，颇吸引众人的目光。我一看见那小娘子，便打心里喜欢上了她，顿觉心驰神往，不能自已。我立即向她哼吟了几句诗：

困神悄悄去，泪流滚滚来。

小娘子听见我的声音，转过脸来，望着我，立即吟诵道：

慧眼一顾及,眼疾定消埋!

　小娘子的敏捷回答和伶俐口齿令我一惊。我复和道:

　　男子泪泉涌,公怜心可在?

　小娘子紧接着应道:

　　若重情中谊,须知不借贷。

　我从未听到过这样甜蜜的话语,也没有看见过这样欢乐的神情,于是想考一考她,随即变换诗韵,吟诵道:

　　但得情人会,春光好做伴。

　小娘子微微一笑,我从未看见过那么漂亮的樱桃口和玫瑰唇。只听她毫不迟疑地唱和道:

　　何须春光伴,相会待思时。

　我随即站起身来,上前亲吻小娘子的双手。我对她说:"我本以为时光不会赐予我这样美好的机会,如今多蒙你的情谊,机会来了。来吧!跟我来,不用强迫,不用命令,随我走吧!"

　我在前面走,她在后面跟。当时,我还没有一个自认为能接纳这个小娘子的地方,忽然想到我的一位朋友,名叫穆斯里姆·本·沃里德,他有一处好房子,于是我向他的住处走去。

行至穆斯里姆家门前,我走上前去敲门,出来开门的正是穆斯里姆。我向朋友问过安好之后,说:"像这样的时候,你能接待兄弟吗?"

"欢迎,欢迎!"穆斯里姆热情洋溢。

于是,我们随他进了家门。

当时,他正好经济拮据,他递给我一包手帕,吩咐我说:"你把手帕拿到集市上卖掉,然后买回些吃的和用的东西吧。"

我拿着手帕,到集市上卖掉,买回了吃的用的东西。当我回到他家时,发现穆斯里姆正在房中与那个小娘子交欢。

穆斯里姆听到我回来了,立即走出房间,对我说:"喂,艾卜·阿里,安拉嘉奖你干的好事!世界末日来临之时,安拉一定会重奖你。"

说着,他从我手中接过食物、饮料,转身走进房间,随手关上了房门。当时,我气得不知如何是好,而他站在门里,高兴得摇头晃脑。他看见我那气愤的模样,对我说:"喂,艾卜·阿里,你知道这两句诗是谁写的吗?"

穆斯里姆得意地吟诵道:

埋身娘子怀,良宵乐滋滋。友伴孤独夜,身心净洁时。

我听罢,愤怒至极,随口吟诵同一诗人的诗句:

腰生千只角,可偷天换日。

我吟罢诗,开始咒骂他行为丑恶,见色忘谊,而他一声不吭。

我骂完之后,他微微一笑,说:"该死的!你这个傻瓜!你来到我家,卖的是我的手帕,花的是我的钱,你还生谁的气?你这个龟奴!"

说完,他转身找小娘子去了。

我站在门外,大声说:"凭安拉起誓,你说得对!我是在发傻,我是个龟奴!"

之后,我满怀忧愁地离开了穆斯里姆的家门,这惆怅至今未消。打那之后,我再也没有听到过那个小娘子的任何消息。

讲完《见色忘谊》的故事,莎赫札德接着讲《宫廷歌手遇知音》的故事:

相传,大音乐家伊斯哈格·本·易卜拉欣·穆苏里这样讲述自己的爱情故事:

我对总是待在哈里发宫的生活感到厌倦,于是骑上马,一大早出了宫门,决计到沙漠旷野上周游一番,也好散散心。我对我的仆人们说:"假若哈里发的差使或其他人来找我,你们就告诉他们,说我一早外出,办自己的事去了,不要对他们说我去了哪里。"

我叮嘱完家仆,便独自出了门。行至哈莱姆大街……

讲到这里,眼见东方透出黎明的曙光,莎赫札德戛然止声。

❖ 第四百零八夜 ❖

夜幕垂降,莎赫札德接着讲故事:

幸福的国王陛下,大音乐家伊斯哈格·穆苏里继续讲述自己的爱情故事:

我骑上马,一大早出了宫门,决计到沙漠旷野上周游一番,也好散散心。我对我的仆人们说:"假若哈里发的差使或其他人来找我,你们就告诉他们,说我一早外出,办自己的事去了,不要对他们说我去了哪里。"

我叮嘱完家仆,便独自出了门。行至哈莱姆大街,只觉得天气炎热,便停下脚步,走到一座大宅院门前的凉棚下,躲避热辣辣的太阳。

我在那里刚刚坐稳,就看见一个黑奴牵着一头毛驴走来,驴背上坐着一位姑娘,衣饰华丽无比,鞍褥上缀着宝石。我仔细一看,但见那姑娘身材苗条,眉清目秀,真有闭月羞花之貌,更兼沉鱼落雁之容。

我立即问过路人:"这位女子是何人?"

"她是一位歌姬。"过路人告诉我。

我一看见那姑娘,便打心底里爱上了她,再也无法稳坐在马背上了。

那姑娘进了带凉棚的大宅院门,我就动脑筋,琢磨进大门与她取得联系的办法。

正当我沉思之时,忽见两位美男子骑着高头大马翩翩而来。二人请求进门,主人当即允之。二人下马,我也随之离鞍,然后跟着他俩进了大门。他俩以为我也是主人请来的宾客。

我们进到客厅中,坐了一个时辰,主人端来饭菜。我们吃罢饭,主人又给我们摆上酒席。

片刻过后,那位歌姬抱着四弦琴走出来,开始弹奏歌唱。我喝了几杯酒，走去小解时，主人向那两个小伙子打听我是谁，他俩告诉主人说不认识我。主人说："哦，是位不速之客！不过，他倒很文雅，礼貌待他就是了。"

我小解回来，原位落座。那歌姬和着优美的乐曲唱道：

请对雌羚说，它却非雌羚。
眼圈涂墨者，亦非真飞龙。
幽处男非女，步履雌非雄。

歌姬歌声极美，人们一边饮酒，一边赞不绝口。歌姬一连弹奏了数支乐曲，其中有我谱的一支曲子。她唱道：

人去楼已空，残垣凶鸟鸣。熙攘盛况隐，荒凉悲情生。

她唱得比第一首还要出色。之后，她又弹奏了数支古今名曲。接着，她弹奏了我的另一支曲子，并且唱道：

斥者已远去，且请把信捎；虽是逢场戏，目的已达到。

我要那位歌姬重奏一遍，以便帮她稍作校正，不料两位美男子当中的一位朝我走来，对我说："我们没有见过比你脸皮更厚的不速之客了！你来此吃白食还不满足，莫非还要指手画脚，乱出点子？看来你是个标准的多嘴食客。"

我听他这样一说，羞愧得低下了头，没有回答任何话。他的那位朋友劝他不要再说，而他却不肯住口。

过了一会儿，他们开始做礼拜，我便稍稍退后两步，抱起四弦琴，调了调弦，然后回到自己的座位上，和他们一道做礼拜。

做完礼拜，那个小伙子又开始责骂我了。唠唠叨叨，无止无休，而我默不作声地忍受着。

歌姬抱起四弦琴，动手一弹，发现被人调过，便说："谁动过我的琴弦？"

"谁都没有动过呀！"他们异口同声道。

"不会的，有人动过了。凭安拉起誓，一定有一位出色的琴师调过琴弦；如若不然，这弦音不会如此准确。"

我开口说话了："姑娘，我动了琴弦。"

歌姬立即热情地说："看在安拉的面儿上，你该弹奏一曲呀！"

我接过四弦琴，弹奏起一支新奇、高雅的乐曲，足令听者死去活来，并且同时唱道：

> 我有心一颗，赖以世上生。而今却遭难，火烧心疼痛。
> 奴不愁衣食，我却缺爱情。情味我不识，识者在情中。

讲到这里，眼见东方透出黎明的曙光，莎赫札德戛然止声。

➳ 第四百零九夜 ➳

夜幕垂降，莎赫札德接着讲故事：

幸福的国王陛下，伊斯哈格·穆苏里继续讲自己的故事：

我弹唱罢,众人纷纷离开自己的座位,走到我的面前围坐下来。他们说:"先生,看在安拉的面儿上,你再给我们弹唱一曲吧!"

我回答道:"遵命!"

我抱起四弦琴,边弹边唱道:

> 心融灾难里,痛苦四周满。
> 箭射我心上,血流脏腑间。
> 相别离分日,纯系误意念。
> 倘若无情爱,流血为哪般?
> 有人会找我,意在报仇怨。

我唱罢诗歌,在座的人都站起身来,欢悦难抑,一个个拜倒在我的脚下。随之,我也放下手中的四弦琴。

他们纷纷对我说:"先生啊,看在安拉的面儿上,你不要丢下四弦琴,再给我们唱上一曲吧!安拉会嘉奖你的!"

我对他们说:"我将给诸位唱上一曲又一曲,而且也将告诉你们,我究竟是何人。诸位先生,我是伊斯哈格·本·易卜拉欣·穆苏里,我是哈里发的座上客。可是,今天,我在这里听到了一些令我生厌的粗鲁话。凭安拉起誓,倘若你们不把那个言语粗俗的青年赶出这个大厅,我是不会再说一句话,也不会再和你们坐在一起了。"

那个小伙子的朋友对他说:"我早就警告过你,怕你惹出麻烦事,你看哪,果然不出我之所料。"

之后,人们一齐动手,将那个小伙子架了出去,大厅内平静下来之后,我方才抱起四弦琴,弹唱歌姬唱过的、我作的那几支歌曲。

等大家尽兴后，我悄悄对主人说："主人阁下，我打心底里爱上了那位歌姬姑娘，简直有些急不可耐了……"

主人说："只要你答应一个条件，我就把她给了你。"

"什么条件？"我忙问。

"你在我这里住上一个月时间。"

"好说，好说！"

我在那位主人家住了整整一个月，谁也不晓得我究竟在哪里。哈里发到处找我，但谁也不知道我的任何消息。

一个月过去了，主人将歌姬姑娘连同她的贵重物品交给了我，还给了我一个仆人。我带着姑娘、仆人和宝物细软回到我的家里，心中兴奋不已；因为喜爱那位漂亮女子，自觉仿佛得到了整个世界。

我立即骑上马去见哈里发马蒙。马蒙一看到我，便问："伊斯哈格，你这个该死的家伙，上哪儿去啦？"

我把自己的情况向哈里发讲了一遍。马蒙说："立即把那个人给我请来。"

我把地址告诉了他，他随即派人将那座宅院的主人叫来，马蒙问其情况，那个人一一讲明。马蒙对他说："你是个重义气的男子汉，理当受到奖赏。"

马蒙随后赐赠给他十万迪尔汗，接着又对我说："喂，伊斯哈格，那歌姬领来让我看看吧！"

我把歌姬带到哈里发马蒙面前，令其为哈里发弹唱。哈里发马蒙听后，欣喜不已。他对我说："从今以后，每个星期四举行一次演唱会，让她到这里来，坐在幕后弹唱。"

随后，马蒙赏给她五万迪尔汗。

凭安拉起誓,这次我偶然外出,喜逢知音,收获极大。

讲完《宫廷歌手遇知音》的故事,莎赫札德紧接着讲《三个殉情人》的故事:

相传,阿特比这样讲述自己经历的一件事情:

有一天,我家中坐着一帮文人墨客,一起谈天论地,开怀畅叙。当话题转向情侣之间的恋爱故事时,每个人都要讲上一段。在座的人当中,有一个老翁,总是沉默无语;待大家没有故事讲时,方才要求他讲。老翁说:"你们希望我讲一个你们未曾听过的故事吗?"
"当然咯!"众人异口同声。
老翁讲了这样一个故事:

诸位先生,你们有所不知:我有个女儿,她恋上了一个青年,而那个青年却爱上了一位歌女;说来也巧,那位歌女是我女儿的好朋友。
有一天,我参加一个演唱会,当时那个青年和那位歌女都在场……

讲到这里,眼见东方透出黎明的曙光,莎赫札德戛然止声。

❖❖ 第四百一十夜 ❖❖

夜幕垂降,莎赫札德接着讲故事:

幸福的国王陛下，老翁继续讲故事：

有一天，我参加一个演唱会，当时那个青年和那位歌女都在场。那位歌女边弹边唱道：

情人心有愁，无处道衷言。唯有泣泪水，倾出卑贱感。

青年听后，说道："唱得妙啊！凭安拉起誓，小姐，你允许我去死吗？"

坐在幕后的歌女说："是的。假若你是恋人的话，你就去死吧！"

青年躺在靠枕上，闭上了双眼。当轮到他喝酒时，我一推他，发现他已经死了。于是，人们立即朝他围拢过来，霎时之间，欢乐气氛消失殆尽，大家随后各自归去。

我回到家中，家人感到奇怪，问我为什么回来得这么早，我只好把发生的事情告诉了他们，他们对那个青年之死无不感到吃惊。

我的女儿听完我讲的故事，立即离开我，进了另一个房间，我马上跟了过去。我进入那个房间，看见我的女儿躺在枕头上，姿势和那个青年一模一样。我上前推她，发现她已经死得僵挺挺的。家人们立即动手为她穿殓衣，将她送往墓地；与此同时，人们抬着那个青年的灵柩也往坟地走去。

当我们正走在目的地的路上时，突然看见第三队送葬的队伍，他们抬的是那位歌女的尸体；原来那位歌女听到我女儿去世的消息后，立即躺了下去，断气了。

就这样，一天之中，我们埋葬了三个殉情人。这是关于情侣的最奇异罕闻的故事。

讲完《三个殉情人》的故事,莎赫札德接着讲《殉情男女》的故事:

相传,卡西姆·本·阿迪讲过泰米姆部族人的一个故事:

有一天,我外出寻找一峰走失的骆驼,来到塔伊部族人居住的地方。我在那片水草肥美的地方,看到两个群体,他们住的地方离得很近,他们的语言也一模一样。当我深入到他们的内部仔细观察时,在一个群体中看到一位青年,看上去病得很重,活像一个穿了洞的破酒袋。我正留心观察时,那位干瘦的青年吟诵道:

不解靓女意,何故不来访?
乡亲相继看,我病卧在床。
为何独不见,你的俊面庞?
倘你患病疾,不让你失望;
我会来看你,不惧恫吓狂。
畏言你去矣,我独留此方。
我失友中亲,寂寞难度量。

小伙子的诗被另一群体中的一位姑娘听到,只见那姑娘快步朝小伙子走来。姑娘的家人们见她奔向小伙子,立即跟了过去。当家人们追上她时,她便和家人们厮打起来。

小伙子见姑娘与家人们厮打,立即向姑娘跑过去。这时,小伙子的家人们当即追了上来,用力抓住小伙子。只见姑娘拼命挣扎,力图摆脱家人们的纠缠;小伙子也在奋力挣扎,尽全力挣脱家人们的手。经过一番奋力抗争,姑娘和小伙子终于摆脱了各自家人们的撕扯,相互拥抱在一起,然后倒在地上,双双死去。

讲到这里,眼见东方透出黎明的曙光,莎赫札德戛然止声。

第四百一十一夜

夜幕垂降,莎赫札德接着讲故事:

幸福的国王陛下,卡西姆·本·阿迪继续讲《殉情男女》的故事:

小伙子见姑娘与家人们厮打,立即向姑娘跑过去。这时,小伙子的家人们当即追了上来,用力抓住小伙子。只见姑娘拼命挣扎,力图摆脱家人们的纠缠;小伙子也在奋力挣扎,尽全力挣脱家人们的手。经过一番奋力抗争,姑娘和小伙子终于摆脱了各自家人们的撕扯,相互拥抱在一起,然后倒在地上,双双死去。

这时,从帐篷里走出一个老翁,站在那一对相拥而死的男女身旁,说:"我们属于安拉,我们都要回到安拉那里去。"话音未落,痛哭失声。

片刻过后,老人又说:"伟大安拉怜悯你俩。你俩既然生前不能婚配,那么你俩死后,我一定让你们成双成对。"

之后,老翁吩咐众人为这对殉情男女举行葬礼。于是,他们为二人洗尸，然后将二人裹在一件殓衣之中，随后挖了一个墓穴，为二人祈祷之后，将二人埋入一个坟墓里。

我看见两个群体中的男男女女、老老少少，无不为这一对恋人哭泣落泪、批颊顿足。我向那位老翁打听二人的情况，老人说："这姑娘是我的女儿，这男孩儿是我的侄子。二人相爱的情况你都看见了，真是难解难分，如胶似漆。"

我问老人："何不蒙安拉许可，让他俩结为夫妻呢？"

老人说："我怕出丑哇！我怕为家庭带来耻辱呀！不料丑事与耻辱双双降临了。"

这是情侣史上的奇观之一。

莎赫札德紧接着讲《修道院里的情痴》的故事：

相传，艾卜·阿巴斯·穆卜里德这样讲述他亲身经历的一件事情：

有一天，我和几位朋友一起到拜里德城去办事，途中路过希拉克略修道院①，在门前的屋檐下休息时，有位男子来到我们面前，对我们说："修道院里有许多疯子，其中一个疯子说话颇有哲理；假若你们去见见他，听听他的谈话，一定会感到惊奇。"

我们听他这样一说，便一齐站了起来，走进修道院中。

我们来到院里，果见一间房子里有位男子坐在皮垫上，光着头，两眼注视着墙壁。

我们进到屋里，向他问过安好，而他还礼时头也没回，更没有

---

① 希拉克略修道院，希拉克略是历史上拜占庭帝国的皇帝，此修道院以其名命名。

看我们一眼。

陪同我们进来的那位男子说:"你给他吟诵一首诗吧!他听到诗之后,就会开口说话。"

我开始吟诵道:

夏娃子与孙,精英个个强。如果没有你,世间乐消亡。
安拉曾让你,见其真面庞。得道人不老,永葆乌发亮。

那面壁之人听罢我吟诵的诗句,果然回过头来,望着我们吟诵道:

安拉知道我,本是悲伤人。无法道出我,眼见一片真。
我有两个魂,两地分寄存。她见与我见,彼此无区分。

他吟罢,问我:"你认为我说的好还是不好?"

我回答说:"你没有说错,而是说得很好,很美。"

他伸手抓起一块石头,我们还以为他要投我们,便惊慌而逃。他没有投我们,而是用石头砸自己的胸脯,边砸边说:"你们不要害怕!请靠近我一些,听我说些话吧!"

我们走近他,只听他吟诵道:

晨曦熹微时,良驼登路程。接我意中人,驼轿徐徐行。
其时我望她,翘首铁窗中。我心多惆怅,泪眼迷蒙蒙。
容我求驼夫,脚步停一停。让我告别她,分别即命终。
我守信誓坚,未曾薄她情。但期我能知,他们怎行动?

1985

他吟罢,望着我,问道:"你知道他们的消息吗?"

我回答说:"知道,他们都死了。愿安拉怜悯他们。"

他听我这样一说,面色顿改,立即站了起来,问道:"你怎么晓得他们死啦?"

我告诉他:"假若他们还活在世上,绝不会让你留在这里,变成这个模样。"

"你说得对呀!凭安拉起誓,你说得很对。他们走了,我也不想活着了。"

话音未落,只见他周身战栗,随后一头栽倒在地上。我们急忙去拉他,发现他已经气绝身亡。愿安拉怜悯他。

我们都感到奇怪,为他感到惋惜。我们一起为他装殓,然后将他埋葬。

讲到这里,眼见东方透出黎明的曙光,莎赫札德戛然止声。

❖❖ 第四百一十二夜 ❖❖

夜幕垂降,莎赫札德接着讲故事:

幸福的国王陛下,艾卜·阿巴斯·穆卜里德继续讲述他亲身经历的那件事情:

我告诉那位男子:"假若他们还活在世上,绝不会让你留在这里,变成这个模样。"

"你说得对呀!凭安拉起誓,你说得很对。他们走了,我也不想活着了。"

话音未落,只见他周身战栗,随后一头栽倒在地上。我们急忙去拉他,发现他已经气绝身亡。愿安拉怜悯他。

我们都感到奇怪,为他感到惋惜。我们一起为他装殓,然后将他埋葬。

我回到巴格达后,即去见哈里发穆沃克勒。哈里发见我们眼泪四溢,便问:"你们这是怎么啦?"

我把修道院情痴的故事从头到尾讲了一遍,哈里发听后很是难过。他说:"你怎么那样行事呢?假若我早知道你不同情他,我会让你设身处地为他想一想的。"

哈里发整天都在为那位情痴感到难过。

莎赫札德接着讲《修道院院长皈依伊斯兰教》的故事:

相传,艾卜·白克尔·本·穆罕默德·安巴里这样讲述他的亲身经历:

有一次,我离开安巴里,到罗马帝国的阿姆利亚去。途中在离阿姆利亚不远的一个小村子里的安瓦尔修道院落脚,出来迎接我们的是修道院院长。那位修道院院长是修道士们的头领,名叫阿卜杜·麦西哈①。

院长阿卜杜·麦西哈把我领进修道院,只见修道院中有四十位修道士,他们热情招待我,我在那里安歇了一夜。第二天,我离开

---

① 阿卜杜·麦西哈,意为"耶稣基督的奴仆"。

修道院，到阿姆利亚去了。我在修道院里停留的时间虽短，但修道士们勤苦修行的种种举动，给我留下了极其深刻的印象。

我在阿姆利亚办完事情，就返回安巴里。

第二年，我到麦加朝觐，在绕天房时，我突然看到了阿卜杜·麦西哈，只见他也在绕行，还带着五位修道士。我定睛望去，确信他真是那位修道院院长时，便走上前去，问他："你是修道院院长阿卜杜·麦西哈吗？"

他说："是的。不过，我现在叫阿卜杜拉。"

我上前亲吻他的白发，激动得流出了眼泪。之后，我拉住他的手，走到禁寺①一侧，对他说："请告诉我，你为什么皈依伊斯兰教了呢？"

这位当年的基督徒、修道院院长向我讲述了他皈依伊斯兰教的经过：

说来真是个奇迹。

有一次，一伙穆斯林隐士经过我们修道院所在的那个村庄，他们派一个小伙子去买吃的东西。那个小伙子到了市场，看见一位卖发面饼的信奉基督教的姑娘。那位姑娘容貌极美。小伙子一见倾心，抑制不住激动的心情，一时倒在地上，昏迷过去，不省人事。

小伙子苏醒过来之后，回到同伴们中间，把自己遇到的事情向他们说了一遍，然后对同伴们说："你们去办你们的事吧，我不和你们一起行动了。"

同伴们纷纷责备他，告诫他，而他根本不听他们的。同伴们走

---

① 禁寺，亦称"圣寺"，即麦加清真寺，位于麦加城的中央，因该地禁止凶杀、抢劫械斗，故又称"禁寺"。

1988

后,小伙子进了村,坐在那位姑娘的店门前。姑娘问他有什么事,他说自己爱上了她。那位姑娘听后,断然拒绝,转身离去。那位小伙子原地未动,一连三天,不吃不喝,目不转睛地凝视着姑娘的面容。见此情况,姑娘没有什么办法,只有把事情告诉家里人。家人知道此事之后,便唆使一帮孩子用石头投那个小伙子,直打得他皮开肉绽,头破血流。虽然如此,那小伙子仍未离开原地。于是,村庄上的人决心把小伙子弄死。这时,村庄上的一个人跑来向我报告情况,我得知此事之后,马上赶到那里,见小伙子躺在地上,遍体鳞伤,鲜血流淌。我伏下身去,给小伙子擦净脸上的血,然后把他背到修道院,为他敷药治伤。

小伙子在修道院里住了十四天。当他能走路时,便离开修道院……

讲到这里,眼见东方透出黎明的曙光,莎赫札德戛然止声。

第四百一十三夜

夜幕垂降,莎赫札德接着讲故事:

幸福的国王陛下,艾卜·白克尔继续讲述自己的亲身经历:

姑娘的家人唆使一帮小孩子用石头投那个小伙子,直打得他皮开肉绽,头破血流。虽然如此,那小伙子仍未离开原地。于是,村庄上的人决心把小伙子弄死。这时,村庄上的一个人跑来向我报告情况，我得知此事之后，马上赶到那里，见小伙子躺在地上，遍体鳞伤，鲜血流淌。我伏下身去，给小伙子擦净脸上的血，然后把他背到修道院，为他敷药治伤。

小伙子在修道院里住了十四天。当他能走路时，便离开修道院，又走到卖发面饼的姑娘的店铺前，坐在那里，整天望着姑娘。

姑娘见他依然如故，走上前去，对他说："凭上帝起誓，我宽恕你了。我与你结为夫妻，你能加入我们的宗教吗？"

小伙子说："我背离正教而改信异端，那是安拉所不容许的。"

"那么，你就随我进家来吧！我保证你如愿以偿，然后尽兴而去。"

"不能啊！我苦苦修炼十二年，决不能因贪图片刻快乐而葬送我的信仰。"

"那样的话，你就马上离开这里吧！"

"我的心不忍离去呀！"

姑娘转身走去。

片刻过后，一群小孩子走来，再度对他以石相击，小伙子被砸得趴在地上，不住地喊叫着："我是安拉的拥护者、崇拜者，安拉降示《古兰经》，也一定会保护善良人。"

我闻讯立即离开修道院，赶到那里，驱散那些小孩子。我扶起小伙子，听他喃喃地说："安拉啊，但求你让我与她相聚在天堂。"

我把小伙子背往修道院。结果未到修道院，小伙子便一命呜呼了。之后，我把他背出村子，给他挖了一个墓穴，将他埋葬了。

就在当天夜半时分，睡在床上的那位卖饼姑娘一声大叫。村上的人闻声而围聚在姑娘身旁，问她因何而惊叫，姑娘说："我刚入睡，那个穆斯林青年来了，拉着我的手将我领往天堂。到了天堂门口，守门人不让我进，说异教徒是不能进天堂的，于是我当着那个小伙子的面,改信伊斯兰教,随后跟着他,一起进了天堂。在那里,我看到宫殿林立,巨木参天,景色美妙,难以言表。之后,他把我领到一座宝石宫殿门前。他说:'这座宫殿是我和你的,只有我领着你才能进去,午夜之后,你我将进入这座宝殿之中。愿安拉成全我们的向往。'说罢,他伸手从宫殿门外的一棵树上摘下两个苹果,递到我的手中,并对我说:'你吃一个,把另一个藏起来,不要让修道士们看见。'我吃了一个苹果,味道鲜美,是我平生所未曾尝过的……"

讲到这里,眼见东方透出黎明的曙光,莎赫札德戛然止声。

第四百一十四夜

夜幕垂降,莎赫札德接着讲故事:

幸福的国王陛下,艾卜·白克尔继续讲述自己的亲身经历:

那个姑娘接着说:"我刚入睡,那个穆斯林青年来了,拉着我的手将我领往天堂。到了天堂门口,守门人不让我进,说异教徒是不能进天堂的,于是我当着那个小伙子的面,改信伊斯兰教,随后跟着他,一起进了天堂。在那里,我看到宫殿林立,巨木参天,景色美妙,难以言表。之后,他把我领到一座宝石宫殿门前。他说:'这座宫殿是我和你的,只有我领着你才能进去,午夜之后,你我将进入这座宝殿之中。愿安拉成全我们的向往。'说罢,他伸手从宫殿门外的一棵树上摘下两个苹果,递到我的手中,并对我说:'你吃一个,把另一个藏起来,不要让修道士们看见。'我吃了一个苹果,味道鲜美,是我平生所未曾尝过的。之后,他把我送回家中。当我醒来之时,我觉得嘴里还满是苹果的味道,而另一个苹果还在我的口袋里呢!"

姑娘说罢,从衣袋里掏出一个苹果,只见苹果在夜色里闪闪发光,如同一颗星星。

他们把姑娘连同苹果一起送到修道院,姑娘向我们讲述了梦中所见,并且掏出苹果让我们看。我们发现那个苹果确乎与世上的水果不同。我拿来一把刀子,按在座的人数切成若干块,分给大家品尝,我们只觉得那苹果的味道香甜无比,于是大家说:"也许这是魔鬼在唆使她背弃自己的宗教。"

家人们将姑娘带回家中,姑娘从此不吃不喝。第五夜来临时,姑娘离开床铺,走出家门,来到那个穆斯林青年的坟前,趴在坟上,旋即死去,而家人们谁也不知道。

次日清晨,两个穆斯林老翁带着两个女人来到村里,他们都穿着粗毛织成的衣服。两个老翁说:"村民们,你们的村里有安拉的一位女信士,她已经归真,我们是来为她料理后事的。"

村庄上的人立即去找那位姑娘,发现她已死在坟上。他们说:"她信的是基督教,她为我们的宗教而死,理当由我们安葬她。"

两个穆斯林老翁说:"她死时是穆斯林,理当按照我们的礼仪安葬。"

双方争执激烈,互不相让。一个穆斯林老翁建议说:"这样办吧,让修道院里的四十名修道士合力来拉这位姑娘,如果能把她从这座坟上拉走,那么,这姑娘就是基督徒。如果四十人拉不动她,而我们两个人中的任何一个人走过来就可以把姑娘拉走,那么,她就是穆斯林姑娘。"

村庄上的人一听,认为这个办法很好。

修道院里的四十名修道士赶到现场,用一根大绳捆住姑娘的腰,四十人合力用劲拉,个个累得满头大汗,人人叫苦不迭,结果那姑娘纹丝未动。村上的人上前用力搬抬,那姑娘的尸首仍然不动。

我们承认无能为力时,便对一个穆斯林老翁说:"请你动手吧!"

那老翁走上前去,把姑娘的尸首裹在他的斗篷里,然后口中念道:"以大慈大悲安拉之名,凭借安拉使者的宗教之力……"

只见老翁把姑娘的尸首轻轻抱在怀中。之后,穆斯林们将姑娘的尸首搬入附近的一个山洞里,两个女人走来,为她洗过尸,裹上殓衣。随后,两个老翁将裹着殓衣的尸首抬走,做过祈祷,念过《古兰经》,将她埋在了那个穆斯林青年的墓旁,然后离去。

这些情景,我们看得一清二楚,牢牢记在心上。我们返回修道院之后,相互议论说:"凡真理,都应该服从。眼见为实,耳听为虚。我们目睹到的这番情景,证明了伊斯兰教的正确性。"

之后,我皈依了伊斯兰教,修道院里的修道士们也都皈依了伊斯兰教,那个村庄上的人也都参加了伊斯兰教。我们还派人来阿拉伯半岛请来伊斯兰教法学家,为我们讲授伊斯兰教法律和教规。有一个杰出的伊斯兰教法学家到了我们那里,教我们伊斯兰教法律、法规,教我们做礼拜、祈祷。我们受益良多。万赞归于安拉。

莎赫札德接着讲《皇兄与歌姬》的故事:

相传,阿慕尔·本·麦斯阿德讲过这样一个故事:

哈里发马蒙的哥哥艾卜·伊萨·本·拉希德爱上了阿里·本·

希沙姆的歌姬古莱阿妮,而古莱阿妮也确实爱上了这位皇兄。但是,艾卜·伊萨却对此守口如瓶,不向任何人吐露任何消息和秘密。这也是这位皇兄的自重、仗义之处。

艾卜·伊萨一直在想方设法把古莱阿妮从阿里·本·希沙姆手中买来,但终未能如愿以偿。在艾卜·伊萨等得不耐烦,心中愁思日甚一日,而又没有办法得到那位歌姬时,便决定去找马蒙。

节日那天,朝臣们相继离去之后,艾卜·伊萨对弟弟马蒙哈里发说:"信士们的长官,倘若你想考验一下人们的仗义和品德,知道你在他们每个人心中的地位,你就该趁他们没有准备之时,去私访他们一下。"

艾卜·伊萨之所以出这样的主意,目的在于顺便去阿里·本·希沙姆公馆一趟,与歌姬古莱阿妮一起坐一坐。

马蒙听后,说道:"此话有理。"

随即哈里发马蒙吩咐下人备好一只名叫"飞艇"的彩船,然后带着一些随从登船出访。

哈里发一行首先来到哈米德·塔维勒·图斯公馆里。他们突然进了公馆大门,只见哈米德坐在一张席子上。

讲到这里,眼见东方透出黎明的曙光,莎赫札德戛然止声。

❖─ 第四百一十五夜 ─❖

夜幕垂降,莎赫札德接着讲故事:

幸福的国王陛下，阿慕尔·本·麦斯阿德继续讲故事：

哈里发马蒙吩咐下人备好一只名叫"飞艇"的彩船，然后带着一些随从登船出访。

哈里发马蒙一行首先来到哈米德·塔维勒·图斯公馆里。他们突然进了公馆大门，只见哈米德坐在一张席子上，面前有若干歌手席地而坐，有的怀抱四弦琴，有的手握长笛，还有的操着别的乐器。

马蒙坐了不大一会儿，饭菜相继端了上来；因为只有畜肉，而没有禽肉，马蒙看都没看那些东西。

见此情景，艾卜·伊萨问："信士们的长官，我们是在主人不知道的情况下来的，他们没有准备什么东西。我们还是到一个有准备迎接你的地方去坐一坐吧！"

马蒙随即带上随从们离去，向阿里·本·希沙姆公馆走去。

阿里·本·希沙姆得知哈里发驾临，马上出门热情迎接哈里发马蒙一行，向哈里发行吻地礼，然后将他们领入公馆，打开一个高级客厅，隆重接待贵客。

那大客厅豪华无比：地面和墙壁上镶嵌着各种颜色的大理石，上面刻着各种罗马图案；地上铺着印度产的席子，席子上满铺巴士拉出产的地毯。

哈里发马蒙坐下，留神地望了房间、天花板和墙壁片刻，然后说："给我们上一点儿吃的东西吧！"

片刻过后，一百种鸡肉做的菜端了上来，此外还有各种飞禽野味、肉汤、热炸和冷盘，不计其数。

马蒙吃完饭，说道："喂，阿里，给我们上一点儿喝的吧！"

话音未落，童仆们端着金银、水晶杯盏走来,杯盏里斟满了用水果和香料酿制的葡萄美酒，而那些童仆又像是天空的月亮，俊秀美

1995

丽,个个身穿亚历山大产的金丝绣花衣,人人胸前悬挂着一只盛着香水的瓶子。哈里发马蒙见之,惊异不已,说道:"喂,艾卜·哈桑……"

主人立即走到哈里发面前,行过吻地礼,然后站起来,说:"哈里发陛下,有何吩咐?"

马蒙说:"让我们欣赏一下歌乐吧!"

"遵命!信士们的长官。"

主人转身对仆人说:"去叫歌女来!"

"遵命!"

一个仆人离去片刻,带着十个仆人走来,每个人搬着一把金椅子,摆放在客人面前。片刻之后,走出十个歌女,一个个如花似玉,身着黑缎衣,头戴金冠,走到金椅子前,坐了下来,唱了数支歌。哈里发看着其中一个容貌俊秀的歌女,问道:"姑娘,你叫什么名字?"

那歌女说:"哈里发陛下,我叫赛佳哈。"

"赛佳哈,你给我们唱支歌呀!"

只见那姑娘边弹四弦琴边唱道:

我行步胆怯,如遇双猛狮。
剑落心惊战,惧怕敌眼视。
终见善妇人,似羚失幼子。

马蒙听后,对姑娘说:"唱得好!喂,小姑娘,这诗是谁作的呀?"

"诗是阿慕尔·本·穆阿迪·凯尔卜·祖贝迪作的,曲是穆阿比德作的。"歌女答道。

马蒙、艾卜·伊萨和阿里·本·希沙姆举杯饮酒,心旷神怡。

十个歌女退下,另外十个歌女进入厅堂,个个身着也门产金丝绣花衣,相继坐在金椅子上,唱了数支歌。马蒙望着她们当中的一个壮如野牛的歌女,问道:"姑娘,你叫什么名字?"

"我叫泽比娅,信士们的长官。"

"泽比娅,你给我们唱支歌吧!"

那姑娘放开歌喉唱道:

> 心中无顾虑,自由一仙女。如同麦加羚,猎之犯禁律。
> 言语柔绵绵,误疑落娼居。应知伊斯兰,免其遭秽语。

姑娘唱完诗,马蒙说:"唱得妙啊,姑娘!这首诗是谁作的?"

讲到这里,眼见东方透出黎明的曙光,莎赫札德戛然止声。

第四百一十六夜

夜幕垂降,莎赫札德接着讲故事:

幸福的国王陛下,阿慕尔·本·麦斯阿德继续讲道:

姑娘唱完诗,马蒙说:"唱得妙啊,姑娘!这首诗是谁作的?"
姑娘答道:"诗是贾里尔作的,曲是伊本·苏莱斯作的。"
马蒙举杯,一饮而尽。
十个歌女离去,又有十个歌女进入厅堂,个个貌美,如花似玉,人人身穿红缎缀着珍珠宝石的绣花衣袍,乌亮的发髻盘在头上。她们坐在金椅子上,一连唱了数支歌。

马蒙望着其中一个面似朝阳的歌女,问道:"姑娘,你叫什么名字?"

"我叫珐蒂,信士们的长官。"

"珐蒂,你给我们唱一支歌吧!"

那姑娘边弹奏边唱道:

> 现今正当时,惠我一接触;
> 因为我尝尽,离别苦中殊。
> 你容集百美,怜我忍耐苦。
> 为求你之爱,毕生皆投入。
> 但期赐一面,收获抵付出。

歌声未落,马蒙喝彩道:"妙哉,妙哉!珐蒂,这诗是何人所作?"

"这是阿迪·本·栽德的诗,而曲子是一支古曲。"

马蒙举杯,艾卜·伊萨和阿里·本·希沙姆随之举杯共饮。

十个歌女退下,再走上来十个歌女,一个个似耀眼明星,身着金丝绣花衣裙,腰扎镶嵌着宝石的饰带。她们坐上金椅子,连唱数支歌。

马蒙问其中一个体态轻盈的窈窕姑娘:"你叫什么名字?"

"信士们的长官,我叫丽莎。"

"丽莎,你给我们唱支歌吧!"

那姑娘边弹边唱道:

> 英男似柳枝,愈我心中疾。如同小羚羊,信步田野际。
> 饮其颊上酒,交杯醉迷离。同枕共眠夜,自言正吾期。

"唱得好,唱得妙!"马蒙情不自禁地说,"姑娘,再给我们唱一支吧!"

那姑娘站起来,上前向哈里发行吻地礼,然后唱道:

> 漫步出门去,观看众同伴。身着轻薄衣,龙涎香涂遍。

马蒙听后,欣喜不已。姑娘见哈里发那样高兴,一连重唱了好几遍。

马蒙说:"备船吧!"

哈里发马蒙正准备乘"飞艇"彩船离去时,阿里·本·希沙姆站起来,对马蒙说:"信士们的长官,我这里还有一个歌女,是我花了一万第纳尔买来的。我非常喜欢她,想让信士们的长官看一看;若主公喜欢,我就奉送给陛下;如不中意,就听她唱上一曲,也就罢了。"

哈里发马蒙说:"快把她叫出来,让我看一看。"

阿里·本·希沙姆一声呼唤,一位姑娘从帘后走了出来,只见她体态轻盈如杨柳枝条,一对弯弓似的眉下生着一双明亮的丹凤眼,头戴紫金冠,上面镶嵌着珍珠宝石,额带上绣有这样的诗句:

> 精灵男教女,射心弓无弦。

姑娘走来,宛如活泼的羚羊,令人魂销魄散。她走到金椅子前,从容不迫地坐下来。

讲到这里,眼见东方透出黎明的曙光,莎赫札德戛然止声。

第四百一十七夜

夜幕垂降,莎赫札德接着讲故事:

幸福的国王陛下,阿慕尔·本·麦斯阿德继续讲道:

姑娘走来,宛如活泼的羚羊,令人魂销魄散。她走到金椅子前,从容不迫地坐下来。

马蒙见之,惊羡其貌美非凡。艾卜·伊萨见之,心神不安,面色蜡黄。马蒙见此情景,问道:"艾卜·伊萨,你怎么啦?怎么脸都变色了呢?"

艾卜·伊萨慌忙答道:"信士们的长官,这正是我的心病所在呀!"

"你认识这个歌姬?"

"是的,信士们的长官,怎么会看不见月亮呢?"

马蒙问歌姬:"姑娘,你叫什么名字?"

"我叫古莱阿妮,信士们的长官。"

"古莱阿妮,给我们唱支歌吧!"

姑娘和着乐声唱道:

> 好友辞别你,夜间动身行。
> 随从朝觐者,黎明前登程。
> 华屋四周围,锦帐撑夜空。

哈里发马蒙听罢,赞道:"唱得太好啦!这首诗系何人所作?"

古莱阿妮说:"诗是德阿拜拉·海札伊的作品,曲是小泽尔祖尔谱的。"

艾卜·伊萨望着古莱阿妮,止不住泪水淌落下来。在座的人看见这种情况,无不感到奇怪。

古莱阿妮望着马蒙,说道:"信士们的长官,允许我再唱一首吗?"

"想唱就唱吧!"

古莱阿妮边弹边唱道:

> 你若有好友,他亦喜欢你;公开相亲爱,暗中保友谊。
> 莫听中伤言,识破离间计。他们云亲者,相近生厌意;
> 远离祛烦恼,此言谬至极。千方医病患,未见痊愈期。
> 房舍相邻近,总比远相宜。舍近无友在,依旧无裨益。

古莱阿妮唱完,艾卜·伊萨说:"信士们的长官……"

讲到这里,眼见东方透出黎明的曙光,莎赫札德戛然止声。

❖❖第四百一十八夜❖❖

夜幕垂降,莎赫札德接着讲故事:

幸福的国王陛下,古莱阿妮唱完,艾卜·伊萨说:"信士们的长官,若把秘密揭开,我们也就轻松了,允许我回答她吗?"

"可以回答呀!有什么话,你就直接对姑娘说吧!"

艾卜·伊萨擦干眼泪,吟诵道:

沉默无言语,爱意埋心里。若得眼中现,当近月明期。

古莱阿妮抱起四弦琴,边弹边唱道:

你言若当真,我不细思量。
你说不拒绝,人美心善良。
然而你的话,只挂舌尖上。

古莱阿妮唱完,艾卜·伊萨号啕大哭,泪如雨下,痛苦不堪,心慌意乱。

片刻后,艾卜·伊萨抬起头来,望着姑娘,长吁短叹,吟诵道:

衣下一瘦体,心思万千重。
泪流常迷眼,心患经年病。
每当踏平路,总闻责斥声。
唤声安拉啊,我已无耐性;
要么即刻死,要么早逃生。

艾卜·伊萨吟诗后,只见阿里·本·希沙姆走来,伏身亲吻他的脚,并且说:"皇兄阁下,假若信士们的长官没有要这个歌姬的意思,那么,安拉已经答应了你的祈求和愿望,同意你把她连同身上的衣饰、珠宝全部带走。"

哈里发马蒙说:"即使我有意思,我们也要让给艾卜·伊萨,帮助他实现自己的愿望。"

说完,马蒙转身离开厅堂,乘坐"飞艇"返回王宫,留下艾卜·伊萨安排歌姬古莱阿妮的事情。

艾卜·伊萨将歌姬古莱阿妮领到自己的家中,欣慰不已。阿里·本·希沙姆的仗义豪爽被后人传为佳话。

莎赫札德紧接着讲《艾敏纳妾》的故事:

相传,马蒙的弟弟艾敏到叔父易卜拉欣·本·马赫迪家去,见叔叔家有个女仆正在弹奏四弦琴。那女仆貌美出众,百里挑一,故艾敏一见倾心,爱慕之情溢于言表。

易卜拉欣·本·马赫迪得知艾敏喜欢那个女仆,便派人将女仆送到艾敏那里,并且带着许多华丽衣饰和珠玉宝石。

艾敏见叔父如此痛快、慷慨,疑心叔父已经玩过那女仆,因此对女仆暗暗厌恶在心。他只接受了叔父送来的礼物,随后将女仆退回叔父家中。

易卜拉欣·本·马赫迪从女仆口中得知此事,拿来一件绣花衣,用金水在衣角下写了这样一首诗:

> 我凭主起誓,未触衣裙下。
> 口红依旧鲜,心胆不曾斜。
> 相见唯相视,至多几句话。

随后,易卜拉欣让女仆穿上这件写有诗句的绣花衣,抱着四弦琴,派人将她送到了艾敏面前。

女仆见到艾敏,先行吻地礼,然后调好琴弦,边弹边唱道:

  明显疏远奴,退礼毁名声。若恨昔日事,王位亦泡影。

女仆唱完,艾敏凝视着她,看见衣角上的诗句,情不自禁……

讲到这里,眼见东方透出黎明的曙光,莎赫札德戛然止声。

第四百一十九夜

夜幕垂降,莎赫札德接着讲故事:

幸福的国王陛下,女仆唱完,艾敏凝视着她,看见衣角上的诗句,情不自禁地将她抱住,亲了又亲,然后为她单独安排了寝宫。他对叔父的好意感激不尽,并赐予叔父一个官职。

莎赫札德接着讲《臣子们的礼物》:

相传,哈里发穆泰沃克勒卧病服药期间,臣子们纷纷来看他,给他送来许多礼物,古玩、珍宝等应有尽有,唯独宰相法塔赫·本·哈甘的礼物与众不同,他送来的是一个美女,还有用水晶瓶盛着的红色醇酒和一个红色酒杯。那个红色酒杯,上面刻着这样一首诗:

  主公离开药,平安痊愈至。

无药得酒饮,此杯来及时。

破却相赠瓜,药后最合适。

美女带着酒和杯觐见哈里发时,医生约翰正巧在那里。约翰医生见杯上刻着的诗句,微微一笑,说道:"信士们的长官,凭安拉起誓,法塔赫宰相比我的医术高明。请陛下完全按照宰相的方子行事,不要违背他的意思。"

哈里发接受了约翰医生的意见,开始按照杯上的诗文用药,果然效果神奇,哈里发的健康状况迅速好转,不久完全康复。

莎赫札德紧接着讲《男女尊卑争论》的故事:

相传,有位大德①这样讲述自己的经历:

巴格达城有位女子,聪明伶俐,知识渊博,才高八斗,性情贤淑,精于讲道。我敢说句大话,我从未见过比她更高明的女子。人称"学中女杰"。

回历五六一年,她来到哈马特城坐而讲道。于是,许多伊斯兰教法学家、文人学士登门拜访,与她讨论宗教法律问题,不时还有争辩出现。

有一次,我带着一位文人朋友前往拜访。我们坐下之后,她给我们端来一盘水果,然后在幕帘后坐了下来。她有一位容颜英俊的弟弟,陪同我们坐着。我们吃过水果后,开始讨论宗教法律问题。我向她问了一个在伊玛目们当中争论不休的问题,她开始滔滔不绝

---

① 大德,对宗教学者的尊称。

地回答。

我一直留心细听她的解答,而我那位朋友则目不转睛地望着她弟弟那漂亮的面孔,根本不听她说话。我那位朋友的表现,她看得清清楚楚。

她回答完我的问题,望着我的那位朋友,对他说:"我猜想你就是持女不如男观点的学者之一。"

我的朋友说:"是的。"

"为什么女不如男呢?"

"因为安拉注定男优于女。因此,我喜欢优者,讨厌劣者。"

讲到这里,眼见东方透出黎明的曙光,莎赫札德戛然止声。

❖—第四百二十夜—❖

夜幕垂降,莎赫札德接着讲故事:

幸福的国王陛下,大德继续讲自己的经历:

女杰回答完我的问题,望着我的那位朋友,对他说:"我猜想你就是持女不如男观点的学者之一。"

我的朋友说:"是的。"

"为什么女不如男呢?"

我的朋友说:"因为安拉注定男优于女。因此,我喜欢优者,讨厌劣者。"

女杰一笑，然后说："如果我想和你讨论这个问题，你能让我和你进行平等辩论吗？"

"当然可以。"

"你说男胜于女，证据何在呢？"

"其一，书中有载；其二，现实可以理会。《古兰经》和《圣训》中均有此类话语文字。《古兰经》中安拉有言：'男人是维护妇女的，因为真主使他们比她们更优越。'① 安拉又说：'你们当从你们的男人中邀请两个人做证；如果没有两个男人，那么，从你们所认可的证人中请一个男人和两个女人做证。'② 伟大安拉在关于遗产继承问题上指示：'如果继承人是几个兄弟姐妹，那么，一个男人得两个女人的份子。'③ 在这里，显然安拉规定男子优于女子，告诉我们说女子只是男子的一半，因为男子比女子强。《圣训》中，安拉的使者穆罕默德规定女子的偿血金仅为男子的一半。至于在现实生活中，男子是主动者，女子是被动者；主动者当然优于被动者，这自不必说。"

女杰听后，说道："先生，你说得好。不过，凭安拉起誓，你口中说出的论据正好帮助我反驳你，你提到的证据对你不利。因为伟大的安拉只是从性别上说男子优于女子；在这一点上，我与你没有分歧。在这一种特性上，少年、青年、壮年和老年是没有差别的。假若人的长处仅仅来自于男性，那么，你应该同样喜欢少年与老翁；因为在男性方面，少年与老翁是一模一样、毫无差别的。你我之间的分歧在于交际、相处这种特性上；在这一点上，你还没有举出男胜于女的证据。"

---

① 见《古兰经》"妇女章"第三十四节。
② 见《古兰经》"黄牛章"第二百八十二节。
③ 见《古兰经》"妇女章"第一百七十六节。

我的朋友说:"尊敬的太太,少男身材匀称,面颊呈玫瑰色,笑容可掬,言谈甜美,你一定知道;从这一点来说,男比女好。至于证据,先知早有训示,先知说:'不要久久注视无须少年,因其有仙女似的目光。'少男强于少女这个道理人人皆知。诗人艾卜·努瓦斯有诗吟道:

少男优至少,少孕少天癸。

"诗人又吟道:

艾卜·努瓦斯,放荡一诗人。一日出狂语,发话对万民:
尽情爱少年,安享世天伦。须知天堂里,绝无此乐津。

"每当诗人想描绘少女的美丽姿容时,往往借助少男的动人之处,把少女比作少男……"

讲到这里,眼见东方透出黎明的曙光,莎赫札德戛然止声。

❖❖ 第四百二十一夜 ❖❖

夜幕垂降,莎赫札德接着讲故事:

大德接着讲故事:

我的朋友说:"每当诗人想描绘少女的美丽姿容时,往往借助少男的动人之处,把少女比作少男。正如诗人所云:

丰臀青春在,微风里晃动;如同干树枝,摇荡北风中。

"假若少男不漂亮,人们怎会把少女比作少男呢?安拉保佑你,太太。你要知道,少男容易引导,善解人意,为人随和,乐于交际,尤其是耳边下垂的鬓发、腮上的红润和唇边的软胡须,使其面容就像一轮皎洁的圆月。诗人艾卜·泰马姆①有诗吟道:

中伤者说道:他脸毛须满。我言莫多嘴,发须非缺点。
独抱丰隆臀,须将珍珠漫。玫瑰信心足,立下此誓言:
决不让奇迹,离其面颊边。我用眼说话,他用眉交谈。
其美如你知,求者乃诗泉。天质向最美,须发一旦显。
咒我爱他者,口气已改变。如今谈起他,伸指将他赞。

"另有多位诗人有诗作流传在世,听我慢慢吟诵给你:
我的朋友吟诵道:

一

责备者问我:何故恋上他?难道君不见,他颊生毛发?
凭主我起誓,驳者听我答:细看双眼中,理智无根扎。
谁人肯把那,不毛地当家?春天既已来,何缘离开它?

---

① 艾卜·泰马姆(788?—846),阿拉伯阿拔斯王朝著名诗人。穆阿台绥姆登基后,成为其宫廷诗人,有《艾卜·泰马姆诗集》传世。他所选编的《激情诗集》收入阿拉伯诗人优秀诗篇八百八十二首,对后世影响极大。

二

责斥我淡忘,此说系谎话。心存思念情,忘神不访他。
颊上玫瑰生,忘记何降下?香草围玫瑰,我怎能忘它?

三

神奇鬓发长,夺魂断人肠。宝剑能饮血,鞘带桃金娘。

四

俏鬓无醉意,万物醉如泥。相互生嫉妒,争做鬓心急。

我的朋友吟罢,说道:"男子的这些优点,女子是不具备的。仅仅这些,足让男子感到自豪,可在女子面前炫耀一番了。"

他说完,女杰从容不迫地说道:"安拉宽恕你,先生。你滔滔不绝,引经据典,摆出许多证据,认真进行辩论。不过,真相已经大白,你已无法改变真理的轨迹。如果这所有证据不能说服你,那么,听我详细对你说来。看在安拉的面儿上,恕我直言。少男怎么能和少女相比,又有谁拿羊羔与野牛相提并论呢?姑娘言谈细语柔声,身段苗条,轻盈如芳草之茎,生着延命菊似的牙齿,缰绳似的发髻,白头翁似的面颊,苹果似的面庞,唇如玫瑰花瓣,乳房好像石榴,颈如树木枝条,身材不高不矮,体态不胖不瘦,鼻子如同剑锋,前额闪烁光亮,眉毛弯弯似弓,双眸黑白分明;开口说话时妙语连珠,寓意深刻,动人心弦;微笑之时,会使你猜想圆月就是从她的双唇间升上夜空的,光芒四射,皎洁明亮。少女眷恋凝视之时,一对明眸如同两柄利剑;所有的美都集中到她那里,不论动者还是静者,都会把目光集中到她的身上。姑娘有两片红红的嘴唇,柔软赛奶油,甜香胜过蜂蜜。"

讲到这里,眼见东方透出黎明的曙光,莎赫札德戛然止声。

第四百二十二夜

夜幕垂降，莎赫札德接着讲故事：

幸福的国王陛下，女杰从容不迫地说道："安拉宽恕你，先生。你滔滔不绝，引经据典，摆出许多证据，认真进行辩论。不过，真相已经大白，你已无法改变真理的轨迹。如果这所有证据不能说服你，那么，听我详细对你说来。看在安拉的面儿上，恕我直言。少男怎么能和少女相比，又有谁拿羊羔与野牛相提并论呢？姑娘言谈细语柔声，身段苗条，轻盈如芳草之茎，生着延命菊似的牙齿，缰绳似的发髻，白头翁似的面颊，苹果似的面庞，唇如玫瑰花瓣，乳房好像石榴，颈如树木枝条，身材不高不矮，体态不胖不瘦，鼻子如同剑锋，前额闪烁光亮，眉毛弯弯似弓，双眸黑白分明；开口说话时妙语连珠，寓意深刻，动人心弦；微笑之时，会使你猜想圆月就是从她的双唇间升上夜空的，光芒四射，皎洁明亮。少女眷恋凝视之时，一对明眸如同两柄利剑；所有的美都集中到她那里，不论动者还是静者，都会把目光集中到她的身上。姑娘有两片红红的嘴唇，柔软赛奶油，甜香胜过蜂蜜。"

说到这里，女杰稍停片刻，然后接着说道："姑娘有山峰似的前胸，那里有两个丰隆的象牙雕刻般的乳房；柔滑的腰窝就像鲜嫩的花，花瓣相互折叠掩映；两条大腿宛如两根玉柱；丰满的臀部起伏摇动如同水晶石或大山构成的海浪波涛；两只漂亮的脚和手掌如同用黄金浇铸而成。喂，可怜的先生啊，人又怎好与神仙相提并论、同日而语呢？莫非你真的不知道帝王将相、达官贵人们，一个个均在女人面前俯首帖耳，低三下四，依靠她们享受人生的乐趣吗？女子们豪迈地说：'我们已经卡住了他们的脖子！我们已经占据了人心！'女子，使多少富豪变成了一贫如洗的穷光蛋？女子，使多少高昂着头的尊贵者变成了卑贱之辈？女子，使多少高官显贵听候自己的使唤？女子，戏耍了多少文人墨客？女子，冥落了多少圣贤哲子？女子，使若干富翁化为赤贫；女子，使若干享福者变成了可怜人。虽然如此，可是那些智士仁人却更加喜爱、崇敬她们，而且他们不把自己的这种行为看作是低贱、庸俗之举。多少奴隶都因她们而冒犯主人，多少儿子因她们而违抗父母？所有这些，都是因为对女人的爱征服了他们的心。"

说到这里，女杰稍作停顿，然后继续说："喂，可怜的先生，难道你不知道这样的一系列事实，男人们为了女人而建造宫殿；为了她们，垂下幕帘；为了她们，买卖奴婢；为了她们，啼哭落泪；为了她们，到处搜寻麝香、首饰和龙涎香；为了她们，调兵遣将，大动干戈；为了她们，争财杀人。有人说：'世界就是女人。'这话千真万确，一点儿不错。至于你提到的《圣训》上那些话，显然是不利于你的论据。先知说：'不要久久注视无须少年，因其有仙女似的目光。'先知把少年比作仙女。毫无疑问，喻体要比本体好；如果不是仙女好，穆圣怎会把少男比作仙女呢？你还说少女像少男，事实上不是那么回事，而是少年像少女。有人这样说：'这孩子像个姑娘。'你征引的那些诗歌，均出自于不正常的思维。那些违背常规的倒行逆施行径，安拉在其天书中对它们进行了责斥。安拉有言：'你们怎么要与众人中的男性交接，而舍弃你们的主所为你们创造的妻子呢？其实，你们是犯罪的民众。'① 这些把少男与少女媲美的人道德败坏，受到了魔鬼的唆使。他们甚至说：'少女可以两用！'他们完全背弃了人间正道。他们中间的大诗人艾卜·努瓦斯曾经写下这样的诗句：

酥胸高耸女，腰细正芳春；交媾与鸡奸，二者均相宜。

"你还谈到生鬓发、长胡子为男子增加美的成分，凭安拉起誓，这话离开了正常思路，并不正确。其实，面生须发使男子由俊变丑。"

女杰说到这里，慨然吟诵道：

脸上生鬓毛，报仇因受辱。面上无烟冒，鬓发似炭乌。
好纸被染黑，怎找落笔处。仍要选择之，恐是判断误。

女杰吟罢诗，说道："赞美伟大的安拉……"

讲到这里，眼见东方透出黎明的曙光，莎赫札德戛然止声。

第四百二十三夜

夜幕垂降，莎赫札德接着讲故事：

---

① 见《古兰经》"众诗人章"第一百六十五、一百六十六节。

幸福的国王陛下，女杰吟罢诗，说道："赞美伟大的安拉！人间完美的快乐在女人那里，人间最大的享受也在女人身上。你怎么连这一点都不知道呢？我的先生！伟大安拉把仙女许给天堂里的先知和圣徒，使他们成为她们所行善事的一部分。假若安拉知道她们之外还有什么享乐的话，那么，安拉是一定会给他们的。安拉的使者穆罕默德说：'在你们的天地里，使我感到可爱的有三：女人、善男和礼拜。'安拉将少男看作是天堂中先知和圣贤们的童仆。因为天堂是快活、享受的乐园，而快活、享受的实现离不开童仆的效力。把少男用在服务以外的地方，那便是一种腐败堕落的行为，是犯罪造孽，有诗为证：

    同性恋为耻，异性爱正常。几多美少年，夜下眠一床；
    黄昏周身香，晨起衣姜黄。耻辱与羞涩，尽挂在面庞。
    衣上留污迹，否认何用场？几多天仙女，腰肢赛柳扬。
    明眸富魅力，相伴度宵良。辞别赠芳菲，回舍仍闻香。
    少男与少女，岂可比短长？世上谁曾把，粪便比沉香？

"二位先生，你们俩使我远离了羞耻的框框，脱离了自由妇女的圈子，信口讲起了与学者身份不相宜的男女之间的丑恶粗俗之事。不过，有道是：自由者的胸膛是秘密的坟墓，相互信任是诚恳交谈的基础，任何工作均出自愿望。因此，我求安拉宽恕我，宽恕你们，宽恕其余的穆斯林；因为安拉是大慈大悲、宽厚无比的。"

  女杰说完，沉默无言了。之后，她再没有回答我们任何问题。我们与她辩论，收获甚大，最后怀着依依惜别的心情离开了她那里。

莎赫札德讲到这里，妹妹杜娅札德说："姐姐，你再给我讲个故事吧！"

莎赫札德说："如果国王陛下允许，我愿意讲更精彩的故事。"

国王说："天色还早呢，你就再接着讲故事吧！"

莎赫札德开始讲《不染发老妪》的故事：

相传，艾卜·苏维德讲了这样一个故事：

一天，我和一些朋伴走进一个果园，打算买些水果。我们在果园旁边看见一位老太太，只见她面色红润，面皮舒展，只是头发洁白如霜，正拿着一把象牙梳子梳头。我们在老太太的身旁站了下来，但她没有留意我们，也没有把自己的头蒙起来。我对老太太说："老奶奶，您若把头发染黑的话，您将比少女还要漂亮。可是，您为什么不染染发呢？"

老太太听我这样一问，抬起头来，凝视着我……

讲到这里，眼见东方透出黎明的曙光，莎赫札德戛然止声。

第四百二十四夜

夜幕垂降，莎赫札德接着讲故事：

幸福的国王陛下，艾卜·苏维德接着讲故事：

老太太听我这样一问,抬起头来,凝视着我,吟诵道:

日染吾白发,何用我复染?天色继日长,人染伴时短。
岁月踏发白,昂首步蹒跚。我身前后人,谁堪得幸免?

我听罢老太太吟诵的诗,对她说:"老奶奶,您真诚恳,一语道出了禁律,而在忏悔罪恶的主张上却未说实话。"

莎赫札德接着讲《修士与来客》的故事:

相传,很久很久以前,在凯尔赫的土地上住着一位虔诚的修士。

有一天,一位客人来访修士,修士拿来一些椰枣,让客人尝鲜。

客人和主人一道吃了些椰枣,然后对修士说:"这椰枣真是香甜可口呀!在我们家乡没有这种东西,若能在我们那里栽种一些,那该多好啊!"

客人沉默片刻,又说:"我希望你能帮一下忙,让我带走一些种子,种在我们那块土地上。因为我对你们这里的果木不熟悉,更不知道该种在什么地方。"

修士说:"你这样想,恐怕使你白白辛苦,没有什么收获。也许这种椰枣树不适合在你们那里的土地上生长。你们那里的果树种类繁多,哪里缺少这么一种椰枣树呢?再说这种椰枣吃下肚去,难以消化,对身体也没有多大好处。"

修士沉默片刻,又对客人说:"想求得不到的东西之人,不能算作一个智者。你若能满足于自己已有之物,不贪求未得之物,那就是一个幸运人。"

修士讲的是希伯来语,客人觉得美妙动听,心中羡慕不已,于是花了很大力气,勉强学了数日,结果收效甚微。

修士说:"你丢掉自己的语言,强迫自己说希伯来语,就跌入了乌鸦的窠臼之中。"

"那是怎么回事呢?"客人问。

修士说:"相传,很久很久以前,有一只乌鸦,看见一只正在散步的鹧鸪,十分羡慕它的行走姿势,一心想学鹧鸪走路,于是强迫自己练习,但无论怎样也学不像,不免感到失望。这时,它想恢复自己原来的行走姿势,结果自己原来的行走姿势也毫无章法了,最后成了行走姿势最丑的一种鸟。"

修士稍微喘了一口气,接着说:"我之所以给你举了这么一个例子,是因为我看见你丢弃了自己的语言,竟讲起希伯来语,而希伯来语是你所不熟悉的。因此,我担心你学不好希伯来语,反而会把自己原来的语言忘掉,回到乡亲们中间去之后,你会成为说话腔调最难听的人。有句话说得十分在理:勉强做不适合自己做的事情,既不是自己应该做的事,也不是父辈、祖辈教给自己的工作,那是最愚蠢的人。"

莎赫札德接着讲《才女成亲》的故事:

相传,阿里·本·穆罕默德·本·阿卜杜拉·本·塔希尔有一天来到奴隶市场上,看见一个名叫穆尼丝的女奴。那姑娘聪明伶俐,工于诗文,颇有文采,堪称女诗人。

阿里·本·穆罕默德问她:"姑娘,你叫什么名字?"

姑娘回答道:"蒙安拉恩泽,奴婢名叫穆尼丝。"

其实,阿里·本·穆罕默德早就知道她的名字。

阿里·本·穆罕默德低头沉思片刻,然后抬起头来,望着穆尼丝,吟诵道:

爱你一男儿,因之疾病生。不知如何办,你有何言赠?

穆尼丝立即和吟道:

若见情郎哥,已患相思病。当令如愿偿,梦化现实成。

阿里·本·穆罕默德一听,深信其才赋超凡,喜不自胜,当即慷慨解囊,以七万迪尔汗的价钱买下她,随后俩人结为伉俪。

之后,穆尼丝生下奥贝德拉·本·穆罕默德。奥贝德拉·本·穆罕默德长大成人,成了一位颇有才学和成就的知名学者。

艾卜·伊那讲过这样一个故事:

我们巷子里有两位女子,其中一位恋上了一个大胡子男子,而另一位则爱上了一个没有胡须的少年,后相继结为夫妻。

一位女子的家离我家很近。一天夜里,她俩在那位女子家的屋顶平台上聊天,不知道我就在自家的房顶上听着。

无须少年的妻子问有胡子男子的妻子:"姐姐,当你丈夫亲吻你时,他那大胡子擦着你胸脯、扎着你的双唇和面颊,你怎么能受得了呢?"

"拉伊娜,你要知道,树木必有树叶装饰,黄瓜必有毛刺相配,你见过比秃子更丑的人吗？你有所不知，男人的胡子就像女人的额发，面颊与胡子没有什么分别。伟大安拉创造了天使。天使说：'赞美伟大的安拉，为男子配上胡须，为女子配上额发。'如果不是胡须与额发同样美，那么，男子与女子之间也就不存在差别了。我不愿意委身于那样的无须少年，他们总是那么性急匆忙，不等我的高潮到来，他们便已尽兴离去。我喜欢那样的男子，闻呀，吻呀，拥呀，抱呀，而后他把那玩意儿徐徐插入我的体内，待双双尽兴时，方才分离；过些时辰，再度亲热一番……"

只听那女子向无须少年的妻子讲了许多有益的话语。那位无须少年的妻子说："凭安拉起誓，我都把我的丈夫忘了……"

莎赫札德讲到这里，戛然止声。

妹妹杜娅札德说："姐姐，这个故事真是美妙精彩极了！"

莎赫札德说："如果蒙国王陛下厚恩，能再留我一夜，我讲的故事将会更精彩、更美妙。"

舍赫亚尔国王说："天色还早，你接着讲下去就是了！"

莎赫札德开始讲《阿里·米斯里》的故事：

相传，古代埃及的米斯尔城有个商人，名叫哈桑·高海里·巴格达迪，家财万贯，珍宝无数。他有个儿子，容貌俊秀，取名阿里·米斯里。

哈桑·高海里非常喜欢阿里·米斯里，亲自执教，教儿子读《古兰经》，学修辞，攻知识，习文学。阿里·米斯里少年早慧，颇有灵犀，样样精通，十分出色，长大成人之后，便在父亲手下经营生意。

有一年，哈桑·高海里染病，且日渐加重，自感一病难起，大限即至，便把儿子阿里·米斯里叫到病榻前……

讲到这里，眼见东方透出黎明的曙光，莎赫札德戛然止声。

第四百二十五夜

夜幕垂降，莎赫札德接着讲故事：

幸福的国王陛下，哈桑·高海里非常喜欢阿里·米斯里，亲自执教，教儿子读《古兰经》，学修辞，攻知识，习文学。阿里·米斯里少年早慧，颇有灵犀，样样精通，十分出色，长大成人之后，便在父亲手下经营生意。

哈桑·高海里染病，且日渐加重，自感一病难起，大限即至，便把儿子阿里·米斯里叫到病榻前，叮嘱说："孩子啊，今世是转瞬消逝的，而只有来世才是永恒的。无论谁都逃不过死亡这一关。孩子啊，为父已近死门关了，想嘱咐你几句。若能照为父的嘱咐行事，你就可一生幸福，直至见到安拉；如若不然，必将遇到重重困难，到时候后悔莫及。"

阿里·米斯里问："父亲，听你的话，照你的嘱咐办事，这是我的义务，我怎好不听你的嘱咐、不按你的嘱咐办呢？"

"孩子，为父给你留下了大量财产、房舍，还有无数金钱，即使你每天花上五百第纳尔，也会终生受用不尽。不过，孩子，你要敬畏安拉，按照安拉使者的命令行事，凡是穆圣倡导的，要坚决去办；凡是穆圣禁止的，你要远避之。你要坚持行善积德，与好人交往,跟学者为伍,你要同情穷困、可怜之人,力戒吝啬,莫与坏人、歹徒同流合污。你要关心、怜悯你的奴婢,更要爱护你的妻子,因为你的妻子是大家闺秀,眼下怀有身孕,但期安拉赐予你好儿好女。"

父亲边叮嘱儿子边哭泣落泪。父亲继续说:"孩子啊,我祈求伟大的安拉永远结束你的艰难处境,为你送来吉祥、平安、顺利、舒适。"

阿里·米斯里听后,失声痛哭,说道:"父亲,我凭安拉起誓,听你这样一说,我的心都要碎了,仿佛你在对我做永久的告别。"

"是的,我的孩子。我知道自己的情况。你千万不要忘记我的叮嘱!"

哈桑·高海里说罢,随即咏诵做证词:"我证万物非主,唯有安拉;我证穆罕默德是安拉的使者。"

他又对儿子说:"孩子,你离我近些!"

阿里·米斯里弯腰俯身,父亲吻了吻儿子,片刻之后,哈桑·高海里发出临死时的喉鸣,没过多大一会儿,便一命归真了。

父亲仙逝,阿里·米斯里十分难过,家中一片喧嚷声,父亲的生前好友相继赶来,为老友送行,举行隆重的葬礼。友人们把哈桑·高海里抬上灵柩,为他祈祷,然后将之送往坟茔,埋葬之后,诵读《古兰经》。

安葬完毕,他们返回城中,抚慰阿里·米斯里一番后,各回自家。

阿里·米斯里居丧在家,一连四十天,只有做礼拜时才去清真寺,每逢星期五去为父亲扫墓。

阿里·米斯里在家里祈祷、诵经,深居简出了一段时间,一些商贾子弟便来到他家找他,他们向他问好之后,对他说:"阿里·

米斯里,你要痛苦到什么时候呢?你丢下工作,放弃生意,不和朋友们见面,时间一长,会给你的健康带来损害的。"

那帮商贾子弟受了可恶魔鬼的唆使,花言巧语鼓动阿里·米斯里和他们一起到市场去。魔鬼终于征服了阿里·米斯里,他同意跟他们出去,离开了家门。

讲到这里,眼见东方透出了黎明的曙光,莎赫札德戛然止声。

第四百二十六夜

夜幕垂降,莎赫札德接着讲故事:

幸福的国王陛下,阿里·米斯里在家里祈祷、诵经,深居简出了一段时间,一些商贾子弟便来到他家找他,他们向他问好之后,对他说:"阿里·米斯里,你要痛苦到什么时候呢?你丢下工作,放弃生意,不和朋友们见面,时间一长,会给你的健康带来损害的。"

那帮商贾子弟受了可恶魔鬼的唆使,花言巧语鼓动阿里·米斯里和他们一起到市场去。魔鬼终于征服了阿里·米斯里,他同意跟他们出去,离开了家门。

他们对他说:"喂,阿里·米斯里,骑着你的骡子,带我们到花园里去玩玩,也好消除你的痛苦和忧愁。"

阿里·米斯里骑上骡子,带着仆人,和他们一道向他们说的那座花园走去。

他们进了花园，其中一个人走去准备午餐，然后带到花园中来。他们吃过饭，坐下来，一直谈到夕阳西下，方才各自回家过夜。

次日清晨，他们又来找阿里·米斯里。他们说："喂，阿里·米斯里，带我们去玩玩吧！"

"去哪儿？"

"去另一座花园，那里比我们昨天去的那座花园更漂亮，更好玩。"

阿里·米斯里立即骑上骡子，随他们向另一座花园走去。

他们来到花园，一个人去弄来午餐，还买来了葡萄美酒。他们吃完饭，拿出葡萄美酒来，对阿里·米斯里说："喂，好朋友，我们来喝这个！这玩意儿能消忧解闷，带来欢乐。"

他们轮番劝阿里·米斯里喝酒，他终于被征服了，和他们一道喝了起来。

他们边谈边喝，一直喝到日落西山，方才各回自家。

阿里·米斯里喝得头晕目眩，醉醺醺地回到家中。妻子问他："你怎么啦？"

阿里·米斯里说："今天，我们玩得高兴极了。不过，一个朋友弄来了一种水，我也和他们一起喝，喝得头晕乎乎的。"

"先生，难道你忘记了父亲的遗嘱？老人家不是叮嘱你不要跟那些不三不四的人在一起吗？"

"他们都是商贾子弟，不是什么不三不四的人，而是些喜欢玩乐的人。"

就这样，阿里·米斯里每天都跟着他们出去，玩了一个地方又一个地方，又吃又喝，早出晚归。有一天，他的那些朋友说："喂，阿里·米斯里，我们都轮过一遍了，该你掏腰包了。"

"好吧！"阿里·米斯里一口答应。

第二天清晨，阿里·米斯里备好了相当于朋友们耗去的钱财数倍的东西，吃的喝的，一应俱全，并且带着厨师、侍从和烧咖啡的人，到了一座花园，在那里吃喝玩乐了整整一个月时间。

一个月过去了，阿里·米斯里发现自己花去了一大笔钱。这时，可恶的魔鬼诱惑他说："花吧！就是每天花这么多钱，你的钱也是花不光的。"

阿里·米斯里挥金如土，不知不觉三年过去了。他的妻子一再规劝他，不时用他父亲的遗嘱提醒他，而他根本不听，终于把家中的钱全部花光了。他开始拿珍珠宝石去卖，然后用卖得的钱吃喝玩乐，直到家中珠宝耗尽。之后，他开始卖房屋和不动产，直到卖尽花光。继之，他又开始卖果园和土地，眼看着一块块土地和一座座果园被卖掉，只剩下他自己居住的那座房子了。这时，他开始拆石料和木料去换钱。等再也没什么东西可卖时，就把自己住的房子也换成钱花了。

之后，买他房子的那个人来了，对阿里·米斯里说："喂，阿里·米斯里，你找个地方住吧！我需要这座房子了。"

这时候，阿里·米斯里的妻子已为他生下一男一女，他已经没有奴仆，只有自己和自己的妻子、孩子需要住房了。于是，他找了一间茅草屋，一家四口人住了下来；往昔奴婢成群，荣华富贵，腰缠万贯，而今连饭都吃了上顿没下顿。

妻子对阿里·米斯里说："这样的结果，我早就告诉过你了。我一再提醒你记住老人家的遗嘱，而你根本不听。如今落到这个地步，别无他法，只有依靠伟大的安拉了。可是，我们的孩子不能饿着呀！孩子吃什么呢？你去找找那些商贾子弟，找他们讨点儿吃的东西，也好把今天熬过去呀！"

阿里·米斯里站起身来，一个一个地去找他们，结果那些人不是不见，就是说给他一些难听的话，没有一个人给他任何东西。他空手回到妻子面前，对妻子说："他们没给我任何东西。"

万般无奈之下，妻子去找邻居，想讨点儿吃的东西度日。她向过去认识的一位妇人家走去。

讲到这里，眼见东方透出黎明的曙光，莎赫札德戛然止声。

第四百二十七夜

夜幕垂降，莎赫札德接着讲故事：

幸福的国王陛下，阿里·米斯里站起身来，一个一个地去找过去的朋友们，结果那些人不是不见，就是说给他一些难听的话，没有一个人给他任何东西。他空手回到妻子面前，对妻子说："他们没给我任何东西。"

万般无奈之下，妻子去找邻居，想讨点儿吃的东西度日。她向过去认识的一位妇人家走去。

那位邻居见她进来，忙站起身来迎接，见她泪眼模糊，便问："你怎么啦？"

阿里·米斯里的妻子将丈夫的行为一一说给邻居妇人听。那妇人听罢，说道："欢迎你！我们是一家人嘛！你需要什么东西，请只管拿，不用还的。"

"安拉会给你报答的。"

说罢，邻居妇人给了她足够一家人吃一个月的东西，她拿着，高高兴兴地回到家中。

阿里·米斯里见妻子带回那么多东西，泪水夺眶而出，问道："从哪儿弄来的？"

"从邻居福拉娜太太那里要来的。我把我们的情况全讲给她听了。她听后，对我说：'你需要什么东西，请只管拿，不用还。'"

"你和孩子有吃的了，我到外面走一走，但期安拉能解救我们。"

阿里·米斯里主意已定，亲了亲孩子，随后出了家门，只是不知道该往哪里去。

阿里·米斯里来到布拉克，见码头上停着一艘开往杜姆亚特去的船；他在那里遇见他父亲的一位生前好友。那个人向他问好后，说："你想到哪儿去？"

阿里·米斯里回答说："我想去杜姆亚特，那里有我的一些朋友，我去拜访他们。"那个人把他带到家中，对他一番好招待，还给他备了一些干粮，给了他一些钱，然后把他送到开往杜姆亚特的船上。

阿里·米斯里到了杜姆亚特，下了船，仍然不知道该往哪里去。他正在街上走时，有个商人看见他，出于同情之心，将他接到家中。

阿里·米斯里在那个人家中住了一段时间，心想："我在人家家里住到什么时候算是头呢？"想到这里，他便向商人告辞，打听到一条即将开往沙姆的船。那个商人给他准备了干粮、盘缠，然后把他送到那条船上。

阿里·米斯里乘船来到了沙姆大地，进了大马士革城。

阿里·米斯里正在大马士革大街上徘徊时，被一位好心商人看见,随后将他接到家中,他在那个人的家里住了一段时间。

有一天,阿里·米斯里出门,看到一支要前往巴格达的驼队,心生随驼队旅行的想法。他马上回到那位商人家里,向商人谈了自己的打算,与商人告别之后,便随驼队出发了。

安拉开恩,让一位商人收纳了阿里·米斯里,一路上让他和自己一道吃喝,终于到达距巴格达尚有一天路程的一个地方。就在那里,一伙劫匪对驼队发动突然袭击,抢走了他们所带的货物,仅有少数人幸免,他们纷纷逃命,各奔前程去了。

阿里·米斯里走到巴格达,已是日落时分,只见守城的人正在忙着关闭城门。阿里·米斯里急忙走上前去,央告道:"求你们让我进去吧!"

"我从米斯尔城来,带着货物、驴骡和奴仆。我赶到大队前头来看看,想找个地方存放货物。我骑着骡子,刚刚离开他们,便遇上一帮劫匪,把我的骡子和货物都抢走了,庆幸我自己免于一死,逃了出来。"

守城人听他这样一说,马上对他热情接待,说:"欢迎你在我们这里过夜,明早再去选地方吧!"

阿里·米斯里从口袋里翻出一枚金币,那还是布拉克的那个商人给他的。他把金币送给一个守城人,对他说:"你拿去,给我们买点儿吃的东西来吧!"

那个人接过金币,到市场上买了发面饼和熟肉,阿里·米斯里和他们一道吃了一顿。这天夜里,阿里·米斯里就留在他们那里过夜。一直睡到大天亮。

第二天清晨,守城人把阿里·米斯里送到一个巴格达商人那里,向商人讲了他的情况。那个商人相信阿里·米斯里是个商人,而且带了大量货物,于是将他带领到自己的店铺里,一番热情款待之后，又把他领回自己的家中，给他拿出一套漂亮的衣服，让他进浴池沐浴。

阿里·米斯里和商人进入浴池洗过澡，换上好衣服，又跟着商人回到家中。商人为他备好午餐，两个人一道吃了起来。

吃完午饭，商人对仆人说："喂，麦斯欧德，领着这位先生去看看那两座房子去，他喜欢哪一座，把钥匙交给他就是了。"

阿里·米斯里跟着仆人走去，来到一条街上，只见那里有三座房子，彼此相临。仆人打开一座房门，让阿里·米斯里看了看，然后又打开第二座房门。仆人问："先生，你喜欢哪座房子？"

阿里·米斯里说："那座大房子是谁的？"

"也是我家老爷的。"

"打开让我看一看呀！"

"你不会要那座房子的。"

"为什么？"

"那座房子不平静啊！谁住在里面，谁会送命的。只要让人住进去，第二天抬出来的就是死尸，而且要从这两座房子的房顶上下去，去抬死尸。因此，我们的老爷放弃了它，不再让人去住了。"

"你打开它，让我看看！"

阿里·米斯里心想："这正合我的要求。我住进去，明早就死掉，正好摆脱了眼前的这种困难处境，岂非再好不过！"

仆人把房门打开，进去一看，那座房子很大。阿里·米斯里对仆人说："我就要这座房子，给我钥匙吧！"

仆人说："我要和老爷商量一下，才能给你钥匙。"

讲到这里，眼见东方透出黎明的曙光，莎赫札德戛然止声。

第四百二十八夜

夜幕垂降,莎赫札德接着讲故事:

幸福的国王陛下,阿里·米斯里对仆人说:"你打开那座大房子,让我看看!"

阿里·米斯里心想:"这正合我的要求。我住进去,明早就死掉,正好摆脱了眼前的这种困难处境,岂非再好不过!"

仆人把房门打开,进去一看,那座房子很大。阿里·米斯里对仆人说:"我就要这座房子,给我钥匙吧!"

仆人说:"我要和老爷商量一下,才能给你钥匙。"

仆人回去见主人,说道:"埃及商人非要住那座大房子不可!"

商人听后,来见阿里·米斯里,对他说:"先生,你用不着住那么大一座房子。"

阿里·米斯里说:"我非住那座大房子不可。我根本不在乎那些话。"

"那样的话,你要立个字据,写明如果发生意外,与我概无关系。"

"我同意立字据。"

随后,他们从法院请来证人,立下字据,商人拿在手中,然后把钥匙交给了阿里·米斯里。

阿里·米斯里拿到钥匙,进了那座大房子。商人派人送来被褥,仆人为阿里·米斯里铺好床铺,便离去了。

阿里·米斯里进了宅门，发现院中有一口井，井旁放着水桶。他打了一桶水，做过小净，然后做礼拜。礼拜毕，他坐了片刻，仆人送来了晚饭，同时送来蜡烛、烛台、脸盆、水壶和水罐。

仆人放下东西，便离开了阿里·米斯里，回主人家去了。

阿里·米斯里点上蜡烛，吃完晚饭，稍事休息，再做宵礼。他心想："起来，到楼上去睡比这里更好。"随后，他站起身来，抱着被褥，登梯上楼。

阿里·米斯里来到楼上一看，只见那里有一个大厅，天花板金光闪烁，地面和四壁均用大理石覆盖。他铺好被褥，坐下来，念了几段《古兰经》。时隔不久，突然有一个人对他说："哈桑的儿子，我把金币还给你吧？"

阿里·米斯里回答道："你还的金币在哪里呢？"

阿里·米斯里话音刚落，只见黄灿灿的金币就像弩炮发出来的炮弹一样飞落而来，顷刻之间，大厅里堆满了金币。

这时，那个人说："我已完成了任务，把你寄存的东西如数还给你了，你能放我走吗？"

阿里·米斯里说："凭安拉起誓，你一定要把这金币的来历告诉我。"

"这金币本来是好久之前你寄存在我这里的。每当有人住到这座房子里，我总是说：'阿里·米斯里，哈桑的儿子，我把金币还给你吧？'这时，客人便吓得魂不附体，大喊大叫。我把金币撒给他，却砸破了他的脑袋，断送了他的性命。如今，你住在这里，我呼唤你的名字，呼唤你父亲的名字，我又说：'我把金币还给你吧？'你回答道：'你还的金币在哪里呢？'我立即得知，你就是金币的主人，于是，我就把金币还给了你。你在也门还有个宝库；你到那里取到财宝，然后再返回这里，对你来说最合适。我希望你能放我走。"

"凭安拉起誓,你把也门的宝物给我取来,我才能放你走。"

"如果我把那里的宝物给你取来,你能放我和那个看守宝库的仆人走吗?"

"可以放你们走。"

"请你对我立誓吧!"

阿里·米斯里向他立过誓言,他转过身去就要走时,阿里·米斯里说:"我还有件事。"

"什么事?"

"我的妻子儿女尚在米斯尔,你应该把她们安全送到这里来。"

"我将用驼轿,让他们在奴婢们的照顾下,连同也门的宝库,一起给你送来。"

之后,无形人要阿里·米斯里给他三天时间,他将把一切送到他的面前,然后离去了。

阿里·米斯里在大厅里开始来回走动,想找个地方存放那些金币,但见厅堂一头的墙壁上有颗螺丝。阿里·米斯里一按螺丝钉,一块壁石便移开了,露出一扇门来。他推开门,只见那是个大仓库,里面放着许多口袋。阿里·米斯里拿来口袋,把金币装入口袋里,然后将一袋袋金币搬入仓库,锁好门,再按那螺丝钉,那块壁石随即移回原来的地方,霎时间,一切完好如初。

之后,阿里·米斯里下楼去,坐在门后的那张床上。

阿里·米斯里刚坐稳,就听有人敲门。他走去开门,但见进来的是房东的仆人。仆人见房客安然无恙,忙回去向主人禀报。

讲到这里,眼见东方透出黎明的曙光,莎赫札德戛然止声。

第四百二十九夜

夜幕垂降,莎赫札德接着讲故事:

幸福的国王陛下,阿里·米斯里在大厅里开始来回走动,想找个地方存放那些金币,但见厅堂一头的墙壁上有颗螺丝。阿里·米斯里一按螺丝钉,一块壁石便移开了,露出一扇门来。他推开门,只见那是个大仓库,里面放着许多口袋。阿里·米斯里拿来口袋,把金币装入口袋里,然后将一袋袋金币搬入仓库,锁好门,再按那螺丝钉,那块壁石随即移回原来的地方,霎时间,一切完好如初。

之后,阿里·米斯里下楼去,坐在门后的那张床上。

阿里·米斯里刚坐稳,就听有人敲门。他走去开门,但见进来的是房东的仆人。仆人见房客安然无恙,忙回去向主人禀报。

仆人对主人说:"老爷,住在常闹鬼的那座房子里的那个商人平安无事,安安稳稳地坐在门后的那张床上。"

主人高高兴兴地带着早餐去看阿里·米斯里。主人一见阿里·米斯里,便与他拥抱在一起,亲吻他的眉心,继之问道:"安拉待你如何?"

"好极了!我是在楼上大理石壁厅里过夜的。"阿里·米斯里得意扬扬地回答道。

"安拉给你什么东西,或者你看见了什么吗?"

"没有。我只是念了几节《古兰经》,便一觉睡到了大天亮。之后,我起床,做小净,做礼拜,然后下楼,坐在这张床上。"

"赞美安拉保佑你平安。"

主人离去,随即派来男仆婢女若干人,清扫楼上楼下,一番布置之后,让三奴四婢留下,专门伺候阿里·米斯里,其余的人返回府中。

商人们闻讯,纷纷前来送礼,吃的、喝的、穿的、用的等物样样都有。他们把阿里·米斯里领到市场上去参观,并且热情地问他:"你的货物什么时候到呢?"阿里·米斯里对他们说:"三天之后就到……"

三天过去了,那个送还金币的人来到阿里·米斯里面前,说:"也门的宝库,我已经给你运来,你去接宝吧!你的太太、孩子也都来了。那批宝物中有大量钱财,我把它扎成货物驮子,运财宝的骡子、马匹、骆驼、奴仆全是魔鬼扮成的。"

原来,那个人已经到米斯尔去过,看见阿里·米斯里的妻子、儿女处于无衣无食的困窘状况中,于是让他们乘着驼轿离开米斯尔,又从也门取来的宝物中拿出华丽的衣服给她们穿上。

阿里·米斯里得知此消息,立即去会见商人们,对他们说:"我们一道去城外迎接商队吧!我的货物快要到了。你们带上你们的夫人,以便去接我的夫人。"

"遵命!"商人们异口同声。

商人们带上他们的妻室,来到城中的一座花园里,坐下谈天,准备迎接阿里·米斯里的家眷。

商人们坐在花园谈笑时,忽见远处荡起一缕烟尘,他们立即站起来观看。片刻过后,烟尘散去,只见大队人马出现了,赶骡子的、赶骆驼的,还有若干仆人打扮的,唱着歌,手舞足蹈地走来。

一个驭夫走上前来,亲吻阿里·米斯里的手,然后说:"老爷阁下,我们在路上耽误了一些时间,我们本想昨天进城,恐怕遇上劫匪,故在原地停留了四天,等安拉为我们赶走劫匪,我们才动身赶来的。"

商人们骑上骡子,随同驼队一起走,夫人们和阿里·米斯里的妻子随后跟着大队人马。商人们见驼队驮着许多箱子,无不感到新奇。他们的夫人见阿里·米斯里的妻子及孩子所穿的漂亮衣服,纷纷惊叹道:"这样的衣饰,巴格达的君王没有穿过,其他的国王、达官和巨商们也没有见过。"

商人们和阿里·米斯里一道走,夫人们和阿里·米斯里的妻子一道前行,一直走到住处……

讲到这里,眼见东方透出黎明的曙光,莎赫札德戛然止声。

第四百三十夜

夜幕垂降,莎赫札德接着讲故事:

幸福的国王陛下,商人们骑上骡子,随同驼队一起走,夫人们和阿里·米斯里的妻子随后跟着大队人马。商人们见驼队驮着许多箱子,无不感到新奇。他们的夫人见阿里·米斯里的妻子及孩子所穿的漂亮衣服,纷纷惊叹道:"这样的衣饰,巴格达的君王没有穿过,其他的国王、达官和巨商们也没有见过。"

商人们和阿里·米斯里一道走,夫人们和阿里·米斯里的妻子一道前行,一直走到住处,将骡子、骆驼赶到院中,卸下箱子,放入仓库。夫人们走进大厅,只见那里摆设豪华,简直就像一座花园。他们坐下来，边笑边谈，直坐到中午时分。

午饭时间到了，丰盛的午餐送来，饭菜种类齐全，甜食多种多样。他们吃饱喝足，交谈后又洒过香水，男男女女才各自离去。

商人们回到自己家中，纷纷斟酌自己的情况，尽自己的力量，给阿里·米斯里送去礼物，他们的夫人也争相给阿里·米斯里的妻子送礼，过不多时，阿里·米斯里那里奴婢成群，粮食、糖果样样俱全，各种东西堆积如山。

房东则一直守在阿里·米斯里的身边，寸步不离。房东对他说："让奴仆们把骡子等牲口牵入房子里，好好去歇一歇吧！"

阿里·米斯里说："今夜他们就要离去的。"

阿里·米斯里让他们到城外去，等夜幕垂降时再起程。他们得令开往城外，然后腾空而起，各自向自己的天地飞去。

阿里·米斯里与房东坐到一更天方才分手。房东返回自己的住处，阿里·米斯里则来到妻子身旁，问候之后，说："我离开家后的这段时间，你和孩子是怎样熬过来的？"

妻子把遭遇到的缺衣无食的困窘状况向丈夫述说了一遍。阿里·米斯里对妻子说："赞美安拉，你们平安无事。你们又是怎样到这里来的呢？"

"先生，昨天夜里，我和孩子正在睡觉，只觉一个人把我和孩子托上空中，然后开始飞行，但没有给我们带来任何伤害。我们一直飞呀飞呀，终于降落在一个像阿拉伯人的小村庄的地方，只见那里有许多头骡子，全都驮着货物。他们让我们坐在两头大骡子背上，周围站着许多仆人。我问他们：'你们都是些什么人？这些货物都是些什么？我们现在在什么地方？'他们告诉我：'我们都是商人阿里·米斯里的仆人，而我们的主人是商人哈桑·高海里的儿子。主人派我们来取东西，我们现在要把这些东西送往巴格达城。'

我问他们：'这里离巴格达是远还是近？'他们说：'很近！一夜就能走到那里。'之后，他们又让我们坐在驼轿里。第二天天亮，我们便来到了你面前，未遭受任何伤害，也未遇到任何麻烦。"

阿里·米斯里又问："这些衣服是谁给你们的？"

"领队的那个人打开骡子驮的一口箱子，取出这些衣服，给我穿上一套，给孩子也穿上一套。之后，他把那口箱子锁住，随后将钥匙交给我。他对我说：'你要好好保存这把钥匙，把它交给你的丈夫。'你看哪，钥匙还在我这里保存着呢！"

说着，妻子掏出钥匙，交给阿里·米斯里。

阿里·米斯里对妻子说："你认识那口箱子吗？"

"认识。"

二人来到仓库，妻子指着那口箱子，对丈夫说："这就是取出衣服的那口箱子。"

阿里·米斯里用钥匙打开箱锁一看，只见箱子里有许多衣服，所有箱子的钥匙都放在里面。

阿里·米斯里拿出钥匙，一口箱子一口箱子地打开看，他发现那些东西都是任何国王所没有的珍宝，看完后，他又将箱子一个个锁上，拿着一大串钥匙，和妻子一道回到厅堂。他对妻子说："这完全是安拉的恩惠。"

说完，阿里·米斯里带着妻子来到有螺丝钉的壁石那里，按了一下，壁石移开，他又打开后面的仓库门，领妻子进去看了看那些金币。

妻子问："这么多金币，都是从哪里弄来的？"

阿里·米斯里回答道："都是安拉的恩赐。我离开米斯尔，一时不知该往哪里去……"

讲到这里，眼见东方透出黎明的曙光，莎赫札德戛然止声。

第四百三十一夜

夜幕垂降,莎赫札德接着讲故事:

幸福的国王陛下,阿里·米斯里带着妻子来到有螺丝钉的壁石那里,按了一下,壁石移开,他又打开后面的仓库门,领妻子进去看了看那些金币。

妻子问:"这么多金币,都是从哪里弄来的?"

阿里·米斯里回答道:"都是安拉的恩赐。我离开米斯尔,一时不知该往哪里去。我走到布拉克,看到一条开往杜姆亚特的船,登上船到了杜姆亚特。在那里,遇到父亲一位生前好友,把我接到他家中,一番热情招待。他问我:'你到哪里去?'我说:'我想去沙姆的大马士革,那里有我的朋友……'"

阿里·米斯里把自己的经历从头到尾向妻子叙说了一遍。妻子说:"这都是父亲生前为你祈祷、祝福的结果。父亲曾祈祷说:'我求安拉在你落入灾难中不久就帮你解脱。'赞美安拉,已经把你从困苦中解救出来,而且得到了比原来更多的财宝。夫君,看在安拉的面儿上,不要再和那些不三不四的人交往了。但期你不论明里或暗中,都要敬畏安拉。"

妻子一再叮嘱之后,阿里·米斯里对她说:"我接受你的规劝。我求安拉让那些坏人远离我,使我服从安拉,遵循安拉使者的训教。"

阿里·米斯里和妻子、儿女从此开始生活在幸福、安乐之中。

不久，阿里·米斯里在市场上开了一家珠宝店，带着孩子和仆人经营珠宝生意，成了巴格达城最富有的商人。

阿里·米斯里的消息传到国王那里，国王派人前来请他。国王的差使对阿里·米斯里说："阿里·米斯里先生，国王陛下有请。"

"遵命！"

阿里·米斯里开始准备礼品，他拿来四个金盒子，满满装上连帝王那里都没有的珍宝，带着去见国王。

阿里·米斯里进到宫中，向国王行吻地礼，并祝国王永远富贵安康。接着又好一番赞颂祝福。国王对他说："客商，你的光临为我的国家带来了慰藉。"

阿里·米斯里说："大王，奴才带来一份薄礼，还望陛下笑纳。"

阿里·米斯里将四个金盒子放在国王面前。国王打开仔细观看，只见那些东西全是自己不曾见过的珍宝，其价值与国库储备相等。国王说："客商，你的礼物，我收下了。但期我能以等值之物报偿你。"

阿里·米斯里吻了吻国王的手，然后离去。

国王召集文武官员，问他们："有多少位国王向我的女儿求婚？"

"多得很哪！"

文武大臣齐声回答。

"有人向我赠送过这样的礼物吗？"

"没有！因为他们根本没有这样的东西。"

"我求安拉允许我把公主嫁给这个商人，你们有何意见？"

"就按陛下的想法办！"

国王随后命令宫仆将四盒珍宝送往国王寝宫。

国王见到王后，把四盒珍宝放在王后面前，打开盒盖，让王后看。王后看过，发现自己没有一件像那样的宝贝。王后说："难道这是一位向你的女儿求婚的国王送来的礼物？"

国王说："不是！这是一个刚刚来到这座城市的埃及商人送的。我听说他来了，马上派人把他叫到我的面前，想和他交个朋友，期望在他那里买些珠宝，作为我们女儿的嫁妆。他给我带来这四盒珠宝，作为礼物送给了我。我看到那个商人是一个庄重、聪明、漂亮的小伙子，看上去，简直像一位王子。我一看见他，便喜欢上了他，想把我的女儿嫁给他。我已向文武官员展示了礼物。我问他们：'向我女儿求婚的人有多少？'他们回答说：'多得很！'我问他们：'有送这样礼物的吗？'他们说：'没有！国王陛下，谁也没有这样的珍宝。'我对他们说：'我求安拉允许我把公主嫁给这个商人，你们有何意见？'他们异口同声地说：'就按陛下的想法办！'夫人，你有何想法呢？"

讲到这里，眼见东方透出黎明的曙光，莎赫札德戛然止声。

☛ 第四百三十二夜 ☚

夜幕垂降，莎赫札德接着讲故事：

幸福的国王陛下，国王见到王后，把四盒珍宝放在王后面前，打开盒盖，让王后看。王后看过，发现自己没有一件像那样的宝贝。王后说："难道这是一位向你的女儿求婚的国王送来的礼物？"

国王说:"不是!这是一个刚刚来到这座城市的埃及商人送的。我听说他来了,马上派人把他叫到我的面前,想和他交个朋友,期望在他那里买些珠宝,作为我们女儿的嫁妆。他给我带来这四盒珠宝,作为礼物送给了我。我看到那个商人是一个庄重、聪明、漂亮的小伙子,看上去,简直像一位王子。我一看见他,便喜欢上了他,想把我的女儿嫁给他。我已向文武官员展示了礼物。我问他们:'向我女儿求婚的人有多少?'他们回答说:'多得很!'我问他们:'有送这样礼物的吗?'他们说:'没有!国王陛下,谁也没有这样的珍宝。'我对他们说:'我求安拉允许我把公主嫁给这个商人,你们有何意见?'他们异口同声地说:'就按陛下的想法办!'夫人,你有何想法呢?"

王后说:"陛下,事情有安拉为你做主;只要安拉和你愿意,那就照办吧!"

"我们就把女儿许配给这个小伙子。"

一夜过去。

第二天清晨,国王来到王宫,差人把阿里·米斯里和巴格达所有的商人叫来,让他们各自落座。国王说:"把宫廷法官请来!"

法官来到国王面前,国王说:"请给我的女儿和商人阿里·米斯里写婚书。"

阿里·米斯里说:"国王陛下,请原谅!像我这样一个商人不配做国王的驸马。"

国王说:"我已决定招你为驸马,并委任你为宰相。"

说完,立即委任阿里·米斯里为宰相。

阿里·米斯里坐上宰相的宝座,对国王说:"国王陛下,你如此厚待我,使我感到不胜光荣之至。不过,请陛下容我说一句话。"

"说吧,不要害怕!"

"国王既已发布了公主结亲的圣令,那么,应将公主嫁给我的儿子。"

"你有儿子?"国王惊喜地问。

"是的。"

"立即宣你的儿子进宫!"

"遵命!"

阿里·米斯里马上差宫仆将儿子叫到宫中。

阿里·米斯里的儿子来到国王面前,向国王行吻地大礼,然后恭恭敬敬地站在那里。

国王仔细打量,发觉那小伙子比自己的女儿长得还漂亮,而且身材也比公主好,真是完美无缺。

国王问:"孩子,你叫什么名字?"

"我叫哈桑,国王陛下。"

当时,哈桑年方十四岁。国王对法官说:"法官阁下,给我的女儿和哈桑·本·阿里·米斯里写婚书。"

法官遵命,写了婚书。事情圆满结束,他们离开王宫,回家去了。

商人们跟着宰相阿里·米斯里来到他的家中,祝福他荣任宰相,然后各自离去。

宰相阿里·米斯里回到妻子面前,妻子见他身着宰相朝服,惊问:"这是怎么回事?"

阿里·米斯里把事情从头到尾述说了一遍。他说:"国王已把公主许配给我们的儿子了。"

妻子一听,欣喜不已。

又一夜过去。

次日清晨,阿里·米斯里上朝,国王热情迎接他,让他坐在自己身旁。国王说:"宰相阁下,我想给我们的儿女办喜事了。"

阿里·米斯里说:"国王陛下,你看怎么好就怎么办吧!"

国王下令为哈桑和公主举行婚礼,装点城郭,张灯结彩,宴请宾客,庆祝活动热闹而排场,一直延续了三十天。

王后看见驸马,由衷喜欢,见到亲家母,更是喜不自禁。

国王下令为哈桑建造宫殿,工匠们立即动手,一座富丽堂皇的宫殿迅速竣工。哈桑和公主住在这座新宫殿中。哈桑的母亲在那里住了一些日子后,就回自己家中去了。

王后对国王说:"国王陛下,不能让哈桑的母亲住在儿子那里而离开宰相,也不能让她住在宰相那里而丢下儿子。"

"你说得很对呀!"

国王立即命令手下人在哈桑的宫殿旁再建造一座宫殿。

没过多少日子,宫殿建成了。国王下令将宰相阿里·米斯里的东西搬进去。从此,宰相住在这座新宫殿中。这样,王宫、相府和哈桑的宫殿相互连通着,为他们的天伦之乐带来了极大的方便;每当国王想找宰相面谈时,既可步行,亦可随时派人将宰相叫来;同样,哈桑想见父母时,抬脚即可到父母亲面前。

从此,他们尽享天伦之乐,心情舒畅,快乐舒适无比。

讲到这里,眼见东方透出黎明的曙光,莎赫札德戛然止声。

❖ 第四百三十三夜 ❖

夜幕垂降,莎赫札德接着讲故事:

幸福的国王陛下，国王立即命令手下人在哈桑的宫殿旁再建造一座宫殿。

没过多少日子，宫殿建成了。国王下令将宰相阿里·米斯里的东西搬进去。从此，宰相住在这座新宫殿中。这样，王宫、相府和哈桑的宫殿相互连通着，为他们的天伦之乐带来了极大的方便；每当国王想找宰相面谈时，既可步行，亦可随时派人将宰相叫来；同样，哈桑想见父母时，抬脚即可到父母亲面前。

从此，他们尽享天伦之乐，心情舒畅，快乐舒适无比。

时节如流，岁月不居，一晃多年过去了。国王体弱病倒，自知来日不多，便召来文武大臣，对他们说："寡人重病缠身，恐已难起。我把你们请来，和你们商量一件重要事情，听听你们的意见。"

大臣们说："国王陛下，有事请讲。"

"我年迈病倒，担心日后国临强敌。因此，我希望你们在我在世时，拥立一人为王，让我把王权交给他，也好让你们放心。"

"我们拥戴国王陛下的驸马爷哈桑·本·阿里·米斯里为王。驸马爷聪明过人，通晓事理，深谙国政民情。"

"你们对他感到满意吗？"

"是的。"

"也许你们当着我的面不好意思说别的，而背后又有话说。"

"国王陛下，我们表里一致，心口如一，说一不二，心悦诚服。"

"既然如此，你们明天把满朝文武大臣、国家要员、法官等全都叫来，将此事办妥。"

"遵命！"大臣们异口同声。

大臣们离开王宫，派人通知巴格达城的学者、名流士绅和地方官员。

次日清晨,满朝文武、法官、名流士绅、学者和巴格达地方官员来到宫门前。获准入宫,他们向国王致意问安,然后说:"国王陛下,我们都到齐了。"

国王说:"列位臣子,你们希望我在生前立谁为王?"

群臣异口同声说:"我们拥戴陛下的驸马、宰相的儿子哈桑为国王。"

"既然如此,你们就去把他叫到我的面前来吧!"

他们来到哈桑的宫殿,对他说:"喂,哈桑,跟我们一起去见国王吧!"

"什么事?"哈桑问。

"好事!对我们和你来说,都是好事。"

哈桑随大臣们来到国王面前,向国王行过吻地大礼,国王说:"孩子,坐下。"

哈桑坐了下来。国王问:"哈桑,大臣们拥戴你在我之后做他们的国王。我想生前就把王位交给你,也好了却我的一件心事。"

哈桑一听,站了起来,再次向国王行吻地大礼,说:"国王陛下,文武官员当中有年纪比我长、能力比我大的人,就请另选贤能吧!"

群臣说:"我们只拥戴你为国王。"

哈桑说:"有我父亲在,我和我父亲是一样的,我不应该在我父亲之前当国王。"

阿里·米斯里说:"我完全同意群臣的意见。大家既然拥戴你,哈桑,你就不要违抗国王和众大臣的意愿了。"

哈桑在国王和父亲面前,感到有些不好意思,羞涩地低下头去。国王又问群臣:"你们都拥戴哈桑做国王吗?"

"拥护！"群臣同声答道。

接着，他们同声朗诵《古兰经》"开端章"七遍。

国王说："法官阁下，写个文书吧，载明群臣一致拥戴我的驸马为他们的国王。"

文书写毕，群臣向新国王宣誓效忠，然后在文书上签上自己的名字。随后，老国王令哈桑国王登基即位。群臣、名流、士绅、学者和巴格达地方官员一齐向新国王哈桑·本·阿里·米斯里行吻地礼，并表示一切服从新国王安排。

就在那天，新国王哈桑临朝亲政，向朝臣们赐赠锦袍。退朝之后，哈桑来见岳丈，亲吻老国王的双手。老国王说："哈桑，你要敬畏安拉，关心臣民。"

哈桑说："父王大人，蒙您良好祝愿，我定能平安顺利。"

哈桑回到自己的宫殿，妻子、母亲和随从们都向他行吻地礼。他们对哈桑说："大吉大利，平安顺利。"

他们热情祝贺哈桑荣登王位。

哈桑离开自己的宫殿，向相府走去，去见自己的父亲，那里的人们热烈祝贺他荣登王位。父亲嘱咐他敬畏安拉，怜悯万众。

哈桑登上王位，一夜欢喜，难以入睡，不觉天已大亮。他做过礼拜，便临朝听政。军事将领和文官们聚集宫中，听候哈桑国王发号施令。哈桑国王令臣僚们扬善抑恶，继而宣布了任免事项。他一直忙到日落，方才退朝，臣僚们相继各自离去。

哈桑来到岳丈宫殿里，见老国王已是病入膏肓，危在旦夕。他喊了几声，老国王睁开双眼，声音低微地唤道："喂，哈桑。"

讲到这里，眼见东方透出黎明的曙光，莎赫札德戛然止声。

第四百三十四夜

夜幕垂降,莎赫札德接着讲故事:

幸福的国王陛下,哈桑登上王位,一夜欢喜,难以入睡,不觉天已大亮。他做过礼拜,便临朝听政。军事将领和文官们聚集宫中,听候哈桑国王发号施令。哈桑国王令臣僚们扬善抑恶,继而宣布了任免事项。他一直忙到日落,方才退朝,臣僚们相继各自离去。

哈桑来到岳丈宫殿里,见老国王已是病入膏肓,危在旦夕。他喊了几声,老国王睁开双眼,声音低微地唤道:"喂,哈桑。"

哈桑答道:"父王,我在这里。"

"我大限已至,我把女儿及其母后全都托付给你了。你要敬畏安拉,孝顺双亲,好好行使国王职权。你要知道,安拉要人公正、行善。"

"父王,我记住了。"

老国王昏迷三日,最后一命归真。

老国王驾崩,全国举行隆重的祭葬仪式,人们朗读《古兰经》,悼念活动持续四十天。

哈桑国王独立处理朝政,万民称颂,天下太平。

阿里·米斯里任右丞相,哈桑又任命了一位左丞相。哈桑国王在巴格达执政时间很长,那里国泰民安,百业兴旺。

哈桑有三个儿子,相继执政,国家安定,万民幸福。

妹妹杜娅札德说:"姐姐,这故事实在精彩、动人!"

莎赫札德说:"如蒙国王陛下厚恩,能再留我一夜,这与我将要讲的故事相比,就算不上什么精彩、动人了。"

舍赫亚尔国王说:"天色还早,你接着讲就是了!"

莎赫札德开始讲《山野老妪》的故事:

相传,有一位哈吉,睡了一大觉,醒来之后,不见其余哈吉的踪影,便站起来赶路了。他走了不多远,看见一顶帐篷,门口站着一位老太太,帐篷附近卧着一条狗。

哈吉走近帐篷,向老太太问过安好,然后向她要东西吃。老太太说:"你去那道山谷里,抓几条蛇来,我给你烤烤,让你吃。"

哈吉说:"我不敢抓蛇,更没吃过蛇。"

"我跟你一道去。我抓蛇,你不要害怕。"

老太太在前面走,那条狗跟在她的身后。老太太抓了数条蛇后,就给那个哈吉烧烤蛇肉。

哈吉害怕饿坏了肚子,自觉非吃不可,便吃了些蛇肉。片刻过后,哈吉觉得口渴,向老太太要水喝。

老太太说:"你前面就有泉水,去喝点儿吧!"

哈吉走到泉水旁,一尝水,发觉水是苦的。因为口渴得厉害,虽然水苦,还是喝了几口。

哈吉回到老太太跟前,问她:"老太太,真怪呀,你怎么住在这样的地方,吃这种东西,喝这种苦水呢?"

讲到这里,眼见东方透出黎明的曙光,莎赫札德戛然止声。

第四百三十五夜

夜幕垂降,莎赫札德接着讲故事:

幸福的国王陛下,哈吉害怕饿坏了肚子,自觉非吃不可,便吃了些蛇肉。片刻过后,哈吉觉得口渴,向老太太要水喝。

老太太说:"你前面就有泉水,去喝点儿吧!"

哈吉走到泉水旁,一尝水,发觉水是苦的。因为口渴得厉害,虽然水苦,还是喝了几口。

哈吉回到老太太跟前,问她:"老太太,真怪呀,你怎么住在这样的地方,吃这种东西,喝这种苦水呢?"

老太太回答道:"你们那个地方怎么样?"

"我们那个地方房舍宽大,水果新鲜可口,水丰富而甘甜,食物精美,羊多肉肥,一切都好;姑娘那么漂亮,只有在伟大安拉向虔诚信士描绘的天堂里才能看到。"

"这些,我都听说过。请你告诉我,你们那里可有那样的君王:统治你们,施行暴政,若有谁稍有过错,财产被抄,人被抓走,亦可随时将你们赶出家门,叫你们无家可归。"

"也许有那样的情况。"

"如此说来,凭安拉起誓,伴着暴政和压迫的美味佳肴、美好生活,也就只能是置人于死地的毒药,而我们和着安稳和宁静的粗食苦水生活倒成了有益的解毒药。难道你没听人说过'除了伊斯兰教,最大的快乐则是健康和安宁'这样的话?这来自于信从安拉的君王的公正及其他安拉土地上实行的良好政策。以前的帝王喜欢自己拥有最低的威严，只要百姓们看见他感到害怕也就够了；而当今的君王们希望自己有至高无上的权威和尊严，因当今的人已经不像古人。我们这个时代是无耻吹捧、夸夸其谈者们的时代，那些人具有厚颜无耻、暴虐冷酷的特点，惯于挑拨离间，制造嫌恶敌视。假若伟大君王及其求伟大安拉护佑的人在他们当中显得软弱，或者没有政策和威严，那么，毫无疑问，必然造成国家破落，百姓遭灾。有这样一句民谚：'有君王暴虐百载，无百姓相残一年。'假如百姓暴虐，安拉就会派暴君来统治他们。相传哈加吉·本·优素福①有这样一段故事。一天，有人递给他一封信，信上写道：'你要敬畏安拉，不要欺压安拉的信仆。'他读到信后，登上讲台，发表演说道：'众人啊，伟大安拉要我管辖你们的事情……'"

讲到这里，眼见东方透出黎明的曙光，莎赫札德戛然止声。

第四百三十六夜

夜幕垂降，莎赫札德接着讲故事：

---

① 哈加吉·本·优素福（661—714），伍麦叶王朝著名军事将领。六九二年奉哈里发之命，杀死自称哈里发的阿卜杜拉·本·祖拜尔，因此立下大功，深受哈里发赏识，被任命为希贾兹总督。后来又平定了希贾兹、也门和叶麻麦各地的叛乱，重新实现了阿拉伯半岛的统一。六九四年被哈里发任命为伊拉克总督，曾先后镇压伊拉克库法的什叶派和巴士拉哈瓦利吉派的反抗，并平定了东方各省的动乱。

幸福的国王陛下，那老太太说："以前的帝王喜欢自己拥有最低的威严，只要百姓们看见他感到害怕也就够了；而当今的君王们希望自己有至高无上的权威和尊严，因当今的人已经不像古人。我们这个时代是无耻吹捧、夸夸其谈者们的时代，那些人具有厚颜无耻、暴虐冷酷的特点，惯于挑拨离间，制造嫌恶敌视。假若伟大君王及其求伟大安拉护佑的人在他们当中显得软弱，或者没有政策和威严，那么，毫无疑问，必然造成国家破落，百姓遭灾。有这样一句民谚：'有君王暴虐百载，无百姓相残一年。'假如百姓暴虐，安拉就会派暴君来统治他们。相传哈加吉·本·优素福有这样一段故事。一天，有人递给他一封信，信上写道：'你要敬畏安拉，不要欺压安拉的信仆。'他读到信后，登上讲台，发表演说道：'众人啊，伟大安拉要我管辖你们的事情。即使我死了，你们做了坏事，也摆脱不了暴行。因伟大安拉创造了许多像我这样的人，而我并不是最坏、最暴虐、最蛮横的人。'正如诗人所云：

世间有高手，安拉手在上。世有暴虐者，必遭暴君伤。

"暴君是可怕的，只有公正才是最好的。但求安拉改善我们的处境。"

妹妹杜娅札德说："姐姐，这故事真精彩，真动人！"
莎赫札德说："如蒙国王陛下厚恩，能再留我一夜，这与我将要讲的《婢女泰沃杜德与众学者》的故事相比，就算不上什么精彩、动人了。"
舍赫亚尔国王说："天色还早，你接着讲就是了！"
莎赫札德紧接着讲《婢女泰沃杜德与众学者》的故事：

相传，从前巴格达有位巨商，家财万贯，房产无数。安拉使他过着宽舒日子，却未曾赐予他子嗣。光阴荏苒，不知不觉时光流逝，巨商仍未得一男半女，年岁大了，骨头老了，背也驼了，不禁忧心忡忡。他担心身后财产无人继承，香烟断绝，无人记起自己，于是虔诚地向安拉祈祷，白天斋戒，夜间膜拜，向安拉许下大愿，遍访虔诚信士。

由于这位巨商态度诚恳，安拉接受了他的祈祷，答应了他的乞求。几日之后，他与自己的一位妻子同房，妻子当夜怀孕。

妻子妊娠期满，生下一个男孩儿，容貌俊秀，如同圆月。

巨商眼见儿子呱呱落地，万分感谢伟大的安拉，立即开始还愿，广济博施，为鳏寡孤独的人提供衣食。

儿子出生后的第七天，巨商为儿子取名艾卜·哈桑，并且特别安排乳娘给孩子哺乳，让保姆精心照管，另有多个仆人护卫。

艾卜·哈桑渐渐长大，开始学念《古兰经》，熟悉宗教仪式和伊斯兰教教义，练书法，习诗歌、算术和射箭。

艾卜·哈桑心有灵犀，一学便会，不久即成为当时最杰出的青年。他容貌俊秀，面颊红润，前额光亮，鬓发乌黑；个子不高不矮，走起路来昂首挺胸；他能言善辩，气度非凡。正如诗人所描述的那样：

> 有墙花园中，鬓发春已来。春令已去了，玫瑰怎仍在？
> 莫非君未见，颊上花木栽？上有紫罗兰，绿叶当中开。

艾卜·哈桑和父亲一起度过了一段最快乐的时光。父亲非常喜欢儿子，直到艾卜·哈桑长成了男子汉。

有一天,艾卜·哈桑坐在父亲面前,父亲对他说:"孩子,爸爸的大限已经临近,不久就要见安拉去了。我给你留下的金钱、房产和庄园,足够你子子孙孙数代人享用。孩子,你要敬畏安拉;我为你留下的金钱,你只能用在济助贫困上。"

没过多长时间,父亲便一病不起,不久归真。艾卜·哈桑为父亲举行了隆重的祭丧仪式,把父亲埋入墓地,然后返回家中,日夜为亡父守丧,闭门不出,一连数天。

一天,朋友们来找艾卜·哈桑,对他说:"留下像你这样的子嗣,老人家虽死犹生。哎,过去的事就过去了,居丧守孝之事乃是姑娘、女人们的责任……"

朋友们一再劝说,终于说动了艾卜·哈桑,领他进了浴池,为他消除悲痛。

讲到这里,眼见东方透出黎明的曙光,莎赫札德戛然止声。

第四百三十七夜

夜幕垂降,莎赫札德接着讲故事:

幸福的国王陛下,没过多长时间,艾卜·哈桑的父亲便一病不起,不久归真。艾卜·哈桑为父亲举行了隆重的祭丧仪式,把父亲埋入墓地,然后返回家中,日夜为亡父守丧,闭门不出,一连数天。

一天,朋友们来找艾卜·哈桑,对他说:"留下像你这样的子嗣,老人家虽死犹生。哎,过去的事就过去了,居丧守孝之事乃是姑娘、女人们的责任……"

朋友们一再劝说，终于说动了艾卜·哈桑，领他进了浴池，为他消除悲痛。

艾卜·哈桑渐渐把父亲的遗嘱忘到脑后，又因为钱多而忘乎所以，满以为幸福命运总会陪伴着他，家中钱财是永远花不尽的。于是，他开始吃喝玩乐，顿顿不离鸡，动辄摆筵席，天天赏歌舞，兴来砸玻璃。他挥金如土，坐吃山空，没过多长时间，家底荡然无存，金钱财物挥霍一空，身边除了父亲留给他的那个婢女，再也没有什么了。

那婢女容颜俊俏，眉清目秀，身段苗条，婀娜多姿，加上博学多才，通晓多门技艺，故以才貌双全著称于世，堪称绝代佳人，无与伦比。她的身材不高不矮，体态不胖不瘦；前额闪闪放光，如同中秋夜空中的一轮皓月；双眉弯弯，似拱门若柳叶；天生一对羚羊眼睛，明亮有神；她的鼻子如同剑刃，尖削笔直；她的面颊就像秋牡丹，白里透红；嘴巴恰似苏莱曼的戒指；牙齿洁白整齐，正所谓朱口含玉；她的肚脐足能容下一欧基亚香油；腰肢纤细，细过被单相思折磨的病体；臀部丰隆，酥胸高耸如同小山丘。总而言之，那婢女如花似玉，貌美绝伦。正像诗人所描述的那样：

窈窕淑女至，娉婷动人心。
翩跹离去时，因别断肠魂。
如日似月姿，杨柳迎风临。
疏远与淡忘，一尘不近身。
天堂衣下藏，圆月绕项轮。

那婢女恰似初升的圆月，又像活泼的羚羊，芳龄一十四岁，有羞花闭月之容，正如诗人所描绘的那样：

玲珑似秋月，年方十四春。她使我迷恋，非我罪入魂。

那婢女皮肤细嫩，柔若惠风，仿佛用光铸成，又像是由水晶拼构。她的面颊红润，身材适中，真像诗人所描绘的那样：

昂首阔步在，红与银白中。玫瑰色艳丽，檀香伴惠风。
似园花一朵，如庙美神灵。人们对她言：站起动一动！
丰臀却说道：站住且慢行。当你求爱时，美言直冲锋！
风情却开口：千万莫行动！赞美主恩赐，情侣责言生。

因为婢女貌美，说话带笑，男人见之，魂必被勾去，只觉她眼里射出的是箭，射中的是自己的心。此外，婢女能言善辩，礼貌文雅。

艾卜·哈桑的钱花光了，处境明显恶化，除了身边这个婢女，再没有什么可换饭吃的东西了。他一连三天没有吃饭，也没有睡觉。见此情景，婢女说："少爷，你就把我送到信士们的长官哈伦·拉希德那里去……"

讲到这里，眼见东方透出黎明的曙光，莎赫札德戛然止声。

第四百三十八夜

夜幕垂降，莎赫札德接着讲故事：

幸福的国王陛下，因为婢女貌美，说话带笑，男人见之，魂必被勾去，只觉她眼里射出的是箭，射中的是自己的心。此外，婢女能言善辩，礼貌文雅。

艾卜·哈桑的钱花光了，处境明显恶化，除了身边这个婢女，再没有什么可换饭吃的东西了。他一连三天没有吃饭，也没有睡觉。

婢女见艾卜·哈桑一连三天没有吃饭、睡觉，便说："少爷，你就把我送到信士们的长官哈伦·拉希德那里去，向他索要一万第纳尔，用来维持你的生活吧！假若他嫌价钱贵，你就对他说：'信士们的长官，我的这位婢女远不止这个价钱，只要你考一考她，就知道她值更多的钱；因为她是举世无双的才女，只有像你这样的君王才配使唤她。'"

婢女又叮嘱主人说："少爷，你千万不要以比我说的更低的价格卖我；像我这样的婢女，那是最低的价钱。"

艾卜·哈桑不知道自己的婢女值多少钱，更不晓得她是举世无双的才女。

万般无奈，艾卜·哈桑只有忍痛割爱，将婢女送往哈里发宫。

艾卜·哈桑带着婢女来到哈里发宫，见到哈伦·拉希德，按照婢女的嘱咐，把那些话向哈里发说了一遍。哈里发问道："姑娘，你叫什么名字？"

婢女说："我叫泰沃杜德。"

"泰沃杜德，你会些什么呀？"

"我懂语法、诗歌、法学、圣经注释、语言学；我懂音乐、遗产继承学、算术、除法、测定法；我熟知先人逸事，通晓《古兰经》及其七种、十种和十四种的读法；我熟知《古兰经》的章数、节数、端数及全经的二分之一、四分之一、八分之一、十分之一的比例;我知其叩头次数、字母数目、被废除的篇目及降在麦加与麦地那的篇名和数目以及降经原因;我谙知圣训的传述者及其中内容真伪;此外,我深入研究过数学、几何学、哲学、医学、逻辑学、辞义学、修辞学。我无所不通,无所不能,还喜欢作文赋诗,善弹乐器,熟悉音阶、音符与曲调。我能歌善舞,有歌必舞,一旦打扮熏香,连歌带舞,必引人入胜,令观赏者惊叹不已。总而言之,我在各方面均有极深造诣,只有具备深厚才学功底的人才能与我相比。"

哈里发哈伦·拉希德听婢女泰沃杜德这样一说,又见她年纪幼小,由衷惊叹她的伶俐口齿,于是望着她的主人艾卜·哈桑说:"小伙子,我将召集贤士,就婢女所说的各门学科,与之进行争论,并且提出问题让她回答。假若她能答得出来,我就把她的身价付给你,还会给你增加一些;倘使她答不出来,那么,就只能由你带她走了。"

艾卜·哈桑说:"信士们的长官,完全听从您的安排。"

哈里发哈伦·拉希德立即写信给巴格达总督,命令他立即派易卜拉欣·本·赛亚尔率《古兰经》朗诵家、学者、医生、星相学家、哲学家、工程师数名赶赴京城;易卜拉欣·本·赛亚尔是当时修辞学、诗学、逻辑学方面的权威,也是一代学者的宗师和领袖。

时隔不久,大批学者在易卜拉欣率领下赶至哈里发宫,而他们完全不知道哈里发为什么要召他们到京城来。

哈里发哈伦·拉希德把他们召入议事厅,让他们坐下。随后,哈里发又派人去唤婢女泰沃杜德进殿。

婢女泰沃杜德脚步翩然,登入殿堂,泰然自若,举止大方,好像是一颗闪亮的星星。哈里发令她落座,她便在一把金椅子上坐了下来。向哈里发致礼问安之后,她口齿伶俐地说:"信士们的长官,请吩咐在座的学者、《古兰经》朗诵家、医生、占卜师、工程师、哲学家等高手与我辩论吧!"

哈里发对学者们说:"这个姑娘宣称她对各种学问和知识都有高深的造诣,我希望你们首先就宗教知识与这个姑娘辩论,批驳她的谬误,揭穿她的假伪。"

"遵命,信士们的长官!"学者们异口同声道。

泰沃杜德低头沉思片刻,然后抬起头来,说道:"诸位学者当中,哪位是通晓法学、善诵经典、熟知圣训的专家?"

"我就是你所需要的人。"一位学者说。

"有什么问题,请问吧!"

"你读过《古兰经》,知道废除者和被废除者,熟悉其章节、字句,是吗?"

"正是。"

"那么,我将问你关于天命及自然规律的几个问题。姑娘,请你告诉我,谁是你的主?谁是你的圣人?谁是你的指路明灯?何为你的光明大道?"

"安拉是我唯一的主;穆罕默德是我的圣人;《古兰经》是我的指路明灯;麦加天房是我的礼拜正向;信士们的长官是我的兄弟;行善是我的方法;圣训是我的光明大道。"

婢女泰沃杜德年纪幼小,对答如流,言辞利落,令哈里发极为惊叹。

那个学者又问:"姑娘,你是靠什么认识安拉的?"

泰沃杜德答:"靠智力。"

"何为智力?"

"智力有两种:其一为先天智力,其二为后天智力。"

讲到这里,眼见东方透出黎明的曙光,莎赫札德戛然止声。

第四百三十九夜

夜幕垂降，莎赫札德接着讲故事：

幸福的国王陛下，婢女泰沃杜德年纪幼小，对答如流，言辞利落，令哈里发极为惊叹。

那个学者又问："姑娘，你是靠什么认识安拉的？"

泰沃杜德答："靠智力。"

"何为智力？"

泰沃杜德答道："智力有两种，其一为先天智力，其二为后天智力。先天智力是安拉赋予其崇拜者的，而后天智力则是人在受教育中学得的。"

"你回答得很正确。"

"智力在什么地方呢？"学者又问。

"安拉将智力注入人的心田，其光升入脑海，在那里扎下根来。"泰沃杜德回答道。

"说得好！你是靠什么认识先知穆罕默德的呢？"

"靠读《古兰经》，靠迹象、指示和证据。"

"答得对！谈谈天命和自然规律吧！"

"天命即安拉之诫命，指《古兰经》的启示和教法规定的信仰原则及主要的行为规范。天命系穆斯林毕生所应致力履行的宗教义务。天命称为'五功'，其一，念功，咏诵'做证词'：'我证万物非主，唯有安拉，我证穆罕默德是安拉的使者'；其二，礼功，要做礼拜；其三，课功；其四，斋功，回历九月要封斋；其五，朝功：'凡能旅行到天房的，人人都有为真主而朝觐天房的义务。'①至于自然规律则有四，即白天、黑夜、太阳和月亮；正是它们为人送来了青春和希望，而人类却不知道它们也为自己带来死亡。"

"答得好极了！你谈谈何为信仰的要素吧！"

"信仰的要素有六项：即礼功、课功、斋功、朝功、圣战，避免犯罪。"

"说得对！你以什么进行礼拜呢？"

"我凭奴对主的强烈信仰及意念。"

"进行礼拜之前，安拉规定你做些什么呢？"

"净礼；洁衣盛装；洁处行拜；面朝正向；举意②明确，念词准确；肃穆端庄，专一拜主。"

"答得极好！你离家外出做礼拜时，带着什么去呢？"

"带着对主的纯洁意念。"

"带着什么意念进清真寺呢？"

"侍奉意念。"

"你以什么面对正向呢？"

"以三大天命和圣行。"

"礼拜如何开始？如何进行？如何结束？"

"礼拜自净礼始，然后端立，念'安拉至大'，最后先向右肩、后向左肩道'萨拉姆'③，出拜礼成。"

"不做礼拜者当受何处分？"

"依圣训所示，故意不做礼拜之人，即与伊斯兰教无缘。"

---

① 见《古兰经》"仪姆兰的家属章"第九十七节。
② 举意，申明洗浴的原因和目的。
③ "萨拉姆"，伊斯兰教礼仪用语，亦译作"色兰"，意为"和平""平安"。

讲到这里,眼见东方透出黎明的曙光,莎赫札德戛然止声。

第四百四十夜

夜幕垂降,莎赫札德接着讲故事:

幸福的国王陛下,学者问:"礼拜如何开始?如何进行?如何结束?"

"礼拜自净礼始,然后端立,念'安拉至大',最后先向右肩、后向左肩道'萨拉姆',出拜礼成。"

"不做礼拜者当受何处分?"

"依圣训所示,故意不做礼拜之人,即与伊斯兰教无缘。"

"礼拜究竟是怎么一回事?"

"礼拜是信徒与安拉之间的一种联络方式。礼拜有十大功用:其一,明心;其二,荣面;其三,博得安拉喜欢;其四,令魔鬼发怒;其五,消灾解难;其六,排除敌人侵害;其七,增加怜悯之心;其八,除却仇恨;其九,使信士靠近安拉;其十,制止淫乱作恶。礼拜是规定的天命之一,是宗教的一大支柱。"

"姑娘说得很贴切,请告诉我,拜功的关键是什么?"

"小净。"

"小净的关键是什么?"

"念'奉至仁至慈安拉之名'。"

"念安拉之名的关键是什么?"

"确信。"

"确信的关键是什么?"

"信赖。"

"信赖的关键是什么?"

"希望。"

"希望的关键是什么?"

"服从。"

"服从的关键是什么?"

"承认安拉是唯一的主。"

"答得极对。请告诉我,何为小净的天命?"

"按照沙斐仪·本·穆罕默德·本·伊德里斯①伊玛目的理论,小净的天命有六项:其一,举意;其二,洗脸;其三,洗手至两肘;其四,摩头;其五,洗脚至两踝骨;其六,洗时自上而下、自右至左,按顺序进行。小净的圣行有十项:其一,念安拉大名;其二,先洗手;其三,漱口;其四,灌鼻;其五,摩湿全部头发;其六,抹湿耳壳的内面和外面;其七,以指疏松稠密的胡须;其八,洗脚须先净指缝至踝骨;其九,先右后左;其十,每部位洗三次而不中断。洗毕念'做证词':'我证万物非主,唯有安拉;我证穆罕默德是安拉的使者。'继之念'祈祷词':'安拉啊,把我列入忏悔和洁净者的行列吧!赞美你,安拉!你是我唯一的主;我诚心向你忏悔,恳求你饶恕我的过失。'圣训中有训示道:小净后念'做

---

① 沙斐仪·本·穆罕默德·本·伊德里斯(767—820),伊斯兰教逊尼派沙斐仪教法学派创始人,教法学理论奠基人。生于巴勒斯坦的加沙,相传为圣族后裔。沙斐仪的主要贡献是在前人的基础上提出了比较系统和严谨的四大法源理论体系,即《古兰经》立法、圣训立法、公议和类比,从而增强了教法的实用性。八二〇年,沙斐仪卒于埃及,葬在穆盖泰姆山,后人在其墓旁修建了沙斐仪清真寺。

证词'和'祈祷词'的，八座天堂门将向他开着，他可随时进入一门。"

"你讲得非常好。假若一个人想做小净，天使和魔鬼怎样对待他呢？"

"当一个人准备小净的时候，天使便来到他的右侧，魔鬼同时来到他的左侧。这时，他在开始做小净时就念安拉的大名，那么，魔鬼就逃掉了，天使随即给他搭起一个用光构成的帐篷，有四根绳索拉着四个角，每根绳索旁站着一位天使，不住地赞美安拉；只要他听话，或念安拉的大名，安拉会宽恕他的。假若他开始做小净时不念安拉的大名，魔鬼就会抓住他，天使悄然离去，魔鬼进而对他进行骚扰，致使他心中产生怀疑情绪，草草小净。安拉的使者穆罕默德有训示说：'良好的小净足以驱逐魔鬼，使人免于暴君的虐待。'先知还说：'不做小净而灾难临头的人，到时候只能埋怨自己。'"

"说得完全正确。请告诉我，一个人从睡梦中醒来，他应该做什么？"

"一个人从睡梦中醒来，在把手伸入器皿之前，他应洗三次手！"

"说得好！何为大净的天命和圣行？"

"大净的天命有两项：其一，举意；其二，用水遍洗全身。大净的圣行有四项：其一，先做小净；其二，搓洗头发；其三，擦皮肤；其四，最后洗脚。"

讲到这里，眼见东方透出黎明的曙光，莎赫札德戛然止声。

第四百四十一夜

夜幕垂降，莎赫札德接着讲故事：

幸福的国王陛下，学者说："说得完全正确。请告诉我，一个人从睡梦中醒来，他应该做什么？"

"一个人从睡梦中醒来，在把手伸入器皿之前，他应洗三次手！"

"说得好！何为大净的天命和圣行？"

"大净的天命有两项：其一，举意；其二，用水遍洗全身。大净的圣行有四项：其一，先做小净；其二，搓洗头发；其三，擦皮肤；其四，最后洗脚。"

泰沃杜德答完大净的天命和圣行，学者说："你答得很好！你说得很对！"

学者思考片刻，又说："说得对！你告诉我，土净的原因、天命及圣行是什么？"

"土净的原因有七：其一，缺水；其二，怕水；其三，水不够用；其四，旅行迷失方向；其五，生病；其六，骨折；其七，受伤。土净的天命有四：其一，举意；其二，用土；其三，擦脸；其四，擦双手。土净的圣行有两项：其一，念安拉大名；其二，由右向左。"

"准确无误。请告诉我，何为礼拜的条件、礼拜的要素及其圣行？"

"礼拜的条件有五：其一，净礼，它是礼拜的先决条件；其二，衣洁盛装，遮盖羞体；其三，准时行礼，无论是确信还是猜想；其四，面朝正向，即朝向麦加天房；其五，洁处行拜。礼拜的基本要素是：举意；念'安拉至大'；端立，诵《古兰经》'开端章'，念安拉之大名，按沙斐仪的理论还要诵读《古兰经》的其他章节；鞠躬；叩首；端坐，诵'祈祷词'；最后诵'做证词'，先向右肩，后向左肩道'萨拉姆'，出拜礼成。礼拜的圣行是：宣礼；端立；念'安拉至大'赞词并举双手；诵《古兰经》'开端章'及其他章节；动作与动作之间念'安拉至大'赞词；最后念颂词和忏悔词。"

"完全正确。我问你，什么东西应该缴纳天课呢？"

"金、银、骆驼、牛、羊、小麦、大麦、玉米、大豆、豌豆、谷、葡萄干和椰枣等都应该缴纳天课。"

"金的税率是多少？"

"不足二十砝码的免税；满此量以上者，应缴纳四十分之一。"

"纸币的税率是多少？"

"不足二百迪尔汗的免税；超此量以上者，应缴纳二十分之一。"

"骆驼的税率是多少？"

"五峰者缴纳羊一只；满二十五峰者，当缴纳怀胎骆驼一峰。"

"绵羊的税率是多少？"

"满四十只者缴纳一只。"

"斋戒及其天命和圣行是什么？"

"伊斯兰教法规定，凡成年男女穆斯林，在莱麦丹月①中必须封斋。凡患疾病不宜封斋者，长途旅行者、年老体弱者、孕妇、正在行经的妇女和修养中的妇女、哺乳妇女、神志不正常者，可不封斋。斋戒的开始时间当在望见新月或听到确切消息的次日开始。其天命为：举意；每日于黎明前至日落时，严禁饮食、吸烟、滴剂；

---

① 莱麦丹月，即斋月。

戒房事或任何嬉狎非礼行为，戒呕吐。其圣行为：封斋者必须保持身心洁净，诚心立意，于黎明前进用封斋饭，日落后进用开斋饭。封斋者自黎明时起，除礼拜外，食色不亲，要静思默语，不可妄听、妄视、妄思、妄语，举止要维恭维敬，唯省察己躬，还要随时默诵《古兰经》。"

"完全正确。请告诉我，什么不破坏斋戒呢？"

"擦油、点眼药、路上烟尘、咽口水、梦遗或看外乡女人、放血、抽血，等等，都不破坏斋戒。"

"什么是节日礼拜？"

"开斋节①和宰牲节举行的两次礼拜，作为一年的两次会礼，均在上午举行，会礼前不念宣拜词和成拜词，听念'呼图白'②，此为圣行拜。按沙斐仪教法，第一拜念'安拉至大'赞词八遍，并举手八次；第二拜念'安拉至大'赞词五次，并举手五次。"

讲到这里，眼见东方透出黎明的曙光，莎赫札德戛然止声。

第四百四十二夜

夜幕垂降，莎赫札德接着讲故事：

---

① 开斋节，伊斯兰教主要节日之一，斋月斋戒期满，伊斯兰教历的十月一日为开斋节。
② "呼图白"，阿拉伯文"讲演"的音译。伊斯兰教长或阿訇在聚礼和宗教节日礼拜时对教徒讲道的讲词，主要内容是念诵有关经文，赞颂安拉，宣讲先知的行为。宣讲这一内容的仪式，称为念"呼图白"。

幸福的国王陛下,学者问婢女泰沃杜德:"什么是节日礼拜?"

泰沃杜德回答:"开斋节和宰牲节举行的两次礼拜,作为一年的两次会礼,均在上午举行,会礼前不念宣拜词和成拜词,听念'呼图白',此为圣行拜。按沙斐仪教法,第一拜念'安拉至大'赞词八遍,并举手八次;第二拜念'安拉至大'赞词五次,并举手五次。"

"你谈谈日食、月食礼拜吧!"

"日食、月食时,均礼拜两次,不念宣拜词和成拜词;每一拜立正两次,鞠躬两次,叩头两次,然后跪坐,念'做证词',念'安拉至大'赞词,求安拉宽恕,将披风翻过去,祈祷、恳求安拉赐福。"

"谈谈维特尔拜[①]吧!"

"最少一拜,最多十一拜。"

"谈谈都哈拜[②]吧!"

"最少两拜,最多十二拜。"

"请谈谈坐静[③]吧!"

"此为圣行。"

"条件是什么?"

"首先是诚心立意;必要之时,方才可以离开清真寺;不近女色;斋戒;缄默。"

---

① 维特尔拜,伊斯兰教拜功之一。指每日宵礼后单独举行的三拜当然拜。"维特尔"系阿拉伯语音译,意为"奇数"。维特尔的由来,据《天方至圣实录》载述:穆罕默德登宵后礼此三拜,一拜为登宵时代天使吉卜利勒而礼,一拜为先知自礼,一拜为遵主命而礼,乃以三拜而成。此属"当然拜"之一种。
② 都哈拜,上午八至九时进行。
③ 坐静,伊斯兰教功修之一,通过礼拜、赞主、反思、参悟、忏悔、诵读《古兰经》等方式领悟真理、净化心灵、进入美好的精神世界。

"说得好!请你谈谈朝觐吧!"

"伊斯兰教法规定,凡具备以下条件的穆斯林,毕生应朝觐天房一次:其一,身体健康,理智健全;其二,旅途安全有保障;其三,有往返路费,并能安置好家属的生活。"

"朝觐的天命为何?"

"朝觐的天命有六:其一,受戒;其二,站上阿拉法特山;其三,巡礼天房;其四,奔走;其五,理发;其六,剪须。"

"副朝①的天命是什么?"

"副朝的天命有三:其一,受戒;其二,巡礼天房;其三,奔走。"

"受戒的天命是什么?"

"受戒的天命为:披围两幅未经缝制、洗涤的新的素质的戒服;禁喷擦香料;理发;剪指甲;禁房事;禁伤杀一切生灵。"

"朝觐的圣行为何?"

"诵'应召词';入朝、辞朝巡礼天房;在穆兹代里法山和米那山露宿;投石。此为朝觐的圣行。"

"何为吉哈德②?其要素是什么?"

"吉哈德的要素是:其一,异教徒对我发动进攻;其二,有伊玛目领导;其三,军械、粮草齐备;其四,坚决迎敌。吉哈德的圣行:激励士气,英勇作战。伟大安拉有言:'先知啊!你应该鼓励信士们奋勇抗战……'③"

---

① 副朝,亦称"巡礼""巡游""小朝",指伊斯兰教朝觐季节以外任何时候到麦加的朝觐。
② 吉哈德,伊斯兰教规定的穆斯林应尽的宗教义务之一。阿拉伯文音译,意为"尽力""奋力",引申为"为主道而战",指穆斯林为安拉事业尽量发挥自己的能力,为传播和捍卫对安拉的信仰而奋斗。
③ 见《古兰经》"战利品章"第六十五节。

"答得完满。请你谈一谈买卖的天命和圣行。"

"买卖的天命是：其一，卖方报价，买方还盘，彼此议定价格成交；其二，严禁重利交易。其圣行为：买方或卖方毁约应在分手之前提出。先知有训：买卖双方任何一方毁约，理当分手之前提出。"

"交易中，什么东西不能相互买卖？"

"我记得先知有这样的训词：不许以鲜椰枣换取干椰枣，不许以鲜无花果换取干无花果，不许以鲜肉换取肉干，不许以奶油换取奶酪。同类食物不能相互交换、买卖。"

学者听泰沃杜德有问必答，对答如流，答正所问，深知她聪明伶俐，知识渊博，对伊斯兰教法律、圣训、《古兰经》注释等知识均有相当造诣，心想："我一定要想方设法，在信士们的长官面前压倒她。"

想到这里，学者对泰沃杜德说："小姑娘，小净在语言上的意思是什么？"

"小净的意思是清洁，摆脱污秽。"

"礼拜在语言上的意思是什么？"

"祈祷福利。"

"大净呢？"

"在语言中，大净乃洗涤之意。"

"斋戒在语言上是何意思？"

"节制之意。"

"'则卡特'在语言上的意思是什么？"

"原意为'纯洁'，指穆斯林通过缴纳天课使自己占有的财产更加纯净。因此，它在语言中的意思是'增加'。"

"朝觐在语言上是何意思？"

"即朝拜、谒见之意思。"

"'吉哈德'呢?"

"意思是抵抗、保卫。"

学者自感没有问题可提时,便站起身,对哈里发说……

讲到这里,眼见东方透出黎明的曙光,莎赫札德戛然止声。

第四百四十三夜

夜幕垂降,莎赫札德接着讲故事:

幸福的国王陛下,学者问完"吉哈德",自感没有问题可提时,便站起身,对哈里发说:"信士们的长官,我向安拉做证,这个姑娘在法学知识上比我渊博。"

婢女泰沃杜德说:"我来问你一件事情,你若知道,就请迅速回答。"

"请问吧!"学者说。

"何为伊斯兰教的宗教义务?"

"共有十项:第一,'做证词',此为信条;第二,礼拜,此为秉性;第三,天课,是为纯净;第四,斋戒,是为屏障;第五,朝觐,此乃法令;第六,圣战,是为尽力;第七和第八,令行禁止,行善止恶,此为奋发;第九,交往,此乃友情;第十,求知,此乃正道。"

"你答得很对。还有问题:何为伊斯兰教的根本原则?"

学者回答道:"伊斯兰教根本原则有四项:信仰正确、心地真诚、遵约守法、实践诺言。"

"还有一个问题,若答不出来,我就扒掉你的衣服。"

"姑娘,说吧!"

"伊斯兰教的次要原则是什么?"

学者沉思良久,没有回答。

泰沃杜德说:"脱下你的衣服,让我为你解释吧!"

哈里发说:"你解释吧!我会把他的衣服脱给你的。"

泰沃杜德说:"伊斯兰教的次要原则共有二十二项,其一,坚守《古兰经》;其二,仿效安拉的使者行事;其三,戒作恶;其四,食合法食物;其五,远避罪恶;其六,还不义于其主;其七,忏悔;其八,习宗教教法;其九,爱贤;其十,服从默示;其十一,信从先知;其十二,防叛教心理滋生;其十三,为身后准备;其十四,有自信心;其十五,处顺境容人;其十六,处逆境坚强;其十七,遇灾难忍耐;其十八,识伟大安拉;其十九,识使者所训;其二十,抗拒魔鬼侵扰;其二十一,克制私欲;其二十二,忠于安拉。"

哈里发听完泰沃杜德的解释,当即命令学者扒下自己的衣服和缠头巾,学者立即从命行事,然后被迫含羞从信士们的长官的面前离开。

这时,另一位学者走上前来,说:"姑娘,听我问你几个问题。"

"请讲!"

"穆斯林健康的条件是什么?"

"已知前定、已知性和已知寿限。"

"饮食的天命是什么?"

"饮食的天命是承认安拉养活自己,给吃给喝;感赞安拉。"
"何为感赞?"
"将安拉赐予的一切用得其所。"
"饮食的圣行是什么?"
"念安拉大名,洗手,跪坐左腿,三指取食,食近你之物。"
"饮食的礼貌是什么?"
"小口进食,少看旁人。"

讲到这里,眼见东方透出黎明的曙光,莎赫札德戛然止声。

❖ 第四百四十四夜 ❖

夜幕垂降,莎赫札德接着讲故事:

幸福的国王陛下,学者问泰沃杜德:"饮食的天命是什么?"
"饮食的天命是承认安拉养活自己,给吃给喝;感赞安拉。"
"何为感赞?"
"将安拉赐予的一切用得其所。"
"饮食的圣行是什么?"
"念安拉大名,洗手,跪坐左腿,三指取食,食近你之物。"
"饮食的礼貌是什么?"
"小口进食,少看旁人。"
学者说:"你答得对,答得好!"
学者又问:"何为信仰要素及其对立面?"

"信仰要素有三,其对立面亦有三:第一,心中诚信安拉独一,其对立面则是与叛教徒为伍;第二,身体力行圣训圣行,其对立面是与宗教异端接近;第三,完全服从、遵守教规,其对立面是违抗、叛逆。"

"答得好。请告诉我,小净的条件是什么?"

"信奉伊斯兰教,明辨事理,用干净水,无妨法律与健康。"

"你谈谈信仰吧!"

"信仰分九个部分:其一,信受崇拜者;其二,信自己是崇拜者;其三,信物有个性;其四,信废除者和被废除的篇章;其五,信安拉和天使;其六,信经典;其七,信众先知;其八,信天命之好坏甘苦;其九,信末日审判。"①

"请说说哪三件事断送哪三件事!"

"先贤苏福扬·苏里说,断送三件事的三件事为:其一,轻视善人,断送来世;其二,轻视帝王,断送性命;其三,轻视算计,断送金钱。"

"说得好!谈谈天门吧!天有多少门?"

"安拉有言:'天将被开辟,有许多门户。'② 安拉的使者说:'天有多少门,只有创造天的安拉才知道。地上的每个人,天上都为他开两个门,一门为他降生计,另一门纳其功德。降生计之门只有人亡时才关闭,纳功德之门只在其灵魂归天之时方封起。'"

"谈得好。何为一物?何为半物?何为非物?"

"信士为一物,伪君子为半物,邪教徒为非物。"

---

① 关于信仰,说法不一:有言"六大信仰",即信安拉、信穆罕默德是安拉的使者、信经典、信天使,信末日、信前定;有言"五大信仰",即信仰独一的安拉、信仰天使、信仰先知、信仰安拉的启示、信仰末日的报应。详见《中国伊斯兰百科全书》第一百六十六页、第三百二十页。
② 见《古兰经》"消息章"第十九节。

"谈谈人之心吧！"

"世上有健全之心、疾病之心、忏悔之心，还有警告之心、光明之心。健全之心便是挚友之心；疾病之心则是邪教徒之心；忏悔之心是敬畏安拉者的心；安拉使者穆罕默德的心是警告者的心；追随安拉使者的人的心，则是光明之心。学者们的心有三种：贪婪今世之心、寄望来世之心、热爱安拉之心。有人说心有三种：悬空之心，此乃邪教徒的心；虚无之心，此乃伪善者的心；坚定之心，这是信士的心。还有人云：心有三种，即充满光明、信仰之心；因怕离别被伤之心；害怕失败之心。"

"答得好！答得好！"

讲到这里，眼见东方透出黎明的曙光，莎赫札德戛然止声。

第四百四十五夜

夜幕垂降，莎赫札德接着讲故事：

幸福的国王陛下，学者说："谈谈人之心吧！"

婢女泰沃杜德回答："世上有健全之心、疾病之心、忏悔之心，还有警告之心、光明之心。健全之心便是挚友之心；疾病之心则是邪教徒之心；忏悔之心是敬畏安拉者的心；安拉使者穆罕默德的心是警告者的心；追随安拉使者的人的心，则是光明之心。学者们的心有三种，贪婪今世之心、寄望来世之心、热爱安拉之心。有人说心有三种，悬空之心，此乃邪教徒的心；虚无之心，此乃伪善者的心；坚定之心，这是信士的心。还有人云，心有三种，即充满光明、信仰之心，因怕离别被伤之心，害怕失败之心。"

学者连声说："答得好！答得好！"

学者问完问题，泰沃杜德对哈里发说："信士们的长官，他问我已感疲惫，请允许我问他两个问题吧！假若他能答出来，那算完事；倘若答不出来，我就扒下他的衣服，让他转身走人。"

学者说："你就随意问吧！"

泰沃杜德问："何为信仰？"

"信仰即心间诚信、舌上诵念、身体力行。安拉的使者穆罕默德说过：'人只有做到以下五点，信仰方才完美，其一，依靠安拉；其二，把一切托付给安拉；其三，服从安拉命令；其四，安于前定；其五，把一切交给安拉。热爱安拉，献身安拉，保卫安拉，信仰方才完善。'"

"请问学者先生：什么是天命的天命？天命当中，何为天命最重要？何为天命所需要的天命？包容诸天命的天命是什么？包括在天命之中的圣行是什么？天命赖以完成的圣行是什么？"

学者沉默无言，什么也答不上来。

信士们的长官令泰沃杜德解释这些问题，并且令学者脱下自己的衣服给泰沃杜德。

这时，泰沃杜德说："教法学家阁下，听我来解释吧！天命的天命便是识安拉及其使者穆罕默德；天命当中最重要的是'做证词'：'我证万物非主，唯有安拉；我证穆罕默德是安拉的使者。'所有天命均需要的天命是小净，包容诸天命的天命是除却污秽的大净，包括在天命中的圣行是手指捋胡须，天命赖以完成的圣行则是割礼。"

说到这里，学者已显得无能为力，于是站起来，说："信士们的长官,我做证这个婢女的法学知识和其他知识都比我渊博。"

说完,学者脱下自己的衣服,无可奈何而去。

泰沃杜德望着留在座位上的学者们,问道:"在座的哪一位学者先生通晓《古兰经》的七种读法和语法、语言知识?"

一位《古兰经》朗诵家站起来,走到泰沃杜德面前,坐了下来。他问泰沃杜德:"你读过伟大安拉的真经,知其章节、段落,了解经文的相互废止、相互印证和相互解释等,知其中'麦加章''麦地那章',晓得经中的故事、法则、规范,对吗?"

泰沃杜德答道:"是的。"

"那么,请告诉我,《古兰经》有多少章?多少句?多少字?朗诵时该叩头的地方有几处?里面提到多少圣贤?降在麦地那的有几章?降在麦加的有几章?经中提到过多少虫鸟?"

"《古兰经》共有一百一十四章,其中降在麦加的七十章,降在麦地那的四十四章;全经六千二百三十六节,七万九千四百三十九句,三十二万三千六百七十字;该叩头的地方有十四处……"

讲到这里,眼见东方透出黎明的曙光,莎赫札德戛然止声。

第四百四十六夜

夜幕垂降,莎赫札德接着讲故事:

幸福的国王陛下,《古兰经》朗诵家问婢女泰沃杜德:"那么,请告诉我,《古兰经》有多少章?多少句?多少字?朗诵时该叩头的地方有几处？里面提到多少圣贤？降在麦地那的有几章？降在麦加的有几章？经中提到过多少虫鸟？"

泰沃杜德回答说："《古兰经》共有一百一十四章，其中降在麦加的七十章，降在麦地那的四十四章；全经六千二百三十六节，七万九千四百三十九句，三十二万三千六百七十字；该叩头的地方有十四处……"

泰沃杜德接着回答有关《古兰经》的问题。她说："《古兰经》中提到的圣贤计二十五位，他们是阿丹、努哈、易卜拉欣、伊斯玛仪、伊斯哈格①、叶尔孤白、优素福、艾勒·叶赛②、优努斯、鲁特③、撒立哈④、呼德⑤、舒阿卜⑥、达伍德、苏莱曼、左勒基福勒⑦、易德里斯⑧、易勒雅斯⑨、叶海亚⑩、宰凯里雅⑪、阿尤布、穆萨、哈伦⑫、尔萨⑬、穆罕默德。《古兰经》中提及的鸟虫有蚊子、蜜蜂、苍蝇、蚂蚁、戴胜鸟、乌鸦、蝗虫、群鸟⑭和蝙蝠等

---

① 伊斯哈格，《古兰经》记载的先知之一，是先知易卜拉欣的次子，伊斯玛仪的弟弟。
② 艾勒·叶赛，《古兰经》中记载的古代先知之一，具有纯善品德。
③ 鲁特，《古兰经》中记载的古代先知之一，先知易卜拉欣之侄。
④ 撒立哈，《古兰经》中记载的古代先知之一，相传出身于赛莫德部落，奉安拉之命对族人进行教化。
⑤ 呼德，《古兰经》中记载的古代先知之一。相传出身于阿德部落，曾劝教阿德人崇拜安拉。
⑥ 舒阿卜，《古兰经》中记载的古代先知之一。相传出身于麦德彦部落，安拉派他为使者，向族人传教。族人不听，继续拜树为神，为非作歹，最后遭到惩罚。
⑦ 左勒基福勒，《古兰经》中记载的古代先知之一，被称为坚忍的、纯善的人。
⑧ 易德里斯，《古兰经》中记载的古代先知之一。传说他首先使用笔、缝制衣服，发明天文学、数学，精通医药。
⑨ 易勒雅斯，《古兰经》中记载的古代先知之一。曾受按拉派遣，劝说族人敬畏安拉。
⑩ 叶海亚，《古兰经》中记载的先知之一。
⑪ 宰凯里雅，《古兰经》中记载的古代先知之一，叶不抓白的后人。他信奉安拉，勤于拜功，乐善好施。
⑫ 哈伦，《古兰经》中记载的先知之一，穆萨的助手。
⑬ 尔萨，贞洁之女麦尔彦之子，安拉的六大使者之一。
⑭ 见《古兰经》"象章"第三节。

九种。"

"《古兰经》最著名的是哪一章?"

"黄牛章。"

"哪一节最伟大?"

"'库尔西节'① 最伟大。有五十句,每一句有五十个吉祥如意。"

"哪一节里有九句?"

"伟大安拉有言:'天地的创造,昼夜的轮流,利人航海的船舶,真主从云中降下雨水,借它而使已死的大地复生,并在大地上散布各种动物,与风向的改变,天地间受制约的云,对于能了解的人看来,此中确有许多迹象。'② 此节便是。"

"说得对。讲公平问题的是哪一节?"

"经文说:'真主的确命人公平、行善、施济亲戚,并禁人淫乱、做恶事、霸道。'③"

"哪节讲到希望?"

"经文说:'难道他们每个人都希望入恩泽的乐园吗?'④"

"哪节说及期盼?"

"经文云:'〔你说:〕我的过分自害的众仆呀!你们对真主的恩惠不要绝望,真主必定赦宥一切罪过,他确是至赦的,确是至慈的。'⑤"

"你朗诵《古兰经》师从哪家?"

---

① 见《古兰经》"黄牛章"第二五五节。
② 见《古兰经》"黄牛章"第一百六十四节。
③ 见《古兰经》"蜜蜂章"第九十节。
④ 见《古兰经》"天梯章"第三十八节。
⑤ 见《古兰经》"队伍章"第五十三节。

"师承天园派,即师从大师纳菲尔①朗诵法。"

"哪节经文谈及先知受骗?"

"安拉有言:'他们用假血染了优素福的衬衣,拿来给他们的父亲看。'② 这节经文谈及叶尔孤白受了优素福的哥哥们的欺骗。"

"《古兰经》中哪节谈到异教徒吐真话?"

"经文载:'犹太教徒和基督徒,都是诵读天经的,犹太教徒却说:"基督徒毫无凭据。"基督徒也说:"犹太教徒毫无凭据。"'③ 这些异教徒说的全是真话。"

"哪节经文是安拉说给自己的?"

"《古兰经》有言:'我创造精灵和人类,只为要他们崇拜我。'④ "

"哪节是天神的言语?"

"经文载:'当时,你的主对众天神说:"我必定在大地上设置一个代理人。"他们说:"我们赞你超绝,我们赞你清净。"'⑤ "

"请把求安拉保护自己免受魔鬼干扰的经文背给我听!"

"读《古兰经》时,求安拉护佑是必要的。经文中有言:'当你要诵读《古兰经》的时候,你应该求真主保护,以防受诅咒的恶魔的干扰。'⑥ "

"求安拉保护的语句中互有差别,是吗?"

"是的。有人说:'我求全听全知的安拉保护,以防受诅咒的恶

---

① 纳菲尔(? —785),《古兰经》七大诵经家之一。
② 见《古兰经》"优素福章"第十八节。
③ 见《古兰经》"黄牛章"第一百一十三节。
④ 见《古兰经》"播种者章"第五十六节。
⑤ 见《古兰经》"黄牛章"第三十节。
⑥ 见《古兰经》"蜜蜂章"第九十八节。

魔的干扰。'也有人说：'我求强大的安拉保护，以防受诅咒的恶魔的干扰。'最好诵读《古兰经》的原文，因为'圣训'上用的是该原文。安拉的使者穆罕默德开始诵读《古兰经》时就说：'我求安拉保护，以防受诅咒的恶魔的干扰。'据纳菲听其父亲传述安拉的使者穆罕默德夜间礼拜时，他说：'安拉至大，万赞归主，朝夕赞颂安拉。'之后，他说：'我求安拉保护，以防受诅咒的恶魔的干扰。我求安拉保佑我得免于众恶魔的诱惑。'据伊本·阿拔斯传述：天使吉卜利勒首次知道安拉保护；然后说：奉至仁至慈安拉之名；继之说：以用精血创造人类的安拉之降启示给先知穆罕默德时，便教他求安拉保佑，对他说：'穆罕默德，你要说，我求全听全名……'"

《古兰经》朗诵家听罢泰沃杜德这番答话，对其伶俐口齿、丰富的学识与语词大感惊佩。他说："姑娘，安拉有言：'奉至仁至慈的真主之名。'你对此有何见解？它是《古兰经》的一节吗？"

泰沃杜德说："它是《古兰经》'蚂蚁章'中的一节；此外，每两章之间，都有此节经文。不过，关于这一点，学者们的意见各不相同，说法不一。"

讲到这里，眼见东方透出黎明的曙光，莎赫札德戛然止声。

✦✦ 第四百四十七夜 ✦—

夜幕垂降，莎赫札德接着讲故事：

幸福的国王陛下，《古兰经》朗诵家听罢泰沃杜德这番答话，对其伶俐口齿、丰富的学识与语词大感惊佩。他说："姑娘，安拉有言：'奉至仁至慈的真主之名。'你对此有何见解？它是《古兰经》的一节吗？"

泰沃杜德说："它是《古兰经》'蚂蚁章'中的一节；此外，每两章之间，都有此节经文。不过，关于这一点，学者们的意见各不相同，说法不一。"

"那么，为什么'忏悔章'之首没有写'奉至仁至慈的真主之名'这句经文呢？"

"因为'忏悔章'是为废除先知穆罕默德与多神教徒之间的协定而降示的；先知派阿里·本·艾卜·塔里布向多神教徒宣读天启，有意未读'奉至仁至慈的真主之名'这句经文。"

"诵读'奉至仁至慈的真主之名'之益处、吉祥何在？"

"据传安拉的使者穆罕默德有言：'不论做什么事，只要诵读这句经文，必定一切顺利，心想事成。'以至尊之主之名起誓，只要你在病人面前说声'奉至仁至慈的真主之名'，病人即可痊愈。据说，安拉建成宝座之时，宝座动荡不稳；当把'奉至仁至慈的真主之名'写上去之后，动荡立即消隐，宝座稳如大山。相传，'奉至仁至慈的真主之名'降示时，安拉的使者穆罕默德说：'从此之后，面临地陷、转生和洪灾，我可安然无恙了。'诵读这节经文的好处多得很，说来话长。相传，安拉的使者穆罕默德讲过这样一个故事：复活日至，一个人被带到安拉面前，进行末日审判，因其做过一件好事而被判投入火狱。那个人说：'安拉啊，你如此行事，对我不公平。'伟大安拉说：'为什么？'那个人说：'主啊，你把自己称为大慈大悲之主，难道想用火狱折磨我？'伟大安拉说：'我称自己为大慈大悲之主。你们就以我的慈悲把我的奴仆送入天堂吧！

我的确是仁慈之最者。'"

"你讲得很好。你再给我讲讲'奉至仁至慈的真主之名'的初始吧！"

"当安拉降示《古兰经》时，他们写下'安拉啊，以你的大名'；当伟大安拉降示经文'〔你说：〕你们可以称他为真主，也可以称他为至仁主。因为他有许多极优美的名号，你们无论用什么名号称呼他，〔都是很好的〕'① 时，他们写下：'奉至仁至慈的真主之名。'当伟大安拉降示经文'你们所当崇拜的，是唯一的主宰；除他外，绝无应受崇拜的；他是至仁的，是至慈的。'② 时，他们方才写下：'奉至仁至慈的真主之名。'"

朗诵家听完泰沃杜德这番圆满回答，低下头去，心想："这真是奇中之奇呀！怎么这么一个小小的丫头竟然知道'奉至仁至慈的真主之名'的初始呢？凭安拉起誓，我一定要想个点子，把她压倒！"

片刻过后，朗诵家说："姑娘，《古兰经》是伟大安拉一次降示下来的，还是分章降示的呢？"

泰沃杜德说："忠诚的天使吉卜利勒得伟大安拉之命，把命令、禁律、诺言、威胁之话、消息和格言，在二十年中，按照实际情况，分章分节降示给最后一位先知穆罕默德。"

"你能说出安拉降示给安拉的使者穆罕默德的第一章经文吗？"

"伊本·阿拔斯说：安拉降示的第一章是'血块章'，而伊本·贾比尔·阿卜杜拉则说是'盖被的人章'。其余的章节是之后降示的。"

---

① 见《古兰经》"夜行章"第一百一十节。
② 见《古兰经》"黄牛章"第一百六十三节。

"最后降示的一章是什么?"

"最后降示的一章是'援助章',经文云:'当真主的援助和胜利降临,而你看见众人成群结队地崇奉真主的宗教时,你应当赞颂你的主超绝万物,并且向他求饶,他确是至宥的。'① "

讲到这里,眼见东方透出黎明的曙光,莎赫札德戛然止声。

---

① 见《古兰经》"援助章"第一至三节。